눈 2

KAR

by Orhan Pamuk

Copyright © Iletisim Yayincilik A.S., 2002
All rights reserved.

Korean Translation Copyright © Minumsa 2005, 2018

Korean translation edition is published by arrangement with
Orhan Pamuk c/o The Wylie Agency (UK) Ltd.

이 책의 한국어 판 저작권은 The Wylie Agency (UK) Ltd.와
독점 계약한 (주)민음사에 있습니다.

저작권법에 의해 한국 내에서 보호를 받는 저작물이므로
무단 전재와 무단 복제를 금합니다.

눈 2

오르한 파묵 장편소설
ORHAN PAMUK

이난아 옮김

민음사

차 례

26_ 서양을 향한 라지베르트의 성명   9
27_ 카, 투르굿 씨를 성명에 동참시키려고 애쓰다   27
28_ 카와 이펙, 호텔 방에서   39
29_ 프랑크푸르트에서   45
30_ 잠시 동안의 행복   61
31_ 아시아 호텔에서의 비밀 모임   66
32_ 사랑, 존재의 하찮음,
      그리고 라지베르트의 실종에 관하여   93
33_ 저격당할지도 모른다는 두려움   107
34_ 중개인   125
35_ 카와 라지베르트, 감방에서   143
36_ 인생과 연극, 예술과 정치 사이의 거래   160

37 — 마지막 연극을 위한 준비　　　　177
38 　강요된 방문　　　　　　　　　　192
39 — 카와 이펙, 호텔에서 만나다　　　203
40 — 도중에 끝낸 장(章)　　　　　　　222
41 — 사라진 초록색 노트　　　　　　 227
42 — 이펙의 관점에서　　　　　　　　237
43 — 최후의 막(幕)　　　　　　　　　250
44 — 4년 후 카르스에서　　　　　　　270

　　옮긴이의 말　　　　　　　　　　301

눈 2

26
우리가 신에게 의존하는 것은 가난 때문이 아닙니다

서양을 향한 라지베르트의 성명

고무 타이어의 마차가 눈 위에서 달콤하게 흔들리고 있었다. 카의 머리에 새로운 시행들이 떠오르기 시작했다. 흔들리는 마차는 인도 위로 올라갔다가 약간 더 간 후에 멈추었다. 그리곤 정적. 그 사이 카는 몇 개의 새로운 시행들을 더 생각해 냈다. 마부가 방수 덮개를 들어 올렸다. 자동차 수리 센터, 용접 창고, 그리고 고장 난 트랙터로 둘러싸인 눈 덮인 공터가 눈에 들어왔다. 모퉁이에 묶어놓은 검은 개가 그들을 보고 짖었다.

그들은 호두나무로 된 문을 지났다. 두 번째 문을 지나자, 창문에서 눈 덮인 마당을 보고 있는 라지베르트의 모습이 보였다. 붉은 기가 도는 갈색 머리칼, 얼굴에 난 주근깨, 군청색 눈은 그와의 첫 만남에서 그랬던 것처럼 카를 놀라게 했다. 초라한 방과 낯익은 물건들(같은 빗, 반쯤 열린 같은 가방, 가장자리에 오스만 제국 문양이 있고 그

위에 '에르신 전기'라고 적힌 플라스틱 재떨이)을 보니 라지베르트가 지난밤 집을 옮겼음을 알 수 있었다. 하지만 카는 그의 얼굴에서 어제 이후로 전개된 사항들을 벌써 받아들인, 침착한 미소를 보았다. 그는 자신이 반란자들로부터 도망치는 데 성공했다는 것에 흡족해하고 있었다.

"이제 자살하는 소녀들에 대한 기사를 쓰지 않겠군요."

"왜 그렇게 생각하십니까?"

"군인들도 그 문제가 보도되는 걸 원치 않으니까요."

"전 군인들의 대변인이 아닙니다."

카는 조심스럽게 대답했다.

"알고 있습니다."

순간 그들은 긴장하며 서로를 응시했다.

"어제, 자살한 소녀들에 대해 서양 신문에 기사를 쓸 수 있다고 말한 것으로 기억합니다."

카는 그 작은 거짓말을 한 자신이 부끄러웠다.

"어떤 신문이지요? 아는 사람이 있습니까?"

"《프랑크푸르터 룬트샤우》입니다."

"네?"

"사회 민주주의 계열의 독일 신문이지요."

"아는 기자의 이름은 무엇입니까?"

카는 코트를 여미며 대답했다.

"한스 한센."

"한스 한센에게 할 말이 있습니다. 군사 쿠데타에 맞선 나의 성명이오. 시간이 별로 없으니 당신이 속히 글을 썼으면 합니다."

카는 시 노트의 뒤에 메모를 하기 시작했다. 라지베르트는 극장에서 시작된 쿠데타를 통해 지금까지 최소한 80명이 살해되었다고 말했다.(실제의 사망자 수치는 극장에서 총에 맞은 사람을 포함하여 17명이었다.) 집과 학교 습격, 탱크로 무너뜨린 아홉 채의 판잣집, 고문을 당해 죽은 학생들, 카가 모르는 가두 총격전에 대해서도 말했다. 쿠르드인들의 고통에 대해서는 별 언급이 없었지만, 이슬람주의자들에 대한 고통에 대해서는 약간 과장을 섞어가며 설명했다. 쿠데타의 분위기를 조성하기 위해 정부가 시장과 교육원장을 총살했다고도 말했다. 그에 의하면 이 모든 것은, "이슬람주의자가 민주적인 선거에서 승리하는 것을 막기 위해" 자행된 짓이었다. 라지베르트가 이 사실을 증명하기 위해 정당과 단체 활동이 금지되는 것 등의 다른 세부 사항들을 설명할 때, 카는 그의 말을 감탄하며 듣고 있는 카디페의 눈을 바라보았다. 그리고, 후에 찢어버릴 이 페이지의 가장자리에, 그가 이펙을 생각하고 있었음을 보여주는 그림과 낙서를 했다. 한 여자의 목과 머리칼, 뒤에는 작은 집의 작은 굴뚝에서 가느다란 연기가 나오고 있었다. 카는 아주 오래전 이렇게 말했었다. 진실임을 알지만 시에는 유해하다고 믿는 힘든 사실들과 직면했을 때 좋은 시인은 주변으로 도피해야 한다. 이러한 은둔을 통해 숨겨진 비밀의 음악을 듣게 될 때 비로소 그것이 모든 예술의 원천이 된다.

카는 라지베르트가 한 말들 중 어떤 부분은, 단어를 있는 그대로 노트에 적을 정도로 마음에 들어하기도 했다.

"우리가 신에게 의존하는 것은 서양인들이 생각하는 것처럼 지독히 가난하기 때문이 아니다. 우리는 다만, 우리가 이 세상에 존재하는 이유와, 저 세상에서의 삶이 궁금할 뿐이다."

라지베르트는 말을 마치면서, 이 호기심의 근원과 우리의 존재 이유를 설명하는 대신에 서양을 향해 말했다.

"신의 말씀보다 자신들이 발견한 민주주의를 더 믿는 것처럼 보이는 서양은, 과연 카르스에서 일어난 이 반민주적인 쿠데타에 반대할 것인가? (그는 과장된 포즈를 취했다.) 아니면 민주주의, 자유 그리고 인권이 무엇이든 간에, 그저 이 세상 나머지 사람들이 원숭이처럼 서양을 모방하기만을 바랄 것인가? 자신들과 닮았다고 볼 수 없는 적들이 성취해 낸 이 민주주의를 서양은 참을 수 있는가? 그리고 서양 외에, 세상의 나머지에게도 할 말이 있으니, '형제들이여, 그대들은 혼자가 아니다.'"

그는 잠시 입을 다물었다.
"그런데, 《프랑크푸르터 룬트샤우》의 기자인 당신 친구가 이 기사를 게재할 거라고 생각합니까?"
"서양이라고 마치 단 한 사람 단 하나의 관점만 있는 것처럼 말한다면 불쾌해할 것 같군요."
카는 조심스레 말했다.
결국 라지베르트는 이렇게 말했다.
"난 그렇게 믿고 있습니다. 서양은 하나고, 관점도 하나뿐입니다. 우린 그 반대의 관점을 가지고 있지요."
"그래도 서양에서는 그렇게 살고 있지 않습니다. 이곳과는 반대로 모두 같은 관점을 가지는 것을 싫어합니다. 가장 평범한 구멍가게 주인조차도 자기만의 관점이 있다고 떠벌리고 자랑스러워합니다. 그러니 서양이라는 표현 대신에, 서양의 민주주의자라고 말한다면 그곳 사람들의 양심에 더 잘 호소할 수 있을 겁니다."

"좋아요, 당신이 원하는 대로 하지요. 또 정정해야 할 것들이 있습니까?"

"성명의 마지막에 한 선언 때문에 이것이 기사라기보다는 기사의 성격을 띤 흥미로운 성명문이 되어버렸습니다. 그들은 기사 밑에 당신의 서명을 넣고 싶어할 겁니다. 어쩌면 당신을 소개할 수 있는 몇 가지 말을······."

"준비했습니다. 터키와 중동의 이슬람주의 지도자들 중 한 명이라고 하면 될 거 같은데."

"그렇게 하면 한스 한센은 이 글을 기사화하지 못할 겁니다."

"왜지요?"

"터키 이슬람주의자의 단독 성명문을 사회 민주주의 성향의《프랑크푸르터 룬트샤우》가 게재한다면 그들이 편을 들게 되는 셈이니까요."

"그러니까 자신의 관심에 부합되지 않으면 빠져나갈 수 있다? 그를 설득하기 위해 우리가 뭘 하면 됩니까?"

"독일 민주주의자들이 터키의 쿠데타를, 극장 반란이 아닌 진짜 말입니다, 반대할지라도 결과적으로 자신들이 지지하는 사람들이 이슬람주의자들이라는 사실이 그들을 불편하게 할 겁니다."

"그렇지요, 그들은 우릴 두려워하니까."

그가 이 말을 한 것이 자만심 때문인지, 아니면 그들의 오해에 대한 불만을 표하기 위해서인지는 알 수 없었다.

"그러니, 옛 공산주의자 한 명과 쿠르드 민족주의자 한 명이 서명에 동참한다면 이 성명문을 게재할 수 있을 것입니다."

"뭐라고요?"

"공동 성명문을 준비하십시오."

"서양인들에게 날 좋아해 달라고 애원하기 위해 와인을 마실 수는 없습니다. 날 두려워하지 말고 이해해 달라고 애걸하기 위해 그들을 모방할 수는 없습니다. 무신론자들의 동정을 얻기 위해 한스 한센에게 구걸할 수는 없어요. 그런데 한스 한센이 누구요? 왜 이렇게 많은 조건이 필요한 겁니까? 유대인인가요?"

잠시 정적이 흘렀다. 라지베르트는 카가 자신의 말에 동의하지 않는다는 것을 감지했다. 그리고 혐오감이 섞인 눈빛으로 카를 바라보았다. 그리고 이렇게 말했다.

"유대인들이 이 세기의 가장 억압받는 사람들이긴 하지요. 어쨌든 성명문을 정정하기 전에 그 사람에 대해 좀 알고 싶군요. 그와 어떻게 알게 되었습니까?"

"어떤 터키 친구를 통해서였습니다. 《프랑크푸르터 룬트샤우》에서 터키 관련 분석 기사를 내고 싶어하는데, 그 기자가 배경 지식이 풍부한 사람을 만나보고 싶어한다더군요."

"그 친구에게 직접 물어봐도 됐을 텐데?"

"그 친구는 이런 일에 관심이 별로 없었거든요."

"그러니까, 고문, 학대, 감옥 환경처럼 우릴 비하하는 내용들 말이겠군요."

이에 카가 대꾸했다.

"그즈음 말라트야* 에서 신학고등학교 학생들이 무신론자 한 명을 죽이는 사건이 있었습니다."

"기억이 안 납니다만."

라지베르트는 주의 깊게 자신을 제어하며 이렇게 말했다.

---

* 터키 중동부 지역에 위치한 도시명.

"유명세를 타고 싶어서 가련한 무신론자 1명을 죽이고 텔레비전에 나와 자랑스럽게 떠들어대는 이슬람주의자들도 저질이지만, 세계 이슬람주의 운동을 비하시키기 위해 10명이나 15명이 살해되었다고 과장 보도하는 오리엔탈리스트들도 저질이오. 한스 한센이 이런 부류의 사람이라면 없던 일로 합시다."

"한스 한센이 처음에 내게 물은 것은 유럽 연합과 터키에 관한 몇 가지 질문뿐이었습니다. 저는 대답을 했지요. 그런데 일주일 후 내게 전화를 해서는 그의 집에 저녁 식사 초대를 하더군요."

"아무 이유 없이 말인가요?"

"예."

"의심스럽군요. 그의 집에서 무엇을 보았습니까? 아내를 소개시켜주던가요?"

끝까지 쳐진 커튼 바로 옆에 앉은 카디페 역시 카의 말에 집중하고 있었다.

"신문사에서 퇴근하는 길에 반호프에서 날 태우고 30분 후에 정원이 있는 아름다운 집에 도착했지요. 아주 행복해 보이고 단란한 가족이었습니다. 내게도 아주 잘 대해 줬고요. 오븐에서 구운 닭고기와 감자를 먹었지요. 그의 부인은 감자를 삶은 후에 오븐에서 다시 구웠더군요."

"부인은 어떤 사람이었습니까?"

카는 카우프호프 백화점 판매원인 한스 한센을 떠올렸다.

"한스 한센도 금발에다 어깨가 넓고 잘생겼는데, 아내와 아이들도 그렇더군요."

"벽에 십자가가 있던가요?"

"정확히 기억은 안 나지만, 없었던 거 같습니다."

"있었을 겁니다. 당신이 주의 깊게 보지 못했을 뿐이겠지요. 유럽을 선망하는 우리의 무신론자들의 상상과는 달리, 모든 유럽 지식인들은 종교와 십자가를 매우 진지하게 받아들입니다. 하지만 우리나라 사람들은 터키에 되돌아오면 이에 대해 언급하지 않지요. 서양의 기술적 우위가 무신론의 승리라는 것을 증명하기에 급급하니까요. 거기서 무엇을 보고, 무슨 이야기를 했는지 말해 주시지요."

"한스 한센 기자는 외신부 소속이긴 하지만 문학애호가입니다. 우린 시에 대해 얘기를 나누었습니다. 시인, 조국, 소설 등에 대해 얘기하느라 시간이 어떻게 지나갔는지 알 수 없었지요."

"당신을 동정하던가요? 터키인에다 가련하고 외롭고 가난한 정치 망명자라는 이유로? 지루하고 술에 취한 독일 젊은이들이 장난삼아 당신을 구타한다고 연민을 느끼던가요?"

"모르겠습니다. 아무도 내게 압박감을 주지는 않았습니다."

"그들이 당신을 동정하고 있다는 것을 내색하지 않더라도, 사람들 마음속에는 그런 동정을 받고자 하는 바람이 있지요. 독일에 있는 수만 명의 터키인과 쿠르드인들이 이러한 동정을 생계 수단으로 이용하고 있습니다."

"한스 한센의 가족은 좋은 사람들이었습니다. 사려도 깊고 다정했어요. 어쩌면 그러한 섬세함 때문에 그들의 동정을 내가 눈치 채지 못했을지도 모르지요. 난 그들이 맘에 들었습니다. 날 동정했다 하더라도 신경 쓰지 않았을 겁니다."

"그러니까 그 상황이 당신의 자존심을 상하게 하지 않았단 말인가요?"

"어쩌면 제 자존심을 상하게 했을 수도 있지요. 하지만 그래도 그날 밤은 그들과 아주 행복했습니다. 가장자리에 있던 책상의 램프는 아주 달콤한 오렌지 빛이었지요. 포크와 나이프는 본 적 없는 종류의 것이었지만 사람을 불안하게 할 정도로 생소하지는 않았어요. 텔레비전은 계속 켜져 있었고, 그들을 가끔 그걸 바라보곤 했지요. 마치 집에 있는 것처럼 편하게 느껴졌습니다. 때로 나의 독일어가 부족할 때는 영어로 말을 해주곤 했습니다. 식사 후에 아이들은 아빠에게 공부에 대해 질문을 했고, 아이들은 잠자러 가기 전에 키스를 해주었습니다. 편해서, 식사 끝 무렵에는 손을 뻗쳐 케이크를 두 개나 먹기도 했지요. 아무도 이를 의식하지 않았지요. 의식했다손 치더라도 자연스럽게 받아들였을 겁니다. 나중에도 그때가 많이 생각났습니다."

"어떤 케이크였나요?"

"무화과와 초콜릿이 들어 있는 비엔나 케이크였습니다."

잠시 정적이 흘렀다.

"커튼은 무슨 색이었나요? 어떤 무늬가 있었나요?"

다시 카디페가 물었다. 카는 기억하려고 노력하는 듯하면서 이렇게 말했다.

"흰색이 도는 크림 색이었던 것 같습니다. 작은 물고기, 꽃, 곰 그리고 형형색색의 과일 무늬가 있었지요."

"그러니까 아이들 옷감처럼 말인가요?"

"꼭 그렇지만은 않았습니다. 아주 진지한 분위기도 났거든요. 이걸 말해야 할 것 같군요. 그들은 행복했습니다. 하지만 우리들처럼 아무 때나 웃지는 않았어요. 아주 진지했어요. 어쩌면 이 때문에 행복했는지도 모르겠군요. 그들에게 인생은 책임을 동반하는 진지한 것이었습니다. 이곳에서처럼 맹목적인 투쟁만 존재하거나 고된 시련만 있는 것이 아니었지요. 그들에게는 생동감 있고 긍정적인 진지함이 존재했어요. 커튼에 있는 곰과 물고기처럼 색채감 있고 절제 있는 행복 말입니다."

"식탁보는 무슨 색이었나요?"

"글쎄요."

카는 이렇게 말하고 기억하려고 노력하는 듯이 생각에 잠겼다.

"그곳에는 몇 번이나 갔습니까?"

라지베르테는 약간 분노하며 이렇게 말했다.

"그날 밤 그곳에서 얼마나 행복했던지 다시 한 번 날 초대했으면 하고 간절히 바랐습니다. 하지만 한스 한센은 다시는 날 초대하지 않았지요."

마당에서 사슬에 묶인 개가 오랫동안 짖었다. 카는 카디페의 얼굴에서는 슬픔을, 라지베르트의 얼굴에서는 분노에 찬 무시를 읽을 수 있었다.

카는 고집스레 다시 말을 이었다.

"몇 번이나 그들에게 연락할까 생각했습니다. 때로 한스 한센이 날 저녁 식사에 초대하려고 연락했지만 날 찾지 못했다고 생각하기도 했지요. 도서관에서 나와 집에 뛰어가고 싶은 마음을 겨우 참았지요. 아름다운 경대, 색깔은 기억나지 않지만 아마도 라임 색이었던 것 같은 소파, 십자가가 걸리지 않은 벽에 있던 아름다운 알프스 경치. 빵을 자르면서 내게, '이 정도 크기면 괜찮으세요?' 라고 묻던 목소리. 아시겠지만 유럽인들은 우리보다 빵을 조금 먹지요. 이 모든 것을 다시 접하고 싶었습니다."

라지베르트는 공공연한 혐오감을 드러내며 카를 보았다.

"석 달 후에 친구가 터키에서 새로운 소식을 들고 왔습니다. 끔찍한 고문, 억압, 그리고 학대에 관한 소식을 전해 주려는 핑계로 한스 한센에게 전화를 했지요. 그는 내 말을 주의 깊게 들었습니다. 여전히 섬세하고 정중했습니다. 신문에는 작은 기사가 실렸습니다. 전 기사에는 아무 관심이 없었습니다. 그가 내게 전화를 했으면 하고 바랄 뿐이었지요. 하지만 그는 다시는 날 찾지 않았습니다. 내가 무슨 실수를 한 걸까, 왜 다시 날 찾지 않는 걸까, 라는 생각에 한스 한센에게 편지를 쓰고 싶은 마음이 들기도 했습니다."

카가 미소 짓는 듯한 표정을 지어 보였지만 라지베르트의 마음을 편하게 하지는 못했다.

"이제 다시 연락할 새로운 핑계거리가 생길 것 같군요."

라지베르트가 조롱하듯 말했다.

"하지만 신문에 기사화되기 위해서는 독일 쪽 눈높이에 맞는 공동 성명을 준비해야만 합니다."

"성명문을 함께 써야 하는 쿠르드인 민족주의자와 자유 공산주의자를 정해야 할 텐데."

"경찰 끄나풀이 걱정된다면 직접 추천하시지요."

"신학고등학교에는 같은 반 친구들이 당한 횡포에 분노하는 쿠르드인 젊은이들이 많이 있습니다. 서양 기자의 눈에는 쿠르드인 민족주의자들 중 이슬람교도가 아닌 무신론자가 더 가치가 있겠지요."

"좋습니다. 그런 학생과 접촉하시지요. 신문사 측에서도 만족할 것입니다."

"그렇겠지요. 그렇지 않아도 당신이 우리들 중 서양을 대표하고 있으니까요."

라지베르트는 조롱하듯 말했다.

카는 신경 쓰지 않았다.

"옛 공산주의자이자 새로운 민주주의자로는 투르굿 씨가 가장 적합할 것입니다."
라지베르트가 말했다.
"아빠요?"
카디페는 근심스러운 투로 이렇게 말했다.
카가 라지베르트의 말에 찬성하자 카디페는 자신의 아버지는 절대 밖으로 나가지 않을 것이라고 말했다. 그들은 함께 이야기를 나누기 시작했다. 라지베르트는, 모든 옛 공산주의자들이 그렇듯이 투르굿 씨도 실은 민주주의자가 아니며, 이슬람주의자들을 맹렬히 공격하는 군대 쿠데타에 절대적으로 만족하고 있지만, 자신의 좌익 이념에 오점을 남기고 싶지 않아 반대하는 척 위선을 떨고 있다고 말했다.
"우리 아빠는 위선자가 아니에요!"
카디페의 목소리가 떨렸다.
순간 카는 분노로 번쩍이는 라지베르트의 눈을 보았다. 이 둘 사이에 자주 반복되던 싸움이 문턱에 와 있다는 것을 알 수 있었다. 그들은 싸움에 지친 커플처럼 다른 사람들에게 이를 감추려는 노력도 하지 않는 상태에 도달해 있었다. 카디페는 무슨 희생을 치르더라도 싸움을 하겠다는 결심이 서 있는 버림받은 여자 같았다. 라지베르트에게서는 거만한 표정과 함께 지극히 다정한 모습이 보였다. 하지만 갑자기 모든 것이 바뀌어 라지베르트의 눈에 단호한 결심이 드러났다.
"무신론자인 척하는 모든 사람들, 유럽 신봉자인 좌익 지식인들처럼 너의 아버지도 실은 민중을 혐오하는 위선자야!"
카디페는 플라스틱 재떨이를 잡아채 라지베르트에게 던졌다. 하지만 어쩌면 일부러 잘못된 조준을 한 것 같았다. 재떨이는 벽에 걸린 달력의 베네치아 풍경에 맞고는 조용히 바닥으로 떨어졌다.
"게다가 너의 아버지는 딸이 과격 이슬람주의자의 숨겨진 애인이라는 것도 모르는 시늉을 하고 있지."
카디페는 라지베르트의 어깨를 두 손으로 때리고는 울기 시작했다. 라지베르트는 그녀를 구석에 있는 의자에 앉혔다. 둘 다 얼마나 진짜 같지 않은 목소리로 이야기를 하는지 카는 그 모든 상황이 자신에게 어떤 영향을 미치기 위해 미리 준비한 연극인 것같이 느껴졌다.
"방금 한 말 취소해요."
"취소할게."
라지베르트는 우는 어린아이를 다정스레 어르는 듯이 말했다.
"이를 증명하기 위해서라도 네 아버지가 아침저녁으로 불경한 농담을 하는 사람이라는 것에 괘념치 않고 그와 함께 성명문에 이름을 올리는 것을 받아들이겠어. 하지만 이것이 한스 한센의 대변자(그는 카를 보며 미소를 지었다.)가 우리에게 판 함정일 수도 있기 때문에 난 당신의 호텔에 갈 수 없어. 무슨 말인지 알겠어?"
"아빠는 호텔에서 나가지 않아요."
카디페는 버릇없는 여자아이처럼 말했다.
"카르스의 가난함을 보는 것이 참을 수 없다고 하세요."
카는 이전에 그녀와 이야기할 때와는 다른 공식적인 어투로 말했다.
"설득하셔야 합니다. 카디페 양. 눈이 모든 것을 덮어버렸으니까요."
둘의 눈이 마주쳤다.
카디페도 이번에는 이해를 한 것 같았다.
"알겠어요. 하지만 먼저 이슬람주의자 그리고 쿠르드인 민족주의자와 함께 성명문을 낸다는 것을 설득시켜야만 해요. 이 일을 누가 하지요?"

"제가 하겠습니다. 카디페 양이 도와주시지요."

카가 말했다.

"장소는 어디로 할 건가요? 가련한 그분이 이 허튼 일 때문에 체포되어 또 교도소에 들어가면 어쩌죠?"

이에 라지베르트가 말했다.

"이건 허튼 일이 아니야. 유럽 신문에 한두 번 기사가 나오면 앙카라 쪽에서 이곳 사람들에게 경고를 할 거야."

"유럽 신문에 기사가 나는 것보다 당신의 이름이 거론되는 게 중요하겠지, 안 그래요?"

라지베르트가 이 말에도 관용을 베풀며 달콤하게 미소 짓자 카는 그에게 존경심마저 들었다. 독일 신문에 성명문이 기사화 된다면 이스탄불에 있는 작은 이슬람주의 신문이 이를 자랑스러워하며 과장 번역 기사를 낼 거라는 생각이 떠올랐다. 이는 라지베르트가 터키 전체에 알려지는 것을 의미했다. 긴 정적이 흘렀다. 카디페는 손수건을 꺼내 눈물을 닦았다. 카는 자신이 이곳에서 나가자마자 이 두 연인이 다툴 것임을 알 수 있었다. 그리고 나중에는 사랑을 나누겠지. 내가 한시라도 빨리 나가는 것을 원하는 것일까? 아주 높은 곳에서 비행기가 날고 있었다. 모두들 창문 위쪽으로 보이는 하늘에 시선을 고정시키고 귀를 기울였다.

"이곳으로 비행기가 지나간 적은 없었는데."

카디페가 말했다.

"뭔가 심상치 않은 일이 있는 것 같군."

라지베르트는 이렇게 말한 후 자신의 과대망상에 미소를 지었다. 카도 자신의 미소에 동참하는 것을 알고는 격한 감정으로 말했다.

"지금 기온이 얼마인지 아시겠소? 영하 20도보다 훨씬 낮지요. 그런데도 정부는 영하 20도라고 발표를 하고 있다더군요."

그는 도전하듯 카를 바라보았다.

"난 평범하게 살고 싶었어요."

카디페가 말했다.

"넌 평범한 부르주아지 삶을 내던졌잖아. 널 이렇게 예외적인 사람으로 만든 것도 바로 그것이고."

라지베르트의 말이었다.

"난 예외적인 사람이 되고 싶지 않았어요. 다른 사람과 같았으면 했어요. 쿠데타가 없었더라면 히잡을 벗고 다른 사람들처럼 되었을지도 몰라요."

"여기서는 모두들 머리를 감추잖아."

"그렇지 않아요. 내 주변에 나처럼 교육받은 여자들 대부분은 히잡을 쓰지 않아요. 난 히잡을 쓰고 동료들에게서 멀어졌어요. 거만한 행동이었고, 그것 때문에 행복해지지도 않았어요."

"그럼 그렇게 해. 히잡을 벗어. 모든 사람들이 쿠데타의 승리로 볼 거야."

"난 사람들이 어떻게 생각할까 전전긍긍하며 인생을 살지 않아요. 당신 빼고 모든 사람들이 아는 사실이에요."

이 말을 한 그녀의 얼굴은 희열로 얼굴이 빨갛게 상기되었다.

라지베르트는 이 말에도 달콤하게 미소 지었다. 하지만 이번에는 그의 모든 의지를 동원해야 했다. 라지베르트는 카가 자신의 상태에 대해 눈치 챘음을 알았다. 두 남자가, 함께 목격해서는 안 될 라지베르트와 카디페 사이의 은밀한 지점으로 오고 만 것이다. 반쯤 원한 서린 목소리로 라지베르트에게 가시 돋친 말을 하고 있는 카디페는 라지베르트와 공유하고 있는 은밀함을 드러내고 있었다. 그리고 카가 목격했다는 이유로 그 역시 죄인으로 몰아가고 있었다. 어젯밤부터 호주머니에 넣고 다니던, 네집이 카디페에게 쓴 연애편지가 갑자기 떠올랐다.

"히잡 때문에 고통을 당하고 학교에서 쫓겨나는 소녀들의 이름은 신문에 거론되지 않아요."

카디페는 여전히 격양된 어조로 말했다.

"신문에는 히잡 때문에 인생을 망친 여자들 대신 그들을 대변해서 말하는 겁쟁이 숙맥 같은 촌스런 이슬람주의자들의 사진이 나오지요. 무슬림 여자는, 남편이 시장 같은 직위에 있을 때 종교 축제 때 옆에 서 있는 모습으로나 겨우 신문에 나오지요. 신문에 언급되지 않는 것이 아니라 신문에 언급되는 모습이 더 날 슬프게 해요. 우리가 우리의 사생활을 보호하기 위해 고통을 겪고 있을 때, 자신들을 드러내기 위해 발버둥을 치는 남자들이 가련해요. 그러니 자살한 소녀들에 대한 내용이 기사화 되는 것이 필요하다고 생각해요. 나 역시 한스 한센에게 성명문을 쓸 권리가 있어요."

"좋은 생각이에요. 무슬림 페미니스트 대표로서 서명하면 되겠습니다."

카는 생각도 하지 않고 말했다.

"난 누구도 대변하고 싶지 않아요. 그냥, 유럽인들 앞에서, 오로지 내 이야기로, 나의 모든 죄와 결점을 드러내며 서 있고 싶어요. 사람은 때로 전혀 알지 못하고 다시는 보지 못할 거라는 확신이 드는 사람에게 모든 이야기를 하고 싶을 때가 있잖아요? 모든 것을…… 예전에 서양 소설을 읽으면서, 등장인물들이 작가에게 자신들의 이야기를 이렇게 설명했을 거라는 생각을 하곤 했었어요. 서너 명이라도 유럽 사람들이 나의 이야기를 그렇게 읽어주었으면 할 뿐이에요."

그때 가까운 어떤 곳에서 폭발음이 들려왔다. 집 전체가 흔들리고 유리창이 덜덜 떨렸다. 일이 초 후 라지베르트와 카가 두려움 속에서 자리에서 일어났다.

"제가 가서 볼게요."

개중 가장 침착해 보이는 사람은 카디페였다.

카는 창문에 드리워진 커튼을 살짝 들춰보았다.

"마부가 없습니다. 가버렸어요."

"여기에 있는 것은 위험합니다. 나갈 때 마당 옆문으로 나가십시오."

라지베르트가 말했다.

이 말은, '이제 가시오.'라는 의미였다. 하지만 어떤 기대감으로 자리에서 꿈쩍하지 않았다. 그들은 혐오감을 가지고 서로를 응시했다. 카는 대학에 다닐 때 마주쳤던 과격한 민족주의자, 텅 비고 어두운 복도에서 만난 무기를 든 학생들을 떠올렸다. 그때 느꼈던 공포감이 들었다. 물론 그때는 주변에 성적인 긴장감은 없었지만.

"난 가끔 과대망상에 빠집니다. 그렇다고 해서 당신이 서양의 스파이가 아니라는 뜻은 아닙니다. 당신 자신이 스파이라는 걸 모를 수도 있고, 그런 의도가 전혀 없었을 수도 있지요. 하지만 당신은 상황을 변하게 했습니다. 당신은 우리 사이의 이방인입니다. 확실한 믿음을 가지고 있던 저 여자에게 그녀 자신도 모르게 생겨난 의심과 이상한 행동들이 이에 대한 증거이지요. 자만심에 가득 찬 서양인의 시선으로 우리를 평가하고, 어쩌면 속으로 몰래 우리에게 미소를 지었겠지요. 난 무시했습니다, 어쩌면 카디페도 무시했을 테지요. 하지만 당신은 우리에게 순수함을 무기로 유럽인들의 행복 추구와 정의에 대한 환상을 심어주었습니다. 당신에게 화를 내지는 않겠어요.

모든 선한 사람들처럼, 당신 역시 자신도 모르게 악행을 행한 것뿐이니까요. 하지만 지금 내가 이를 당신에게 말했으니, 이후로는 당신도 더 이상 순수하지 않습니다."

27

견뎌라 애야,
카르스가 널 지원하러 가고 있다

카, 투르굿 씨를 성명에 동참시키려고 애쓰다

카는 누구의 눈에도 띄지 않고 집 밖으로 나와 곧장 시장으로 향했다. 어제 펩피노 디 카프리의 「로베르타」가 흘러나왔던 작은 잡화점에 들어가, 눈썹이 위로 치켜 올라간 창백한 얼굴의 젊은 점원에게 네집이 카디페에게 쓴 편지들을 한 장 한 장 건네주면서 복사를 부탁했다. 이를 위해 봉투를 찢을 수밖에 없었다. 나중에 편지 원본을 같은 종류의 빛바랜 싸구려 편지 봉투에 넣고는, 네집의 필체를 모방하여 그 위에 카디페 일디즈에게, 라고 썼다.

이펙의 눈앞에서 자기 자신의 행복을 추구하기 위해, 이펙의 눈앞에서 거짓말과 술책을 쓰기 위해, 카는 그녀를 상상하며 빠른 걸음으로 호텔로 향했다. 눈은 탐스런 함박눈으로 바뀌어 다시 내리고 있었다. 평범한 저녁의 거리, 사람들은 지치고 피곤해 보였다. 사라이욜루 골목과 할릿파샤 대로에 쌓인 눈들로 좁아진 모퉁이를 지친 말이 끄는 석탄 마차가 막고 있었다. 그 뒤에 있는 트럭의 와이퍼는 겨우 앞 유리의 눈을 닦는 것으로 의무를 다할 뿐이었다. 사람들은 손에 비닐 봉투를 들고 모두 자기 집으로, 자기들의 제한된 행복으로 뛰어가고 있었다. 대기에는 어린 시절 보았던 잿빛 겨울밤의 슬픔이 배어 있었다. 하지만 카는 하루를 새로 시작하는 것처럼 단호해진 자신을 느꼈다.

호텔에 도착한 카는 즉시 방으로 올라갔다. 네집의 편지 복사본들을 가방 바닥에 숨기고, 코트를 벗어 걸었다. 그리고 과도하리만큼 정성스럽게 손을 씻었다. 본능적으로 양치질을 했고(그가 저녁마다 늘 하는 일이었다.), 새로운 시가 떠오를 것 같다고 생각하며 창밖을 오랫동안 바라보았다. 창가에 놓인 라디에이터의 따스함을 느끼고 있으려니 시 대신, 잊어버렸던 어린 시절과 청년 시절의 기억들이 머리에 떠올랐다. 어머니와 함께 단추를 사기 위해 베이오울루에 나갔던 어느 봄날 아침 그들 뒤를 따라오던 '지저분한 사내,' 어머니와 아버지가 유럽 여행을 갈 때 공항까지 타고 갔던 택시가 니샨타쉬의 모퉁이에서 사라지던 모습, 뷰육아다 섬의 한 파티에서 알게 된 키 큰 소녀. 긴 머리에 초록색 눈을 한 그 소녀와는 몇 시간이고 춤을 췄었다. 다시 만나고 싶은데 방법을 몰라 며칠 동안 사랑의 열병으로 배가 아팠었다. 이 모든 기억들은 아무런 연관성이 없었다. 그리고 카는 이제 인생이, 사랑에 빠져 행복해지는 것 이외에는 아무런 관련 없는 의미 없는 사건들의 연속이라는 것을 잘 알고 있었다.

아래층으로 내려갔다. 그는 몇 년 동안 마음먹어온 방문을 결행하는 사람처럼 단호하게 그리고 자신조차 놀랄 만큼 침착하게, 호텔 주인의 거처와 로비를 분리하는 하얀 문을 두드렸다. 쿠르드인 하녀가 마치 투르게네프의 소설에서처럼 '반은 비밀스럽고, 반은 정중한'

분위기로 그를 맞았다. 어젯밤 저녁을 먹은 거실로 들어갈 때 본, 문을 등진 긴 소파에 투르굿 씨와 이펙이 나란히 앉아 텔레비전을 보고 있었다.

"카디페, 여태까지 어디에 있었니? 시작한다."

투르굿 씨가 말했다.

옛 러시아풍 저택의 넓고 높은 천장이 있는 방으로 희미한 눈빛이 비쳐들고 있었다. 어제와는 또 다른 공간인 것처럼 느껴졌다.

아버지와 딸은 안으로 들어온 사람이 카라는 것을 알게 되자 자신들의 은밀한 사생활을 다른 사람에게 들킨 부부처럼 불안해했다. 하지만 잠시 후 카를 보는 이펙의 눈이 반짝거렸고, 카는 이에 곧 행복해졌다. 그는 부녀와 텔레비전 사이에 놓인 의자에 앉았다. 놀랍게도 이펙은 자신이 기억하는 것보다 훨씬 더 아름다웠다. 그의 마음속에 있는 두려움이 더욱더 커졌다. 하지만 지금은 결국 그녀와 함께 행복하게 되리라는 것을 믿었다.

"나는 딸들과 함께 매일 오후 4시에 이곳에 앉아 「마리안나」를 시청한다네."

투르굿 씨는 약간은 부끄러운 듯, 그리고 약간은 '내게서 해명을 기대하지 말게나.' 라는 암시를 주듯 이렇게 말했다.

「마리안나」. 이스탄불의 주요 채널 중 하나에서 일주일에 다섯 번 방영하는, 터키 전 지역에서 인기 있는 멜로드라마 스타일의 멕시코 연속극이다. 제목이 이름인 마리안나는 작은 키에 커다란 초록색 눈을 한, 다정하고 생기발랄한 처녀이다. 새하얀 피부를 자랑하지만 하층 계급 출신으로 가난하기 짝이 없는 그녀는 늘 어려운 상황에 처하고, 부당한 누명을 쓰고, 짝사랑을 하며, 오해를 받는다. 그 모습을 바라보는 시청자는 긴 머리에 순진한 얼굴을 한 마리안나에게서 가난한 과거, 천애 고아로서의 삶 그리고 외로움을 본다. 소파에서 고양이처럼 웅크리고 앉아 있던 투르굿 씨와 그 딸들도, 가련한 그녀의 모습을 바라보며 서로를 꼬옥 껴안는다. 딸들이 양쪽에서 아버지의 가슴과 어깨에 머리를 기댈 때 모두의 눈에서는 한두 방울의 눈물이 흐른다. 투르굿 씨는 자신이 멜로드라마 연속극에 이렇게나 몰입하는 것이 부끄러워 가끔 마리안나와 멕시코의 빈곤을 강조하고, 자본주의자들에 맞서 이 처녀도 나름대로 투쟁을 하고 있다고 말한다. 때로는 "견뎌라 애야, 카르스가 널 지원하러 가고 있다."라는 말을 화면에 대고 하기도 한다. 그러면 눈물을 글썽이던 딸들은 가볍게 미소 짓는다.

연속극이 시작되자 카의 입가에 미소가 번졌다. 하지만 이펙과 눈이 마주치자 그녀가 이를 못마땅히 여기고 있다는 생각이 들어 진지한 표정을 지어 보였다.

연속극 중간에 광고가 나오자, 카는 자신감 있는 태도로 재빠르게 공동 성명문 문제를 투르굿 씨에게 언급했다. 그리고 짧은 시간 안에 투르굿 씨의 관심을 끄는 데 성공했다. 투르굿 씨는 자신이 중요시 여겨졌다는 것에 가장 많이 흡족해했다. 그는 이 성명문 안이 누구에게서 나왔으며, 자신의 이름이 어떻게 거론되었는지를 물었다.

카는, 그 안건에 대한 결정은 독일에 있는 신문기자와의 친분을 생각하며 자신이 이곳에서 내렸다고 말했다. 투르굿 씨는 《프랑크푸르터 룬트샤우》의 판매 부수가 어떻게 되는지, 한스 한센이 '인본주의자' 인지 물었다. 카는 투르굿 씨와 라지베르트와의 만남을 성사시켜야 했으므로, 한스 한센에 관해서는 민주주의자가 되는 중요성을 파악한 위험한 종교인이라고 둘러댔다. 하지만 투르굿 씨는 이에 대해서는 개의치 않았다. 종교에 매달리는 것은 빈곤의 결과라고 말했다. 그리고 자신의 딸과 친구들의 정치적 관점을 믿지는 않지만 존중하고 있다는 말도 덧붙였다. 같은 의미로 쿠르드 민족주의자 젊은 이도 그가 누구든 간에 존중하고 있으며, 자신도 오늘날 카르스에 사는 쿠르드 젊은이였다면 쿠르드 민족주의자가 됐을 거라고 밝혔다. 그는 이 모든 것을 마치 마리안나에 대한 지원을 표명하던 흥분된 순간의 어조로 말했다.

"공공연하게 말하는 건 잘못이지만, 난 쿠데타를 반대하네."

투르굿 씨는 흥분하며 말했다. 카는 그 성명문이 터키에서 기사화되지는 않을 것이라고 말하며 그를 진정시켰다. 그리고 그 모임은 보안을 철저히 하여 아시아 호텔의 맨 위층에 있는 창고에서 진행될 것이며, 인접한 상점 뒷문을 통해 마당으로 들어가면 아무도 모르게 들어갈 수 있을 거라고 말했다.

"터키에도 진정한 민주주의자들이 있다는 것을 세계에 보여주어야 해."

투르굿 씨는 카에게 이렇게 말했다. 서둘러 말을 해야 했는데, 연속극이 다시 시작되었기 때문이다. 그는 마리안나가 화면에 보이기 직전 시계를 보면서, "카디페는 왜 이렇게 늦는 거지?"라고 말했다.

카도 부녀처럼 조용히 연속극을 시청했다.

마리안나는 애인과 함께 사랑의 열병에 불타오르며 계단을 올라갔다. 아무도 보지 않는다는 확신이 들자 애인을 끌어안았다. 그들은 키스를 하지 않았지만 카에게 커다란 영향을 미치는 행동을 했다. 그들은 온 힘을 다해 서로를 껴안고 있었다. 정적은 오래 지속되었다. 전 카르스가, 시장을 보고 돌아온 주부와 일터에서 돌아온 남편, 중학생 딸과 은퇴한 노인들이 이 연속극을 보고 있었다. 단지 카르스의 슬픈 거리뿐만 아니라, 터키 전역의 거리가 이 연속극 때문에 텅 비어 있었던 것이다. 카는 깨달았다. 인생을 향한 지적인 비아냥거림, 정치적 고뇌 그리고 문화적 향상에 대한 주장 때문에 이 연속극이 열어놓은 감성에서 멀어져 무미건조하게 사는 것은 바보짓이었다. 라지베르트와 카디페도 사랑을 나눈 후, 서로를 안고 누워 마리안나를 보고 있을 것이었다.

마리안나가 애인에게 "평생 동안 오늘을 기다렸어요"라고 말하는 순간, 카는 이 말이 자신의 생각을 반영하는 것은 우연이 아님을 알 수 있었다. 이펙과 눈을 마주치려고 애를 썼다. 그녀는 아버지의 가슴에 머리를 기댄 채, 슬픔과 사랑으로 흐려진 커다란 눈을 화면에 고정시키고는 연속극이 제공하는 감정에 기꺼이 자신을 내던지고 있었다.

"그래도 걱정이 되오. 우리 가족은 우리가 함께 하는 것을 허락하지 않을 거요."

잘생기고 깨끗한 얼굴을 한 마리안나의 애인이 말했다.

"우리가 서로를 사랑하는 한 두려울 게 없어요."

마리안나는 낙관적으로 말했다.

"얘야, 진짜 적은 그놈이란다!"

투르굿 씨가 끼어들었다.

"두려움 없는 사랑을 원해요."

카가 이펙의 눈을 끈질기게 바라보자 그녀와 눈을 마주치는 데 성공했다. 하지만 그녀는 금세 눈길을 돌렸다. 다시 광고 시간이 되자 그녀는 아버지에게 말했다.

"아버지, 아시아 호텔에 가는 것은 위험해요."

"걱정 말거라."

"카르스에서 거리에 나가는 것은 불운을 가져온다고 늘 말씀하셨잖아요."

"그랬지. 하지만 내가 그곳에 가지 않는다면 그건 어떤 원칙 때문이어야 하지, 두려움 때문이어서는 안 돼."

투르굿 씨는 이렇게 말한 후 카에게 시선을 돌렸다.

"문제는 이것이네. 공산주의자, 현대화를 원하는 세속주의자, 민주주의적인 애국자로서, 나는 먼저 계몽을 믿어야 하는가 아니면 민중의 의지를 믿어야 하는가? 계몽과 서구화를 끝까지 믿는다면 이슬람주의자들을 상대로 행해진 이 쿠데타를 지지해야만 하네. 하지만 민중의 의지가 무엇보다도 중요하다면 그리고 내가 순수한 민주주의자라면 가서 이 성명문에 서명을 해야만 하지. 자네는 이중 어떤 것을 믿고 있나?"

"억압받는 사람들 편이 되어 성명문에 서명을 하십시오."

"억압받는 것만으로는 충분하지 않네. 정당해야 하지. 억압받는 사람들 대부분은 어리석을 정도로 정당하지 못하기도 하니까. 나는 무엇을 믿어야 하는가?"

"아버지 그는 아무것도 믿지 않아요."

"모든 사람들은 무엇인가를 믿는단다. 말해 보게나, 자네는 어떻게 생각하는지."

카는 투르굿 씨가 서명을 한다면 카르스가 조금 더 민주적으로 될 거라는 뜻을 피력하려고 노력했다. 이펙이 자신과 함께 프랑크푸르트에 가길 원하지 않을 거라는 느낌이 점차 강해지자 다급해지기 시작했다. 투르굿 씨를 설득하지 못해 그가 호텔에서 나가지 않을 수도 있다는 것이 두려웠다. 자신이 믿는 것을 믿지 않는다고 말하는 데에서 오는 아찔한 자유의 감정도 느껴졌다. 자신이 성명서, 민주주의, 인권에 대해 누구나 아는 얘기를 중얼거리고 있을 때, 이펙의 눈은 그녀가 그의 말을 믿지 않는다는 것을 나타내 보였다. 무안을 주거나 도덕적인 판단을 하는 눈빛은 아니었다. 오히려 유혹의 빛이 농후한 도발적인 눈빛이었다. 마치 '나 때문인 걸 알아, 그 모든 거짓말이.' 라고 말하고 있는 듯했다. 이렇게 해서 카는 멜로드라마적인 감수성이 중요하다는 것 이외에도, 이제껏 알지 못했던 중요한 사실을 발견했다. 여자들은 때로, 사랑 이외에 그 어떤 것도 믿지 않는 남자들을 매력적으로 느낀다. 이 새로운 발견에 대한 흥분감에 도취되어, 카는 인권, 사상의 자유, 민주주의 그리고 이와 비슷한 주제에 대해 장황하게 떠들어댔다. 그녀와 사랑을 나눌 수 있을 거라는 생각에, 지나치게 선한 의도 때문에 바보가 되어버린 유럽의 지식인들과 그들을 모방하는 터키 사람들이 반복에 반복을 거듭하며 식상하게 만들어버린 인권에 대한 경구들을 읊조리면서, 그는 이펙의 눈을 뚫어지게 쳐다보았다.

"자네 말이 옳아."

광고가 끝날 때 즈음 투르굿 씨가 말했다.

"그런데 카디페는 왜 늦는 거냐?"

연속극이 계속되자 투르굿 씨는 불안해했다. 마음은 아시아 호텔로 향하면서도 한편 두렵기도 했다. 그는 연속극을 보면서 젊은 시절 겪은 정치 관련 사건들, 다시 교도소에 들어가는 것에 대한 두려움, 그리고 인간의 책임감에 대해 천천히 언급했다. 상상과 기억 사이에서 길을 잃은 슬픈 노인 같았다. 카는 이펙이, 자신들을 불안과 두려움 속에 끌어들였기 때문에 화가 났고, 동시에 그녀를 설득했기 때문에 감탄하고 있다는 것을 알았다. 그는 그녀가 눈길을 피하는 것에 신경 쓰지 않았다. 연속극이 끝나자 그녀는 아버지를 끌어안고, "내키지 않으시면 가지 마세요. 다른 사람들을 위해 충분히 고통을 겪으셨잖아요."라고 말했다. 카는 그래도 기분이 상하지 않았다.

카는 이펙의 얼굴에서 그늘을 보았다. 하지만 새롭고 행복한 시가 머릿속에 떠올랐다. 자히데가 앉아 눈물을 흘리며 연속극을 시청했던 부엌 문 옆에 있는 의자에 조용히 자리를 잡고 떠오르는 시를 긍정적인 마음으로 써 내려갔다.

어쩌면 조롱하는 듯한 마음으로, 나중에 '난 행복할 거야'라는 제목을 붙이게 될 시를 완벽하게 끝내고 있을 때, 카디페가 급히 안으로 들어왔다. 카디페는 그를 보지 못했다. 투르굿 씨는 자리에서 벌떡 일어나 그녀를 안고 입맞춤을 했다. 왜 이렇게 늦었는지, 손은 또 왜 이렇게 찬지 물었다. 그녀의 눈에서 눈물방울이 흘러내렸다. 카디페는 한데에게 갔었다며, 「마리안나」를 놓치기 싫어 끝날 때까지 그곳에 있었다고 했다. "우리 애가 어떻더냐?"라고 투르굿 씨는 물었다. (우리 애란 마리안나를 칭했다.) 하지만 카디페의 대답을 듣지 않고 온 몸을 불안하게 휘감고 있는 다른 문제로 화제를 옮겼다. 그는 카에게서 들은 이야기를 급히 열거했다.

카디페는 그 문제를 처음 듣는 것처럼 행동했다. 그리고 방 저쪽에 앉아 있는 카를 보고서 놀랐다는 표정도 지어 보였다. 그녀는 히잡을 다시 쓰려고 하면서, 여기서 보게 되어 기쁘다고 했다. 하지만 히잡을 쓰지 않고 텔레비전 앞에 앉아 아버지에게 조언을 하기 시작했다. 카디페의 놀란 듯한 행동이 얼마나 그럴듯하던지, 이후 모임에 참석해 성명문에 서명을 해야 한다고 아버지를 설득하기 시작하자, 카는 그녀가 아버지에게도 연기를 하고 있다는 생각이 들었다. 라지베르트의 의도는 해외 언론에 게재될 수 있는 성명문을 만들어 내는 것이었기 때문에 이 의심은 맞을 수도 있었다. 하지만 이펙의 얼굴에 드려난 두려움은 뭔가 다른 것이 있다는 느낌이 들게 했다.

"저도 아빠와 함께 아시아 호텔에 가겠어요."

카디페가 말했다.

"나 때문에 네게 불상사가 일어나는 것을 바라지 않는다."

투르굿 씨는 부녀가 함께 시청했던 연속극이나 함께 읽었던 소설에 나왔음 직한 분위기로 말했다.

"아버지, 어쩌면 이 일에 연루되는 것이 불필요한 위험 속으로 들어가는 것일 수도 있어요."

이펙이 말했다.

카는 이펙이 아버지에게 이야기를 할 때 자신에게도 무엇인가를 말하고 있다는 것을, 실은 방 안에 있는 모든 사람들처럼 그녀도 이중의 의미로 말하고 있다는 것을 알게 되었다. 어떤 때는 시선을 피하고 어떤 때는 시선을 집중하는 것도 이 이중의 의미를 강조하려는 의도 같았다. 아주 많은 시간이 흐른 후 카는, 네집을 제외하고는, 카르스에서 만난 모든 사람들은 본능적인 조화를 이루며 이중적인 의미로 이야기한다는 것을 알게 될 것이었고, 이것이 가난과 관련이 있는 것인지 아니면 두려움, 외로움 혹은 삶의 적나라함과 관련이 있는 것인지를 자신에게 물어보게 될 것이었다. 이펙은 "아버지, 가지 마세요."라고 말하면서 그를 선동하고 있었고, 성명문에 대해 자신이 아버지에게 얼마나 의존하고 있는지에 대해 말하는 카디페는 또한, 라지베르트에게 매어 있는 자신을 언급하고 있었다.

이렇게 해서 카는 이후에 '인생에 있어 가장 심오한 이중의 함의가 들어 있는 대화'라 칭할 일에 착수했다. 투르굿 씨가 호텔에서 나가는 것을 설득하지 못하면, 이펙과 절대 사랑을 나눌 수 없을 거라는 생각이 강하게 들었다. 이펙의 도발적인 눈길에서도 이것을 읽었고, 이번이야말로 행복해지기 위한 마지막 기회라는 결론을 내렸다.

말을 하기 시작하자, 투르굿 씨를 설득하는 데 필요한 말과 생각이, 다름 아닌 자신의 삶을 쓸데없이 허비하게 만든 단초를 제공한 망상이었다는 것을 알게 되었다. 그는 젊은 시절 품었던, 지금은 자신도 모르게 잊고 있었던 공산주의의 이상(理想)에 대해 복수하고 싶은 욕구가 생겼다. 투르굿 씨가 호텔에서 나가도록 설득하기 위한 목적에서, 다른 사람을 위해 무엇을 하는 것에 대해, 나라의 빈곤과 고통을 위해 책임감을 느끼는 것에 대해, 현대화되기 위한 노력에 대해, 서로 도와야 한다는 것에 대해 언급하고 있으려니, 자신이 말한 것들이 진심이라는 생각이 드는 듯도 했다. 그의 머릿속에 젊은 시절 가졌던 공산주의자의 흥분이, 평범하고 질 나쁜 부르주아가 되지는 않겠다고 했던 결심이, 책과 사상 사이에서 살고 싶었던 바람이 떠올랐다. 그는, 아들이 시인이 된다는 것에 반대했던 어머니를 속상하게 하고, 인생을 망친 후 결국 프랑크푸르트의 쥐구멍으로 유배시킨 자신의 믿음을, 스무 살의 열정을 불러와 투르굿 씨에게 설파했다. 자신의 말에 담긴 열정은 이펙을 향해 '이런 열정으로 너와 사랑을 나누고 싶어.'라는 의미이기도 했다. 공산주의 이념 때문에 인생을 망쳤지만, 그 이론들이 결국 쓸모가 있다는 것을, 그 이론 덕분에 이펙과 사랑을 나눌 수 있게 될 것을 알았다. 정작 이러한 것들에 대한 믿음을 잃어버리고, 아름답고 똑똑한 여자를 안고 한 곳에 정착하여 시를 쓸 수 있는 것이 인생에서 가장 커다란 행복이라고 느끼는 시기에 말이다.

투르굿 씨는 "지금 당장" 아시아 호텔 모임에 가겠노라고 했다. 그는 옷을 차려 입고 준비를 하기 위해 카디페와 함께 방으로 들어갔다.

카는 아버지와 함께 텔레비전을 보던 자리에 앉아 있는 이펙에게 다가갔다. 그녀는 여전히 아버지에게 기댄 듯한 포즈로 앉아 있었다.

"방에서 널 기다리고 있을게."

"날 사랑해?"

"아주 많이."

"진심이야?"

"물론."

그들 사이에는 잠시 말이 없었다. 카는 이펙의 시선을 따라 창밖을 바라보았다. 눈이 다시 내리고 있었다. 호텔 앞 가로등이 켜져 있었다. 커다란 눈송이들을 밝혀주고 있었지만, 어둠이 아직 완전히 깔리지 않았기 때문에 그다지 쓸모가 있어 보이지는 않았다. 이펙이 말했다.

"방으로 올라가, 아버지가 나가시면 네 곁으로 갈게."

28
기다림의 고통과 사랑의 차이

카와 이펙, 호텔 방에서

하지만 이펙은 곧장 오지 않았다. 기다림은 카의 인생에서 가장 커다란 고통 중의 하나가 되었다. 사랑에 빠진 후에 찾아오는, 기다림이 주는 이 치명적인 고통 때문에 사랑을 두려워했던 기억이 났다. 방에 들어가자마자 침대에 몸을 던졌다. 하지만 곧장 일어나 매무새를 가다듬고 손을 씻었다. 손, 팔, 입술 끝에서 핏기가 가셨다. 떨리는 손으로 머리칼을 빗었다. 잠시 후 창문에 비친 자신의 모습을 보고는 다시 손으로 머리칼을 흐트러뜨렸다. 그렇게 부산을 떨었음에도 불구하고 시간은 더디게만 흘렀다. 카는 두려움이 밀려와 다시 창밖을 바라보았다.

창문을 통해 먼저 투르굿 씨와 카디페가 가는 모습을 봤어야 했다. 어쩌면 카가 화장실에 간 사이 나가버렸을 수도 있었다. 하지만 그랬다면 이펙은 지금쯤 방에 와야 했을 것이다. 어쩌면 지금 이펙은 어젯밤 그 방에서 향수를 뿌리고 화장을 하면서 천천히 준비를 하고 있을 것이다. 함께 보낼 시간을 이러한 일로 허비하고 있다는 것은 얼마나 잘못된 결정인가! 자신이 그녀를 얼마나 사랑하는지 모른단 말인가? 그 어떤 것도 지금 이 순간의 기다림의 고통에 비하면 가치가 없다. 이펙이 마지막 순간에 생각을 바꾸어, 오지 않을지도 모른다는 불안감이 갈수록 증폭되었다.

마차 한 대가 호텔로 다가왔다. 카디페에게 기대어 걸어가고 있는 투르굿 씨는 자히데와 접수계 직원인 자빗의 도움으로 마차에 탔다. 마차 문의 커튼이 내려졌다. 하지만 마차는 움직이지 않았다. 가로등 불빛 아래 더욱더 크게 보이는 눈송이들이 마차 차양에 쌓여갔지만 마차는 그저 그렇게 멈춰 서 있었다. 그때 자히데가 뛰어와 카가 보지 못한 그 무엇인가를 마차 안으로 건넸다. 마차가 출발하자 카의 심장이 빠르게 뛰기 시작했다.

하지만 이펙은 오지 않았다.

기다림의 고통과 사랑의 차이는 무엇일까? 사랑처럼 기다림의 고통도 위(胃) 위쪽과 배의 근육 사이의 한 지점에서 시작하여 가슴, 다리의 위쪽 부분과 이마를 점령하며 퍼지며, 온 몸을 마비시키고 있었다. 호텔 내부에서 들려오는 달그락 소리를 들으며 카는, 지금 이 순간 이펙은 무엇을 하고 있을지 추측하려고 애를 썼다. 거리를 지나가는, 그녀와 전혀 닮지 않은 여자를 이펙이라고 생각했다. 눈이 아름답게 내리고 있지 않은가. 한순간 기다리고 있다는 것을 잊을 수만 있다면! 어린 시절 예방주사를 맞으러 학교 식당으로 내려갔었다. 소독약 냄새와 튀김 냄새 속에서 팔을 걷고 순서를 기다리고 있을 때도 배가 이렇게 아팠었다. 죽고 싶어졌다. 집에, 자신의 방에 있었으면 했다. 프랑크푸르트에 있는 형편없는 자신의 방에 있고 싶었다. 여기에 온 것은 얼마나 큰 실수란 말인가! 지금은 머릿속에 시조차 떠오르지 않았다. 너무나 고통스러워 텅 빈 거리에 내리는 눈을 바라볼 수도 없었다. 그래도 눈이 올 때 따스한 창 앞에 서 있는 것이 좋았다. 이 상황이 죽는 것보다는 나았다. 이펙이 오지 않는다면 죽을 수도 있었기 때문이다.

정전이 되었다.

카는 이것을 좋은 징조로 해석했다. 이펙은 어쩌면 정전이 될 것을 알았기 때문에 오지 않을 수도 있었다. 그의 눈은 시간을 죽일 수 있는, 눈 속의 어두운 거리에 있을 어떤 움직임을 찾고 있었다. 이펙이 여전히 오지 않는 이유를 해명할 그 무엇을. 트럭 한 대가 보이는 듯했다. 군용트럭인가? 아니었다. 그의 마음이 일으킨 착각일 뿐이었다. 계단을 오르는 소리가 들리는 것 같다는 생각도 마찬가지였다. 아무도 오고 있지 않았다. 그는 창에서 물러나 침대에 몸을 던져 엎드려 누웠다. 배의 통증은 깊고 강한 아픔으로, 후회로 가득 찬 속 수무책으로 변했다. 허송세월을 보냈고, 이곳에서 불행과 외로움 때문에 죽을 것 같다는 생각이 들었다. 프랑크푸르트에 있는 그 작은 쥐구멍에 다시 들어갈 힘도 없을 것 같았다. 하지만 그의 마음을 더욱 아프게 하고 미칠 것처럼 느껴지게 만드는 것은, 이 같은 불행이 아니었다. 조금 더 영리하게 행동했더라면 인생을 더 행복하게 보낼 수도 있었을 것이라는 뒤늦은 후회였다. 자신의 불행과 외로움을 아무도 모른다는 것이 끔찍했다. 이펙이 이를 알았더라면 절대 날 기다리게 하지 않고 이 방으로 올라왔을 것이다! 그의 어머니가 그의 상태를 보셨다면 이 세상에서 오로지 그분만이 마음 아파했을 것이다. 그의 머리를 쓰다듬으며 그를 위로했을 것이다. 얼음이 얼어붙은 창문을 통해 카르스의 희미한 빛, 집에서 흘러나오는 오렌지 빛이 보였다. 눈이 이 속도로 며칠 동안 몇 달 동안 내렸으면 했다. 아무도 카르스 시를 다시 찾지 못하도록 덮어버렸으면 했다. 지금 누워 있는 이 침대에서 잠이 들어, 어머니와 함께 햇빛 쏟아지는 아침 자신의 어린 시절 속에서 깨어났으면 했다.

그때 누군가 문을 두드렸다. 주방에서 일하는 누군가가 왔을 거라고 생각했다. 그래도 벌떡 일어나 문을 열었다. 어둠 속에서 이펙의 존재를 느꼈다.

"왜 이렇게 늦었어?"

"내가 늦었어?"

하지만 카는 그녀의 말을 듣지 못했다. 그는 온 힘을 다해 그녀를 껴안았다. 자신의 머리를 그녀의 목과 머리칼 사이에 넣었다. 그리고 그렇게 서 있었다. 너무나 행복해서 기다림의 고통이 부질없게 느껴졌다. 하지만 그래도 그 고통 때문에 피곤했고, 그 때문에 필요한 만큼의 희열을 느끼지 못했다. 그래서 잘못하고 있다는 것을 알면서도 공연히 왜 늦었냐고 이펙을 추궁하고 불만을 토로했다. 이펙은 아버지가 가자마자 왔다고 했다. 아, 그렇다. 그녀는 주방으로 가 자히데에게 저녁 식사에 관하여 한두 마디를 한 후 곧장 올라왔다. 1분도 채 걸리지 않은 일이었다. 이 때문에 카를 기다리게 했다고는 생각하지 않았다. 카는 이제 막 시작되려는 관계에서 그녀보다 훨씬 들떠 있었고 더 화를 내고 있었다. 그는 밀고 당기기 싸움에서 지고 있다는 것을 느꼈다. 하지만 자신의 나약함을 보이기가 두려워 기다림의 고통을 숨기는 것은 그를 진실치 못한 사람으로 추락시킬 것이다. 모든 것을 나누기 위해 사랑에 빠지고 싶어하지 않았던가? 사랑은 모든 것을 말하고 싶어하는 욕구가 아니던가? 한순간 이 모든 생각의 사슬을 이펙에게 고백하듯이 흥분된 어조로 빠르게 설명했다.

"지금은 모두 잊어. 난 여기에 너와 사랑을 나누기 위해 왔어."
이펙이 말했다.

그들은 키스를 했다. 그러고는 카가 아주 좋아하는 부드러운 자세로 침대로 쓰러졌다. 이는 4년 동안 그 누구와도 사랑을 나누지 않았던 카에게는 기적과도 같은 행복의 순간이었다. 이 때문에 육욕의 희열에 몰입하기보다는, 그 순간이 얼마나 아름다운가에 관한 생각으로 꽉 차 있었다. 첫 경험에서처럼, 그를 충만하게 한 것은 사랑을 나누는 행위보다는 사랑을 나누고 있다는 생각이었다. 이는 처음에 카가 극도로 흥분하는 것을 제어해 주었다. 동시에 프랑크푸르트에서 중독되었던 포르노 영화에서 나오는, 그 비밀을 풀지 못했던 일련의 세부 사항들이 시적인 논리로 눈앞에서 빠르게 스쳐 지나가기 시작했다. 하지만 사랑을 나눌 때 자신을 흥분시키기 위해 외설적인 장면을 상상하는 것과는 달랐다. 그는 결국 머릿속에 어떤 환상으로 자리 잡은 경험의 일부가 될 수 있다는 가능성을 자축하고 있었다. 이 때문에 카를 흥분시키는 것은 이펙이 아닌, 상상 속 여자의 이미지였다. 그 여자가 이곳 침대에 있다는 것이 기적처럼 느껴졌다. 카는 거칠고 서투르게 여자의 옷을 벗기고 나서야 상대가 이펙이라는 것을 깨달았다. 가슴은 크고 어깨와 목 주위의 피부는 부드러웠다. 그리고 이상하고 생소한 냄새가 났다. 밖에서 들어오는 눈 빛이 그녀를 비추었다. 이따금 광채를 발하는 그녀의 눈을 보니 두려웠다. 그녀의 눈은 자신감에 차 있었다. 이펙은 그가 원하는 만큼 약하지 않았다. 카는 그것이 두려웠다. 이 때문에 카는 그녀의 머리칼을 잡아 당겼다. 이것이 마음에 들자 오기로 더 많이 잡아 당겼다. 그의 머릿속에 들어 있는 외설적인 장면에 적합한 행동을 하도록 그녀에게 강요했다. 그리고 기대하지 않았던 본능의 리듬을 타며 거칠게 행동했다. 그녀도 이를 좋아한다는 것을 느끼자 그의 마음속에 있던 승리감이 우애로 바뀌었다. 카르스 시의 비참함으로부터 자신뿐만이 아니라 이펙도 보호하고 싶다는 듯 힘껏 그녀를 껴안았다. 하지만 충분한 반응을 얻지 못했다는 결론을 내리고 그녀에게서 멀어졌다. 그러는 동안 카의 이성은 성적 기교의 하모니와 진행 과정을 자신조차 기대하지 않았던 균형으로 통제하고 있었다. 이렇게 해서 이펙에게서 꽤 멀어졌다는 생각이 드는 순간에 그녀에게 격렬하게 다가갔다. 그녀를 아프게 하고 싶었다. 나의 독자들에게 전달할 필요가 있다고 판단되는, 카가 기술한 이때의 섹스에 관한 서술에 의하면, 이후 그들은 세상을 완전히 뒤로하고 격렬하게 서로를 탐닉했다. 섹스의 끝 무렵 이펙은 애처롭게 비명을 질렀다. 그러자 카의 과대망상과 두려움이 다시 시작됐고, 가장 외진 구석에 있는 이 방이 처음부터 이러한 이유로 자신에게 제공되었다는 생각을 했다. 서로에게 가하는 고통에서 둘 다 희열을 느끼고 있다는 생각이 드니 외로웠다. 그러자 복도와 방이 머릿속에 있는 호텔에서 떨어져 나가 텅 빈 카르스 시의 외딴 마을에 자리를 잡았다. 심판의 날 이후의 정적을 떠올리게 하는 이 텅 빈 도시에서도 눈은 내리고 있었다.

그들은 한동안 침대에 누워 아무 말 없이 밖에서 내리는 눈을 바라보았다. 카는 때로 이펙의 눈에서도 내리는 눈을 보았다.

29
내가 잃은 것은 단지 네가 아니라 모든 세상인 거 같아

프랑크푸르트에서

나는 카가 죽은 후 42일이 지나, 그가 카르스에 왔다 간 지 4년 후, 그가 프랑크푸르트에서 인생의 마지막 8년을 보낸 작은 아파트를 찾았다. 눈이 오고 비가 오고 바람이 부는 2월 어느 날이었다. 아침에 이스탄불에서 비행기를 타고 도착한 프랑크푸르트는 카가 16년간 나에게 보낸 엽서에서 본 것보다는 매력이 없는 도시였다. 빠르게 지나가는 어두운 자동차들, 유령처럼 나타났다 사라지는 트램, 손에 우산을 들고 바삐 걸어가는 여자들을 제외하면 거리는 텅 비어 있었다. 날씨가 얼마나 흐리고 어두웠던지 정오에도 창백하고 노란 가로등 빛이 켜져 있었다.

그래도 중앙 역 주위의 거리에서, 되네르 케밥 식당, 여행사, 아이스크림 가게 그리고 섹스 숍들이 늘어선 인도에서, 거대한 도시를 지탱해 주는 불멸의 에너지의 흔적을 볼 수 있어서 기뻤다. 호텔에서 짐을 풀고, 나를 초대한 재독 터키인 문학청년과 전화 통화를 했다. 그는 나의 요청에 따라 시민회관에서의 연설을 주선해 주었다. 그리고 중앙 역에 있는 이탈리아식 카페에서 타르쿳 웰춘을 만났다. 카의 여동생이 그의 전화번호를 알려주었다. 쉰 살 정도에 선하고 지쳐 보이는 그 남자는 카가 프랑크푸르트에 살 때 그를 가장 잘 알고 있던 사람이었다. 카의 죽음 이후 진행된 진상 조사에서 경찰에게 정보를 주었고, 이스탄불에 전화해 그의 가족과 연락을 취했으며, 시신을 터키에 보내는 데 도움을 준 남자였다. 그 당시 나는 카가 카르스에서 돌아간 후 4년 만에 겨우 완성했다고 말했던 시집의 습작 노트가 독일 유품들 사이에 있을 것이라고 생각하면서, 그의 아버지와 여동생에게 그의 유품이 어떻게 되었는지 물었었다. 그들은 당시 독일까지 갈 만한 경제적 여유가 없었기 때문에, 카의 유품들을 챙기고 그가 살던 집을 정리해 달라는 부탁을 내게 해왔다.

타르쿳 웰춘은 1960년대 초에 프랑크푸르트에 온 초기 이민자 중 한 명이었다. 재독 터키인 협회와 자선 단체에서 수년 동안 교사 일과 고문 일을 한 사람이었는데, 독일에서 낳아 대학까지 보낸 아들딸 사진을 보여주며 자랑스러워했다. 그는 프랑크푸르트에 사는 터키인들의 존경을 받고 있었다. 하지만 나는 그의 얼굴에서도 역시, 독일에 사는 제1세대 터키인 이민자들과 정치 망명자들에게서 보이는 특유의 외로움과 패배감을 엿보았다.

타르쿳 웰춘은 먼저 내게 카가 총에 맞았을 때 들고 있었던 작은 여행 가방을 보여주었다. 경찰은 서명을 받고 가방을 그에게 양도했었다. 나는 그 가방을 열고 미친 듯이 뒤졌다. 가방 안에는 카가 18년 전에 니샨타쉬에서 산 잠옷, 초록색 스웨터, 내가 이스탄불에서 보냈던 문학잡지들이 들어 있었다. 하지만 초록색 습작 노트는 없었다.

우리는 복잡한 역사 안에서 웃으면서 잡담을 나누는 두 명의 나이 든 터키인들을 보았다. 그들은 자루걸레질을 하고 있었다. 커피를 마시며 그가 말했다.

"오르한 씨, 당신 친구인 카는 아주 외로운 사람이었소. 나를 포함해, 프랑크푸르트에서 그가 무엇을 했는지 아는 사람은 거의 없었다오."

그래도 그는 내게 카에 대해 자신이 알고 있는 모든 것을 말해 주겠다고 약속했다.

우리는 먼저 역 뒤에 있는 100년 된 공장 건물과 옛 군대 막사 사이를 지나 카가 8년 동안 살았다는 구트로이트 가(街) 근처의 아파트로 갔다. 하지만 작은 광장과 어린이 놀이터가 바라다 보이는 아파트 건물의 외부 문과 카의 아파트를 열어줄 집주인을 만나지 못했다. 우리는 진눈깨비를 맞으며 페인트칠이 벗겨진 오래된 문이 열리기를 기다렸다. 나는 카가 편지와 가끔씩의 전화 통화(카는 과대망상적인 의심에 사로잡혀 도청당하고 있다고 생각했기 때문에 터키에 전화하는 것을 좋아하지 않았다.)를 통해 알려줬던, 버려진 작은 공원, 모퉁이 구멍가게, 술과 신문을 파는 집 앞의 가게의 어두운 진열장을, 마치 나의 기억이라도 되는 듯이 바라보았다. 카가 더운 여름밤에 이탈리아나 유고슬라비아의 노동자들과 함께 앉아 맥주를 마셨던 어린이 놀이터의 그네와 시소 옆에 있는 벤치 위에는 방석 두께만큼의 눈이 쌓여 있었다.

우리는, 카가 최근 몇 년 동안 매일 아침 시립 도서관에 가기 위해 걸었던 길을 따라 역 광장으로 갔다. 바삐 직장으로 향하는 사람들 사이에서 걷는 것을 좋아했던 카가 그랬던 것처럼, 역사 지하상가를 지나 카이저 가에 있는 섹스 숍, 관광용품 가게, 제과점, 약국 앞을 거쳐, 트램이 지나가는 길을 따라 저 멀리 하우프트봐슈 광장까지 걸었다. 타르쿳 웰춘은 되네르 케밥 식당과 청과물 가게에서 보았던 터키인 혹은 쿠르드인들과 인사를 나누면서, 이 모든 사람들이 매일 아침 같은 시간에 여기를 지나 시립 도서관으로 가는 카에게 '안녕하세요 교수님!' 이라고 소리쳤다고 말해 주었다. 내가 이미 그 장소를 물었기 때문에 그는 광장 가장자리에 있는 백화점을 가리켰다. 카우프호프. 나는 카가 카르스에서 입었던 코트를 이곳에서 샀다고 말해 주었다. 하지만 안으로 들어가자는 그의 권유는 거절했다.

카가 매일 아침 갔던 프랑크푸르트 시립 도서관은 현대적이고 정체성 없는 건물이었다. 안에는 이 도서관의 전형적인 방문자들, 그러니까 주부들, 시간을 죽이고 있는 노인들, 실업자들, 한두 명의 아랍인과 터키인, 학교 숙제를 하면서 킥킥거리는 학생들, 그리고 이러한 장소에 항상 있는, 극도의 비만인들, 장애인들, 정신지체 장애인들 그리고 바보들이 있었다. 입에서 침이 흐르는 청년은 그림책을 보다가 고개를 들고는 내게 혀를 내밀었다. 책들 사이에서 지루해하는 나의 안내자를 아래층 카페에 앉히고 나는 영문 시집이 있는 서가로 갔다. 그리고 뒤표지 안쪽에 있는 대출 카드에서 내 친구의 이름을 찾았다. 오든, 브라우닝, 콜리지. 매번 카의 서명을 볼 때마다 이 도서관에서 인생을 소비했을 친구에 대한 생각이 나 눈물이 글썽거렸다.

나는 나를 깊은 슬픔 속으로 끌어당기는 조사를 짧게 끝냈다. 그리고 나의 안내자와 함께 같은 길을 걸어 아무 말 없이 되돌아갔다. 카이저 가의 중간 정도에 '월드 섹스 센터' 라는 웃기는 이름의 가게가 나왔다. 그 앞에서 왼쪽으로 돌아 한 블록 밑에 있는 뮌헤너스트라스 가로 갔다. 그곳에는 터키인이 운영하는 청과물 가게, 케밥 가게, 텅 빈 이발소가 있었다. 그가 내게 무엇을 보여주려고 하는지 알고 있었다. 심장이 콩콩 뛰었다. 나의 눈은 오렌지, 프라사*, 외발 거지, 에덴 호텔의 갑갑한 진열장을 간간이 비추는 자동차 헤드라이트, 어둠이 깔린 저녁의 잿빛 속에서 선명한 핑크빛으로 빛나는 네온사인의 알파벳 K에 고정되었다.

"여깁니다. 바로 이곳이 카의 시체를 발견한 곳입니다."

타르쿳 웰춘이 말했다.

나는 젖은 인도를 텅 빈 시선으로 바라보았다. 순간 청과물 가게에서 서로 밀치며 밖으로 뛰쳐나온 두 아이들 중 하나가, 세 발의 총알을 맞은 카의 몸이 쓰러졌던 젖은 인도를 밟고 우리 앞을 지나갔다. 전방에 서 있는 트럭의 빨간 빛이 아스팔트를 비추고 있었다. 카는 그 인도 위에서 몇 분간 고통 속에서 몸부림치다가 앰뷸런스가 도착하기도 전에 죽었다. 나는 고개를 들어 그가 죽을 때 보았을 하늘을 바라보았다. 터키인이 경영하는 되네르 케밥 가게, 여행사, 이발소 그리고 맥주 집. 오래되고 어두운 건물들과 전깃줄 그리고 가로등 사이에서 좁은 하늘이 보였다. 카는 밤 12시경에 저격을 당했다. 타르쿳 웰춘은 그 시간대라면 한두 명일지라도 창녀가 배회하고 있었을 것이라고 말했다. 진짜 '매춘'은 한 블록 위에 있는 카이저 가에서 행해지지만 활동이 많은 밤이나, 주말, 박람회가 열릴 때에는 '여자들'이 이곳으로도 흘러온다고 했다. 내가 무슨 흔적이라도 찾듯이 여기저기를 둘러보자 타르쿳 웰춘이 말했다.

"아무것도 찾지 못했답니다. 독일 경찰은 터키 경찰과는 다르지요. 임무를 잘 수행합니다."

---

* 파처럼 생긴 푸른색 야채.

하지만 내가 주위에 있는 가게들을 기웃거리자 진심에서 우러나오는 연민으로 나를 도와주었다. 이발소에서 일하는 처녀들은 타르쿳 씨를 알아보고는 안부를 물었다. 그녀들은 물론 살인이 행해진 시간에는 가게에 없었다. 그 사건에 대해서도 전혀 들은 바가 없다고 했다.

"터키 가정이 딸들에게 가르치는 것은 오로지 이용 기술뿐이지요. 프랑크푸르트에는 수백 명의 터키인 여자 이발사가 있습니다."

밖으로 나오자 그가 이렇게 말했다.

청과물 가게의 쿠르드인들은 살인 사건보다는 그 이후 경찰들의 진상 조사에 대해 더 많이 알고 있었다. 그래서인지는 몰라도 우리를 그다지 좋아하지 않았다. 사건이 일어난 시각, 그때도 손에 들고 있던 더러운 수건으로 플라스틱 테이블을 닦고 있던 바이람 케밥 하우스의 종업원은, 권총 소리를 듣고 한참이 지나서야 밖으로 나갔다. 그는 카가 죽기 전에 본 마지막 사람이었다.

케밥 가게에서 나온 후 처음 나타난 건널목을 지나 빠르게 걸었다. 우리는 어두운 건물의 뒷마당에 도착했다. 타르쿳 씨가 가리키는 바대로 계단을 통해 아래층으로 내려갔다. 어떤 문을 지나자 한때 창고였던 것으로 추정되는 격납고만한 곳에 도착했다. 두려움을 주는 장소였다. 카펫 위에 앉아 오륙십 명 정도의 신자가 밤 기도를 하고 있는 것으로 보아 이슬람 사원으로 사용되는 듯했다. 주위에는 이스탄불에 있는 지하상가처럼 더럽고 어두운 가게들이 들어서 있었다. 진열장조차도 반짝이지 않는 보석상, 거의 난쟁이에 가까운 청과물 가게 주인, 손님이 바글대는 인접한 정육점, 텔레비전을 보고 있는 찻집 종업원, 소시지 타래가 걸린 가게. 가장자리에는 터키 산 과일주스 박스들, 마카로니, 통조림, 종교 서적을 파는 판매대가 놓여 있었고, 사원보다 사람이 많은 찻집이 있었다. 담배 연기가 꽉 찬 찻집에서 지친 남자들이 텔레비전에서 방영되는 터키 영화에 몰두하고 있었다. 몇몇은 그들을 지나쳐, 기도 전 손발을 씻는 물이 담긴 구석 자리의 커다란 플라스틱 통을 향했다.

"종교 축제 기간과 금요 기도 시간에는 이곳에 이천 명이 모입니다. 계단에서 뒷마당까지 사람으로 넘쳐나지요."

타르쿳 씨가 말했다.

나는 단지 무엇인가를 해야 한다는 생각으로 잡지 판매대에서 《보도》지를 샀다. 그리고 사원 바로 위에 있는 옛 뮌헨 스타일의 맥주 집에 가 앉았다. 타르쿳 웰춘은 바닥을 가리키며 이렇게 말했다.

"이곳은 쉴레이만주의자들의 사원이지요. 그들은 신실한 종교인들입니다. 하지만 테러에는 연루되지 않지요. 민족 옹호주의자들 혹은 제말레띤 카플란주의자들처럼 터키 정부와 대치하지도 않습니다."

그래도 나의 시선에서 의심을 느꼈는지 혹은 내가 실마리를 찾는 듯 잡지를 뒤적거리는 것을 보고는 불안해졌는지, 카가 살해된 것과 관련하여 그가 아는 것과 경찰과 언론을 통해 알게 된 것들을 알려주었다.

카는 42일 전 새해 첫째 주 금요일 11시 30분에 함부르크에서 있었던 시의 밤에 참석한 후 돌아왔다. 6시간의 기차 여행 후, 역의 남문으로 나와 지름길을 통해 구트로이트 가 근처의 집으로 가는 대신 정반대의 카이저 가로 들어갔다. 미혼 남자들, 여행객들, 술 취한 사람들, 여전히 영업 중인 성인용품 가게들, 손님을 기다리고 있는 창녀들 사이에서 25분간 배회했다. 30분 후 월드 섹스 센터에서 오른쪽으로 꺾어 들어갔고, 뮌헤너스트라스 가에서 맞은편 인도로 건너가자마자 총에 맞았다. 추측하건대 집에 가기 전에, 가게 두 곳을 지나면 있는 규젤 안탈야 청과물 가게에서 귤을 사려고 했을 것이다. 그곳은 그 주위에서 밤 12시까지 문을 여는 유일한 가게였다. 종업원은 카가 밤에 귤을 사가곤 했던 것을 기억하고 있었다.

경찰은 목격자를 찾지 못했다. 바이람 케밥 하우스의 종업원은 권총 소리는 들었지만, 텔레비전과 손님들 소리 때문에 몇 발이 발사되었는지는 알지 못했다. 사원 위에 있는 맥주 집의 성에 낀 창을 통해서는 밖을 보기가 힘들었다. 카가 갔었다고 여겨지는 청과물 가게의 종업원이 무슨 일이 있었는지 모르겠다고 하자 경찰이 의혹을 품고 하룻밤 동안 그를 조사했지만 아무런 단서도 찾지 못했다. 한 블록 밑에서 담배를 피우며 손님을 기다리던 창녀 한 명은, 같은 시각에 키가 작고 터키인처럼 보이는 검은 외투를 입은 사람이 카이저 가를 향해 뛰어가는 것을 보았다고 했다. 하지만 자신이 본 사람을 정확히 설명하지는 못했다. 앰뷸런스는 카가 인도에 쓰러진 후 우연히 집 발코니에 나온 어떤 독일인이 불렀다. 하지만 그 역시 아무도 보지 못했다. 첫 번째 총알은 카의 머리 뒤에서 들어가 왼쪽 눈을 통해 나왔다. 다른 두 발은 심장과 간 주위에 있는 핏줄을 산산조각 내고 등과 가슴 부분을 관통해 회색 코트를 피투성이로 만들었다.

"뒤에서 쏜 것을 보면, 작정을 하고 미행한 게 분명합니다."

나이가 들고 말 많은 형사는 이렇게 말했다. 어쩌면 함부르크에서부터 그를 미행했을 것이다. 경찰은 다른 가능성에 대해서도 조사를 했다. 애정 관계, 터키인들 사이의 정치적인 보복 같은 것들. 카는 역 근처 지하 세계와는 관계가 없었다. 그의 사진을 본 판매대 종업원들은 그가 가끔 성인용품 가게들을 돌아다녔고, 포르노 영화를 보는 작은 방에 들어갔었다고 경찰에게 말했다. 맞건 틀리건 신고도 들어오지 않았고, '살인자를 찾아야 한다.' 라고 말하는 언론이나 다른 쪽의 압력도 없었기 때문에 어느 정도 기간이 지나자 경찰은 그 사건에서 손을 뗐다.

    살인사건을 조사한다기보다는 덮어버리는 것이 목적인 듯 행동하던 기침이 잦은 늙은 형사는 카를 아는 사람들을 만났다. 하지만 조사를 하면서 자신이 더 많은 설명을 했다. 이 자상하고 터키인을 좋아하는 형사 덕분에, 타르쿳 웰춘은 카가 카르스에 가기 전 8년 동안 그의 인생에 들어온 두 명의 여자에 대해 알게 되었다. 나는 한 명은 터키인, 다른 한 명은 독일인인 이 두 여자의 전화번호를 수첩에 주의 깊게 적었다. 카르스에서 돌아온 후 4년 동안 카는 그 어떤 여자와도 관계를 맺지 않았었다.

    우리는 눈을 맞으며 아무 말 없이 카가 살았던 집으로 다시 갔다. 비로소 건장하고 불만이 많지만 그럭저럭 사람 좋은 집주인을 만날 수 있게 되었다. 그는 서늘하고 연기 냄새가 나는 오래된 건물의 지붕 밑 다락방 문을 열면서 화가 난 목소리로 곧 세를 놓겠다고 말했다. 우리에게 안에 있는 더러운 것들을 가지고 가지 않으면 모두 버리겠다고 말하고는 나갔다. 카가 인생의 8년을 보냈던 어둡고 천장 낮은 작은 방으로 들어가자 어린 시절부터 알고 있던 그만의 특유한 냄새가 났다. 그것은 그의 어머니가 손으로 짠 양모 스웨터와 책가방에서, 그의 집에 놀러 갔을 때 그의 방에서 나던 냄새였다. 상표를 몰랐지만 물을 생각도 하지 못했던 터키 비누에서 나는 냄새라고 생각했었다. 눈물이 날 것 같았다.

    카는 독일에서 살던 초창기에 짐꾼, 이삿짐센터 직원, 터키인들을 상대로 한 영어 강사, 페인트공 같은 직업을 전전했다. 그러다 공식적으로 '정치 망명자'로 인정받았고, '망명자 급여'를 받기 시작한 후로는, 이러한 일들을 주선해 주었던 터키인 시민회관에 출입하는 공산주의자들과 관계를 끊었다. 망명 생활을 하는 터키인 공산주의자들은 카를 지나치게 외향적인 '부르주아'라고 생각했다. 마지막 12년 동안 카의 또 다른 수입의 원천은 시립 도서관, 문화의 집, 재독 터키인 협회에서 개최하는 시 낭송 프로그램이었다. 터키인들만 오는 시 낭송 프로그램에(참석자가 20명을 넘는 경우는 거의 없었다.) 한 달에 세 번 참석하면 500마르크를 벌었는데, 망명자 급여로 400마르크를 받았기 때문에 그럭저럭 한 달 생활비는 되는 돈이었다. 하지만 그런 경우가 자주 있지는 않았다. 의자와 재떨이는 부서져 있었다. 전기난로도 녹이 슬어 있었다. 처음에는 집주인이 보채는 것에 신경질이 났기 때문에, 내 친구의 모든 물건들을 가지고 나오려 했다. 머리 냄새가 남아 있는 베개, 고등학교 시절에도 착용했다고 기억되는 벨트와 넥타이, 구두코 끝이 발톱 때문에 뚫려 '집에서 실내화처럼 신고 있다.'라고 편지에 쓴 발리 상표 구두, 칫솔, 칫솔을 꽂아둔 더러운 컵, 350권 정도 되는 책, 오래된 텔레비전과 언급한 적 없는 VCR, 낡은 재킷, 와이셔츠, 터키에서 가지고 온 18년 된 파자마. 나는 그것들을 방에 있던 낡은 트렁크와 자루에 넣고 가지고 올 생각이었다. 하지만 내가 정말로 찾고 싶었던 것, 방에 들어가자마자 프랑크푸르트에 온 이유가 그것 때문이었음을 기억하게 한 바로 그 물건이 책상에 없음을 알고 나는 침착성을 잃었다.

프랑크푸르트에서 내게 보낸 마지막 편지에서 카는 4년 동안의 노력 끝에 새 시집을 탈고했다고 했다. 시집의 제목은 『눈』이었다. 시의 대부분은 카르스에서 갑자기 '온' 영감으로 초록색 노트에 썼다고 했다. 카르스에서 돌아온 후 자신도 눈치 채지 못한 '심오하고 비밀스런' 규칙이 그 노트에 있다는 것을 느끼고, 그는 프랑크푸르트에서의 4년을 '부족한 부분들'을 완성하며 보냈다. 이는 고통스럽고 소모적인 분투였다. 카르스에서는 마치 누군가 그의 귀에 대고 속삭이듯 쉽게 '왔던' 시행들을 프랑크푸르트에서는 전혀 들을 수가 없었던 것이다.

　이러한 이유로 그는 대부분의 시간을, 카르스에서 영감으로 써 내려갔던 시들의 비밀스런 이성을 찾는 일로 보냈고, 이 이성을 좇으며 부족함을 메워나갔다. 내게 보낸 마지막 편지에서 그는 결국 이 모든 노력의 결실을 찾았고, 독일의 도시에서 이 시들을 낭송해 볼 것이라고 했다. 모든 것이 기대대로 완성되면 노트 한 권에 써 들고 다녔던 시들을 타이핑해 사본 하나는 나에게, 다른 사본 하나는 이스탄불에 있는 출판사에 보낼 것이라고 했다. 그러면 시집 뒤표지에 내가 한 두 마디의 말을 써서, 출판사를 경영하는 우리들의 친구인 파히르에게 보내주었으면 한다는 바람도 적혀 있었다.

　시인에게서 기대하지 않았던 잘 정돈된 책상은 눈과 저녁 어둠 속에서 사라지는 프랑크푸르트의 지붕들을 바라보고 있었다. 초록색 천으로 덮인 책상의 오른쪽 위에는 카가 카르스에서 보냈던 날들과 그곳에서 쓴 시들을 해석하는 노트들이 있었다. 왼쪽에는 그 당시 읽고 있던 책과 잡지들이 있었다. 책상의 정 중앙에 있는 상상 속의 선을 중심으로 청동 램프와 전화기가 같은 거리에 놓여 있었다. 나는 서랍, 책, 노트들, 망명 생활을 하는 많은 터키인들이 그러하듯 그도 정리하고 있던 신문 스크랩북, 옷장, 침대 속, 욕실과 부엌의 작은 서랍, 냉장고와 빨래를 넣은 작은 자루 속 등 작은 노트가 들어갈 수 있는 집안 구석구석을 조급하게 다 뒤졌다. 그 노트가 사라졌을 수도 있다는 것을 믿지 않았다. 타르쿳 웰춘이 담배를 피우며 눈 내리는 프랑크푸르트를 조용히 바라보고 있을 때 나는 이미 뒤졌던 곳을 다시 점검했다. 함부르크 여행을 갈 때 가지고 갔던 손가방 속에 없었다면, 이곳에, 이 집에 두었을 것이다. 카는 시집을 완성하기 전 그 어떤 시도 복사하지 않았다. 이를 불운한 것으로 본다고 말했었다. 하지만 내게 썼던 것처럼 그는 그 시집을 완성했던 것이다.

2시간 후에도 여전히, 나는 카가 카르스에서 시를 쓴 초록색 노트가 분실되었다는 것을 받아들이지 못했다. 노트 혹은 최소한 그의 시들이 여기 어딘가 바로 내 코앞에 있으며, 단지 내가 혼란스럽기 때문에 그것이 어디 있는지 알아차리지 못하고 있다고 믿었다. 집주인이 문을 두드렸다. 나는 책상, 서랍에서 찾을 수 있었던 모든 노트들, 카의 필적이 있는 모든 종이들을 비닐 봉투에 담았다. VCR 옆에 아무렇게나 던져놓은 포르노 테이프(카의 집에 손님이 한 명도 오지 않는다는 증거)도 카우프호프 마크가 새겨진 쇼핑 봉투에 넣었다. 긴 여행을 떠나기 전 가장 평범한 물건들 중 하나를 챙기는 여행객처럼, 카가 살던 장소에서 내가 가지고 갈 수 있는 마지막 기념품을 찾았다. 하지만 여느 때와 같이 결정을 내리지 못하는 혼란 속에 빠졌다. 그래서 책상 위에 있던 재떨이, 담뱃갑, 편지 봉투 뜯는 칼, 머리맡에 있던 시계, 겨울 밤 파자마 위에 입었기 때문에 그의 체취가 나는 25년 된 너덜너덜한 조끼, 여동생과 돌마바흐체 궁전에서 찍은 사진, 더러운 양말, 서랍에 있던 사용하지 않은 손수건, 부엌에 있던 포크, 쓰레기통에서 꺼낸 담뱃갑까지, 박물관 관리자의 열정과 같은 심정으로 모든 것을 봉투에 담았다. 이스탄불에서 마지막으로 만났을 때 카는 나에게 이후에 내가 쓸 소설에 대해 물었었다. 나는 아무에게도 말하지 않고 감춰두었던 『순수 박물관』의 줄거리를 그에게 말해 주었었다.

안내자인 타르쿳 웰춘과 헤어져 호텔 방으로 들어가자마자 나는 카의 물건들을 속속들이 뒤적이기 시작했다. 내가 맞이한 치명적인 슬픔에서 벗어나기 위해 그날 밤만큼은 내 친구를 잊겠다고 결심을 했는데도 말이다. 먼저 포르노 테이프들을 보았다. 호텔 방에는 VCR이 없었다. 하지만 테이프 위에 자신의 손으로 쓴 메모를 보고는 내 친구가 멜린다라는 이름의 미국 포르노 배우에게 특별한 관심이 있었다는 것을 알게 되었다.

카가 카르스에서 자신에게 온 시들을 해석하는 글이 적힌 노트를 읽기 시작했다. 카르스에서 경험했던 그 모든 공포와 사랑을 카는 왜 내게 숨겼을까? 서랍에서 찾아 봉투에 넣었던 서류철에서 나온, 40통에 가까운 연애편지에서 해답을 찾을 수 있었다. 모두 이펙에게 쓴 것들이었다. 하지만 한 통도 보내지 않았다. 그 편지들은 모두 같은 문장으로 시삭되고 있었다. "사랑하는 이펙, 이 편지를 쓸까 말까 아주 많이 생각했어." 편지에는 카르스에 대한 추억, 이펙과의 섹스에 관련된 고통스럽고 눈물겨운 세부 사항들, 프랑크푸르트에서의 평범한 일상을 요약한 한두 가지 관찰이 들어 있었다. (폰-베트만 공원에서 본 절름발이 개 혹은 슬픔을 안겨주는 유대인 박물관의 아연 책상들에 대해서는 내게도 썼었다.) 편지들 중 그 어떤 것도 접혀 있지 않은 것으로 보아 카는 그것들을 봉투에 넣을 만큼의 용기가 없었던 것 같았다.

어떤 편지에서 카는, "네가 한 마디만 해주면 그리로 달려갈게."라고 쓰고 있었다. 또 다른 편지에서는, "이펙이 날 더 이상 오해하는 일이 없었으면 해. 그래서 다시는 카르스에 돌아가지 않겠어."라고 쓰고 있었다. 어떤 편지는 도중에 갑자기 시에 대해 언급하기도 했고, 읽는 사람들에게 이펙이 편지에 답장을 했다는 인상을 불러일으키는 편지도 있었다. 카는 "안타깝게도 내 편지도 오해를 받고야

말았군."이라고 썼던 것이다. 나는 그날 밤 봉투에서 나온 모든 물건들을 호텔 방의 바닥과 침대 위에 펼쳐놓고 찾았기 때문에, 이펙의 답장은 한 통도 오지 않았다는 것을 확신한다. 그래도 노파심에, 몇 주 후 카르스에 가 그녀를 만났을 때 카에게 편지를 쓴 적이 있냐고 물었고 그렇지 않다는 것을 확인했다. 쓰기도 전에 보내지 않을 것을 알았던 이 편지에서 카는, 왜 이펙이 답장을 보낸 것처럼 썼을까?

우린 지금 어쩌면 이야기의 심장부에 온 것 같다. 타인의 고통과 사랑을 이해하는 것이 얼마나 가능할까? 자신보다 더 깊은 고통, 결핍, 압박 속에서 사는 사람들을 우린 얼마만큼 이해할 수 있을까? 이해한다는 것이 만약 우리를 우리와는 다른 사람들의 처지에 놓는 것이라면, 세상의 부자들과 재판관들은 주변부에 있는 수백만의 가련한 사람들을 이해한 적이 있을까? 소설가 오르한은 시인 친구의 힘겹고 고통스런 삶 속에 있던 어둠을 어느 정도나 볼 수 있을까?

나의 모든 인생은 상처 입은 짐승처럼 짙은 외로움과 결핍의 감정으로 고통스러워. 만약 널 그렇게 강렬하게 껴안지 않았더라면 결국 널 그렇게나 화나게 하지 않았을 것이고, 12년 만에 찾았던 균형을 잃어버리고 처음으로 되돌아가지 않았을 거야. 지금 내 마음속에는 참을 수 없는 상실감과 버림받았다는 슬픔이 있어. 그것이 내 온 몸에 상처를 내고 있어. 내가 잃은 것은 단지 네가 아니라 모든 세상인 것 같아.

나는 이 글을 읽었다고 해서 그 의미를 이해할 수 있을까?
호텔 방에 있는 미니바에서 꺼내 마신 위스키로 거나하게 취하자, 나는 멜린다를 조사하기 위해 카이저 가를 향해 걸었다.
그녀의 눈은 커다란, 아주 커다란 올리브색이었다. 우수에 찬 듯

한 얼굴에 약간의 사시 기가 있는 눈동자, 하얀 피부, 긴 다리, 디반*
시인들이 앵두에 비유했던 작지만 볼륨감 있는 입술. 그녀는 꽤 유
명했다. 24시간 영업하는 월드 섹스 센터의 비디오테이프 코너에서
25분 동안 조사한 결과 그녀의 이름이 박혀 있는 6개의 테이프를 보
게 되었다. 이후 이스탄불로 돌아온 후 이 영화들을 보니, 카의 마음
을 움직였던 멜린다의 면모들을 느끼게 되었다. 그녀가 남자의 다리
사이에 무릎을 꿇고 앉았을 때, 아무리 못생기고 거친 남자라 하더라
도 결국 그가 희열로 신음을 하며 정신을 잃을 때, 멜린다의 창백한
얼굴에는 어머니들만이 고유하게 가지고 있을 법한 진정한 연민의
표정이 드러났다. 옷을 입고 있을 때 자극적이었던 만큼이나(그녀는
욕심 많은 여자 사업가, 남편의 발기불능을 불평하는 주부, 바람기 많은
여주인의 의상을 입었다.), 옷을 벗고 있을 때는 상처받기 쉬워 보였
다. 이후 카르스에 갔을 때 이해하게 되었지만, 그녀의 커다란 눈, 건
강한 몸, 모습과 행동은 이펙을 아주 많이 닮아 있었다.

내 친구가 생의 마지막 4년 동안 이러한 종류의 테이프를 보며 지
냈다는 것을 말한다면, 카에게서 완벽하고 성자 같은 시인의 모습을
기대했던 가난한 영혼들의 분노를 사게 될 것을 알고 있다. 그러나 월
드 섹스 센터에서 멜린다의 비디오테이프를 찾기 위해, 유령처럼 외
로운 남자들 사이를 돌아다닐 때, 나는 세상의 모든 외로운 남자들의
유일한 공통점은, 죄책감을 느끼며 구석에 틀어박힌 채 포르노 비디
오를 보는 일이라는 생각이 들었다. 뉴욕의 42번가 주위의 극장들에
서, 프랑크푸르트의 카이저 가나 이스탄불 베이오울루 지역의 뒷골목
극장에서 나는 남자들과 마주쳤다. 수치심, 가난에 대한 탄식 그리고

* 터키 고전 운문 문학을 이르는 말로, 고전 시편들을 모아 집대성한 '디반(Divan)' 이
라는 책에서 따온 이름이다.

상실감에 사로잡혀 영화를 보다가 휴식 시간이면 허름한 로비에서 서로의 눈을 피하는 이 외로운 남자들은, 민족에 대한 모든 선입관과 인류학 이론에 이의를 제기할 정도로 서로 닮아 있었다. 나는 멜린다의 테이프가 담긴 검은 비닐 봉투를 들고 월드 섹스 센터에서 나와, 텅 빈 거리에 커다란 송이로 내리는 눈을 맞으며 호텔로 돌아왔다.

로비에 있는 대강 만든 바에서 위스키 두 잔을 더 마셨다. 그리고 창밖에서 내리는 눈을 보며 술기운이 번지기를 기다렸다. 방으로 올라가기 전, 조금 더 취하고 나면 오늘밤은 멜린다나 카의 노트에 대해 집착하지 않겠다고 생각했다. 하지만 방에 들어가자마자 노트들 중 하나를 아무 생각 없이 집어 들고는, 옷도 벗지 않고 침대로 몸을 던졌다. 그리고 읽기 시작했다. 서너 페이지를 넘기자 내 앞에 이 눈송이가 나타났다.

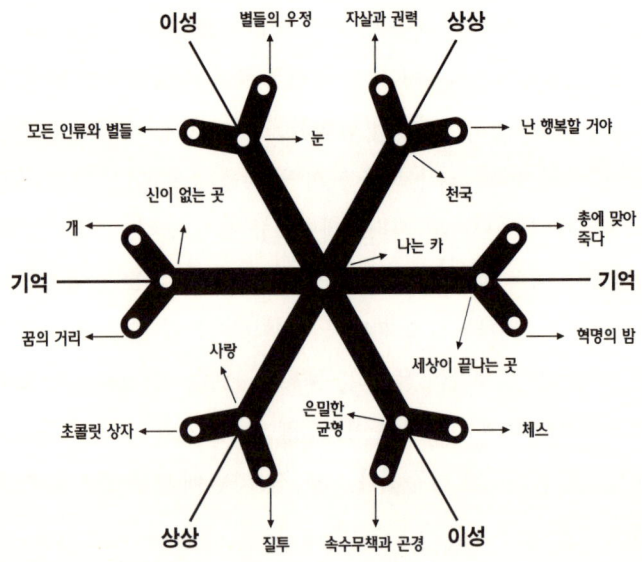

30
우리 언제 다시 만날까?

잠시 동안의 행복

카와 이펙은 사랑을 나눈 후 서로를 껴안고 한동안 침묵 속에 누워 있었다. 세상은 조용했고 카는 너무나 행복했다. 시간은 더디 흘렀다. 그러다 카는 갑작스런 조급함에 사로잡혔고, 침대에서 벌떡 일어나 창밖을 바라다보았다. 그 긴 정적이야말로 자신의 인생에서 가장 행복한 순간이었음을 알게 된 것은 먼 훗날의 일이었다. 카는 자신이 왜 이펙의 품에서 빠져나와 이 비유할 데 없는 행복의 순간을 끝내버렸는지 자문하게 될 것이었다. 이 물음에 대해 그는 다급했기 때문이라고 대답해야 했다. 마치 창밖 저편 눈 내리는 거리에서 무슨 일이 일어나 거기에 화급하게 당도해야만 할 것 같았다.

하지만 창밖 저편에는 내리는 눈 이외에는 아무것도 없었고 여전히 정전 상태였다. 하지만 아래층 주방에서 타고 있는 촛불이 얼음 낀 창을 통해 밖으로 새어나가고 있어, 엷은 오렌지 빛이 천천히 내리는 눈송이들을 밝히고 있었다. 이후에 카는, 인생에서 가장 행복했던 순간을 그렇게 짧게 끝내버린 이유를, 과분한 행복을 견딜 수가 없어서였다고 생각할 것이었다. 하지만 처음 이펙의 품에 안겨 누워있을 때에는 그 순간이 그렇게나 행복했다는 것을 몰랐었다. 그의 마음은 평온했었다. 너무나 당연하게 느껴져, 이전에 왜 자신의 인생을 슬픔과 조급함 사이의 감정으로 허비했는지조차 잊어버린 것 같았다. 이 평온함은 시(詩)가 오기 전의 정적과도 비슷했다. 하지만 시가 오기 전에는 세상의 모든 의미가 적나라하게 보이고 흥분도 느껴졌다. 이 행복의 순간 그의 마음속에는 아무런 광명이 없었다. 더 단순했고 어린아이 같은 순수함이 있었다. 말을 처음 배우는 아이처럼 세상의 의미를 말해 버릴 것만 같았다.

오후에 도서관에서 읽은 눈송이의 구조에 관한 내용이 하나하나 떠올랐다. 눈에 관하여 다른 어떤 시가 올 경우에 대비해 미리 준비해 놓고자 하는 마음으로 도서관에 갔었다. 하지만 지금 그의 뇌리에는 시가 없었다. 그는 백과사전에서 읽었던 순진해 보이는 육각형 구조를, 눈송이처럼 하나하나 다가오는 시의 하모니에 비유했다. 모든 시는 더 깊은 곳에 있는 의미를 보여주어야 한다고 그 순간 생각했다.

"거기서 뭘 해?"

이펙이 말했다.

"눈을 바라보고 있어."

자신이 눈송이들의 기하학적인 구조에서 아름다움과는 별개의 의미를 찾았다는 것을, 이펙이 눈치 챈 것 같았다. 하지만 다른 한편으로는 그것이 불가능하다는 것을 알고 있었다. 이펙은 한편으로 카가 자기 이외의 다른 것에 관심을 갖는 것이 불안했다. 이펙을 향한 자신의 마음이 너무나 절실하고, 이 때문에 자신이 너무나 무방비 상태로 느껴졌기 때문에, 카는 이펙이 그러한 마음을 갖는다는 것이 내심 흐뭇했다. 그녀와 사랑을 나눈 것이 자신에게 조금이나마 힘을 부여해 주었다는 것을 알게 되었다.

"뭘 생각해?"

이펙이 물었다.

"어머니."

카는 자신이 갑자기 왜 그렇게 말했는지 이해가 가지 않았다. 왜냐하면 돌아가신 지 얼마 되지는 않았지만 그의 머릿속에 어머니는 없었던 것이다. 하지만 훗날 이 순간을 다시 떠올렸을 때, 카는 '카르스에 갔을 때 내 머릿속에는 항상 어머니가 있었지.'라고 덧붙여 말할 것이었다.

"어머니의 어떤 모습?"

"겨울 밤 창문을 통해 눈이 내리는 모습을 바라보고 있었는데, 내 머리를 쓰다듬어주셨어."

"어렸을 때 행복했어?"

"사람은 행복할 때는 행복하다는 것을 모르지. 세월이 많이 흐른 후 그랬다는 결론을 내렸지만 실은 행복하지 않았어. 하지만 그 이후의 삶처럼 불행하지도 않았어. 난 어렸을 때 행복에 관해 관심을 갖지 않았어."

"언제부터 관심을 갖기 시작한 건데?"

'한 번도 그런 적 없어.'라고 말할 수 있었으면 했다. 하지만 이건 사실이 아니었다. 게다가 이렇게 말하는 것은 지나치게 확고한 태도가 될 것이었다. 그래도 이렇게 말해서 이펙을 감동시키고 싶은 생각이 마음속에 스쳐 지나갔다. 하지만 지금 이펙이 기대하는 것은 감동 이상의 깊은 그 무엇이었다.
"불행해서 아무것도 하지 못하게 됐을 때."
이 말을 하길 잘했나? 정적이 신경 쓰이기 시작했다. 프랑크푸르트에서 느꼈던 외로움과 빈곤에 대해 그녀에게 늘어놓아도 그곳으로 오라고 설득할 수 있을까? 밖에서는 눈송이들을 흩어지게 하는 성마른 바람이 불었다. 카는 조금 전 침대에서 일어날 때 느꼈던 조급함에 다시 휩싸였다. 사랑과 기다림의 고통이 다시 시작된 것이다. 조금 전에는 그렇게나 행복했었는데, 당장 이 행복을 잃을 수도 있다는 생각이 들자 정신이 혼미해지는 것만 같았다. 행복 대신 의심이 솟아올랐다.

'나와 함께 프랑크푸르트로 갈 거야?' 라고 묻고 싶었지만, 자신이 원하는 대답을 그녀가 주지 않을 것 같은 두려움이 앞섰다.

그는 침대로 돌아갔다. 이펙을 등 뒤에서 힘껏 껴안았다.
"상가에 가게가 하나 있는데 말야, 거기서 펩피노 디 카프리의 「로베르타」라는 옛날 노래가 흘러나오더군. 그걸 어디서 찾았을까?"
"카르스에는 여전히 이 도시를 떠나지 않은 가족들이 있어. 아버지와 어머니가 죽으면 자식들은 물건들을 팔고 여기를 떠나거든. 그럴 때면 이 도시의 빈곤함에 전혀 어울리지 않는 이상한 물건들이 시장에 나와. 가을이면 이스탄불에서 이곳으로 와 오래된 물건들을 싼값에 사가는 고물장수가 있었지. 이제 그 사람조차 발길을 끊었지만."

순간 카는 조금 전에 느꼈던 비교할 데 없는 행복을 다시 찾았다고 생각했다. 하지만 이전과 같지는 않았다. 얼마 못 가, 다시는 그런 행복한 순간으로 되돌아가지 못할 거라는 두려움이 그의 마음속을 점령했다. 이는 모든 것을 더하여 이끌고 가는 조급함으로 변했다. 그는 프랑크푸르트로 가는 것에 대해 이펙을 절대로 설득하지 못할 거라는 두려움에 사로잡혔다.

"자기, 난 이제 일어날래."

그녀가 '자기'라고 말한 것도, 침대에서 일어날 때 뒤돌아 그에게 달콤하게 키스한 것도 그를 진정시키지 못했다.

"우리 언제 다시 만날까?"

"아버지가 걱정돼. 경찰이 미행했을 수도 있어."

"나도 걱정돼. 하지만 우리가 언제 다시 만날 수 있는지 지금 알고 싶어."

"아버지가 호텔에 계실 때는 이 방에 올 수 없어."

"하지만 이제 모든 것이 변했어."

어둠 속에서 노련하게 조용히 옷을 입는 이펙에게는 변한 것이 없을 수도 있다는 생각이 들자 순간 두려워졌다.

"나 다른 호텔로 옮길게. 그러면 곧장 거기로 와."

견딜 수 없을 것 같은 정적이 흘렀다. 질투와 속수무책으로 이루어진 다급함이 카를 그 안으로 끌어들였다. 이펙에게 다른 애인이 있다는 생각이 들었다. 그의 이성의 한편에서는 이것이 사랑에 빠져 본 적 없는 사람의 평범한 질투라는 점을 상기시키고 있었다. 하지만 강력한 또 다른 감정은, 어서 빨리 이펙을 힘껏 껴안고 그녀와의 사이에 가로놓인 잠정적인 장애물을 향해 당장 공격을 개시해야 한다고 말하고 있었다. 그러나 이펙에게 더 많이 더 빨리 다가가기 위해 너무 조급하게 행동하고 말하는 것은 자신에게 해가 될 것 같았다. 그래서 주저하며 아무 말도 하지 않았다.

31

우린 바보가 아니오,
단지 가난할 뿐

아시아 호텔에서의 비밀 모임

 아시아 호텔에서의 비밀 모임에 투르굿 씨와 카디페를 데리고 갈 마차에 자히데가 마지막 순간에 건네준 것, 창밖을 내다보며 이펙을 기다리던 카가 어둠 속에서 식별하지 못한 것은 한 켤레의 오래된 양모 장갑이었다. 투르굿 씨는 모임에 무엇을 입고 갈지 결정하기 위해 교사 시절부터 입었던 검은색과 회색의 재킷, 국경일 행사 때나 장학 시찰 가던 날에 썼던 중절모, 수년 동안 자히데의 아들이 장난으로 매고 다녔던 바둑무늬 넥타이를 침대 위에 펼쳐놓았다. 그는 옷들과 서랍 속을 한동안 뒤적거렸다. 카디페는 파티에 무엇을 입고 가야 될지 결정하지 못하는 꿈 많은 여자처럼 주저하고 있는 아버지를 보고는, 아버지가 입을 것을 일일이 골라드렸다. 와이셔츠의 단추를 자신의 손으로 채워드리고, 재킷과 코트를 입혀드렸다. 마지막으로 개가죽으로 만든 하얀 장갑을 아버지의 작은 손에 힘들게 끼워드렸다. 그런데 이때 투르굿 씨가 오래된 양모 장갑을 떠올리고는 찾으라며 고집을 피웠다. 이펙과 카디페는 서랍과 궤짝 바닥까지 살피며 온 집안을 다급하게 뒤졌다. 찾기는 찾았지만 그 장갑에 좀이 슨 것을 보고는 그걸 한구석에 던져버렸었다. 마차에 앉은 투르굿 씨는 '그 장갑을 끼지 않고는 가지 않겠다.'라고 고집을 피웠다. 수년 전 좌익 활동을 했다는 죄목으로 수감되었을 때 어머니가 그 장갑을 떠서 가지고 왔었다는 말을 들은 적이 있었다. 아버지를 아버지 자신보다 더 잘 알고 있는 카디페는 그가 고집을 부리는 이유가 추억에 연연해서가 아니라 두려움 때문이라는 것을 알아챘다. 장갑이 전달되고 마차가 눈을 맞으며 전진하고 있을 때, 카디페는 아버지의 교도소 시절 이야기(아내가 보낸 편지를 읽고 눈물을 흘렸던 일, 고학으로 프랑스어를 배운 일, 겨울 밤 이 장갑을 끼고 잠을 잤던 일)를 마치 처음 듣는 것처럼 눈을 크게 뜨고 들었다. 그러고는 "아버지는 정말 용감하신 분이에요!"라고 말했다. 딸들에게서 이 말을 들을 때마다 (최근에는 거의 듣지 못했었다.) 그랬던 것처럼 투르굿 씨의 눈은 젖어들었고, 딸을 껴안고는 입을 맞추어주었다. 마차가 막 접어든 거리에는 아직 전기가 끊어지지 않은 상태였다.

마차에서 내린 후 투르굿 씨는 이렇게 말했다.

"가게가 많이 생겼구나. 잠깐만 저 진열장들 좀 보자꾸나."

카디페는 아버지가 뒷걸음을 치고 있다는 것을 알았기 때문에 그에게 아무것도 급히 강요하지 않았다. 투르굿 씨는 찻집에서 보리수 차를 마시고 싶어했고, 자신들 뒤에 첩자가 있다면 이렇게 해서 그들을 난처하게 만들 수 있다고 말하면서 찻집에 들어갔다. 그리고 텔레비전 화면 속의 추적 장면을 보면서 조용히 앉아 있었다. 찻집에서 나올 때 투르굿 씨의 머리를 깎아주던 옛 이발사를 만나자 그들은 다시 안으로 들어가 앉았다.
 "우리가 혹 늦은 건 아니겠지? 실례가 될까? 아주 안 가면 어떻게 되지?"

 투르굿 씨는 뚱뚱한 이발사의 말을 듣는 척하면서 카디페에게 속삭였다. 그는 마침내 카디페의 팔짱을 꼈다. 하지만 뒷마당이 아니라, 문방구로 들어가 오랫동안 군청색 만년필을 골랐다. 아시아 호텔의 어두운 뒷문으로 향할 때, 카디페는 아버지 얼굴이 창백해진 것을 보았다.

 호텔의 뒷문 입구는 조용했다. 부녀는 서로 꼭 붙어서 기다렸다. 그들 뒤에는 아무도 없었다. 몇 걸음 앞에 있는 안이 너무나 어두워 카디페는 로비로 올라가는 계단을 손으로 더듬어 겨우 찾을 수 있었다.

 "내 팔짱을 꼭 끼고 있어라."

 투르굿 씨가 말했다.

 천장이 높고 두꺼운 커튼이 드리워진 로비는 반쯤 어두웠다. 접수계를 밝히고 있는 창백하고 먼지 쌓인 전등에서 새어나오는 희미한 빛은 면도도 하지 않은 허름한 행색의 직원 얼굴을 어렵사리 비추고 있었다. 부녀는 계단에서 내려와 로비를 돌아다니는 한두 사람을 겨우 알아볼 수 있었다. 이 그림자들의 대부분은 사복 경찰이거나, 동물 혹은 장작 암거래 상이거나, 국경을 통해 불법 노동자들을 데리고 오는 등의 '비밀스런' 일을 하는 사람들이었다. 80년 전에는 부유한 러시아 상인들이 머물렀고 그 후에는 러시아와 무역을 하기 위해 이스탄불에서 온 터키인들, 아르메니스탄을 거쳐 러시아에 스파이를 투입하는 귀족 출신의 영국 이중간첩들이 머물렀던 이 호텔에, 지금은 보따리장수들과 매춘을 목적으로 그루지야와 우크라이나에서 온 여자들이 머물고 있었다. 여자들에게 방을 얻어주는 사람들은 카르스 시의 변두리 지역 남자들이었다. 남자들이 밤에 마지막 버스를 타고 자신들이 사는 마을로 돌아가면, 여자들은 방에서 나와 호텔의 어두운 바에서 차와 코냑을 마시곤 했다. 투르굿 씨와 카디페가 한때 빨간 양탄자가 깔렸을 나무 계단을 올라가고 있을 때에도 피곤해 보이는 금발의 여자들과 마주쳤다.

"이스멧 파샤*가 로잔에서 머물렀던 그랜드 호텔도 이렇게 세계적이었지."

투르굿 씨는 딸에게 이렇게 속삭인 후 호주머니에서 만년필을 꺼냈다.

"나도 이스멧 파샤가 로잔에서 했던 것처럼 새 만년필로 성명문에 서명을 할 거다."

카디페는 아버지가 계단에서 오랫동안 멈춰 선 이유가, 잠시 쉬기 위해서였는지 시간을 조금이라도 지체하기 위해서였는지 알 수 없었다.

"빨리 서명을 하고 나오자꾸나."

투르굿 씨는 307호 앞에서 이렇게 말했다.

방 안이 얼마나 붐볐던지 처음에 카디페는 방을 잘못 찾았다고 생각했다. 창가에 라지베르트가 얼굴을 찡그린 채 두 명의 젊은 이슬람주의 투사와 앉아 있는 것을 보고는 아버지와 함께 그쪽으로 갔다. 천장에 매달린 전구 두 개와 작은 탁자 위에 놓인 물고기 모양 전등에도 불구하고 방은 그리 밝지 않았다. 꼬리가 위로 치켜 올라가 있고, 벌린 입에 전구를 물고 있는 베이클라이트 상표의 물고기 눈에는 정부가 설치한 도청장치가 숨겨져 있었다.

---

* 이스멧 이뇌뉘. 무스타파 케말 사망 이후 제2대 대통령에 취임했다.

파즐도 방에 있었다. 그는 카디페를 보자마자 일어섰다. 하지만 그는 투르굿 씨를 보고 존경심을 표하기 위해 자리에서 일어난 다른 사람들과 함께 바로 제자리에 앉지 않았다. 한동안 마법에라도 걸린 듯 감탄하며 카디페의 얼굴을 바라보았다. 방에 있던 사람들은 그가 무슨 말을 할 것이라고 생각했다. 하지만 카디페는 그의 존재를 알아보지도 못했다. 그녀의 주의는 라지베르트와 아버지 사이에 형성된 긴장감에 집중되어 있었다.

라지베르트는《프랑크푸르트 룬트샤우》에 기사화 될 성명문에 서명할 사람이 쿠르드 민족주의자인 동시에 무신론자라는 것이 서양인들에게 더 큰 영향을 미칠 거라고 생각했다. 하지만 어렵사리 설득시킨 창백한 얼굴의 마른 청년은 그 성명문에 쓸 내용에 대해 단체 동료들의 의견을 통합하지 못하고 있었다. 세 명은 함께 긴장된 상태로 앉아 발언 순서를 기다렸다. 산 속 쿠르드 게릴라들을 신봉하는 실업자들, 희망 없는 사람들, 그리고 분노한 쿠르드 젊은이들에 의해 소집되었고 집행위원들 중 한 명의 집이 회합 장소인 이 단체는, 자주 폐쇄되는 데다 집행위원들이 계속 체포되어 구타와 고문을 당했기 때문에 쿠데타가 일어난 후 젊은이들을 규합하기가 힘들었다. 또 다른 문제는 산에 있는 전사들은 이 젊은이들이 도시의 따뜻한 방에서 편하게 살고 있고 터키 정부와 화해를 한다는 비방을 하고 있었다는 점이다. 조직이 산에 게릴라 지원자들을 충분히 보내지 않는다는 식의 비방은 감옥에 들어가지 않은 몇몇 조직원들의 사기를 저하시키고 있었다.

그 모임에는 서른 살 정도 되는 옛 '사회주의자' 도 두 명 참석했다. 독일 언론에 발표할 성명문이라는 것을 자랑하고 의견을 구하고자 이 문제를 언급한 쿠르드 젊은이에게서 이 모임에 대한 이야기를 들었던 것이다. 손에 무기를 든 사회주의자들은 카르스에서 더 이상 힘이 없었고, 길을 봉쇄하거나 경찰을 살해하거나 폭탄을 설치하거나 하는 활동도 쿠르드 게릴라들의 허가와 도움을 받아야 할 수 있었기 때문에, 빨리 노쇠해 버리는 이 투사들에게는 어떤 침울한 분위기가 있었다. 그들은 유럽에는 여전히 많은 마르크스주의자들이 있다면서 모임에 부르지도 않았는데 참석을 했다. 한편 옛 사회주의자들 옆에는 깨끗한 얼굴의 편해 보이는 남자가 앉아, 모임의 세부 사항을 정부에게 알릴 작정으로 또 다른 흥분을 느끼고 있었다. 조직들이 경찰로부터 불필요한 학대를 당하지 않도록 하는 것이 그의 목적이었다. 그는 자신이 좋아하지 않는 활동들을 정부에 고발했다. 그는 그런 것들을 대부분 불필요하다고 생각했다. 하지만 한편으로는 대의를 위해 싸우는 반란군들이 있다는 것을 자랑스러워했다. 그는 사람들에게 저격, 납치, 구타, 폭격, 살인 사건들을 자랑스럽게 설명하곤 했다.

　경찰이 도청을 하고 있고 참석자들 속에 최소한 몇 명을 첩자로 심어놓았다는 것을 확신하고 있었던지, 처음에는 아무도 먼저 말을 꺼내지 않았다. 그들 중 몇몇은 창밖을 바라보며 눈이 여전히 내리고 있다고 말하거나, "담배를 바닥에 비벼 끄지 마시오."라고 서로에게 주의를 줄 뿐이었다. 참석자들 중 전혀 눈길을 끌지 않던 쿠르드 젊은이의 이모가 자리에서 일어나 자신의 아들이 어떻게 살해되었는지(어느 날 밤 일련의 사람들이 집에 찾아와 아들을 데리고 가버렸던 것이다.)를 설명하기 시작할 때까지 그 정적은 계속되었다. 대충들은 이 실종된 젊은이의 이야기에 투르굿 씨는 마음이 불편해졌다. 쿠르드인 젊은이들이 한밤중에 끌려가 살해되는 것은 아주 끔찍한 일이었지만, 그 젊은이가 '무죄'라고 말하는 것에도 본능적으로 분

개하고 있었다. 카디페는 아버지의 손을 잡으면서 라지베르트의 지치고 조롱하는 듯한 얼굴에서 무엇인가를 이해하려고 애를 썼다. 라지베르트는 자신이 함정에 빠졌다고 생각했지만 여기서 나간다면 모두들 자신에 대해 부정적인 생각을 할 것이라는 판단이 들어, 어쩔 수 없이 앉아 있었다. 그리고 다음과 같은 일들이 이어졌다. 하나, 퍼즐 옆에 앉아 있던, 몇 달 후 교육원장 살해 사건과 관련되었다는 것이 확인된 젊은 '이슬람주의자'는, 그 사건을 정부 스파이의 짓이라고 주장했다. 둘, 혁명주의자들은 감옥에 있는 친구들의 단식 농성에 대해 장황하게 정보를 주었다. 셋, 조직원인 세 명의 쿠르드 젊은이들은 《프랑크푸르트 룬트샤우》에 실리지 않으면 서명을 하지 않겠다고 위협하면서, '쿠르드 문화와 문학의 세계사적 위치'와 관련된 긴 텍스트를 자세히 읽어주었다.

아들이 실종된 어머니가 자신의 진정서를 받아들일 '독일 신문기자'는 어디에 있는지 묻자 카디페가 자리에서 일어났다. 카는 카르스에 있으며, '공정성'에 오점을 남기지 않기 위해 모임에 오지 않았다고 침착한 목소리로 설명했다. 방에 있던 사람들은 정치 모임에서 여자가 일어나 이렇게 자신감 있게 말을 하는 것에 익숙하지 않았다. 갑자기 모든 사람들이 그녀에게 존경심을 갖게 되었다. 아들이 실종된 어머니는 카디페를 안고 울었다. 카디페는 독일 신문에 알리기 위해 최선을 다하겠다고 약속하면서 그녀에게서 아들 이름이 적힌 종이를 건네받았다.

좋은 의도로 첩자 일을 하고 있던 좌익 투사는, 이사이 공책에 손으로 쓴 성명서의 초안을 꺼내 이상한 자세를 취하며 읽었다.

초안의 제목은, '카르스에서 일어난 사건에 관하여 유럽 여론에 고함'이었다. 이 제목은 모든 사람의 마음에 들었다. 퍼즐은 훗날 카에게 그때 느꼈던 감정들에 대해 "우리의 작은 도시가 언젠가는 세계사에 수록될 것 같았어요."라고 미소 지으며 설명했다. 그리고 이것은 「모든 인류와 별들」이라는 카의 시의 내용이 되었다. 라지베르트만이 이 제목에 대해 본능적으로 반대하고 나섰다.

"우린 유럽을 향해 말하지 않습니다. 모든 인류에게 말하고 있습니다. 우리의 성명문이 카르스나 이스탄불이 아니라 프랑크푸르트에서 기사화 될 거라는 것이 여러분에게 혼란을 주지 않았으면 합니다. 유럽 여론은 우리의 친구가 아니라 적입니다. 이는 우리가 그들의 적이기 때문이 아니라, 그들이 본능적으로 우릴 무시하기 때문입니다."

성명문의 초안을 쓴 좌익주의자는, 우리를 무시하는 것은 모든 인류가 아니라 유럽의 부르주아들이라고 말했다. 가난한 사람들과 노동자들은 우리의 형제들이라고 말했다. 하지만 아무도 그의 말을 믿지 않았다.

"유럽에서는 아무도 우리처럼 가난하지 않아요."

세 명의 쿠르드 젊은이들 중 한 명이 말했다.

"이보게 젊은이, 자넨 유럽에 가본 적이 있나?"

투르굿 씨가 물었다.

"아직 기회가 없었습니다. 하지만 제 매형이 독일에서 노동자로 일하고 있습니다."

이 말에 모두들 조금씩 미소를 지어 보였다. 투르굿 씨는 몸을 곧추세웠다.

"나에게 많은 것을 시사함에도 불구하고 나도 유럽에 가보지 못했네. 이는 웃을 일이 아니지. 우리들 중 유럽에 가본 적이 있는 사람들은 손을 들어보시게."

독일에서 몇 년 동안 있었던 라지베르트를 포함해 아무도 손을 들지 않았다.

"하지만 우리 모두는 유럽이 어떤 의미인지 알고 있네."

투르굿 씨가 말을 계속했다.

"유럽은 우리의 미래고, 우리 인류의 미래지. 그러니 저 신사 분(그는 라지베르트를 가리켰다.)이 말한 것처럼 유럽 대신에 모든 인류라고 바꿀 수도 있겠지."

"유럽은 제 미래가 아닙니다. 그들을 따라하지 않거나 그들과 같지 않다고 해서 저 자신을 비하하려는 생각은 해본 적이 없습니다."

라지베르트는 미소 지으며 말했다.

"민족적 자긍심이 있는 것은 단지 이슬람주의자들뿐만이 아니오. 케말주의자들에게도 자긍심이 있소. '유럽' 대신에 '인류'를 쓰면 되는 거 아니오?"

투르굿 씨가 말했다.

"카르스에서 일어난 사건에 관하여 모든 인류에 고함!"

초안을 쓴 사람이 읽었다.

"너무 대담한 것 같군요."

투르굿 씨의 제안에 따라, '인류' 대신에 '서양' 이라는 말도 고려되었다. 하지만 이 말에 라지베르트의 옆에 있던 젊은이들 중 얼굴에 여드름이 난 젊은이가 반대를 했다. 쿠르드 젊은이들 중 새된 목소리를 가진 이가 단지, '고함'이라는 표현을 쓰자는 말에 모두들 동의를 했다.

성명문 초안은, 이 모든 상황적 난관과는 대조적으로 짧은 내용을 담았다. 선거에서 이슬람주의자와 쿠르드인 후보자의 당선이 분명해지고 있을 때 쿠데타가 '무대에 상연되었음'을 설명하는 첫 문장에 대해, 처음에는 아무도 이의를 표명하지 않았다. 그런데 투르굿 씨가 이에 반대를 하고 나섰다. 그는 카르스에는 유럽인들이 여론 조사라고 부르는 것이 전혀 없다고 했다. 투표자가 투표 전날 밤, 아니 아침에 투표함으로 가는 순간에도 사소한 이유로 생각을 바꿔 머릿속에 있던 것과 정반대의 정당에 투표를 하는 일이 비일비재하고, 이 때문에 선거에서 어떤 후보자가 당선될 거라고는 그 누구도 단정적으로 말할 수 없다고 했다.

성명문 초안을 준비했던 좌익 투사가 그에게 대답했다.

"쿠데타가 선거 결과를 예상하고 그 전날 행해졌다는 것은 모두들 알고 있는 사실입니다."

"우리가 그저 극단을 상대로 하고 있다는 것을 아실 거요. 눈 때문에 길이 차단되어 성공했을 뿐이오. 며칠 안에 모든 것이 정상으로 돌아갈 것이오."

"쿠데타를 반대하지도 않으면서 왜 여기에 오셨습니까?"

다른 젊은이가 물었다.

라지베르트의 옆에 앉은, 얼굴이 사탕무처럼 붉은 이 무례한 젊은이의 말을 투르굿 씨가 들었는지 여부는 알 수가 없었지만, 이와 동시에 카디페가 일어났다. (자리에서 일어나 말을 한 것은 그녀뿐이었고, 그녀를 포함해 그 누구도 이에 대해 이상하다고 생각하지 않았다.) 그녀는 분노에 가득 차 눈이 불타올랐으며, 아버지는 정치적 견해 때문에 수년 동안 감옥 생활을 했고, 늘 정부의 억압에 반대해 왔다고 말했다.

아버지가 코트를 잡아끌며 그녀를 자리에 앉혔다.

"자네의 질문에 대답하겠네. 내가 이 모임에 참석한 것은, 터키에도 민주주의와 이성적인 사람들이 있다는 것을 유럽인들에게 증명하기 위해서일세."

"거대한 독일 신문이 두 줄 정도 지면을 준다면, 저는 '그런 것을' 증명하는 일을 첫 번째 목표로 삼지는 않을 겁니다."

붉은 얼굴의 젊은이가 조롱하는 듯한 목소리로 이렇게 말했다. 어쩌면 다른 말들도 하려고 했을 터인데, 라지베르트가 그의 팔을 잡으며 경고를 했다.

지금까지의 일만으로도 투르굿 씨가 모임에 온 것을 후회하는 데 충분했다. 그는 그저 지나다가 이곳에 들렀다고 자신을 설득했다. 그는 머릿속에 다른 생각이 꽉 차 있는 사람처럼, 자리에서 일어나 문을 향해 두어 걸음 내디뎠다. 그때 그의 눈이 밖에, 카라다으 대로에 내리는 눈에 머물렀다. 그는 창문을 향해 걸어갔다. 카디페는 마치 자신이 도와주지 않으면 아버지가 걸을 수 없기라도 한 것처럼 그의 팔을 잡고 부축했다. 부녀는 고민을 잊고 싶어하는 슬픔에 잠긴 아이들처럼 눈 속에서 거리를 지나가는 마차 한 대를 오랫동안 바라보았다.

조직원인 세 명의 쿠르드 젊은이들 중 새된 목소리의 주인공도 호기심을 억누르지 못하고 창가로 다가왔다. 부녀와 함께 아래를, 거리를 바라보기 시작했다. 방에 있는 다른 사람들도 반은 존경심으로 반은 근심으로 그들을 지켜보았다. 습격에 대한 공포와 불안감이 느껴졌다. 성명문의 나머지 부분에 대한 합의는 이러한 다급한 분위기 속에서 이루어졌다.

성명문에는 쿠데타를 일으킨 자들은 소수의 모험가들이라고 밝히는 표현이 있었다. 라지베르트가 이에 이의를 제기했다. 이 표현 대신에 제시된 더 포괄적인 정의들 역시, 마치 서양인들에게 터키 전역에 쿠데타가 일어났다는 잘못된 인상을 줄 수도 있다는 지적이 있었다. 이렇게 해서, '앙카라의 지원을 받은 지역 쿠데타' 라는 표현에 합의를 보았다. 쿠데타가 일어난 날 밤, 집집마다 들이닥친 쿠데타 세력에 의해 끌려가 죽음을 당한 쿠르드인들과 신학고등학교 학생들에게 가해진 압박과 고문에 관한 내용도 짧게 언급되었다. '국민에 대한 대대적인 공격' 이라는 표현 대신에, '국민, 정신 그리고 종교에 대한 공격' 이라는 표현을 사용했다. 마지막 문장을 바꿈으로써, 성명문은 단지 서양의 언론뿐만 아니라 전 세계를 향해 터키 정부를 규탄해 달라고 호소하는 내용을 담게 되었다. 투르굿 씨는 이 표현을 들으며, 순간 눈이 마주친 라지베르트가 흡족해하고 있음을 느꼈다. 자신이 이 자리에 있다는 것에 대한 후회가 마음속에 스쳐지나갔다.

"아무도 이의가 없다면 즉시 서명을 합시다."

라지베르트가 말했다.

"이 모임이 언제 들통 날지 모르니까요."

화살표, 동그라미를 쳐 수정한 대목, 삭제 표시 등으로 엉망진창이 된 성명서 밑에 한시라도 빨리 서명을 하고 그곳을 떠나고자 하는 사람들이 줄을 섰다. 몇 명이 일을 마치고 나가려고 할 때 카디페가 소리쳤다.

"잠깐만요, 아버지가 하실 말씀이 있답니다!"

이는 분위기를 더욱더 조급하게 만들었다. 라지베르트는 붉은 얼굴의 젊은이를 문으로 보내 출구를 막았다.

"아무도 나가지 마시오. 투르굿 씨의 이의를 들어봅시다."

"이의는 없소. 하지만 서명을 하기 전에 저 젊은이에게 한 가지 바라는 게 있소."

투르굿 씨는 잠시 생각했다.

"단지 저 젊은이뿐만 아니라, 이곳에 있는 모두에게 바라는 것이오."

투르굿 씨는 조금 전에 자신과 논쟁을 한, 지금은 아무도 나가지 못하도록 문을 막고 있는 붉은 얼굴의 젊은이를 가리켰다.

"먼저 저 젊은이, 그리고 여러분 모두 지금 내가 묻는 말에 대답을 하지 않는다면 성명서에 서명을 하지 않겠소."

그는 자신의 확고한 의지를 확인시키려는 듯 라지베르트를 바라보았다.

"질문하시지요. 대답을 할 수 있는 거라면 대답하겠습니다."

라지베르트가 말했다.

"모두들 대답해 보시오. 거대한 독일 신문이 당신들에게 두 줄 정도 지면을 준다면 서양인들에게 뭐라고 말할 것이오? 먼저 자네가 말해 보게나."

붉은 얼굴의 젊은이는 단호했고 모든 문제에 대해 대담했다. 하지만 이러한 질문에 준비가 되어 있지는 않았다. 문의 손잡이를 더욱 더 꽉 잡으며 눈짓으로 라지베르트에게 도움을 요청했다.

"마음속에서 우러나오는 것이 있으면 빨리 말을 하게. 그렇지 않으면 경찰이 우릴 덮칠 테니."

라지베르트는 억지로 웃으며 말했다.

붉은 얼굴의 젊은이의 눈길은 아주 중요한 시험에서 답을 익히 알고 있는 문제를 기억하려고 노력하는 것처럼 먼 곳으로 왔다 갔다 했다.

"그렇다면 제가 먼저 말하지요."

라지베르트가 말했다.

"나는 당신들이 따르는 그 유럽의 주인들에 대해서는 신경 쓰지 않습니다. 그들이 내 일에 관심 갖지 않고 방해만 하지 않으면 됩니다. 하지만 우리가 그들의 그늘 속에 살고 있는 것도 사실이지요."

"그에게 도움을 주지 마시게. 자기 가슴속에서 우러나오는 말을 하도록 내버려둬. 자네는 맨 마지막으로 발언을 하시게."

투르굿 씨는 결정을 내리지 못하고 어쩔 줄 몰라 하는 붉은 얼굴의 젊은이를 바라보며 미소 지었다.

"결정을 내리기 쉽지 않지. 왜냐하면 이건 아주 복잡한 문제니까. 문 앞에 서 있는 것으로 풀 수는 없지."

"핑계야, 핑계! 그는 성명문에 서명을 하고 싶지 않은 거요!"

뒤에 있던 누군가가 말했다.

모두들 자신의 생각에 빠졌다. 몇 명은 창문으로 가 눈이 내리고 있는 카라바으 대로를 지나가는 마차 한 대를 무심히 바라보았다. 후에 파즐은 이 '마술적인 정적'의 순간에 대해 카에게 설명할 때, "그 순간 우리 모두는 마치 형제라도 된 듯 가까워졌어요."라고 말했다. 그 정적을 깬 것은 위쪽 어둠 속에서 지나가는 비행기의 소음이었다. 순간 모두들 주의 깊게 비행기 소리에 귀를 기울였다.

"이건 오늘 지나가는 두 번째 비행기요."

라지베르트가 말했다.

"난 나가겠소!"

누군가 소리쳤다.

그는 아무도 주목하지 않았던 서른 살 정도의 남자였다. 창백한 얼굴에 빛바랜 재킷을 입은 그는, 개중 직업이 있는 세 명 중 한 명이었다. 그는 사회보험병원에서 요리사로 일했으며, 자주 시계를 보고 있었다. 그는 이곳에 실종된 가족을 찾고자 하는 사람들과 함께 들어왔다. 나중에 보게 된 보고서에 의하면, 정치 활동에 관심을 갖고 있던 그의 형이 어느 날 심문을 받기 위해 경찰서로 소환된 후 다시는 되돌아오지 않았다고 한다. 소문에 의하면 그는 실종된 형의 아름다운 부인과 결혼하기 위해 정부로부터 '사망' 증명서를 받고자 했다. 하지만 형이 실종된 지 1년이 지났는데도 경찰청, 국가 정보국, 검찰 그리고 수비대로부터 증명서를 받지 못했고, 복수하고자 하는 바람보다는 자신의 문제를 이야기할 수 있었기 때문에 최근 두 달 동안 실종된 가족 모임에 참가하고 있던 터였다.

"내 뒤에서 날 보고 겁쟁이라고 말하시겠지요. 겁쟁이는 당신들입니다. 겁쟁이는 여러분의 유럽인들입니다. 내가 이렇게 말했다고 그들에게 쓰시오."

그는 문을 쾅 치며 나갔다.

이때 누군가 한스 한센이 누구인지 물었다. 카디페가 두려워했던 것과는 반대로 라지베르트는 이번에는 지극히 정중한 어조로 그가 터키의 '문제'에 진심으로 관심을 보이는, 선한 의도를 가진 독일 신문기자라고 대답했다.

"선한 의도를 가진 독일 사람을 두려워해야 하오!"

뒤에 있던 누군가가 말했다.

창문 옆에 서 있던 검은 재킷을 입은 남자는 성명문 이외에 다른 특별 연설문도 게재될 것인지를 물었다. 카디페는 그것이 가능하다고 말했다.

"여러분, 다른 아이들이 먼저 말하기를 기다리는 겁쟁이 초등학생들처럼 굴지 맙시다."

또 누군가가 말했다.

"전 고등학교에 다닙니다."

조직원인 다른 쿠르드 젊은이가 말했다.

"지금 말할 내용은 예전부터 많이 생각한 것입니다."
"독일 신문에 성명문을 싣게 될 것이라고 생각했단 말인가?"
"예, 말씀하신 그대로입니다."
젊은이는 지극히 이성적인 목소리로 말했다. 하지만 태도는 아주 열정적이었다.
"어느 날엔가는 내 앞에 기회가 나타날 것이고, 세상을 향해 내 생각을 말할 수 있으리라고, 여러분 모두들처럼 저도 몰래 몰래 생각했습니다."
"난 그런 생각 해본 적이 없는데……."
"제가 말할 내용은 아주 단순합니다."
열정적인 젊은이가 말했다.
"이 말을 실었으면 합니다. 우린 바보가 아니오! 단지 가난할 뿐! 이러한 구별을 주장하는 것이 우리의 권리입니다."
"그 무슨 고약한 말이오!"
"자네가 우리라고 한 게 누군가? 쿠르드인인가? 체르케스인인가? 카르스인인가? 누구지?"
뒤에 있는 누군가가 물었다. 조직원인 열정적인 젊은이가 말을 이었다.
"왜냐하면 인간의 가장 커다란 착각은, 수천 년 된 가장 커다란 사기는, 가난함과 아둔함을 항상 혼동했다는 거니까요."
"아둔하다는 것이 무슨 뜻인지 말해 보게."
"인류의 영광스런 역사에는 이 수치스런 혼동을 감지하고, 가난한 사람에게도 지식, 인간성, 지혜, 가슴이 있다는 것을 알린 종교인들과 성인들이 있었지요. 한스 한센 씨는 가난한 사람을 동정합니다. 그는 가난한 사람이 다가온 기회를 허비한 바보라는 것을, 의지가 없는 술주정뱅이라는 생각을 하지 못하겠지요."

"한센 씨는 모르겠지만, 사람들은 이제 가난한 사람을 보면 모두 그렇게 생각하지."

"제 말을 들으세요."

열정적인 젊은이가 말했다.

"많이 말하지 않겠습니다. 전 가난한 사람 하나하나를 보면 동정이 갑니다. 하지만 어떤 민족이 가난하다면 모든 세계는 곧장 그 민족이 아둔하고 멍청하며 게으르고 더럽고 능력 없는 민족이라고 생각합니다. 그들을 동정하기보다는 비웃지요. 그들의 문화, 관습, 풍속들을 우습게보지요. 그 민족 출신의 이민 노동자들이 자신의 나라로 건너와 바닥을 쓸고 온갖 허드렛일을 하는 모습을 보면서, 언젠가 이들이 합심해서 반란을 일으키면 어쩌지 하는 걱정에 사로잡힙니다. 그래서 상황을 난처하게 만들지 않기 위해 그들의 문화를 흥미롭게 보기 시작하지요. 그들을 평등하게 대하는 듯 행동하면서 말입니다."

"어떤 민족에 대해 언급하는지 이제 말하게나."

"그건 제가 말씀드리지요."

다른 쿠르드 젊은이가 끼어들었다.

"서로를 죽이고, 학살하고, 억압하는 사람들에게 이제 인류는 더 이상 미소를 보내지 않습니다. 독일에 있는 제 매형이 지난여름 카르스에 왔을 때 말하는 것을 듣고 전 이해하게 되었습니다. 세계는 잔인한 민족에게 더 이상 너그럽지 않습니다."

"그러니까 서양인의 이름으로 우릴 위협하는 건가?"

열정적인 쿠르드 젊은이가 말을 이었다.

"서양인은 가난한 민족 출신의 누군가와 만났을 때, 먼저 그 사람에 대해 본능적으로 어떤 비하심을 느끼지요. 그리고 즉각 아둔한 민족의 일원이기 때문에 이렇게 가난하게 되었다고 생각합니다. 그리고 이 사람의 머릿속은 자기 민족을 가난하고 절망적으로 만든 엉뚱하고 바보 같은 생각들로 가득 차 있겠지 하고 가정합니다."

"뭐 틀린 말도 아니지……."

"자네도 자만심으로 가득 찬 그 무신론자 작가*처럼 우리들을 바보라고 생각하나 보지? 그렇다면 솔직하게 얘기하게. 그 무신론자는 최소한 죽어서 지옥에 가기 전에, 텔레비전 생방송에 나와 우리 눈을 쳐다보면서 모든 터키 민족이 바보라고 용감하게 말했으니까."

"생방송에 나온 사람은 시청자의 눈을 볼 수 없지요."

"신사 분은 그 작가가 사람들의 눈을 '보았다'고 말하지 않았어요. '쳐다보았다'고 했어요."

카디페가 말했다.

"제발 여러분, 마치 공개 토론에 나온 것처럼 서로 반대 의견을 내며 논쟁하지 맙시다. 그리고 천천히 말합시다."

기록을 하던 좌익주의자가 말했다.

"자네가 언급한 그 민족이 어떤 민족인지 용감하게 말하지 않는 한 난 입을 다물지 않겠네. 독일 신문에 우리들을 비하하는 내용을 싣는 것은 매국적인 행위라는 것을 알아야지."

"전 매국노가 아닙니다. 저도 당신들과 같은 생각을 하고 있습니다."

---

* 이 말을 한 사람은 터키의 유명한 풍자작가 아지즈 네신으로, 텔레비전에 나와 "터키 국민의 60퍼센트는 바보다."라는 말을 해 커다란 반향을 불러일으켰다. 이 파장이 도저히 누그러지지 않자 다시 텔레비전에 나와 "실은 92퍼센트라고 말하고 싶었다."라고 정정했다.

열정적인 쿠르드 젊은이는 이 말을 하면서 자리에서 일어섰다.

"그러니 이렇게 써주십시오. 전 어느 날 기회가 오더라도, 내게 비자를 내주더라도 독일에는 가지 않을 거라고요."

"아무도 자네처럼 무능력한 실업자에게 비자를 주지 않아."

"그렇지요, 주지 않겠지요."

열정적인 젊은이는 겸손하게 말했다.

"그래도 혹시 비자를 내줘서 제가 그곳에 가게 되고, 처음 길거리에서 만난 서양인이 만약 좋은 사람이어서 그가 날 무시하지 않더라도, 이번에는 제 쪽에서 그가 단지 서양인이라는 이유로, 그 사람이 날 무시한다고 생각하며 언짢아했을 겁니다. 왜냐하면 독일에서는, 터키에서 온 사람들이라고 말을 하지 않아도 그 모습을 보고 자연히 알게 될 테니까요. 그렇다면 무시당하지 않을 수 있는 유일한 방법은 하루 속히 우리가 그들처럼 생각할 수 있다는 것을 증명하는 것이겠지요. 하지만 이건 불가능할 뿐만 아니라 자존심 상하는 일입니다."

"이보게 젊은이, 시작은 좋지 않았지만 마지막은 훌륭하게 마무리하는군."

나이 많은 아제르바이잔 사람이 말했다.

"그래도 독일 신문에 그 말은 쓰지 않도록 하는 게 좋겠군. 우리를 조롱할 테니……."

그는 잠시 입을 다물더니 교묘하게 물었다.

"그런데 자네가 언급한 그 민족은 어떤 민족이지?"

조직원인 젊은이가 대답을 하지 않고 자리에 앉자 그가 말했다.

"두려워하는 것도 당연하지."

이에 다른 목소리가 들려왔다.

"그 젊은이는 당신처럼 정부를 위해 일하지 않소."

하지만 늙은 신문기자도 열정적인 젊은이도 이 말에 화를 내지 않았다. 그들은 한목소리로 말을 하고, 때로는 서로에게 농담도 하고 조롱도 했으며, 즐거운 놀이 분위기로 서로 결속하게 되었다. 후에 그곳에서 일어난 일을 파즐에게서 들은 카는, 일종의 정치 모임이 몇 시간이고 지속될 수 있었던 유일한 이유는, 담배를 피우고 눈썹이 치켜 올라가고 콧수염이 난 남자들이 자신들이 즐기고 있다는 것을 전혀 눈치 채지 못했다는 데 있다고 기록했다.

"우린 유럽인이 될 수 없소!"

젊은 이슬람주의자가 자만심 가득한 분위기로 말했다.

"우릴 강제로 그들의 틀에 넣으려고 하는 사람들은 어쩌면 탱크나 총으로 결국 우리의 생명을 앗아갈 수 있을 것이오. 하지만 우리의 정신은 절대로 변화시키지 못할 것이오."

"우리 몸은 가질 수 있지만 우리 정신은 절대로 가질 수 없을 겁니다."

쿠르드 젊은이들 중 하나가 영화에 어울릴 듯한 목소리로 조롱했다.

이에 모든 사람이 웃었다. 말을 했던 젊은이도 만족한 듯 함께 웃었다.

"저도 한 마디 하겠습니다."

라지베르트의 옆에 앉아 있던 젊은이 중 하나가 말했다.

"우리 친구들이 그들 자신과 서양의 모방자들 사이에 아무리 금을 그어놓는다 해도, 저는 여전히 어떤 사과의 분위기를 느낍니다. 마치 '유럽인이 아니어서 죄송합니다'라고 말하는 듯한 분위기 말입니다."

그는 가죽 재킷을 입고 필기를 하고 있는 사람에게 돌아선 채 정중한 건달풍으로 말했다.

"조금 전에 말한 것은 적지 마시고 지금부터 적으시지요. 전 유럽인이 아닌 저의 일부가 자랑스럽습니다. 유럽인들이 유치하고 가혹하고 원시적이라고 하는 나의 모든 것을 자랑스럽게 여깁니다. 그들이 아름답다면 저는 추한 사람이 되겠습니다. 그들이 영리하다면 저는 바보가 되겠습니다. 그들이 현대적이라면 저는 순수하게 남겠습니다."

하지만 아무도 이 말에 동의하지 않았다. 모임에서 언급되는 모든 말에 농담조로 대답했기 때문에 약간 미소를 지을 뿐이었다.

"그렇지 않아도 바보였잖아!"

그들 중 한 명이 이렇게 말했다. 하지만 바로 그때 두 명의 좌익주의자 중 나이 든 사람과 검은 재킷을 입은 사람이 심하게 기침을 하기 시작했기 때문에 누가 그 말을 했는지 알 수 없었다.

이때 문을 막고 서 있던 붉은 얼굴의 젊은이가 나서서 시를 읊기 시작했다. 시작은 이러했다.

> 유럽, 아, 유럽
> 거기 그대로 멈춰 서 있어라.
> 꿈에서 우리와 함께 있을 때
> 악마에게 길을 내주지 말자.

파즐은 기침 소리, 말소리 그리고 폭소 때문에 그 시의 나머지를 어렵사리 들을 수 있었다. 하지만 그래도 시 자체 때문이 아니라, 시에 대한 거부감 때문에 기억할 수 있었다고 카에게 전했다. 당시의 세부 사항들 중 세 가지는 유럽에 전하고 싶은 두 줄의 대답이 적혀 있던 종이와 함께, 카가 이후에 쓸 「모든 인류와 별들」이라는 시에 이용되었다. 하나, "두려워하지 마시오 그들을, 그곳에는 두려워할 것들이 없소." 중년의 옛 좌익 투사가 소리쳤다. 둘, 자주 "어떤 민족을 언급하신 건가?"라고 물었던 늙은 신문기자가 "우리의 정체성과 종교를 포기하지 맙시다."라고 말한 후 십자군 원정, 유대인 학살, 미국에서 살해된 인디언, 알제리에서 프랑스인들이 학살한 무슬림들에 대하여 장황하게 열거하고 있을 때, 그곳에 있던 어떤 훼방꾼이 "카르스와 아나톨리아 전 지역에 있던 수백만 아르메니아인은 어떻게 되었는지"를 교활하게 물었다. 필기를 하고 있던 첩자는 그를 가엾게 여겼기 때문에 이 말을 한 사람이 누구인지는 종이에 적지 않았다. 셋, "이렇게 길고 허튼 시는 아무도 번역하지 않을 것이오. 한스 한센 씨도 신문에 싣지 않을 것이고." 누군가는 이렇게 말했다. 이 말은 방에 있던 시인들(세 명이었다.)이 터키 시의 불운한 외로움에 대해 불평하는 데 원인을 제공했다.

붉은 얼굴의 젊은이가, 주제가 우습고 원시적이라는 것에 대해 모든 사람이 동의한 시를 땀을 뻘뻘 흘리며 암송했을 때, 몇몇은 조롱하는 듯한 태도로 박수를 쳤다. 독일 신문에 이 시가 실린다면 이는 "우리를" 더욱더 조롱하는 데 유용할 거라고 말하던 찰라, 매형이 독일에 있다는 쿠르드 젊은이가 말했다.

"그들이 시를 쓰고 노래를 부르면 그건 모든 인류를 대변하는 것이 됩니다. 그들은 인간이며 우리는 단지 무슬림일 뿐이지요. 우리가 쓰면 인종적인 시가 되어버립니다."

이에 검은 재킷을 입은 남자가 말했다.

"나의 메시지는 이것입니다. 적으시오. 만약 유럽인들이 옳다면, 그리고 우리가 그들을 닮는 것 외에 다른 미래나 탈출구가 없다면, 우릴 더욱더 우리이게 만드는 허튼 짓으로 시간을 보내는 것은 멍청한 시간 낭비일 뿐이오."
"그건 우리를 바보처럼 보이게 할 말이오."
"바보처럼 보일 민족이 누구인지 이제 제발 용감하게 말하시오."
"신사 여러분, 당신들은 마치 우리가 서양인들보다 더 영리하고 더 가치 있는 사람들인 것처럼 행동하고 있으시군요. 하지만 독일인들이 카르스에 영사관을 열고 모든 사람들에게 공짜로 비자를 내준다면, 맹세컨대 카르스 전체는 일주일 안에 텅 빌 것이오."
"거짓말이오, 그건. 조금 전 저 젊은이는 비자를 준다 해도 가지 않겠다고 말했소. 나도 가지 않겠소. 여기 명예롭게 머물겠소."
"여러분, 다른 사람들도 여기 머물 것입니다. 그걸 아셔야 합니다. 가지 않을 사람들은 손을 들어보시지요, 확인을 해봅시다."
몇 명이 진지하게 손을 들었다. 그들을 본 한두 명의 젊은이는 주저하고 있었다.
"가는 것이 왜 명예롭지 못한지 그걸 먼저 설명해야 합니다."
검은 재킷을 입은 남자가 말했다.
"그것을 이해 못하는 사람에게 설명하는 것은 어렵습니다."
누군가 비밀스런 태도로 말했다.
이때 카디페의 시선이 슬프게 창밖을 향하는 것을 본 파즐의 심장은 빠르게 뛰기 시작했다. 그는 기도했다.
'신이시여, 저의 순수함을 보존해 주십시오. 마음의 혼란으로부터 보호해 주십시오.'
카디페가 이 말을 좋아할 거라는 생각이 들었다. 독일 신문에 이 말을 쓰고 싶었다. 하지만 많은 사람이 말을 했기 때문에, 그는 말을 할 기회도 없었다.
모든 소음을 새된 목소리의 소유자인 쿠르드 젊은이가 겨우 진정시켰다. 그는 독일 신문에 자신의 어떤 꿈에 대해 쓰고 싶다고 했다. 그가 때때로 떨면서 설명한 꿈은 밀렛 극장에서 혼자 영화를 보고 있는 장면에서부터 시작되었다. 서양 영화였다. 인물들은 모두 외국어로 말을 하고 있었다. 하지만 그것은 그를 전혀 불편하게 하지 않았다. 모든 대사가 이해되는 것처럼 느껴졌기 때문이다. 후에 보니 자신이, 상영되는 영화 속에 들어가 있었다. 밀렛 극장에 있는 팔걸이 의자는 실은 영화 속 기독교인 가족의 거실에 있었다. 꿈속에서 그는 음식이 차려진 커다란 식탁을 보았다. 배를 채우고 싶었지만, 실수할까봐 두려워 식탁에서 멀리 떨어져 있었다. 후에 그는 심장이 빨리 뛰기 시작했고, 아름다운 금발의 여자를 만나게 되었다. 그러고는 순간 그 여자를 몇 년 동안 사랑하고 있었다는 것을 기억하게 되었다. 여자도 웬일인지 그에게 부드럽고 다정하게 행동했다. 그의 옷과 모습을 칭찬하고, 그의 뺨에 입맞춤을 하고, 머리칼을 쓰다듬어 주었다. 그는 아주 행복했다. 그녀는 그를 안고는 식탁에 있는 음식을 가리켰다. 그는 그녀가 자신을 사랑스럽게 여긴 이유가, 자신이 아직 어리기 때문임을 알게 되었다. 그는 눈물을 흘렸다.

이 꿈에 대한 반응은 서로 웃고 농담을 주고받는 것만큼이나 심층의 두려움에 이르는 슬픔으로도 나타났다.

"그런 꿈을 꿨을 리가 없어. 쿠르드 젊은이가 독일 사람들에게 우릴 조롱하기 위해 꾸며낸 것이오. 그걸 쓰지 마시오."

늙은 신문기자가 정적을 깨며 말했다.

조직원인 젊은이는 자신이 그 꿈을 꿨다는 것을 증명하기 위해 세부 사항을 자백했다. 잠에서 깨어날 때마다, 그는 꿈에서 본 금발의 여자를 기억한다고 했다. 5년 전 아르메니아 교회를 보러 온 관광객 버스에서 내릴 때 처음 본 여자라고 했다. 그녀는 그가 꿈과 영화에서 보았던 어깨 끈이 달린 파란색 옷을 입고 있었다.

이 말에 사람들은 더욱더 웃었다. 누군가 말했다.

"우리 모두는 그런 유럽 여자들을 보았소. 그리고 악마의 유혹을 받은 적도 있지 않소."

순식간에 서양 여자들에 대한 분노와 그리움으로 가득 차, 부도덕한 대화의 분위기가 형성되었다. 그러자 그때까지 그 누구도 알아채지 못한 키 크고, 말랐으며, 꽤 잘생긴 어떤 젊은이가 이야기를 하기 시작했다.

어느 날 서양인과 무슬림이 어떤 역에서 만났다. 어찌된 일인지 기차가 오지 않고 있었다. 앞에 있는 플랫폼에서 아주 아름다운 프랑스 여자가 기차를 기다리고 있었다

이건 남자 고등학교에 다녔거나 군대를 다녀온 모든 남자가 추측할 수 있는, 정력과 민족 그리고 문화 사이의 어떤 관계에 관한 이야기였다. 부도덕한 단어들은 사용되지 않았고, 조잡한 내용은 은근한 암시들로 감추어져 있었다. 하지만 잠시 후 방에는 파즐이 "내 마음속은 수치로 가득 찼어요!"라고 말할 분위기가 조성되었다.

투르굿 씨가 자리에서 일어나 말했다

"됐네, 젊은이. 그걸로 충분하네. 성명문을 가져오게나. 서명을 하겠네."

투르굿 씨는 호주머니에서 꺼낸 새 만년필로 성명문에 서명을 했다. 그는 소음과 담배 연기 때문에 피곤했다. 그 자리를 뜨려고 일어나려고 하자 카디페가 그를 저지했다. 그리고 카디페 자신이 자리에서 일어났다.

"잠시 제 얘기를 들어주세요. 당신들은 수치스러워하지 않지만 저의 얼굴은 지금 제가 들은 내용 때문에 붉어졌어요. 당신들이 제

머리칼을 보지 않도록 이것으로 제 머리를 감추었습니다. 이건 당신들에게 아주 많은 고통을 주는 것이지만…….”

"당신이 히잡을 쓰는 것은 우리들 때문이 아니오. 신을 위해, 당신의 정신적인 도덕성을 증명하기 위함이지요."

누군가 겸손한 목소리로 속삭였다.

"독일 신문에 대고 저도 할 말이 있어요. 필기하시지요."

관객들이 반은 경탄을 하며 반은 분노에 사로잡혀 카디페를 바라보았다. 카는 연극인 같은 감성으로 그들의 시선을 느꼈다.

" '믿음 때문에 히잡을 깃발처럼 받아들이는 카르스 처녀들은' 아니, 카르스의 무슬림 처녀라고 쓰세요, '갑자기 휩싸인 혐오감 때문에 사람들 앞에서 그것을 벗었다.' 이건 유럽인들이 좋아할 소식이지요. 이렇게 하면 한스 한센이 우리의 기사를 실을 겁니다. 신이시여, 저를 용서해 주세요. 저는 이제 혼자입니다. 이 세상은 너무나 역겹고 저는 얼마나 화가 나고 얼마나 무력한지 당신의…….”

갑자기 파즐이 자리에서 박차고 일어났다.

"카디페! 히잡을 벗지 마세요. 우리 모두, 우리 모두는 지금 여기 있습니다. 네집 그리고 저도요. 그것은 우리를, 우리 모두를 죽이는 결과를 가져올 거예요."

순간 모두들 이 말에 놀랐다.

"엉뚱한 짓 하지 마.", "히잡을 벗지 마시오."라고 말한 사람들도 있었다. 하지만 대부분의 사람들은 한편으로는 끔찍한 일과 사건이 벌어지기를 바라고 있었다. 그리고 한편으로는 이 모든 사건이 누구의 선동이며 누구의 장난인지 이해하려고 애를 썼다.

"독일 신문에 제가 말하고 싶은 두 문장은 바로 이것입니다."

파즐이 말했다. 웅성거림이 울려 퍼졌다.

"단지 제 이름이 아니라, 혁명의 밤에 잔인하게 희생된 제 친구 네 집의 이름으로도 말하겠습니다. 카디페, 우린 당신을 사랑합니다. 만약 당신이 히잡을 벗는다면 자살을 하겠어요. 절대 벗지 마세요."

어떤 사람들의 말에 의하면 파즐은 카디페에게, '우린 당신을 사랑합니다.'가 아니라 '난 당신을 사랑합니다.'라고 했다 한다. 하지만 이는 라지베르트의 이후의 행동을 설명하기 위해 꾸며낸 것일 수도 있다.

"그 누구도 이 도시에서 자살에 대해 언급하지 마시오!"

라지베르트가 외쳤다. 그러고는 카디페에게 눈길조차 주지 않고 방에서 나가버렸다. 이 행동은 모임을 즉각 끝나게 만들었고, 방에 있던 사람들은 그렇게 조용하다고는 할 수 없지만 재빨리 해산했다.

32

제 마음속에 두 영혼이 있는 상황에서, 그건 불가능해요

사랑, 존재의 하찮음, 그리고 라지베르트의 실종에 관하여

카는 투르굿 씨와 카디페가 아시아 호텔 모임에서 돌아오기 전인 5시 45분에 카르팔라스 호텔에서 나왔다. 파즐과 약속한 시간까지는 아직 15분이 남아 있었지만, 행복에 겨워 거리를 걷고 싶었다. 아타튀르크 대로에서 왼쪽으로 돌았다. 찻집을 꽉 매운 사람들, 켜진 텔레비전, 구멍가게와 사진관을 보면서 카르스 개천까지 걸었다. 철교에 올라가, 추위에도 아랑곳 하지 않고 연달아 말보로 담배 두 대를 피우며 프랑크푸르트에서 이펙과 나눌 행복을 상상했다. 개천의 맞은편에 있는, 한때 카르스의 부자들이 밤마다 스케이트 타는 사람들을 구경했던 공원에는 끔찍한 어둠이 내려앉아 있었다.

어둠 속에서 철교를 지나오는 파즐을 보니, 순간 네집이라는 생각이 들었다. 그들은 함께 탈리히리 카르데쉬레르 찻집으로 들어갔다. 파즐은 아시아 호텔에서의 모임에 대해 매우 세세한 부분까지 카에

게 설명해 주었다. 자신이 속한 작은 도시의 역사가 세계사에 포함되리라는 생각을 하게 된 부분에 대해 설명하려 할 때, 카는 잠시 라디오를 끄는 사람처럼 파즐에게 말을 멈추라고 했다. 그리고 「모든 인류와 별들」이라는 시를 썼다.

 훗날 노트에 적은 내용에 따르면, 이 시의 주제는 잊혀진 도시와 역사 밖에서 사는 삶의 슬픔이었지만, 첫 몇 행은 할리우드 영화의 오프닝 씬을 연상시키는 장면들을 담고 있었다. 타이틀 자막이 화면 위에 뜨면 카메라는 아주 멀리서, 서서히 돌아가는 지구를 보여주며 천천히 그것에 클로즈업을 한다. 그러다가 한 나라가 보이는데, 카가 어린 시절 상상 속에서 찍었던 자신의 영화에서 이 나라는 물론 터키였다. 갑자기 푸른 마르마라 해와 흑해와 보스포루스가 나타난다. 이어서 카메라는 이스탄불, 니샨타쉬, 테쉬비키에 거리의 교통경찰, 샤이르 니갸르 골목, 지붕들, 나무들(이것들을 위에서 내려다보는 것은 정말 멋진 일이다!), 그리고 널려진 빨래, 타막 통조림 광고판, 녹슨 낙수홈통, 피치 원유*가 칠해진 벽들 그리고 서서히 카의 창문을 보여준다. 커튼 사이로 안으로 들어가는 카메라는 책, 물건, 먼지 그리고 카펫으로 꽉 찬 방을 한 번 훑은 후에 다른 창문 앞에 있는 책상에 앉아 글을 쓰는 카를 보여준다. 카메라는 그의 앞에 놓인 종이에 마지막 철자를 쓰는 만년필의 끝을 비추고 우리는 그 글을 읽는다. '시는 세계사에 들어간 나의 주소다. 시인, 카. 터키 이스탄불 니샨타쉬 샤이르 니갸르 거리 16-8번지.' 그의 시에서도 언급되었다고 생각되는 이 주소가 눈송이의 '이성' 축 위, '상상' 축에 가까운 어느 한 곳에 있을 거라는 점을 주의 깊은 독자들은 추측할 수 있으리라.

---

* 콜타르 따위를 증류시킨 뒤에 남은 검은 찌꺼기.

파즐은 이야기의 끝 무렵 자신의 진짜 고민에 대해 털어놓았다. 그는 카디페가 히잡을 벗으면 자살하겠다고 선언한 것에 대해 극도로 혼란스러워하고 있었다.

"자살을 한다는 것이 신에 대한 믿음을 잃는다는 의미이기 때문만은 아닙니다. 제가 혼란스러워하는 까닭은 그 말이 저의 신념이 아니기 때문입니다. 제가 왜 신념에 어긋나는 말을 했을까요?"

카디페에게 그와 같은 선언을 한 후, 파즐은 "신이여 절 용서하소서. 다시는 이 말을 하지 않겠습니다."라고 맹세했다. 하지만 문에서 그녀와 눈이 마주치자 그 앞에서 사시나무 떨듯 떨었다고 했다.

"카디페는 제가 그녀를 사랑한다고 생각했을까요?"

"카디페를 사랑하나?"

"선생님도 아시겠지만 전 죽은 테스리메를 사랑했습니다. 죽은 나의 친구는 카디페를 사랑했지요. 친구가 죽은 지 하루도 지나지 않아 같은 여자를 사랑한다는 것이 수치스러워요. 이것을 설명할 수 있는 길은 한 가지밖에 없다는 것도 압니다. 이 사실이 절 두렵게 만들어요. 정말로 네집이 죽었다고 확신하십니까?"

"그의 어깨를 잡고, 총알이 뚫고 지나간 이마에 입맞춤을 했다네."

"아마도 네집의 영혼이 제 안에 살고 있는 것 같아요. 들어보세요. 어젯밤 저는 연극에도 관심 없었고 텔레비전도 보지 않았습니다. 일찍 잠자리에 들었지요. 그런데 네집에게 끔찍한 일이 일어난 것을 꿈속에서 알게 되었어요. 군인들이 우리 기숙사를 습격하자 이에 대한 확신이 섰어요. 선생님을 도서관에서 보았을 때 네집이 죽었다는 것을 이미 알고 있었습니다. 그의 영혼이 내 몸 속에 들어와 있었기 때문이지요. 이건 아침 일찍 일어난 일이었어요. 기숙사에서 아이들을 쫓아낸 군인들은 제게 오지 않았습니다. 저는 파자르 욜루에 사는 와르토 출신의 아버지 친구 분 집에서 밤을 보냈거든요. 네집이 살해된 후 6시간이 지나, 이른 아침에, 그를 내 속에서 느꼈어요. 손님으로 묵고 있던 그 집 침대에서 순간 머리가 어지러웠는데, 곧이어 달콤한 풍요로움과 어떤 심오함을 느꼈어요. 내 친구는 내 곁에, 내 안에 있었습니다. 옛날 책들이 말하는 것처럼, 죽은 후 6시간이 지나면 사람의 영혼은 육체를 이탈하게 됩니다. 수유티(Suyuti)에 의하면 영혼은 그때 납 방울처럼 움직이고, 종말의 날까지 베르자흐*에서 기다려야 하지요. 하지만 네집의 영혼은 제 몸 속으로 들어 왔어요. 저는 확신하고 있습니다. 저는 두렵기도 합니다. 이런 것은 코란에 언급되어 있지 않으니까요. 하지만 이것 외에는 제가 카디페를 사랑하게 된 원인을 설명할 길이 없습니다. 그러니까 자살한다는 것은 저의 고유한 생각이 아니라는 거지요. 선생님 생각을 말해 주십시오. 네집의 영혼이 정말 제 안에 살아 있는 것일까요?"

"자네가 그렇게 믿는다면."

카는 조심스럽게 말했다.

"이런 말을 할 수 있는 사람은 선생님뿐입니다. 네집은 그 누구에게도 말하지 않은 비밀들을 제게 말해 주었어요. 제발 제게 사실을 말해 주세요. 네집은 자신의 마음속에 무신론에 대한 의혹이 생겼다는 것을 제게 한 번도 말하지 않았어요. 하지만 선생님께는 털어놓았을 수도 있습니다. 신의 존재를 의심한다고, 오 신이시여, 네집이 말한 적이 있었나요?"

"네집은 자네가 말하는 의심이 아니라 다른 것을 말하더군. 어머니 아버지가 언젠가 죽을 거라는 생각을 하면 눈물이 글썽이면서도

---

* 죽은 사람의 영혼이 종말의 날까지 있는 장소.

이 슬픔에서 희열을 느끼는 것처럼, 만약 자신이 사랑하는 신이 존재하지 않는다면 무슨 일이 일어날까 하는 생각을 한다고 말일세."

"지금 제게도 그런 일이 일어나고 있습니다. 그리고 이 의심을 내 마음속에 불어넣은 것이 네집의 영혼임에 틀림없어요."

"하지만 그 불안감이 무신론이었다는 의미는 아닐세."

"하지만 자살하는 소녀에 대해서도 이제는 수긍이 가요."

파즐은 슬프게 말했다.

"조금 전에 저도 자살할 수 있다고 말했습니다. 죽은 네집에게 무신론자라는 말을 하고 싶지는 않아요. 하지만 저는 지금 제 마음속에서 무신론자의 목소리를 듣습니다. 이것이 너무 두려워요. 선생님도 그런지는 모르겠지만, 유럽에서 살아보셨죠? 지식인들, 술 마시는 사람들, 마약 하는 사람들을 만나셨죠? 제발 말씀해 주십시오. 무신론자는 어떤 생각을 합니까?"

"자살하겠다는 생각을 계속하지는 않네."

"저도 계속하는 건 아닙니다. 하지만 때때로 그런 생각이 들어요."

"왜지?"

"카디페 때문입니다. 내 머릿속은 온통 그 생각뿐이에요! 계속해서 눈앞에 그녀가 떠올라요. 공부할 때, 텔레비전을 볼 때, 저녁이 오기를 기다릴 때, 전혀 상관없는 곳에서, 모든 것이 제게 카디페를 떠올리게 해요. 정말 고통스럽습니다. 사실 네집이 죽기 전에도 이랬습니다. 제가 사랑한 것은 테스리메가 아니라 카디페였으니까요. 하지만 친구의 연인이라는 생각에 항상 모든 것을 마음속에 묻어두었었지요. 네집이 카디페에 대해 얼마나 많은 말을 했던지 그가 제 마음속에 이 사랑을 심어준 거라고 할 수 있습니다. 군인들이 기숙사를 습격하자 네집을 죽였을 수도 있다는 생각을 했어요. 예, 속으로 기뻤습니다. 카디페에게 나의 사랑을 밝힐 수 있다는 것 때문이 아니라, 이 사랑을 내 마음속에 심어준 네집에게 적의를 품고 있었기 때문이에요. 지금 네집은 죽고 없으니, 이제 전 자유예요. 하지만 그 사실은 카디페를 더욱더 사랑하게 되었다는 것 이외에 다른 결과를 가져오지 못했어요. 하루 종일 온통 그녀 생각뿐입니다. 점점 더 다른 것들은 생각할 수 없게 되었어요. 전 어떻게 해야 하지요?"

파즐은 두 손으로 얼굴을 감싸고는 흐느껴 울기 시작했다. 카는 말보로 한 대에 불을 붙였다. 그의 마음속에 이기적인 무관심이 스쳐 지나갔다. 그는 오랫동안 파즐의 머리를 쓰다듬었다.

한쪽 눈으로는 텔레비전을 다른 한 눈으로는 그들을 바라보고 있던 첩자 사펫이 그때 그들에게 다가왔다.

"울지 말라고 하십시오. 이 아이의 신분증을 본부에 가지고 가지 않았습니다. 내가 가지고 있어요."

파즐이 울음을 멈추지 않자, 그가 호주머니에서 꺼내 내민 신분증을 카가 받았다.

"왜 우는 거요?"

사펫은 반은 직업적인 호기심 반은 인간적인 호기심으로 물었다.

"사랑 때문이지요."

카가 대답했다.

순간 이 말은 사펫에게 안도감을 주었다. 찻집에서 나갈 때까지 카는 그의 뒷모습만 보았다.

이후에 파즐은 어떻게 하면 카디페의 관심을 끌 수 있는지를 물었다. 카가 카디페의 언니인 이펙을 사랑하고 있다는 것을 온 카르스가 다 안다고 말했다. 파즐의 열정이 카에게는 얼마나 절망적이고 불가능하게 느껴졌던지, 문득 이펙을 향한 자신의 사랑도 이렇게까지 절망적일 수 있다는 생각이 들어 두려워졌다. 흐느낌을 멈춘 파즐에게, 이펙의 충고를 무심하게 반복했다.

"자네 자신이 되게."

"하지만 제 마음속에 두 영혼이 있는 상황에서, 그건 불가능해요. 게다가 네집의 무신론자 영혼이 천천히 저를 포섭하고 있습니다. 수년 동안 정치 투쟁을 한 친구들이 잘못하고 있다고 생각했지만, 지금은 저도 이슬람주의자들과 함께 이 군사 쿠데타에 맞서 무엇인가 하고 싶어요. 하지만 제가 그런 생각을 하는 것은 카디페의 마음에 들기 위해서인 거 같아요. 머릿속에 카디페 이외에 아무 생각도 없다는 것이 절 두렵게 해요. 그녀를 알지 못한다는 것 때문이 아니에요. 무신론자가 되어, 사랑과 행복 이외에는 아무것도 믿지 못하게 되었기 때문이지요."

파즐이 울고 있을 때, 카는 그에게 카디페를 향한 사랑을 사람들에게 밝히지 말라고, 라지베르트를 두려워할 필요가 있다고 말해야 하는지 주저했다. 자신과 이펙의 관계를 아는 것으로 봐서 라지베르트와 카디페의 관계도 알 거라는 생각이 들었다. 하지만 안다면 정치적 계급 문제 때문에 카디페를 사랑하지 말아야 했다.

"우린 가난하고 하찮아요. 문제는 바로 이겁니다."

파즐이 이상한 열정에 사로잡혀 말했다.

"우리의 가련한 삶은 인류사에서 그 어떤 자리도 차지하지 못합니다. 결국 이 가련한 카르스 시에서 사는 우리 모두는 어느 날 죽어 없어질 거예요. 아무도 우릴 기억하지 않겠지요. 아무도 우리에게 관심을 갖지 않을 거예요. 여자들의 히잡 문제로 논쟁하다 서로를 죽이는가 하면, 사소하고 헛된 싸움 속에서 목숨을 잃는 하찮은 사람들로 남을 거예요. 모두 우리를 잊을 겁니다. 이렇게 바보 같은 삶을 살다가 아무런 흔적도 없이 사라지는 것을 보면, 삶에는 사랑 이외에 그 어떤 것도 없는 것만 같아요. 제가 카디페에 대해 느끼는 것, 단지 그녀를 안다는 것만으로도 위로를 받을 수 있을 거라는 사실이 절 더욱 고통스럽게 만들고 있습니다. 그녀는 내 눈앞에서 사라지지 않아요."

"무신론자에게 어울리는 생각이군."

카는 잔인하게 말했다.

파즐은 다시 울기 시작했다. 카는 이후에 그들이 나눈 대화의 내용을 기억하지도 쓰지도 않았다. 텔레비전에서 방영중인 「요절복통 홈 비디오」에서는 미국인 꼬마들이 의자에서 뒤집어지고, 물에 빠지고, 치마를 밟고 바닥으로 엎어졌다. 인공적인 웃음소리가 함께 들려왔다. 찻집에 있는 많은 사람들과 함께 파즐과 카도 모든 것을 잊고 미소를 지으며 미국인 꼬마들을 오랫동안 바라보았다.

자히데가 찻집에 들어왔을 때 카와 파즐은 텔레비전 화면을 통해, 어떤 숲 속에서 비밀스럽게 전진하고 있는 트럭 한 대를 바라보고 있었다. 자히데는 파즐이 전혀 관심을 갖지 않은 노란 봉투를 꺼내 카에게 주었다. 카는 봉투를 열고 글을 읽었다. 이펙에게서 온 메시지였다.

카디페와 이펙이 20분 후인 7시에 예니 하얏 제과점에서 카를 만나고 싶다는 내용이었다. 자히데는 사펫을 통해 카가 탈리히리 카르데쉬레르 찻집에 있다는 것을 알았다.

자히데가 찻집에서 나가자 파즐이 말했다.

"자히데 부인의 조카와 저는 같은 반입니다. 그 친구는 도박에 아주 관심이 많아요. 닭싸움 개싸움은 절대 놓치지 않지요."

카는 그에게 사펫에게서 받은 신분증을 건네주었다.

"날 기다리고 있다는군."

"카디페를 만나게 되십니까?"

파즐은 카의 얼굴에서 지겨움과 동정의 표현을 보고는 부끄러워졌다.

"자살하고 싶어요!"

카가 찻집에서 나갈 때 파즐이 소리쳤다.

"그녀를 보게 된다면, 히잡을 벗으면 내가 자살하겠다고 했다고 전해 주세요. 하지만 그건 그녀가 히잡을 벗었기 때문이 아니라, 그녀를 위해 자살하는 희열 때문이라고요!"

카는 제과점에서의 약속까지는 아직 시간이 남아 있었기 때문에 옆 골목으로 접어 들어갔다. 카날 골목을 걸어가고 있을 때, 아침에 「꿈의 거리」를 썼던 찻집이 보였다. 카는 안으로 들어갔다. 하지만 그가 원한 것은 새로운 시가 아니라, 반쯤 빈 찻집의 뒷문을 통해 밖으로 나가는 것이었다. 눈 덮인 마당을 지나, 어둠 속에서 낮은 벽을 넘었다. 계단 세 개를 오른 후, 사슬에 묶인 개 짖는 소리를 들으며 지하로 내려갔다.

희미한 전구가 켜져 있었다. 안에서는 석탄과 잠자리 냄새 이외에 라크 냄새도 났다. 웅웅거리는 증기 보일러 옆에 몇몇 사람의 그림자가 있었다. 카는 매부리코의 국가 정보국 요원과 결핵에 걸린 그루지야 여자, 그리고 그녀의 남편을 보고도 전혀 놀라지 않았다. 두꺼운 종이 상자 사이에 앉아 라크를 마시고 있던 그들도 카를 보고 놀란 것 같지 않았다. 아픈 여자는 머리에 빨갛고 멋진 모자를 쓰고 있었다. 여자는 카에게 삶은 계란과 넓고 얇은 빵을 대접했다. 남편도 카를 위해 라크 한 잔을 준비하기 시작했다. 카가 삶은 계란의 껍데기를 손톱으로 벗기고 있을 때, 매부리코의 국가 정보국 요원은 이 보일러실이 카르스에서 가장 따스한 곳이며 천국이라고 했다.

이후의 정적 속에서 카가 그 어떤 방해도 없이, 단어 하나도 빠뜨리지 않고 쓴 시의 제목은 「천국」이었다. 눈송이의 상상 축 바로 위, 중앙에서 멀리 떨어진 곳에 이것을 위치시켰다고 해서, 천국이 상상할 수 있는 미래라는 의미는 아니었다. 카에게 있어 천국은 상상을 통해서만 존재할 수 있는 과거였던 것이다. 몇 년이 흐른 후 이 시를 생각할 때 카는 일련의 기억들을 떠올렸다. 여름 방학, 학교에서 도망쳤던 날, 여동생과 함께 부모님이 주무시는 침대에 기어 들어갔던 일, 어린 시절 그린 그림들, 학교 축제에서 만난 소녀와의 입맞춤.

예니 하얏 제과점으로 걸어가고 있을 때 그의 머릿속에는 이펙만큼이나 이런 생각들이 자리를 잡고 있었다. 제과점에서는 이펙과 카디페가 자신을 기다리고 있었다. 빈속에 라크를 마신 영향도 있었겠지만, 이펙이 얼마나 아름다웠던지 카는 순간 행복에 겨워 눈물이 날 것 같았다. 두 명의 멋진 자매와 한 테이블에 앉아 이야기를 나누고 있으니, 행복 이외에도 자랑스러운 감정이 들었다. 프랑크푸르트에서 매일 자신에게 미소를 지으며 인사하는 초췌한 터키 상인들에게 자신이 이 두 여자와 함께 있는 모습을 보여주고 싶었다. 어제 교육원장이 살해된 이 제과점에는 그때 그 나이 든 종업원 이외에는 아무도 없었다. 예니 하얏 제과점에 자신을 포함한 세 명이 앉아 있는 장면을(그중 한 명은 히잡을 쓰고 있었다.), 그는 영원히 기억할 것만 같았다. 아름다운 두 여자와 같은 테이블에 앉아 있는 자신의 모습. 마치 계속해서 뒤에 있는 차를 보여주는 백미러처럼.

카와는 반대로 테이블에 앉아 있던 두 여자는 전혀 평안하지 않았다. 카가 아시아 호텔에서의 모임과 관련해서 파즐에게 내용을 들었다고 말했기 때문에 이펙은 짧게 이야기했다.

"라지베르트가 모임에서 분노하며 자리를 떴다고 해. 카디페도 지금 그곳에서 자신이 한 얘기를 후회하고 있어. 그가 숨어 있는 곳에 자히데를 보냈는데 그곳에 없대. 우린 라지베르트를 찾을 수가 없어."

이펙은 여동생의 고민에 대해 해결책을 찾는 언니처럼 말하기 시작했다. 하지만 그렇다고 해도 그녀 자신이 지나치게 당황하는 듯 보였다.

"그를 찾으면 뭘 어떻게 할 건데?"

"일단 그가 살아 있고 잡히지 않았다는 것을 확인하고 싶어."

이펙이 말했다. 그리고 금방이라도 울 것같이 보이는 카디페에게 눈길을 돌렸다.

"그에 관한 소식을 알려줘. 카디페는 그가 원하는 것이면 뭐든 할 거야."

"나보다는 당신들이 더 잘 알고 있잖아. 카르스에 관해서라면."

"밤에 우린 그저 두 명의 여자일 뿐이야. 넌 도시를 다 돌아 다녀 봤잖아. 할릿파샤 대로에 있는 신학고등학교와 이슬람주의 학생들이 가는 아이데데 찻집이나 누르올 찻집에 가봐. 지금 그곳에는 사복 경찰들이 들끓고 있어. 하지만 그들도 잡담을 많이 하지. 라지베르트에게 나쁜 일이 생겼다면 알 수 있을 거야."

이펙이 말했다. 카디페는 손수건을 꺼내 코를 닦으려 했다. 카는 순간 그녀가 울음을 터뜨릴 거라고 생각했다.

"라지베르트 소식을 좀 수소문해 봐. 더 늦으면 아버지가 걱정하실 테니 이만 갈게. 이따 보자."

"바이람파샤 마을에 있는 찻집들도 한번 들러보세요."

카디페가 자리에서 일어나면서 말했다.

그녀들의 걱정과 슬픔에는 연약하고 매력적인 그 무엇인가가 있었다. 카는 그녀들과 곧바로 헤어지지 못하고 제과점에서 카르팔라스 호텔까지 가는 길의 절반을 함께 걸어갔다. 이펙을 잃을 수도 있다는 두려움만큼이나 그가 느끼는 비밀스런 공범 의식이(그들은 아버지가 모르는 비밀스러운 일을 함께 하고 있었던 것이다.) 카를 그녀들에게 얽매이게 만들었다. 그는 어느 날 이펙과 함께 프랑크푸르트에 갈 것이다. 카디페도 올 것이며, 셋이 함께 베를린 에르 거리에 있는 카페에 들어갈 것이고, 진열장들을 둘러보면서 걸을 걷게 되리라.

카는 자신에게 부여된 임무를 해낼 수 있을 거라고는 믿지 않았다. 그리 힘들지 않게 찾은 아이데데 찻집은 얼마나 평범하고 활기 없는 장소였던지 자신이 왜 이곳에 왔는지를 거의 잊고 한동안 혼자 텔레비전을 시청했다. 주위에 학생처럼 보이는 젊은이 몇 명이 있었다. 말을 걸어보려고 노력했지만(텔레비전에 나오는 축구경기에 대해 말했었다.) 아무도 그에게 다가오지 않았다. 카는 그들에게 권하기 위해 담배를 꺼내놓았다. 누군가 담배를 피우기 위해 불을 청할지도 모른다고 생각하며 라이터도 테이블 위에 올려놓았다. 하지만 결국 사시 종업원에게서는 아무것도 알아낼 수 없을 거라는 생각이 들어, 근처에 있는 누르올 찻집으로 갔다. 역시나 몇 명의 젊은이들이 흑백텔레비전으로 축구경기를 보고 있었다. 벽에 붙여놓은 신문 스크랩 기사들과 카르스 스포츠의 올해 대진표를 알아보지 못했더라면, 카는 어제 이곳에서 네집과 나누었던, 신의 존재와 세상의 의미에 대한 대화를 기억하지 못했을 것이다. 어젯밤 읽은 시의 내용에 누군가 몇 행을 덧붙여놓은 것을 보자 카는 그것을 노트에 옮겨 적기 시작했다.

이제 확실하다, 엄마는 천국에서 나오지 않을 것이다

우릴 팔로 감싸 안아주지 않을 것이다.

아버지는 절대 엄마를 때리는 짓을 그만두지 않을 것이다.

하지만 그래도 우리 마음은 따스할 것이고, 우리 영혼에는 생기가 돌 것이다.

운명이기 때문이다.

우리가 빠질 똥통에서는 카르스 시조차 천국처럼 기억될 것이다.

"시를 쓰시나요?"

맞은편에 있는 어린 종업원이 물었다.

"잘 아는구나. 거꾸로 읽을 줄도 아니?"

"아니요 형님, 똑바로 쓴 글도 읽을 줄 모르는걸요. 저는 학교에서 도망쳤어요. 읽는 것도 배우지 못하고 나이가 먹고 말았지요. 모두 다 지나갔죠 뭐."

"벽에 적힌 저건 누가 썼지?"

"이곳에 오는 친구들의 절반은 시인이에요."

"오늘은 왜들 없지?"

"어제 군인들이 모두 연행해 갔대요. 누구는 감옥에 있고 누구는 숨어 있어요. 저기 있는 사람들에게 물어보세요. 그들은 사복 경찰이라 알 거예요."

그 아이가 가리키는 곳에는 열띠게 축구 얘기를 하는 두 명의 청년이 있었다. 하지만 카는 그들에게 다가가 무엇인가를 물어보지 않고 밖으로 나갔다.

다시 내리는 눈을 보자 기분이 좋아졌다. 바이람파샤 마을에 있는 찻집에서 라지베르트의 흔적을 찾을 수 있을 거라고는 믿지 않았다.

지금 그의 마음속에는 카르스에 왔던 밤 느꼈던 슬픔과 함께 행복도 스며들고 있었다. 새로운 시가 오기를 기다리며, 추하고 가난한 콘크리트 건물, 눈이 내리는 주차장, 창에 얼음이 언 찻집, 이발소와 구멍가게 진열장, 제정 러시아 시대부터 개가 짖고 있는 마당들, 트랙터나 마차의 부품들과 치즈를 파는 가게 앞을 꿈속처럼 천천히 지나갔다. 그가 보는 모든 것, 모국당의 선거포스터, 커튼을 내린 작은 창문, 빌림 약국, 얼음이 언 진열장에 몇 달 전 붙여놓은 '일본 독감 예방 주사' 안내문 그리고 노란 종이에 프린트 된 자살 반대 포스터가, 죽을 때까지 그의 머릿속에서 떠나지 않을 것 같았다. 그가 경험한 순간의 세부적인 것들에서 얻어지는 이 비범한 통찰력에 대한 느낌, '지금 이 순간 모든 것은 모든 것과 관련이 있고, 나는 이 심오하고 아름다운 세계와 떨어지려야 떨어질 수 없는 일부' 라는 느낌이 그의 마음속에서 힘차게 솟아올랐다. 그는 새로운 시가 오고 있다고 생각하며 아타튀르크 대로에 있는 찻집으로 들어갔다. 하지만 시는 떠오르지 않았다.

33
카르스의 한 무신론자

저격당할지도 모른다는 두려움

찻집에서 나가자마자, 눈 덮인 인도에서 무흐타르와 눈이 마주쳤다. 생각에 잠겨 어딘가로 가고 있던 무흐타르는 피곤해 보였다. 커다랗게 내리는 눈송이 밑에서 순간 그가 카라는 것도 알아채지 못한 것 같았다. 카도 처음에는 그를 피하고 싶었다. 하지만 둘은 동시에 뛰어가 마치 아주 오래된 친구라도 되는 것처럼 서로를 얼싸 안았다.

"내가 말한 거 이펙에게 전했지?"

무흐타르가 말했다.

"그래."

"뭐라 그래? 저기 찻집에 좀 들어가지."

군사 쿠데타에다 경찰에서 구타를 당하고 시장 직마저 물거품이 되어버린 상황이었지만, 무흐타르는 전혀 비관적으로 보이지 않았다.

무흐타르는 찻집에 앉으면서 이렇게 말했다.

"날 왜 체포하지 않았는지 알아? 눈이 그치고 길이 열리고 군대가 물러나면, 시장 선거가 다시 치러져야 하기 때문이야. 이펙에게 이 사실을 알려줘."

카는 그러겠다고 했다. 그리고 라지베르트에 관한 소식을 들었는지 물었다.

"그를 카르스에 처음 초대한 사람은 나야. 옛날에는 이곳에 올 때마다 항상 내 집에서 머물렀지."

무흐타르는 자랑스레 말했다. 그리고 말을 이었다.

"하지만 이스탄불 언론이 그를 테러리스트로 낙인찍은 후로는, 우리 당에 피해를 주지 않기 위해서인지 이곳에 와도 우리를 찾지 않게 되었지. 그의 행적에 대해서는 내가 맨 나중에야 알게 돼. 그런데 내가 말한 것에 대해 이펙이 뭐라 그래?"

카는 무흐타르가 재결합하자는 제의에 이펙이 딱히 무슨 대답을 하지 않았다고 말했다. 무흐타르는 그것이 아주 특별한 대답인 것처럼 의미 있는 표정을 지으며, 한때 자신의 아내였던 여자가 얼마나 감상적이고 섬세하며 이해심이 많은지 모른다고 했다. 그리고 인생의 위태로운 시기에 그녀에게 잘못된 행동을 했기 때문에 지금은 아주 후회하고 있다고 덧붙였다.

"자네에게 준 시 말이야. 이스탄불로 돌아가면 파히르에게 직접 전해 줄 거지, 그렇지?"

카가 그렇게 하겠다고 하자 무흐타르의 얼굴에는 다정하고 근심 많은 아저씨 같은 표정이 나타났다. 그에게 느꼈던 부끄러움이 연민과 혐오 사이의 어떤 감정으로 대체되려는 순간, 무흐타르는 호주머니에서 신문을 꺼냈다.

"내가 자네라면 이렇게 맘 편히 거리를 돌아다니지 않았을 거야."
무흐타르는 희열에 가득 차 이렇게 말했다.

카는 그의 손에서 낚아챈, 잉크조차 마르지 않은 내일 자《국경 도시 신문》기사를 집어삼키듯 읽었다. "연극인 반란자들의 성공…… 카르스의 평화로운 날들…… 선거가 연기되다. 시민은 반란에 만족하다…….'' 카는 무흐타르의 손가락이 가리킨 1면의 기사를 읽었다.

카르스의 한 무신론자
소위 시인인 카가 이 혼란한 시기에
우리 도시에서 무엇을 하고 있는지에 대해 의문을 던지다

이 시인을 소개했던 어제의 신문기사는
카르스인들에게 반향을 불러일으켰다.

어젯밤 위대한 예술가 수나이 자임과 동료들이 시민들의 열렬한 동참 속에서 성공적으로 무대에 올린 바 있고, 카르스 전체에 평화와 평안을 가져온 아타튀르크주의 연극 중간에, 이해할 수 없고 멋없는 시를 읽어 시민들의 기분을 망치게 한 시인 카에 대한 소문이 무성하다. 수년 동안 같은 영혼을 공유하며 서로 행복하게 잘 살던 우리 카르스인들이 외부의 힘에 의해 이끌려 서로를 세속주의자, 이슬람주의자, 쿠르드인, 터키인 그리고 아제르바이잔인으로 구별하며 우리 사회를 인위적으로 분리시키고 있는 이때, 잊어야 할 아르메니아 학살 주장이 되살아나고 있는 이때, 터키에서 도망쳐 독일에서 살고 있는 이 의심스런 인물이 갑자기 스파이처럼 우리들 사이에 나타난 점이 시민들에게 물음표를 던져주었다. 그는 이틀 전, 불행하게도 온갖 선동에 무방비 상태로 노출되어 있는 신학고

등학교 학생들과 기차역에서 만나 "나는 무신론주의자다. 신을 믿지 않는다. 하지만 자살도 하지 않는다. 어차피, 당치도 않은 말이지만, 신은 없다."라고 말했다고 한다. 이것은 사실인가? 유럽인들이 말하는 사상의 자유란 것이 "지식인의 임무는 민족의 신성(神聖)에 대항하여 조롱을 하는 것이다."라고 말하며 신을 부정하는 것이란 말인가? 독일의 돈으로 살아가고 있다고 해서 당신에게 이 민족의 믿음을 짓밟을 권리는 없다! 당신은 터키인이라는 사실이 부끄러워 진짜 이름을 숨기고 외국을 모방하여 억지로 짜 맞춘 카(Ka)라는 이름을 사용하는 것인가? 독자들이 우리 신문사에 전화를 해 유감을 표명한 바, 서양 모방자인 이 무신론자는 최근에 우리를 교란시킬 목적으로 우리 도시에 와 판자촌에 사는 가장 가난한 사람들의 문을 두드려 시민들을 선동했고, 게다가 우리에게 이 조국이 공화국을 선사한 아타튀르크를 조롱하려고 시도했다. 카르팔라스 호텔에 머무는 소위 시인이라는 이 사람이 우리 도시에 온 이유에 대해 카르스 전체는 의심을 표명하지 않을 수 없다. 카르스 젊은이들은 신과 예언자를 부인하는 불경스런 사람들에게 그 분수를 알게 해줄 것이다!

"20분 전에 그곳을 지나는데 세르다르 씨의 두 아들이 신문을 막 인쇄하고 있더군."

무흐타르는 카의 두려움과 고민을 공유한다기보다는 재미있는 주제가 생겨 기분이 좋아진 사람처럼 말했다.

카는 자신이 철저히 혼자라고 느꼈다. 그러고는 그 기사를 다시 주의 깊게 읽었다.

한때 미래의 찬란한 문학 경력을 꿈꾸었던 카는, 자신이 터키 시(지금은 이런 민족주의적 개념을 아주 우습고 가엾게 여기지만)에 가져올 모더니스트적인 새로운 특성 때문에 많은 비평과 공격을 당할 것이라고, 그 적의와 몰이해로 인해 자신에게 어떤 영기(靈氣)가 부여될 것이라고 생각했었다. 하지만 이름이 약간 알려지기 시작한 후에도 아무도 그런 공격적인 비평을 쓰지 않았기 때문에 카는 지금 이 '소위 시인' 이라는 표현이 거슬렸다.

무흐타르가 그렇게 공공연히 목표물처럼 돌아다니지 말라고 말한 뒤 그를 찻집에 홀로 남겨두고 가버리자, 카의 마음속에는 살해당하는 것에 대한 두려움이 밀려들었다. 찻집에서 나온 카는 영화 속 슬로 모션 장면을 연상케 하는, 마술과 같은 속도로 내리고 있는 커다란 눈송이들을 맞으며 넋이 나간 듯 걸어갔다.

청년 시절에 카가 목표로 한 가장 숭고한 정신적 영광은, 지적이며 정치적인 목적을 위해 죽는 것이었다. 자신이 쓴 시로 인해 사람들이 목숨을 걸 수 있는 것이었다. 삼십대가 될 무렵에는 친구들이 죽어갔다. 바보처럼 유해한 이념을 위해 고문을 당하다 죽었고, 정치적 무장 집단에 의해 길거리에서 살해되었고, 은행을 털다 총격전에서 죽음을 당했고, 직접 준비한 폭탄이 손에서 터져 죽었다. 그들의 허망한 삶은 이전의 생각에서 카를 멀어지게 했다. 그러다 지금은 관심조차 없어진 정치적인 이유로 독일에서 수년 동안 망명 생활을 하게 되자, 머릿속에서 정치와 인간의 자기희생 사이의 관계를 깨끗이 지워버린 터였다. 독일에서 발행되는 터키 신문에서 어떤 칼럼니스트가 정치적인 이유로 '아마도 틀림없이' 정치적 이슬람주의자들에게 살해되었다는 내용을 읽었을 때, 카는 그 사건에 분노를 느끼고 희생자에게 일말의 존경심마저 들었다. 그러나 그것은 죽은 사람에 대한 것이었지 죽은 작가에 대한 감정은 아니었다.

그래도 할릿파샤 대로와 캬즘 카라베키르 대로의 모퉁이에서 어두운 벽의 얼음이 언 구멍으로 가상의 총부리가 자신을 겨냥하고 있으며, 눈 깜짝 할 사이에 총에 맞아 눈 덮인 인도에서 죽는 상상을 했다. 그리고 이스탄불의 신문들이 어떻게 쓸 것인지를 떠올리려고 애썼다. 아마도 주 관청과 국가 정보국은 사건을 확대시켜 자신들의 책임이 드러나는 일이 없도록 정치적 배경을 은닉할 것이었고, 시인이라는 것에 주목하지 않는다면 이스탄불의 신문들도 그 소식을 기사화하지 않을 것이었다. 시인 친구들 그리고 《줌후리엣 신문》이 나중에 그 사건의 정치적 배경을 밝히기 위해 애를 쓰더라도 이는 시에 대한 일반적인 평가 글(누가 그 글을 쓸 것인가? 파히르? 오르한?)의 중요성을 감소시켜, 그의 죽음은 아무도 보지 않는 예술 지면에서나 발견될 것이었다. 한스 한센이라는 독일 신문기자가 정말로 있었다면 그리고 카가 그를 정말로 알고 있었다면, 《프랑크푸르트 룬트샤우》에 그의 기사를 쓸지도 모를 일이었겠지만, 다른 서양 신문은 기사화하지도 않을 것이었다. 카는 그의 시들이 독일어로 번역되어 《악첸트》지에 실릴 거라는 상상으로 위안을 삼긴 했지만, 그래도 《국경 도시 신문》에 난 이 기사 때문에 살해된다면 이건 정말 '사소한 일로 죽는 것' 이라는 점은 명약관화했다. 죽음 자체보다는 이펙과 프랑크푸르트에서 행복할 거라는 희망이 막 나타나고 있을 때 죽는다는 것이 더더욱 두려웠다.

그렇다 하더라도 최근 몇 년 동안 정치적 이슬람주의자들의 총에 맞아 살해된 일련의 작가들이 눈앞에 떠올랐다. 카는, 후에 무신론자가 되어 코란에 나온 '모순' 들을 보여주려고 했던 옛 설교자(그는 머리 뒤에서 총을 맞았다.)의 실증주의자적 홍분을, 칼럼을 통해 히잡을 쓴 처녀들과 온 몸을 감싼 여자들을 '바퀴벌레' 라고 조롱했던 주필(아침에 운전사와 함께 총에 맞았다.)의 분노를, 터키의 이슬람주의 운동과 이란과의 연관성을 설파하던 칼럼니스트(시동을 걸자 자동차와 함께 폭발했다.)의 연구열을 순진하다고 생각했다. 마음속에 눈물겨운 애정이 스쳐가긴 했지만 말이다. 이 열정적인 작가들 혹은 이와 비슷한 이유로 외딴 도시의 길거리에서 머리에 총을 맞아 죽어간 신문기자들의 삶에 아무런 관심이 없는 이스탄불과 서양 언론보다는, 헛되이 죽은 모든 작가들을 짧은 시일 내에 영원히 망각하는 사회의 일원이라는 것이 더 화가 났다. 한편으로 물러나 행복하게 사는 것이 얼마나 현명한 일인지를 생각했다.

파익베이 대로에 있는 신문사 사무실에 도착했을 때는 내일 자 신문이, 얼음을 제거한 진열장 안쪽 한구석에 걸려 있었다. 카는 자신에 대한 기사를 다시 읽었다. 그러고는 안으로 들어갔다. 세르다르 씨의 부지런한 아들 중 형이 인쇄된 신문들의 일부를 나일론 끈으로 묶고 있었다. 카는 자신의 존재를 알리려는 의도로, 모자를 벗고 눈이 쌓인 코트의 어깨를 탁탁 털었다.

"아버지는 안 계세요!"

기계 닦는 천을 손에 든 채 안에서 나온 동생이 말했다.

"홍차 드릴까요?"

"내일 신문 자 나에 관한 기사를 누가 썼소?"

"당신에 대한 기사가 있다고요?"

동생은 눈썹을 치켜 뜨며 놀랐다는 표정을 지어 보였다.

"모든 기사는 아버지가 쓰셨어요."

입술이 두터운 형은 친근하고 만족스런 미소를 지으며 말했다.

"아침에 그 신문을 배포한다면,"

카는 순간 생각했다.

"내게 안 좋을 수도 있소."

"왜죠?"

형은 부드러운 피부와 믿기지 않을 만큼 순진한 눈동자를 가지고 있었다.

카는 절친한 친구 같은 분위기로 아이처럼 단순한 질문을 한다면 그들에게서 정보를 얻을 수 있을 것 같은 느낌이 들었다. 이렇게 해서 카는 아들 중 한 명에게서, 지금까지 신문을 사간 사람은 무흐타르, 모국당 지역당사에서 온 심부름하는 아이, 매일 밤 들르는 은퇴한 문학 교사인 누리예 부인이라는 사실을 알게 되었다. 그는 길이 봉쇄되지 않았더라면 앙카라와 이스탄불에 보내기 위해 버스에 전달되었을 신문들이, 지금은 어제 신문 꾸러미와 함께 대기하고 있다고 말했다. 남은 부수들은 내일 아침 두 아들이 카르스에 배포할 것이고, 아버지가 원한다면 아침까지 새로운 신문을 찍을 수도 있다고 했다. 그리고 아버지는 조금 전 나갔고, 저녁 식사 때에도 집에 오지 않을 것이라고 덧붙였다. 카는 홍차를 마시기 위해 기다릴 수 없다고 말한 뒤, 신문 하나를 들고 지독히 추운 카르스의 밤 속으로 들어섰다.

아들들의 고민 없고 순진한 모습이 카를 조금이나마 진정시켜주었다. 천천히 내리는 눈송이들 사이를 걸으면서 자신이 지나치게 겁쟁이 짓을 한 건 아닌지 스스로에게 물었다. 그러고는 죄책감을 느꼈다. 하지만 가슴과 뇌에 총알이 박힌 작가들, 자신을 선망하는 독자들이 보낸 로쿰*상자라고 생각하고 홍분에 휩싸인 채 소포를 열었던 많은 불운한 작가들이, 똑같은 자만과 용기의 딜레마에 빠졌기 때문에 세상을 떠날 수밖에 없었다는 것도 알고 있었다. 예를 들면 이런 문제에 별로 관심이 없는 유럽 찬양자인 시인 누레띤은 몇 년 전

---

* 젤리처럼 쫀득쫀득한 단 과자의 일종.

종교와 예술에 대해 반은 '학문적'이라고 할 수 있지만 거의 허튼 소리에 가까운 글을 썼었다. 이 글이 정치적 이슬람주의 신문에 의해 왜곡되어 "우리 종교에 욕설을 했다!"라고 기사화 되자, 그는 오로지 겁쟁이 같은 사람이 되지 않기 위해 옛 사상을 열렬하게 고수했다. 이 열렬한 케말주의자는 군대가 지지하는 세속주의 신문에 의해 그의 마음에도 들었던 과대포장 기사를 타게 되었고 영웅적인 인물로 변모했다. 그러던 어느 날 아침 자동차 앞바퀴에 묶어놓은 비닐 주머니 속 폭탄이 터져 그의 몸은 산산조각이 났다. 많은 사람들이 참석한 거대한 장례식 행렬은 그의 빈 관의 뒤를 따라 걸어야 했다. 외딴 소도시에서 벌어지는 이런 식의 만용 끼 있는 선동에서, '난 겁쟁이가 아니야.'라는 조급함과 '어쩌면 나도 살만 루시디처럼 세상의 관심을 끌 수 있을 거야.' 같은 환상에 휩싸인 옛 좌익주의 신문기자들, 물질주의에 사로잡힌 의사들, 확고한 종교 비평가들에게는 대도시에서처럼 꼼꼼하게 준비한 폭탄이나 평범한 권총조차 사용되지 않았다. 분노에 찬 젊은 이슬람주의자들은 희생자들을 어두운 길거리에서 맨손으로 목 졸라 죽이거나 칼로 찔러 죽여버렸다. 프랑크푸르트 도서관에서 뒤적였던 터키 신문 뒷장의 작고 덤덤한 기사를 통해 카는 이런 내용을 알고 있었다. 이 때문에 《국경 도시 신문》에 대답을 쓸 기회가 주어진다면, 총에 맞아 죽지 않기 위해 명예를 회복하기 위해 무슨 말을 할 것인지('난 무신론자다, 하지만 단연코 예언자에게 욕설을 하진 않았다?' '난 신을 믿지 않는다, 하지만 종교에 대해 무례하게 행동하지 않는다?') 떠올리려고 애쓰고 있었다. 그때 문득 그의 뒤에서 눈에 발이 빠지며 다가오고 있는 누군가의 발소리를 들었다. 겁이 난 카는 뒤를 돌아봤다. 그는 어제 이 시간 자신이 방문했던 사데딘 에펜디 교주의 집회소에서 만난 운수회사 사장이었다.

카는 불현듯 그 남자가 자신이 무신론자가 아님을 증언해 줄 수 있을 거라는 생각이 들었다. 그리고 그런 생각을 하는 것이 부끄러웠다.

평범하지만 마술적인 감정을 반복적으로 안겨주면서 내리는 커다란 눈송이들의 가공할 만한 아름다움에 감탄하며, 카는 얼음이 언 인도의 가장자리를 아주 천천히 걸으며 아타튀르크 대로를 따라 내려갔다. 이후의 여생에서, 그는 카르스에서 본 눈의 아름다움을, 눈 덮인 도시를 돌아다니면서 본 그 광경(세 명의 아이가 비탈길에서 썰매를 밀고 있을 때, 아이든 사진관의 어두운 진열장으로 카르스에 유일한 교통신호등의 초록색 빛이 반영되고 있었다.)을 왜 잊지 못하는지, 왜 슬픈 그림엽서처럼 항상 마음속에 지니게 되었는지 자주 자문자답하게 될 것이었다.

수나이가 작전 본부로 사용하는 옛 양복점의 문에서 군용트럭과 두 명의 보초병을 보았다. 눈을 피하기 위해 문턱에 서 있는 군인들에게 수나이를 만나고 싶다고 계속해서 말했지만, 그들은 사령부에 청원서를 제출하러 온 하층민 취급을 하며 카를 밀어냈다. 그의 머릿속에는 수나이를 만나 신문 배포를 저지하려는 생각이 있었다.

그때 그가 휩싸였던 조급함과 분노는 차라리 절망의 몸짓으로 보아야 할 것이다. 마음속으로는 눈 속을 뛰어서 호텔로 돌아가고 싶었다. 하지만 모퉁이에 도착하기 전 왼쪽에 있는 비르릭* 찻집으로 들어갔다. 그리고 난로와 벽에 걸린 거울 사이의 테이블에 앉았다. 카는「총에 맞아 죽다」라는 시를 썼다.

내재된 분위기는 '공포'였다고 해석한 이 시를 카는 육각형 눈송이의 기억 축과 상상 축 사이의 가지에 배치했고, 내포되어 있던 예

---

* 터키어로 '화합'이라는 뜻.

언을 겸손하게 언급했다.

시를 쓴 후 비르릭 찻집에서 나와 카르팔라스 호텔로 돌아갔을 때는 7시 20분을 지나고 있었다. 침대에 몸을 던진 카는 가로등과 핑크빛 K 아래서 천천히 내리는 커다란 눈송이들을 바라보았다. 그리고 이펙과 행복하게 지낼 독일 생활을 상상하며 마음속의 두려움을 진정시키려고 노력했다. 10분 후 카는 이펙을 한시라도 빨리 보고 싶은 참을 수 없는 욕망에 이끌려 아래로 내려갔다. 그녀의 가족이 어떤 손님과 함께 모여 앉은 식탁 중간에 자히데가 수프 냄비를 내려놓고 있었다. 카는 이펙의 반짝이는 갈색 머리를 행복한 마음으로 바라보았다. 자신에게 제공된 이펙의 옆자리에 앉으며, 카는 둘 사이의 사랑을 거기 있는 모든 사람이 안다는 사실이 자랑스러웠다. 자신의 맞은편에 앉은 손님은 세르다르 씨였다.

그가 얼마나 친근한 미소로 손을 건네 악수를 청하던지, 카는 호주머니에 있는 신문에서 자신이 읽은 내용에 대해 순간 의심이 들었다. 접시를 내밀어 수프를 받은 후, 카는 식탁 밑으로 손을 넣어 이펙의 무릎 위에 올려놓았다. 얼굴을 그녀의 머리 쪽으로 가까이 가져가 그녀의 냄새와 존재를 느꼈다. 카는 그녀의 귀에 대고 불행하게도 라지베르트에 대한 소식은 듣지 못했다고 속삭였다. 곧바로 세르다르 씨 옆에 앉은 카디페와 눈이 마주쳤다. 그 짧은 순간에 이펙이 그녀에게 소식을 전했던 것이다. 그의 마음속은 놀라움과 충격으로 가득 찼다. 하지만 그래도 투르굿 씨가 말하는, 아시아 호텔에서 있었던 모임에 대한 불평을 들을 수 있었다. 투르굿 씨는 그 모임 전체가 선동이었다고 말했다. 그러고는 경찰이 모든 것을 알고 있다는 말도 덧붙였다.

"하지만 그 역사적인 모임에 참석했다는 것에 대해서는 전혀 후회하지 않네. 나이에 상관없이 정치에 관심 있는 사람들의 수준이 얼마나 낮은지 내 눈으로 확인했으니 말일세. 도시에서 가장 멍청하고 가장 어리석고 가장 비참한 계층은 정치 따위를 할 수 없어. 나는 쿠데타에 반대하기 위해 그 모임에 갔지만, 실은 군대가 카르스의 미래를 이 후안무치의 약탈자들에게 맡기지 않은 것이 잘한 짓이라는 생각이 들었네. 카디페 너도 잘 들어라. 여러분 모두도 명심하시오. 정치에 관심을 갖기 전에 한 번 더 생각하는 게 좋을 거요. 진한 화장을 한 저 퇴물 여가수를 생각해 보시오. 퀴즈프로그램에서 회전바퀴를 돌리고 있는 저 여자는 교수형 당한 옛 외무부장관 파틴 뤼쉬트 조를루의 정부였소. 35년 전 앙카라에 있는 모든 사람들이 그 사실을 알고 있었지."

카가 호주머니에서 꺼낸 신문을 식탁에 있는 사람들에게 보여주며 자신을 상대로 한 비방 기사가 실렸다고 말한 것은, 식사를 시작한 지 20분도 더 지났을 무렵이었다. 텔레비전이 켜져 있었음에도 불구하고 식탁은 조용했다.

"말씀드릴 참이었습니다. 하지만 오해하실까 봐."

세르다르 씨가 말했다.

"세르다르, 세르다르, 또 누구에게서 명령을 받았나? 우리 손님에게 큰 실례가 아닌가? 카, 신문을 그에게 건네주게. 세르다르가 읽어보게. 무슨 짓을 했는지 들어보세나."

"저는 제가 쓴 기사의 단어 하나조차도 믿지 않는다는 것을 알아주셨으면 합니다."

세르다르 씨는 카가 건네준 신문을 받으며 이렇게 말했다.

"만약 제가 그 기사가 사실이라고 믿는다고 생각하신다면 큰 오해입니다. 그것은 정말이지 제 개인적인 견해가 아니었습니다. 카르스에서는 명령을 받으면 이런 글을 쓸 수밖에 없다는 것을, 제발 투르굿 씨, 카 선생에게 말씀해 주십시오."

"세르다르는 주 관청에서 명령을 받고 항상 누군가를 헐뜯지. 어디 한번 읽어보게나."

투르굿 씨가 말했다.

"전 여기 적힌 내용 중 아무것도 믿지 않습니다. 게다가 독자들도 이 글을 믿지 않을 겁니다. 그러니까 전혀 두려워할 것 없습니다."

세르다르 씨는 자랑스럽게 말했다.

세르다르 씨는 자신이 쓴 기사를, 어떤 부분에서는 극적으로 어떤 부분은 조롱하는 듯 웃음을 보이며 읽었다.

"보시는 것처럼 두려워할 게 아무것도 없습니다."

세르다르 씨가 카를 보며 말했다.

"자네는 무신론자인가?"

투르굿 씨가 카를 보며 물었다.

"아버지, 문제는 그게 아니잖아요? 이 신문이 배포되면 내일 길거리에서 누군가 그를 쏴 죽일 거예요."

이펙이 말했다.

"아무 일도 일어나지 않을 겁니다."

세르다르 씨가 말했다.

"카르스에 있는 모든 정치적 이슬람주의자들과 퇴보주의자들은 군인들이 연행해 갔습니다."

그러고는 카를 바라보았다,

"당신의 눈을 보니 당신이 불쾌해하지 않는다는 걸 알겠습니다. 당신은 제가 당신의 예술과 인간성을 호평했다는 것을 알고 있으리라 믿습니다. 우리에게 맞지 않는 유럽의 규칙으로 절 부당하게 대하려 하지 마십시오! 카르스에서는, 자신이 유럽에 있다고 생각하는 바보들은, 투르굿 씨도 잘 알고 계시지요, 사흘이면 처리가 됩니다. 모퉁이 어디에선가 총에 맞고 쓰러진 후 잊혀지는 거지요. 동(東)아나톨리아 언론은 아주 심각한 경제적 곤란을 겪고 있습니다. 카르스에 사는 사람들도 우리 신문을 사서 읽지 않습니다. 정부의 공공기관들만 정기 구독하고 있지요. 그러니 우리 신문의 정기 구독자들이 읽고 싶어하는 기사를 넣어야 합니다. 세상 어디에서도, 미국에서조차, 신문은 구독자들이 원하는 기사를 먼저 넣습니다. 독자가 거짓 기사를 원한다면, 세상의 그 어느 곳에서도 사실을 써서 판매 부수를 떨어뜨리지 않지요. 우리 신문의 판매가 증가한다면 제가 왜 사실을 쓰지 않겠습니까? 게다가 경찰은 우리가 사실을 쓰는 것을 허락하지 않습니다. 앙카라와 이스탄불에 카르스 출신의 구독자가 150명 있습니다. 그들이 그곳에서 얼마나 성공하고 얼마나 부자가 되었는지를 가능한 부풀려서 입에 침이 마르도록 칭찬해야 합니다. 그래야 정기 구독자가 증가하니까요. 아참, 그리고 나중엔 그들도 이 거짓말을 믿게 되지요. 다른 문제이긴 하지만."

그는 그리고 큰 소리로 웃었다.

"이 기사를 쓰라고 누가 명령했나? 그걸 말하게."

투르굿 씨가 말했다.

"어르신, 서양 언론에서도 그건 가장 중요한 원칙입니다. 기사의 제보자는 비밀입니다."

"내 딸들은 이 손님을 좋아하네. 이 신문을 배포한다면 내 딸들은 자네를 절대 용서하지 않을 걸세. 만약 눈이 돌아간 이슬람주의자들이 우리 손님을 쏜다면 자네는 책임감을 느끼겠나?"

"그렇게 두려운가요?"

세르다르 씨는 카를 보며 미소 지었다.

"그렇게 두렵다면 내일 절대 거리에 나가지 마시길 바랍니다."

"그가 주위에서 안 보이니 신문이 안 보이는 게 낫네. 신문을 배포하지 말게."

투르굿 씨가 말했다.

"그건 저의 구독자들을 언짢게 할 겁니다."

"좋아, 그렇다면."

투르굿 씨가 좋은 생각이 있다는 투로 말했다.

"누가 명령했든지 그에게 이 신문을 한 부 주게나. 그리고 나머지는 우리 손님에 대한 이 선동적인 거짓 기사를 빼고 새로 찍으면 되겠군."

이펙과 카디페도 이 생각을 지지했다.

"저의 신문을 이렇게 진지하게 평가하시니 긍지를 느낍니다."

세르다르 씨가 말했다.

"하지만 새 인쇄비용은 누가 부담하지요? 그것도 말씀해 주시지요."

"아버지가 당신과 아드님들을 예실 식당으로 초대해 저녁 식사를 대접하시면 되겠네요."

이펙이 말했다.

"따님들도 온다면 가지요. 길이 열리고 연극단원들이 여길 떠난 후에 말입니다! 카디페 양도 오실 거지요? 카디페 양, 신문의 빈곳을 채울 새 기사를 위해 제게 극장 쿠데타를 지지하는 글을 써줄 수 있나요? 독자들이 아주 좋아할 겁니다."

세르다르 씨가 말했다.

"안 돼, 안 돼. 자넨 내 딸을 모르나?"

"연극배우들이 일으킨 쿠데타 이후, 카르스에서의 자살률이 감소하리라고 믿는다는 글을 써줄 수 있나요, 카디페 양? 이것도 우리 독자들이 좋아할 겁니다. 당신은 무슬림 처녀들의 자살에 반대하고 있으니까요."

"이제 반대하지 않아요!"

카디페는 잘라 말했다.

"하지만 그렇게 되면 당신은 무신론자가 되지 않습니까?"

세르다르 씨가 새로운 논쟁을 시작하려고 했지만 식탁에 있는 사람들이 자신을 못마땅한 시선으로 보고 있다는 것을 이해할 정도의 눈치는 있었다.

"알겠습니다. 신문을 배포하지 않겠습니다."

"새로 인쇄하실 건가요?"

"여기서 나가 집에 가기 전에 그리 하지요!"

"감사합니다."

이펙이 말했다.

길고 이상한 정적이 지속되었다. 카는 이것이 마음에 들었다. 몇 년 만에 처음으로 한 가족의 일원이 된 것 같은 기분이었다. 가족은 아무리 불행하고 난관에 처했다 해도, 서로 단결하여 고집스럽게 헤쳐나가는 데서 기쁨을 찾는 것 같았다. 자신의 인생에서 이를 놓치고 있다는 것이 슬펐다. 이펙과 평생 행복할 수 있을까? 그가 찾는 것은 행복이 아니었다. 세 번째 라크 잔을 비우며 든 생각이었다. 어쩌면 그는 불행을 선호했다고도 말할 수 있었다. 하지만 중요한 것은 절망을 공유하는 것이었다. 세상 밖에서 살, 두 사람을 위한 작은 둥지를 만드는 것이었다. 그는 이펙과 함께, 몇 달 동안 쉬지 않고 사랑을 나누면서 그런 공간을 만들 수 있을 것 같았다. 자매 중 한 명과 사랑을 나누고 그들과 한 식탁에 앉아 있다는 것, 그녀들의 존재와 부드러움을 피부를 느끼고 있다는 것, 저녁에 집에 돌아왔을 때 혼자가 아니라는 것. 그날 저녁은 이 모든 흥분되는 행복의 기약과 신문이 배포되지 않을 거라는 믿음이 카를 지극히 행복하게 만들었다.

너무나 행복했기 때문에, 식탁에서 오고가는 이야기와 소문들이 끔찍한 소식이 아니라 옛날이야기에 등장하는 무서운 문장들처럼 들렸다. 부엌에서 일하는 아이 중 하나가 자히데에게 말하기를, 눈 때문에 골대가 반만 보이는 축구경기장에 많은 사람들이 연행되어 왔고, 얼어 죽으라고 온종일 바깥에 세워놓은 탓에 대부분은 눈 속에서 병이 났으며, 그들 중 몇 명은 다른 사람들에게 본때를 보여주려는 시범 케이스로 탈의실 입구에서 총에 맞아 죽었다는 소식을 들었다고 했다. Z. 데미르콜과 그 일당들이 하루 종일 도시에서 저지른 테러는 어쩌면 목격자들이 과장해서 말했을 수도 있다. 그들은 쿠르드 민족주의자들 중 일부 젊은이들이 '민속과 문학' 연구를 했던 메소포타미아 협회를 급습했으나 그곳에서 아무도 발견하지 못하자, 협회에서 차를 끓이며 잠자리를 해결하는, 정치와는 전혀 무관한 노인을 늘씬하게 두들겨 팼다고 했다. 한편 6개월 전 상가 입구에 있는 아타튀르크 동상에 누군가 물감과 시궁창 물을 퍼부은 사건에 연루되어, 두 명의 이발사와 한 명의 실업자가 조사를 받았다. 그들은 아침까지 구타를 당한 후, 자신들의 죄와 반아타튀르크 활동(산업 직업고등학교의 교정에 있는 아타튀르크 동상의 코를 망치로 깬 것, 온베시리레르 찻집의 벽에 걸려 있는 아타튀르크 포스터 위에 음해성 낙서를 한 것, 관공서 맞은편에 있는 아타튀르크 동상을 도끼로 무너뜨리기 위해 계획을 세운 것)을 자백했다. Z. 데미르콜 일당은, 극장 쿠데타 이후에 할릿파샤 대로에 있는 벽에 구호를 휘갈겼다는 혐의로 체포된 두 명의 쿠르드 청년들 중 한 명을 총으로 쏴 죽였고, 다른 한 명은 체포

즉시 기절할 때까지 구타했으며, 신학고등학교 벽에 있는 구호들을 지우라고 데리고 온 실업자 청년들이 도망을 치자 다리를 쐈다. 군인들과 연극배우들에 대해 악담을 하거나 유언비어를 퍼트린 사람들은 찻집에 있던 고발자들 때문에 연행되었다. 하지만 이런 재앙과 살인이 일어나는 시기에 항상 그렇듯이, 과장된 소문도 떠돌았다. 손에 든 폭탄이 터져 죽은 쿠르드 청년들, 쿠데타에 항거하여 자살을 한 히잡을 쓴 소녀들, 혹은 이뇌뉴 파출소로 접근하다가 저지된, 다이너마이트를 잔뜩 실은 트럭에 대한 소문.

폭발물을 실은 트럭으로 자살 공격을 한다는 것에 대해 예전에도 들은 바가 있었기 때문에 잠시 이 문제에 주의를 기울이긴 했지만, 그저 이펙 곁에서 평안하게 앉아 행복을 만끽할 뿐, 카는 다른 어떤 일도 하지 않았다.

한참 후 세르다르 씨에 이어 투르굿 씨 그리고 딸들이 방으로 가기 위해 일어날 때, 카의 머릿속에는 이펙을 자기 방으로 부르고 싶은 생각이 간절했다. 하지만 거절당해 자신의 행복에 그늘이 드리워지는 일이 없도록 하기 위해, 그는 이펙에게 암시조차 주지 않고 방으로 올라갔다.

34
카디페도 수락하지 않을 것입니다

중개인

카는 방에서 창밖을 바라보며 담배를 피웠다. 눈은 그쳤다. 가로등의 희미한 불빛이 비춰주는 눈 덮인 텅 빈 거리에는 사람을 평안하게 하는 정적이 있었다. 카는 자신이 느끼는 평온함이 눈의 아름다움보다는 사랑 그리고 행복과 관련이 있다는 것을 잘 알고 있었다. 더욱이 이곳 터키에서 자신과 닮고 자신과 평등한 군상들을 껴안는 것이 그를 편하게 만들었다. 그는, 자신이 독일 혹은 이스탄불에서 왔기 때문에 이곳 사람들과 비교해 느꼈던 어떤 우월감으로 인해 그런 평온함이 배가되었다는 점을 고백할 수 있을 만큼 행복했다.

누군가 문을 두드렸다. 문 앞에서 이펙을 보고 카는 놀랐다.

"계속 널 생각했어. 잠을 이룰 수가 없었어."

이펙이 방 안으로 들어오자 카는 이렇게 말했다.

그들은 투르굿 씨를 상관하지 않고 아침까지 사랑을 나눌 수 있을 터였다. 믿기 힘든 것은, 기다림의 고통 없이 이펙을 안았다는 점이었다. 밤새도록 이펙과 사랑을 나누면서 카는 행복을 넘어선 어떤 곳이 있다는 것을, 지금까지의 자신의 삶과 사랑의 경험을 뛰어넘는 시간과 열정의 순간이 존재한다는 것을 알게 되었다. 생전에 이렇게 평온한 적은 한 번도 없었다. 그는 이전에 여자들과 사랑을 나눌 때 머리 한구석을 점령했던 성적 환상, 포르노 책자와 영화에서 배웠던 일련의 욕구들을 잊었다. 그의 몸이 이펙과 사랑을 나눌 때, 카는 이전에 몰랐던 어떤 음악을 마음속에서 발견했고 그 음악은 하모니로 발전했다. 가끔 잠깐씩 잠이 들기도 했다. 여름휴가의 한 장면이 천국 같은 분위기를 자아내며 나타나는 꿈속에서, 그는 자유롭게 뛰었고 불사(不死)의 인간이었다. 추락하는 비행기에 있었지만, 먹어도 없어지지 않는 사과를 먹고 있었다. 그러면 사과 냄새가 나는 따스한 이펙의 피부를 느끼며 잠에서 깨어났다. 밖에서 들어오는 눈 빛과 약간 노란색이 도는 빛 속에서 이펙의 눈 속을 가까이에서 들여다보았다. 그녀가 깨어나 조용히 자신을 바라보자, 마치 자신들이 얕은 물에서 나란히 휴식을 취하고 있는 두 마리의 돌고래처럼 느껴졌다. 그들은 그제야 서로의 손에 깍지를 끼고 있다는 것을 인식했다.

한순간, 잠에서 깨어나 눈이 마주치자 이펙이 말했다.

"아버지에게 말할 거야. 너와 독일에 갈래."

카는 잠을 이룰 수가 없었다. 자신의 모든 인생을 마치 행복한 영화처럼 구경하고 있었다.

도시 안에서 폭발음이 났다. 침대, 방, 호텔이 흔들렸다. 멀리서 기관총 소리가 들려왔다. 도시를 덮고 있는 눈이 소음을 경미하게 만들고 있었다. 그들은 서로를 껴안고 조용히 기다렸다.

이후 잠에서 깨어났을 때 총성은 그쳐 있었다. 카는 따스한 침대에서 나와 창을 통해 들어오는 얼음 같은 공기를 땀에 젖은 피부로 느끼며 담배를 피웠다. 그의 머리에는 시가 없었다. 평생 이렇게까지 행복한 적은 없었다.

아침에 누군가가 문을 두드려 잠에서 깨어났다. 이펙은 곁에 없었다. 마지막으로 언제 잠이 들었는지, 이펙과 마지막으로 무슨 이야기를 했는지, 총성이 언제 그쳤는지 기억나지 않았다.

문에 서 있는 사람은 접수계 직원 자빗이었다. 장교 한 명이 호텔에 왔는데, 수나이 자임이 카를 본부로 초대했다면서 밑에서 기다리고 있다고 했다. 카는 서두르지 않았다. 그는 면도를 했다.

카르스의 텅 빈 거리는 어제 아침보다도 더 마술적이며 아름다웠다. 아타튀르크 대로의 위쪽에서, 문이 부서지고 창이 깨지고 벌집을 쑤셔놓은 듯 건물에 구멍이 송송 뚫린 집을 보았다.

수나이는 그 집에 자살 공격이 감행되었다고 말했다.

"오인을 해서, 이곳이 아니라 위에 있는 건물 중 하나에 들어가려고 시도했다네, 가련하기도 하지. 산산조각이 났지. 이슬람주의자들의 짓인지 PKK 단원들이 한 짓인지 단서가 없다는군."

카는 수나이에게서, 자신이 맡은 역할을 지나치게 심각하게 받아들이는 유명 배우에게서 느껴지는 아이 같은 진지함을 보았다. 그는 면도를 한 모습이었고 깨끗하고 기운 차 보였다.

"라지베르트를 체포했네."

수나이는 카의 눈 속을 똑바로 들여다보며 말했다.

카는 자신이 들은 소식 때문에 느끼는 행복감을 본능적으로 감추고 싶었다. 하지만 이를 수나이가 놓칠 리가 없었다.

"그는 나쁜 사람일세. 교육원장을 죽이도록 사주한 게 틀림없어. 한편으로는 자신이 자살을 반대한다는 소문을 퍼트리고, 다른 한편으로는 자살 공격을 감행하기 위해 아둔하고 가련한 청년들을 조종하지. 경찰청은 그가 카르스 전체를 날려버릴 분량의 폭발물을 가지고 이곳에 왔다고 확신하고 있어! 쿠데타가 일어나던 날 밤 종적을 감추었는데, 아무도 모르는 곳에 숨어 있었다더군. 자네 역시 어제 초저녁에 아시아 호텔에서 있었던 그 웃기는 모임에 대해 알고 있겠지?"

카는 연기를 하는 것처럼 인공적인 분위기로 고개를 끄덕였다.

"내 인생의 고민은 이 죄인들, 퇴보주의자들, 테러리스트들을 처벌하는 게 아닐세! 난 오래전부터 무대에 올리고 싶은 작품이 있었네. 이곳에 있는 이유도 그것 때문이야. 토머스 키드라는 영국 작가가 있었지. 셰익스피어는 「햄릿」을 그에게서 도용했어. 난 「스페인 비극」이라는, 제대로 평가받지 못하고 잊혀진 그의 작품을 발견했네. 혈투와 복수로 끝나는 비극이야. 연극 속에 연극이 있지. 푼다와 이 작품을 연기하기 위해 15년 동안 기회를 찾고 있었네."

카는 방으로 들어오는 푼다 에세르에게 과장되게 허리를 굽혀 인사를 했다. 카는 긴 담뱃대로 담배를 피우는 여자가 이에 기뻐하는 모습을 보았다. 카가 묻기도 전에 부부는 연극의 내용을 요약해 주었다. 그리고 수나이는 이렇게 말했다.

"우리 국민의 기호와 교양을 향상시킬 수 있는 형태로 작품을 바꾸고 구성을 단순화했지. 내일 밀렛 극장에서 공연을 할 때 관객들은 물론이고, 모든 카르스인들이 생방송으로 이를 지켜보게 될 걸세."

"저도 보고 싶군요."

카가 말했다.

"그 연극에 카디페도 출현했으면 좋겠네. 푼다는 카디페의 사악한 라이벌 역할을 할 걸세. 카디페는 무대에서 히잡을 벗는 역할을 하게 될 거야. 혈투의 원인이 된 우스꽝스런 관습에 반기를 들고는 갑자기 모든 사람들 앞에서 히잡을 벗는 거지."

수나이는 머리에 쓰고 있는 상상 속의 히잡을 현란한 제스처로 벗어 던졌다.

"또 소동이 일어날 겁니다."

"자네는 걱정 말게나. 우리에게는 지금 군대의 힘이 있으니까."

"카디페도 수락하지 않을 거고요."

"카디페가 라지베르트를 사랑한다는 걸 아네. 카디페가 히잡을 벗으면 그녀의 라지베르트를 즉시 풀어줄 거야. 둘이 함께 먼 곳으로 도망쳐서 행복하게 살면 되지."

푼다 에세르의 얼굴에, 멜로 영화에서 함께 도망치는 연인들의 행복한 모습을 보고 기뻐하는 착한 아줌마 특유의 연민의 표정이 나타났다. 카는 문득 그녀가 이펙과 자신의 사랑 도피에도 같은 연민으로 반응할 거라는 상상을 했다.

"하지만 전 그래도 카디페가 생방송에서 히잡을 벗을 거라고는 생각하지 않습니다."

카가 말했다.

"상황을 보건대, 그녀를 설득할 수 있는 것은 자네뿐이라는 결론을 내렸어. 우리와 거래하는 것은 가장 강력한 악마와 거래한다는 의미가 되지. 그녀는 자네가 히잡을 쓴 소녀들에게 호의적이라는 것도 알고 있어. 그리고 자네는 그녀의 언니를 사랑하고 있잖아."

"카디페만의 문제가 아닙니다. 라지베르트도 설득해야 합니다. 하지만 먼저 카디페와 이야기해 봐야겠지요."

그는 "자네는 그녀의 언니를 사랑하고 있잖아."라는 말이 주는 천하고 직선적인 어투가 마음에 걸렸다.

"자네가 원하는 방식으로 하게. 자네에게 모든 권한과 함께 군용

차를 내주지. 나를 대변해 원하는 대로 거래도 하게."

잠시 정적이 흘렀다. 수나이는 카가 이 일을 꺼려하고 있다는 것을 눈치 챘다.

"전 이 일에 연루되고 싶지 않습니다."

"왜?"

"어쩌면 제가 겁쟁이이기 때문이겠지요. 전 지금 아주 행복합니다. 이슬람주의자들의 가장 큰 목표물이 되고 싶지 않습니다. 그들은 저를 보고, 저 무신론자 놈이 카디페의 히잡을 벗게 했고, 학생들에게 그 장면을 보게끔 뒤에서 조종했다고 할 겁니다. 독일로 도망친다고 하더라도, 언젠가는, 어느 날 밤에는, 길거리에서 절 총으로 쏴 죽일 겁니다."

"먼저 나에게 총을 쏠 걸세."

수나이가 자랑스럽게 말했다.

"하지만 자네가 자신을 겁쟁이라고 말한 점이 마음에 드는군. 나도 겁쟁이야. 날 믿게. 이 나라에서는 오로지 겁쟁이들만이 살아남지. 하지만 모든 겁쟁이들이 그러하듯, 어느 날 영웅처럼 아주 용감한 일을 하는 상상도 하지 않나?"

"전 지금 아주 행복합니다. 영웅이 되고 싶지 않습니다. 영웅이 된다는 꿈은 불행한 사람들의 위안거리지요. 게다가 우리 같은 사람들이 영웅 같은 일을 한답시고 나설 때는 누군가를 죽이거나 아니면 죽게 되는 결과를 낳을 뿐입니다."

"그렇다면 그 행복이 그리 오래 지속되지 못할 거라는 생각은 안 드나?"

수나이는 오기를 부리며 말했다.

"왜 손님에게 그렇게 겁을 주세요?"

푼다 에세르가 말했다.

"그 어떤 행복도 오래 지속되지 않지요. 알고 있습니다."

카는 고집스레 말했다.

"하지만 예정된 불행이라는 가능성 때문에 영웅 노릇을 하다 제 죽어갈 생각은 없습니다."

"이 일을 하지 않는다면 독일에서가 아니라 여기서 죽게 될 걸세! 오늘 신문을 보았나?"

"제가 오늘 죽을 거라고 쓰여 있나요?"

카는 미소 지으며 말했다.

수나이는 카에게 어제 초저녁 때쯤 보았던《국경 도시 신문》의 마지막 인쇄본을 보여주었다.

" '카르스의 한 무신론자!' "

푼다 에세르가 과장된 분위기로 읽어 나가려던 찰나였다.

"그건 어제 찍은 첫 인쇄본입니다. 수정해서 다시 찍는 걸로 결정했습니다."

카는 자신감 있게 말했다.

"그 결정을 실행에 옮기기 전에 첫 인쇄본을 오늘 아침 배포했다네. 신문기자들의 말은 절대 믿지 말게나. 하지만 우리가 자네를 보호해 주겠네. 군대에게 대들기에는 힘이 모자란 이슬람주의자들은 무엇보다도 서양의 하수인 노릇을 하는 무신론자를 쏘고 싶어하지."

수나이가 말했다.

"세르다르 씨에게 그 기사를 쓰라고 한 사람이 당신입니까?"

수나이는 명예에 모욕을 당한 사람처럼 입가를 오므리고 눈썹을 치켜 올리며 화가 난 표정을 지어 보였다. 하지만 카는, 그에게 뒤에서 일을 꾸미는 정치인 같은 면모가 있다는 것을 알 수 있었다.

"저를 끝까지 보호해 주겠다고 약속하시면 중개인 역할을 하겠습니다."

수나이는 약속을 했다. 과격 혁명가 대열에 낀 것을 축하한다는 의미로 카를 껴안았다. 그리고 자신이 붙여준 두 명의 경호원이 카의 곁에 꼭 붙어 있을 테고 말했다.

"필요하다면 자네로부터도 자네를 보호할 것이네!"

수나이는 흥분하며 덧붙였다.

그들은 중개인 역할과 세부 사항에 대해 이야기를 나누기 위해 앉아 향기로운 차를 마셨다. 푼다 에세르는 유명하고 재능 있는 배우가 자신들의 극단에 합류하기라도 한 것처럼 만족스러워했다. 그녀는 잠시 「스페인의 비극」의 작품성에 대해 언급했다. 하지만 카의 마음은 그것에는 전혀 관심이 없었다. 그는 양복점의 높은 창문으로 쏟아져 들어오는 멋진 하얀 빛을 바라보고 있었다.

양복점에서 나올 때, 자신을 보호할 임무가 주어진 건장한 무장 사병 둘을 보고 카는 실망하고 말았다. 최소한 한 명 정도는 장교 혹은 멋진 사복 경찰이기를 기대했기 때문이다. 한때 텔레비전에 나와 터키 민족이 바보이며 이슬람교를 전혀 믿지 않는다고 말한 유명한 작가에게, 인생의 남은 기간 동안 정부가 붙여준 멋지고 교양 있는 두 명의 경호원을 본 적이 있었다. 카는 유명하고 급진적인 작가는 그러한 대우를 받을 만하다고 생각했다. 그들은 단지 가방을 들어주는 것이 아니라, 과장된 행동으로 문을 잡아주는가 하면 계단을 오르내릴 때는 팔짱을 끼었고, 열성 팬이나 적들로부터 그를 보호했다.

군용 차량에서 카의 옆에 앉은 사병들은 그를 보호하는 것이 아니라 감시하는 것처럼 행동했다.

호텔로 들어가자마자 카는 아침 무렵 자신의 영혼을 감쌌던 행복을 다시 느꼈다. 즉시 이펙을 보고 싶었지만 그녀에게 무엇인가를 감추는 것은, 그것이 사소한 것일지라도 배반의 의미가 될 수 있기 때문에, 먼저 어떤 방도를 강구해 카디페와 단 둘이 이야기를 나누고 싶었다. 하지만 로비에서 이펙을 만나자 그런 생각이 사라져버렸다.

"내가 기억하고 있던 것보다 더 아름다워."

카는 이펙을 선망하는 눈길로 바라보며 이렇게 말했다.

"수나이가 날 불렀어. 내가 중개인 역할을 해주었으면 하더군."

"어떤 문제에 대해 말야?"

"어제 저녁 무렵에 라지베르트를 체포했대. 얼굴을 왜 돌리지? 우리에게 위험한 건 없어. 그래, 카디페는 마음이 아프겠지. 하지만 난 마음이 편해, 날 믿어."

카는 수나이에게서 들은 내용을 빠르게 설명해 주었다. 밤에 들은 폭발음과 총소리에 대해서도.

"아침에 날 깨우지도 않고 가버렸더군. 두려워하지 마, 내가 모든 걸 해결할게. 아무도 다치지 않을 거야. 우린 프랑크푸르트에 가서 행복하게 살 거야. 아버지와 이야기는 해봤어?"

그는 거래가 있을 테고 이 때문에 수나이가 자기를 라지베르트에게 보낼 것인데, 먼저 카디페와 말을 해야 한다는 조건을 붙였다고 말했다. 지나치게 근심 어린 기미가 보이는 이펙의 눈을 본 카는, 그녀가 자신을 걱정하고 있다는 생각이 들었고 이에 기분이 좋아졌다.

"잠시 후 카디페를 네 방으로 보낼게."

이펙은 이렇게 말하고는 가버렸다.

방에 들어가자 침대가 정리되어 있었다. 인생에서 가장 행복한 밤을 함께 보낸 물건들, 작은 탁자 위에 놓인 희미한 램프, 빛바랜 커튼은 아주 다른 눈 빛과 정적에 쌓여 있었다. 하지만 사랑을 나누었던 냄새를 여전히 맡을 수 있었다. 침대에 등을 대고 누워 천장을 보면서, 카디페와 라지베르트를 설득하지 못한다면 자신이 어떤 곤경에 빠질지 떠올렸다.

"라지베르트가 체포된 것에 대해 뭘 알고 있는지 말해 주세요. 그들이 그에게 가혹 행위를 했나요?"

카디페는 방으로 들어오자마자 이렇게 말했다.

"그에게 가혹 행위를 했다면 날 그에게 데려가지 않을 테지요. 잠시 후 날 그에게 데려다줄 거요. 호텔에서 있었던 모임 후에 그를 체포했다고 하더군. 그게 내가 아는 전부요."

카디페는 창문을 통해 눈 덮인 거리를 바라보았다.

"지금 당신은 행복하지만 난 불행해요. 그때 그 모임 이후 모든 것이 바뀌고 말았어요."

카는 어제 오후 217호 방에서의 만남과 방에서 나가기 전에 카디페가 자신에게 총을 겨누고 옷을 벗겼던 일을, 서로를 연결해 주는 오래되고 달콤한 추억처럼 기억해 냈다.

"그게 전부가 아닙니다. 수나이 주위에 있는 사람들이 라지베르트가 교육원장의 죽음에 연관되어 있다고 수나이를 믿게 만들었소. 또한 라지베르트가 이즈미르 출신의 아나운서를 죽였다는 것을 증명하는 파일이 카르스에 도착했다고 하더군요."

"수나이 측근에 있는 사람들이 누군데요?"

"카르스에 있는 국가 정보국 요원들이겠지요. 그들과 관련 있는 한두 명의 군인들도 있을 거고. 하지만 수나이가 전적으로 그들의 영향 하에 있는 건 아니오. 그는 예술적 목적이 있어요. 그의 말을 전하지요. 오늘밤 밀렛 극장에서 그들은 연극을 무대에 올릴 겁니다. 당신에게 역할을 하나 주고 싶어해요. 얼굴 찌푸리지 말고 들어요! 텔레비전 생방송으로 보여줄 것이고 카르스 전체가 지켜볼 것이오. 당신이 그 역할을 수락하고, 라지베르트도 신학고등학교 학생들을 설득해 같이 와서 앉은 후, 조용히 점잖게 필요한 순간에는 박수도 치면서 연극을 관람한다면, 수나이가 라지베르트를 풀어줄 거요. 모든 것은 잊혀질 테고 아무도 다치지 않을 겁니다. 날 중개인으로 택했소."

"어떤 연극인데요?"

카는 토머스 키드와 「스페인의 비극」에 대해 설명했다. 수나이가 적절하게 대본을 바꾸었다는 것도 말했다.

"수년 동안 아나톨리아 순회공연을 하면서, 코르네유, 셰익스피어 그리고 브레히트의 작품에 밸리 댄스와 음란한 노래를 섞어 만들었던 방식이겠지요."

"저도 피투성이의 싸움이 시작되라고 생방송에서 능욕을 당하는 여자 역할을 하겠군요."

"아니, 당신은 히잡을 쓴 스페인 여성의 역할을 맡게 될 겁니다. 유혈 낭자한 싸움에 지쳐 분노의 순간에 히잡을 벗어 던지는 반역자 역할이지요."

"터키에서의 반역은 히잡을 벗어 던지는 게 아니라 쓰는 거예요."

"이건 연극이오, 카디페. 연극이기에 히잡을 벗을 수도 있어요."

"제게서 뭘 원하는지 알겠어요. 연극이라고 하더라도 연극 속에 연극이 있다고 하더라도 전 히잡을 벗지 않을 거예요."

"카디페, 이틀 후면 눈이 그칠 것이오. 길이 열리고 감옥에 있는 죄수들은 피도 눈물도 없는 자들의 손으로 넘어갈 겁니다. 그러면 당신의 라지베르트를 영원히 보지 못할 거예요. 이 점을 생각해 봤소?"

"생각하고 싶지 않아요. 생각하면 수락할 것 같아 두려워요."

"히잡 밑에 가발을 쓰면 어떨까. 아무도 당신의 머리칼을 보지 못할 거요."

"가발을 쓸 생각이 있었다면 동료들처럼 학교 안으로 들어가기 위해서 그렇게 했을 거예요."

"지금 문제는 대학 정문에서 당신의 명예를 회복하는 것이 아니오. 라지베르트를 구하기 위해 이를 해야만 합니다."

"내가 히잡을 벗음으로써 그를 구한다는 것을 라지베르트가 원할지 모르겠군요."

"원할 거요. 당신이 히잡을 벗는 것은 라지베르트의 명예를 훼손시키지 않소. 왜냐하면 당신들의 관계는 아무도 모르고 있으니까."

카디페의 약점을 건드렸다는 것을 분노로 불타는 그녀의 눈을 보고 알 수 있었다. 카는 그녀가 이상한 미소를 짓는 것을 보고 두려워졌다. 두려움과 질투가 그의 마음을 휘감았다. 카디페가 자신에게 이펙에 대해 치명적인 어떤 것을 말할 것 같아 두려웠다.

"시간이 별로 없어요, 카디페."

카는 이상한 두려움을 느끼며 말했다.

"당신이 이 일을 잘 해결할 정도로 영리하며 감성적인 사람이라는 것을 압니다. 난 지금 수년 동안 망명 생활을 한 사람으로서 말하고 있습니다. 내 말을 들어요. 인생은 이상을 위해서가 아니라 행복을 위해 존재하는 거요."

"하지만 이상 없이 믿음 없이 행복해질 수 있는 사람은 없어요."

"맞아요. 하지만 우리나라처럼 인간에게 가치를 부여하지 않는 잔인한 나라에서는 믿음을 위해 자신을 파괴하는 것은 바보짓이오. 높은 이상과 믿음은 부유한 나라의 사람들을 위한 것이오."

"그렇지 않아요. 오히려 정반대지요. 가난한 나라의 사람들은 믿음 이외엔 의지할 것이 없어요."

카는 그 순간 머리에서 떠오르는 대로, '하지만 그들이 믿는 것은 옳지 않소!'라고 말하지 않았다.

"하지만 당신은 가난한 사람이 아닙니다, 카디페. 당신은 이스탄불 출신이잖소."

"그렇기 때문에 제가 믿는 대로 실행하겠어요. 거짓으로 가장할 수는 없어요. 만약 제가 히잡을 벗는다면 그건 진짜여야 해요."

"그렇다면 이건 어떨까? 극장에 아무도 들이지 않고 텔레비전을 통해서만 방영하는 것 말이오. 카메라는 일단 분노를 느끼는 순간 당신의 손이 히잡을 향해 가는 것을 보여주는 겁니다. 그런 다음에 조작을 해, 당신과 닮은 다른 여자가 머리를 드러내는 모습을 뒤에서 보여줄 수도 있겠지요."

"그건 가발을 쓰는 것보다 더 교활해요. 결과적으로 모든 사람들은 쿠데타 이후에 제가 히잡을 벗었다고 생각할 거예요."

"종교의 명령이 중요한 거요, 아니면 다른 사람들의 생각이 중요한 거요? 이렇게 간다면 당신은 절대 히잡을 벗지 못할 겁니다. 만약 당신이 걱정하는 부분이 다른 사람들이 어떻게 생각할까 하는 거라면, 모든 게 영화적인 환상이었다고 사람들에게 설명하면 됩니다. 라지베르트를 구하기 위해 이 모든 것을 할 수 있다고 동의한다면, 신학고등학교 학생들은 당신을 더욱더 존경하게 될 거요."

"누군가를 온 힘을 다해 설득하면서도, 실은 자신도 전혀 믿지 않는 말들을 하고 있다는 생각을 해본 적이 있나요?"

카디페는 아주 다른 분위기로 물었다.

"있었지. 하지만 지금은 그렇지 않아요."

"그렇다면 결국 그 사람을 설득하는 데 성공했을 때, 그 사람을 속였다는 것 때문에 죄책감을 느끼겠지요, 그렇죠? 그 사람을 진퇴양난의 위기에 처하게 만들었기 때문에."

"카디페, 당신이 처한 것은 진퇴양난의 상황이 아닙니다. 영리한 사람으로서 달리 다른 방도가 없다는 걸 알지 않소? 수나이의 측근들은 손도 떨지 않고 라지베르트를 교수형에 처할 것이고, 당신은 이를 가만 지켜보고 있을 준비가 되어 있지 않아요."

"모든 사람들이 보는 앞에서 제가 히잡을 벗고 패배를 인정했다고 치죠. 라지베르트를 석방할 거라고 어떻게 믿지요? 제가 이 정부의 말을 어떻게 믿을 수 있나요?"

"맞는 말이오. 이 부분에 대해서는 그들과 확실히 해두겠소."

"누구와 언제 이야기할 건가요?"

"라지베르트와 만난 후 다시 수나이에게 가야지요."

둘 다 한동안 말을 하지 않았다. 이렇게 해서 카디페가 조건들을 대강 받아들인 셈이 되었다. 하지만 그래도 카는 확실히 하기 위해 카디페에게 보여주면서 시계를 봤다.

"라지베르트는 국가 정보국의 손에 있나요, 아니면 군대의 손에 있나요?"

"모르겠소. 그리고 그 둘 사이에 별로 큰 차이도 없고."

"군인들은 고문을 하지 않을 수도 있어요."

그리고 카디페는 잠시 입을 다물었다.

"이것들을 그에게 전해 주세요."

자개와 보석으로 장식된 고풍스런 라이터와 빨간 말보로 한 갑을 카에게 내밀었다.

"라이터는 아버지 거예요. 라지베르트는 이 라이터로 담뱃불을 붙이는 것을 좋아해요."

카는 담배를 받았지만 라이터는 받지 않았다.

"라이터를 그에게 준다면, 라지베르트는 내가 당신을 만난 걸 알게 될 거요."

"알아도 돼요."

"그렇다면 당신과 얘기를 나눴다는 것도 알게 되고 당신의 결정을 궁금해할 거요. 난 내가 당신을 먼저 만났고, 당신이 그를 구하기 위해 어떤 형태로든지 히잡을 벗는 일을 수락했다는 사실을 그에게 말하지 않을 작정이오."

"그가 저의 결정을 받아들이지 않을 것이기 때문인가요?"

"아니. 라지베르트는 죽음에서 벗어날 수 있다면 당신이 히잡을 벗는 것을 용납할 정도로 영리하고 합리적인 사람이오. 당신도 이를 알고 있겠지. 하지만 그는 이 문제를 자신이 아니라 당신에게 먼저 물어봤다는 것을 용납하지 못할 거요."

"하지만 이건 정치적인 문제인 동시에 저와 관련된 개인적인 문제예요. 라지베르트는 이해할 거예요."

"이해하더라도 자신이 먼저 발언권을 행사하고 싶어하겠지. 카디페 당신도 잘 알고 있잖소. 그는 터키 남자요. 게다가 정치적 이슬람주의자고. 그에게 가서 '당신을 풀려나도록 하기 위해 카디페가 히잡을 벗기로 결정했소.' 라고 말할 수는 없어요. 결정을 내린 것이 자신이라고 생각하게 만들어야 됩니다. 그리고 가발이나 텔레비전 조작 문제에 대해서도 그의 의견을 물을 것이오. 그는 그것이 당신의 명예를 손상시키지 않을 해결책이라고 확신하겠지. 그는 속임수를 받아들이지 않겠다는 당신의 명예심과 자신의 실질적인 명예심이 부합되지 않는 그 어두운 지대들을 떠올리는 것조차 원하지 않을 것이오. 만약 머리를 드러낸다면, 정직하게 속임수를 쓰지 않고 히잡을 벗겠다는 당신의 말도 듣고 싶어하지 않을 거고."

"당신은 라지베르트를 질투하는군요. 그를 혐오하는군요. 그를 인간으로도 보고 싶어하지 않는군요. 서구화되지 않은 사람들은 원시적이며 부도덕하고 저속한 계급으로 보는 건가요? 구타를 통해서만 인간으로 만들 수 있다고 생각하는 공화주의 세속주의자들처럼? 제가 라지베르트를 구하기 위해 군대의 힘에 굴복한 것이 당신을 행복하게 했군요. 그리고 그 부도덕한 행복감을 감추려고 하지도 않는군요."

카디페의 눈에 혐오감이 나타났다.

"이 문제에 대해 먼저 라지베르트가 결정을 해야 한다면, 또 다른 터키 남자인 당신은 수나이를 만난 후 왜 곧장 라지베르트에게 가지 않고 내게 왔을까요? 내가 나의 의지로 굴복하는 것을 보고 싶었겠지요. 그래야 당신이 두려워하는 라지베르트 앞에서 우월감을 가질 수 있을 테니까."

"내가 라지베르트를 두려워한다는 말은 맞소. 하지만 다른 말은 부당해요, 카디페. 내가 먼저 라지베르트에게 가서 당신이 히잡을 벗어야 한다는 그의 결정을 명령처럼 가지고 왔다면 당신은 그 결정을 따르지 않았을 것이오."

"당신은 이제 중개인이 아니에요, 잔인한 사람들과 동업을 하는 사람이에요."

"카디페, 난 이 도시에서 아무 탈 없이 살아서 나가는 것 이외엔 다른 어떤 것도 믿지 않아요. 이제 당신도 아무것도 믿지 말아요. 당신은 자신이 똑똑하고 자존심 강하고 용감하다는 걸 카르스 전체에 충분히 증명해 보였소. 이것만 해결되고 나면 나는 언니와 함께 프랑크푸르트로 갈 거요. 그곳에서 행복해질 겁니다. 행복해지기 위해 필요하다면 뭐든지 다 할 거요. 당신도 마찬가지예요. 라지베르트와 이곳을 벗어나 유럽의 어느 도시에서 망명 생활을 하면서 행복해질 수 있을 것이오. 당신의 아버지도 당신을 따라갈 것이 틀림없소. 그러니 먼저 날 믿어요."

행복에 대해 언급할 때 카디페의 눈에 그렁거리던 눈물 한 방울이 볼을 타고 흘러 내렸다. 그녀는 카를 두렵게 만드는 미소를 지으며 손바닥으로 재빨리 눈물을 훔쳤다.

"언니가 떠날 준비가 됐다고 확신하나요?"

"그렇소."

카는 확신할 수 없었지만 그렇게 대답했다.

"그에게 라이터를 주라고도, 나를 만났다고 말하라고도 강요하지 않겠어요."

카디페는 관용을 베푸는 거만한 공주 같은 목소리로 말했다.

"하지만 내가 히잡을 벗으면 라지베르트가 풀려날 것에 대해 제게 확신을 주세요. 수나이 혹은 다른 그 누구의 보증은 필요 없어요. 터키 정부에 대해서라면 잘 알고 있으니까."

"카디페, 당신은 정말 영리하군. 카르스에서 행복해져야 할 권리가 있는 유일한 사람은 바로 당신이오."

카의 머릿속에 문득, '그리고 네집이었소.' 라고 말하고 싶은 생각이 들었다. 하지만 이 생각을 황급히 잊었다.

"라이터도 주시오. 적당한 기회가 생기면 라지베르트에게 주겠소. 날 믿어요."

카디페가 그에게 라이터를 건넬 때 그들은 전혀 예상치 못하게서로를 끌어안았다. 카는 언니보다 더 가냘프고 가벼운 카디페의 몸이 자신의 팔 아래 닿는 순간, 연민을 느꼈다. 그리고 그녀에게 입을 맞추지 않기 위해 자제를 했다. 동시에 누군가 문을 급히 두드렸다. 자제하길 잘했다는 생각이 들었다.

문 앞에 있는 사람은 이펙이었기 때문이다. 군용 차량이 카를 데리러 왔다고 말했다. 그녀는 방에서 일어난 일을 이해하기 위해 카와 카디페의 눈 속을 부드럽고 사려 깊은 시선으로 오랫동안 바라보았다. 카는 그녀에게 입맞춤도 하지 않고 나갔다. 복도 끝에서 죄책감과 승리감에 쌓여 뒤를 돌아보았을 때, 자매가 서로 껴안고 있는 모습을 보았다.

35

나는 그 누구의 스파이도 아닙니다

카와 라지베르트, 감방에서

복도 끝에서 서로를 안고 있던 카디페와 이펙의 모습이 오랫동안 카의 뇌리에서 떠나지 않았다. 카를 운전석 옆에 앉힌 군용트럭은 아타튀르크 대로와 할릿파샤 대로의 모퉁이에서, 카르스에 있는 유일한 신호등의 맞은편에 멈췄다. 카는 높은 의자에 앉아 있었기 때문에 바로 앞에 있는 오래된 아르메니아인 집의 2층을 들여다볼 수 있었다. 신선한 공기를 향해 창문이 열려 있었고, 가벼운 바람에 커튼이 흔들렸다. 안에서는 비밀스런 정치 모임이 열리고 있었다. 카는 순간 치밀한 염탐꾼처럼 그들의 모습을 엿보았다. 다급해 보이는 하얀 피부의 여인이 커튼을 치며 창문을 닫자, 카는 밝은 방에서 무슨 일이 일어나고 있었는지를 비상하리만큼 정확하게 추측해 냈다. 카르스에 있는 쿠르드 민족주의자들 중 지도자 격에 속하는 경험 많은 두 명의 투사들은, 어젯밤 단행된 습격에서 형을 잃은 찻집 종업원과 이야기를 나누고 있었을 것이다. 그들은 폭탄을 부착하느라 몸에 감고 있는 가조 상표 붕대 때문에 난로 옆에서 땀을 뻘뻘 흘리고 있는 그 종업원에게, 파익베이 대로에 있는 경찰 본부의 옆문으로 들어가 몸에 감은 폭탄을 폭발시키는 것은 아주 쉽다고 설득하고 있었을 것이다.

그러나 카는 군용트럭이 향하는 방향은 추측할 수 없었다. 트럭은 경찰 본부로도 그 전방에 위치한 공화국 초기부터 있었던 화려한 국가 정보국 본부로도 들어가지 않고, 아타튀르크 대로를 따라 파익베이 대로를 지나 정확히 도시의 중심부에 있는 군대 본부로 들어갔다. 1960년대 도시의 중심부에 위치할 커다란 공원 조성 계획의 일부였던 이 부지는, 1970년대에 있었던 군사 쿠데타 이후 벽으로 둘러싸여졌다. 그리고 지루한 아이들이 앙상한 포플러나무 사이에서 자전거를 타는 군대 사옥으로, 새 사령부 건물과 훈련장으로 전환되었다. 이렇게 해서 푸시킨이 카르스를 여행할 때 머물렀던 집과 그로부터 40년 후 러시아 짜르가 카자흐인 기병들을 위해 지은 마구간도, 군대를 지지하는 《휴르유르트》 신문이 밝히는 것처럼, 파괴를 면할 수 있었다.

라지베르트가 수감되어 있는 감방은 이 역사적인 마구간 바로 옆에 붙어 있었다. 군용트럭은 눈의 무게로 쳐져 있는 늙은 보리수나무의 가지들 밑에 자리한 오래되고 멋진 석조 건물 앞에 카를 내려놓았다. 건물 안에 들어서자, 국가 정보국 요원인 것 같다는 카의 추측이 맞아떨어진 두 명의 점잖은 남자가, 손에 들고 있던 가조 상표 붕대로 1990년대에 영 걸맞지 않은 녹음기를 카의 가슴에 감아주고는 재생 버튼을 가리켰다. 그러면서 아래층에 구금되어 있는 사람이 이곳에 잡혀온 것이 안타깝다고 하면서 카에게, 그를 돕고 싶어하는 듯한 행동을 해야 하며, 그가 사주하고 저지른 살인에 대해 자백을 받아 테이프에 녹음해야 한다는 말을 전혀 조롱 기 없는 목소리로 주지시켰다. 카는 이 사람들이 자신이 이곳에 온 진짜 이유를 모른다고는 생각하지 않았다.

짜르 통치기에 러시아 기병들의 본부로 사용된 작은 석조 건물의 차가운 돌계단을 통해 아래층으로 내려갔다. 그곳에는 명령에 복종하지 않는 사람들을 처벌하는, 창문이 없는 꽤 커다란 감방이 있었다. 공화국 시기에는 작은 창고로, 1950년대에는 원자폭탄 공격이 있을 경우에 시범 대피소로 사용되던 곳이었다. 감방은 추측했던 것보다 깨끗하고 편해 보였다.

아르체릭 전자의 지역 대리점장인 무흐타르가 한때 군대와 관계를 좋게 하기 위해 그들에게 선물한 전기난로 덕분에 난방은 잘 되고 있었다. 하지만 라지베르트는 깨끗한 군용 담요를 덮고 누워서 책을 읽고 있었다. 카를 보더니 그는 침대에서 일어나 끈이 제거된 운동화를 신고, 공식적인 분위기이기는 했지만 그래도 미소를 지으며 그에게 악수를 청했다. 그러고는 일 관계로 대화할 준비가 되어 있는 듯한 단호한 모습으로 구석에 있는 플라스틱 테이블을 가리켰다. 그들은 작은 테이블의 양쪽에 놓인 두 개의 의자에 앉았다. 테이블 위에는 담배꽁초로 꽉 찬 아연 재떨이가 있었다. 카는 호주머니에서 말보로를 꺼내 라지베르트에게 건네며 그가 좋아 보인다고 말했다. 라지베르트는 고문을 당하지 않았다고 했다. 성냥을 꺼내 먼저 카의 담배에, 그러고는 자신의 담배에 불을 붙였다.

"이번에는 누굴 위해 스파이 노릇을 합니까?"

라지베르트는 미소 지으며 물었다.

"스파이 노릇은 그만두었습니다. 이제는 중개인 역할을 합니다."

"그건 더 나쁘군요. 스파이들은 돈을 받고 별 쓸모도 없는 하찮은 정보들이나 전달하지만, 중개인들은 중립적인 입장을 취하면서 건방지게 남의 일에 쓸데없는 간섭을 하지요. 당신이 얻는 것은 뭐요?"

"이 끔찍한 카르스 시에서 살아서 나가는 것."

"서양에서 스파이 짓을 하러 온 무신론자에게 그런 보증을 할 수 있는 사람은 수나이밖에 없지요."

이렇게 해서 카는 라지베르트가 《국경 도시 신문》의 최근 기사를 보았다는 것을 알게 되었다. 카는 라지베르트의 의미심장한 미소를 혐오했다. 가혹하다고 그렇게나 불평을 했던 터키 정부의 손아귀에, 게다가 두 건의 살인 사건 파일과 함께 들어온 마당에 이 이슬람주의 투사는 어떻게 이렇게까지 유쾌하고 침착할 수 있을까? 게다가 카는 지금 카디페가 왜 이 사람을 사랑하는지 알 수 있을 것 같았다. 라지베르트가 어느 때보다 잘생겨 보였다.

"중개 일의 주제가 뭡니까?"

"당신을 석방시키는 것."

카는 침착한 어조로 수나이의 제의를 요약해 설명했다. 하지만 카디페가 히잡을 벗을 때 그 안에 가발을 쓸 수 있다는 것을, 혹은 방송을 조작할 수도 있다는 것에 대해서는 흥정의 말미를 남겨두기 위해 언급하지 않았다. 카는 상황의 심각성을 설명했다. 그리고 잔인한 사람들이 수나이를 압박해서 호시탐탐 라지베르트를 교수형에 처할 기회를 노리고 있다고 말할 때는 야릇한 희열을 느꼈다. 그러나 곧 죄책감이 들어, 수나이는 미친놈이며 눈이 녹아 길이 뚫리면 모든 것이 정상으로 돌아갈 거라는 말을 덧붙였다. 훗날 카는 국가 정보국 요원들을 만족시키려고 이러한 말을 했는지 자문할 터였다.

"그러니까 내가 풀려날 수 있는 유일한 해결책은 수나이의 머릿속에 들어 있는 미친 계획밖에 없다는 말씀이시군요."

"그렇습니다."

"그렇다면 그에게 말하십시오. 난 그의 제안을 거절합니다. 당신이 여기까지 수고스럽게 와준 것에 대해서는 고맙게 생각합니다."

카는 순간 라지베르트가 일어나 악수를 하고 자신을 내보낼 거라고 생각했다. 잠시 정적이 흘렀다.

라지베르트는 의자 뒤쪽으로 편하게 몸을 기댔다.

"중개 일을 성공시키지 못해 이 끔찍한 카르스 시에서 살아 나가지 못한다 하더라도 그건 나 때문이 아니고 당신이 쓸데없이 무신론자라고 떠벌리고 다녔기 때문입니다. 이 나라에서 무신론자라는 것을 자랑할 수 있는 사람은 군대라는 든든한 배경이 있는 사람들뿐이지요."

"난 무신론자라는 것을 자랑스러워하는 사람이 아닙니다."

"그렇다면 다행이군요."

그들은 다시 아무 말도 하지 않고 담배를 피웠다. 카는 그곳에서 나가는 것밖에 다른 방도가 없다는 것을 느꼈다.

"죽음이 두렵지 않습니까?"

"만약 그게 협박이라면, 두렵지 않습니다. 우호적인 호기심으로 묻는 거라면, 그렇다고 대답해야겠지요. 죽음이 두렵습니다. 하지만 그 잔인한 놈들은 어쨌든지 날 교수형에 처할 겁니다. 내가 할 수 있는 건 아무것도 없어요."

라지베르트는 카를 비통하게 만드는 달콤한 시선을 던지며 미소 지었다. 그의 시선은, "보시오, 난 당신보다 훨씬 더 최악의 상황에 처해 있지만 당신보다 편안합니다!"라고 말하고 있었다. 카는 부끄러워졌다. 자신이 지금 느끼고 있는 다급함과 불안함은 이펙을 사랑하게 된 이후 달콤한 통증처럼 그를 따라다니고 있는, 행복에 대한 희망과 관련이 있었다. 라지베르트는 이러한 희망이 없단 말인가? '아홉까지 세고는 일어나 가야지.' 그는 생각했다. '하나, 둘……' 다섯까지 세었을 때, 만약 라지베르트를 설득하지 못하면 이펙을 독일로 데려가지 못할 거라는 결론을 내렸다.

카는 어떠한 영감으로 그저 머리에 떠오르는 것에 대해 말했다. 어린 시절 본 흑백 미국 영화에 나오는 불운한 중개인에 대해, 아시아 호텔 모임의 결과 나온 성명문이 정돈을 잘 하면 독일에서 기사화될 수 있다는 것에 대해, 고집이나 순간적인 열정 때문에 잘못된 결정을 하고 나면 후에 지독한 후회를 하게 된다는 것에 대해, 예를 들면 분노 때문에 탈퇴한 고등학교 농구팀에 다시 복귀할 수 없었던 것에 대해, 그날 보스포루스 해안으로 내려가 오랫동안 하염없이 바다를 바라보았던 것에 대해, 이스탄불을 얼마나 사랑하는지에 대해, 봄날 초저녁의 베벡 만이 얼마나 아름다운지에 대해. 그는 냉담한 표정으로 자신을 바라보는 라지베르트의 시선에 주눅 들지 않고 계속 말을 하려고 애를 썼다. 그는 이 만남을 사형에 처하기 전의 마지막 면담에 비유했다.

"그쪽에서 요구하는 모든 조건을 우리가 이행하더라도 그들은 약속을 지키지 않을 겁니다."

라지베르트가 말했다. 그는 테이블 위에 있는 종이 한 뭉치와 볼펜을 가리켰다.

"그들은 내게 나의 전 생애, 내가 저지른 죄 그리고 내가 말하고 싶은 것들을 쓰라고 하더군요. 내게서 반성의 기미가 보이면 참회법 조항을 적용해 용서해 줄 수 있을지도 모른다면서요. 이런 거짓말에 속아 이상을 버리고 자신의 모든 인생을 배반한 바보들을 보면 가엾다는 생각밖에 들지 않습니다. 어차피 죽을 목숨이니, 나를 따른 사람들이 나에 대해 몇 가지 진실이나 들었으면 합니다."

그는 테이블 위에 있는 종이들 중 하나를 끌어당겼다. 그의 얼굴에 독일 신문에 보낼 성명서 안을 주장할 때처럼 극도로 진지한 표정이 나타났다.

나의 사형이 언도되는 2월 20일에, 나는 지금까지 정치적 필요성에 의거해 내가 했던 모든 활동들에 대해 아무런 후회가 없음을 밝히고 싶다. 나의 아버지는 이스탄불 재무부에서 서기관으로 근무하다 은퇴하였으며, 나는 그의 둘째 아들로 자라났다. 비밀리에 제라히 집회소에 다녔던 아버지의 겸손하고 조용한 세계 속에서 나는 나의 어린 시절과 청년 시절을 보냈다. 청년 시절 나는 아버지에게 반항하여 무신론이며 좌익주의자가 되었다. 대학에 다닐 때는 청년 투사들의 뒤를 따라 미국 비행선에서 내리는 해군들에게 돌을 던졌다. 결혼을 했다가 이혼을 했고 정신적인 방황을 겪었다. 몇 년 동안 나는 눈에 띄지 않는 사람이었다. 나는 전기 기술자였다. 서양에 대한 분노 때문에 이란 혁명을 선망하게 되었고 다시 무슬림이 되었다. '이슬람을 보호하는 것은 기도하고 금식하는 일보다 더 중요하다.'라는 호메이니*의 주장을 믿었다. 프란츠 파농**이 폭력에 대해 쓴 글, 억압에 저항한 세이드 쿠틉***의 순례와 거처를 옮기는 것에 대한 그의 생각, 알리 쉐리아티****로부터 영감을 받았다. 군사 쿠데타

---

* 이란의 시아파 종교 지도자(1900?~1989). 1979년 모하마드 레자 샤 팔라비를 실각시킨 혁명을 주도했고, 이후 10년 동안 이란 최고의 정치적, 종교적 권위를 행사했다.
** 알제리 인으로 프랑스령 마르티니크 태생의 평론가, 정신분석학자, 사회철학자이자, 알제리 독립 투쟁을 이끈 사상가이며 혁명가이다(1925~1961). 『검은 피부, 하얀 가면』, 『대지의 저주받은 자들』이라는 책을 썼으며 알제리 민족해방운동의 선봉에 선 투사였다.

를 피해 독일로 망명을 갔다가 돌아왔다. 그로지니에서 체첸인들과 함께 러시아에 맞서 전투를 하다 부상을 당했고, 덕분에 나는 오른발을 절게 되었다. 유고슬라비아 포위 시에는 보스니아에 갔다. 그곳에서 보스니아 처녀인 메르주카를 만나 결혼했고 그녀와 함께 이스탄불로 돌아왔다. 나의 정치 활동은 계속되었다. 도피 활동에 대한 나의 믿음 때문에 그 어떤 도시에서도 이 주 이상 머물지 못했고 그래서 두 번째 아내와도 헤어졌다. 나를 체첸니아와 보스니아로 보낸 무슬림 그룹들과 관계를 끊은 후 터키 방방곡곡을 돌아다녔다. 필요하면 이슬람의 적들을 죽일 수도 있다는 믿음에도 불구하고 오늘날까지 그 누구도 죽이지 않았고, 죽이라고 사주하지도 않았다. 카르스 전 시장은 도시에 있는 마차들을 통행 금지시키겠다는 그의 말을 듣고 분노에 사로잡힌 쿠르드인 마부의 손에 살해당했다. 나는 자살을 하는 소녀들 때문에 카르스에 왔다. 자살은 가장 커다란 죄악이다. 내가 죽은 후 내가 쓴 시들이 유작으로 출판되기를 바란다. 그 시들은 모두 메르주카가 보관하고 있다. 내가 말하고 싶은 것은 이게 전부이다.

잠시 정적이 흘렀다.
"죽을 필요는 없습니다. 내가 이곳에 온 이유가 그 때문입니다."
"그렇다면 다른 이야기를 들려드리지요."
그는 카가 자신의 말을 주의 깊게 듣고 있다고 확신한 후 담배 한 대를 새로 피웠다. 카의 배에서 부지런한 주부처럼 조용히 작동하

*** 이집트인 이슬람 사상가이자 작가(1906~1967). 대표작으로 『이슬람과 세계관』, 『이것이 종교다』, 『미래는 이슬람의 것이다』 등이 있다. 쿠데타를 시도했다는 죄목으로 1967년 교수형을 당했다.
**** 이란 이슬람 혁명의 이론가, 사회학자(1933~1977). 대표작으로 『종교의 역사』가 있다.

있는 녹음기에 대해 그는 알고 있었을까?

"뮌헨에 있을 때 토요일 밤마다 극장에 갔습니다. 자정이 넘으면 아주 싸게 영화 두 편을 보여주는 곳이었지요. 프랑스인들이 알제리에서 저지른 가혹 행위를 보여주는 「알제리 전투」라는 영화를 찍은 이탈리아 감독을 알 겁니다. 그 극장에서 그의 마지막 영화인 「불태워라!」*를 상영했었습니다. 영화는 사탕수수를 재배하는 대서양의 어떤 섬에서 벌어지는 영국 식민주의자들의 음모와 그들이 단행한 혁명을 묘사하고 있지요. 그들은 먼저 흑인 지도자를 찾아 프랑스에 대항하는 반란을 일으키게 하고 나중에 섬으로 들어와 상황을 수습하고 세력을 잡습니다. 흑인들은 첫 번째 반란이 실패하자 이번에는 영국에 대항하여 반란을 일으키지요. 하지만 영국인들이 섬 전체에 불을 지르자 그들은 패배하게 됩니다. 영국인들은 이 두 번의 반란을 일으킨 흑인 지도자를 체포하여, 아침에 교수형을 시킬 계획을 세웁니다. 바로 그때, 처음부터 그 흑인 지도자를 찾아 반란을 일으키라고 선동하고, 수년 동안 모든 것을 조종하고, 최종적으로는 영국인 편에 서서 반란을 진압한 말론 브랜도가 그 흑인 지도자가 감금되어 있는 천막으로 들어가서는 그의 몸을 묶고 있던 밧줄을 자르고 그를 풀어줍니다."

"왜지요?"

라지베르트는 약간 신경질을 내며 말했다.

"왜 그랬겠습니까? 교수형을 당하지 말라고 그랬지요! 교수형을 당하면 그 흑인은 전설이 될 것이고, 세월이 흘러도 원주민들이 그의 이름을 반란의 깃발로 사용하리라는 것을 알았던 게지요. 하지만 그

---

* 말론 브랜도가 주연한 1969년작. 원제는 Quemada.

흑인 지도자는 말론 브랜도가 이러한 이유로 밧줄을 잘랐다는 것을 알았기 때문에 자유를 원하지 않았고 도망치지도 않습니다."

"그는 교수형에 처해졌나요?"

"그랬지요. 하지만 교수형에 처하는 모습은 보여주지 않습니다. 그 대신 지금 당신이 내게 하는 것처럼 흑인에게 자유를 제안한 스파이 말론 브랜도가 막 섬을 떠나려고 할 때, 원주민들 중 누군가에 의해 칼에 맞아 죽는 장면을 보여주지요."

"난 스파이가 아니오!"

카는 자신이 제어하지 못한 분노에 이끌려 이렇게 말했다.

"스파이라는 단어에 그렇게 민감하게 반응하지 마십시오. 저도 이슬람의 스파이니까요."

"나는 그 누구의 스파이도 아닙니다."

카는 이번에는 자신이 화가 난 것에 신경 쓰지 않고 말했다.

"그러니까 이 말보로 안에 나를 독살할, 나의 의지를 느슨하게 할 특수한 약조차 넣지 않았단 말인가요? 미국인들이 이 세상에 준 가장 좋은 것은 빨간 말보로이지요. 난 죽을 때까지 말보로를 피울 생각이오."

"현명하게 행동한다면, 40년 더 피울 수도 있습니다."

"그러니 내가 당신을 스파이라고 하는 겁니다. 스파이들의 임무 중의 하나는 사람의 마음을 돌리게 하는 거지요."

"난 단지 당신이 이곳에서, 피에 굶주리고 아무것도 눈에 뵈지 않는 파시스트들에게 죽임을 당하는 것이 아주 미련한 짓이라는 것을 말하고 싶을 뿐입니다. 게다가 당신의 이름은 그 누구를 위해서도 깃발이 되지 못할 것입니다. 이 유순한 민족은 신실한 종교인들이지만, 결국은 종교가 아니라 국가가 명하는 것을 따르지요. 반란을 주도했던 모든 교주들, 종교가 없어진다고 듣고 일어선 사람들, 이란에서 훈련된 투사들, 사이디 누리처럼 약간의 유명세를 탈 수는 있어도 그들의 뒤에는 무덤조차 남지 않습니다. 그 이름이 어느 날 깃발이 될 종교 지도자들의 시체들을 비행기에 싣고 아무도 모르는 바다에 던져버리지요. 이 모든 것을 당신도 알고 있겠지요. 바트만에서 히즈불라흐*주의자들의 순례지로 변한 무덤들이 하룻밤 사이에 사라졌소. 그 무덤들은 지금 어디에 있지요?"

"민족의 가슴에."

"쓸데없는 소리입니다. 이 민족의 20퍼센트만이 이슬람주의 정당에 투표를 하지요. 그것도 이슬람의 온건파 정당에."

"온건한 사람들이 분노하며 쿠데타를 일으킵니까? 설명해 보시지요! 당신은 중립석인 중개인 역할을 충분히 할 수 없습니다."

"난 중립을 지키는 중개인입니다."

카는 본능적으로 목소리를 높였다.

"아닙니다. 당신은 서양의 스파이이며, 잔인한 유럽인들의 노예이며, 모든 진짜 노예들이 그러하듯 자신이 노예라는 것조차 모르고 있습니다. 니샨타쉬에 살면서 약간 유럽인이 되었겠지요. 민중의 종교와 전통을 경시하는 것을 배웠기 때문에 자신을 이 민족의 주인처럼 생각하고 있습니다. 당신은 이 나라에서 선하고 도덕적으로 사는 방법은 종교와 신과 민족의 삶을 공유하는 것이 아니라, 서양을 모방하는 것이라고 생각합니다. 어쩌면 이슬람주의자나 쿠르드인들에게

---

* 같은 사상과 관점을 가진 그룹 혹은 단체를 가리키는 말로 '신의 길', '신의 당(堂)'이라는 뜻을 가지고 있다. 여기서는 1990년대 초 터키 국내의 여러 서점(書店)들을 거점으로 모인 종교단체들 가운데, PKK 테러리스트들과 충돌한 급진 종교단체들을 통칭한다.

가해지는 압력에 반대하는 말도 한두 마디 하겠지만, 속으로는 은근히 군사 쿠데타를 찬성하고 있습니다."

"이렇게 하면 어떻겠습니까? 카디페가 히잡 밑에 가발을 쓰면, 그걸 벗더라도 아무도 그녀의 머리칼은 볼 수 없지요."

"내게 포도주를 마시게 할 순 없소!"

라지베르트는 목소리를 높였다.

"나는 유럽인도 되지 않을 것이고 모방자도 되지 않겠습니다. 나는 나의 역사를 살 것이고 나 자신이 될 것입니다. 난 유럽인을 모방하지 않고도 그들의 노예가 되지 않고도, 사람들이 행복해질 수 있다고 믿습니다. 서양 찬양자들이 이 민족을 무시하기 위해 자주 하는 말 중에, 서양인이 되기 위해서는 먼저 개인이 되어야 하는데 터키에서는 개인이 없다는 말이 있지요. 내가 나의 처형을 바라보는 시각도 바로 그것입니다. 나는 한 개인으로서 서양인들을 반대합니다. 그들을 모방하지 않으려는 이유도 내가 한 개인이기 때문입니다."

"수나이는 끝까지 이 연극을 밀고 나갈 테니, 이런 방법도 있을 수 있습니다. 밀렛 극장을 비우겠소. 생방송 카메라는 카디페가 히잡으로 뻗치는 손을 먼저 보여줄 것이오. 그러고는 편집 속임수를 써서 히잡을 벗은 머리는 다른 여자의 머리를 보여주는 겁니다."

"날 구하기 위해 이렇게까지 안간힘을 쓰는 것이 수상하군요."

"난 지금 아주 행복합니다."

카는 거짓말을 하는 사람처럼 죄책감을 느끼며 말했다.

"내 평생 이렇게까지 행복한 적은 없었습니다. 그 행복을 지키고 싶소."

"당신을 그렇게 행복하게 만든 게 뭡니까?"

훗날 이에 대해 많이 떠올리게 되겠지만, 그는 '왜냐하면 난 지금

시를 쓰고 있소.'라고 말하지 않았다. '신을 믿으니까요.'라고도 말하지 않았다. 단숨에, '난 사랑에 빠졌소!'라고 대답했다.

"내 애인은 나와 함께 프랑크푸르트에 갈 겁니다."

그는 자신의 사랑을 무관한 사람에게 언급할 수 있어 순간 기뻤다.

"당신의 애인은 누구입니까?"

"카디페의 언니 이펙이오."

순간 라지베르트의 얼굴에 혼란이 드리워졌다. 자신이 흥분했음을 느낀 카의 마음속으로 후회가 밀려왔다. 다시 정적이 흐르기 시작했다.

라지베르트는 말보로 한 대에 불을 붙였다.

"당신이 사형장을 향해 가는 사람과 공유하고 싶을 정도로 행복하다면 그것은 신의 선물입니다. 당신이 당신의 행복에 아무런 해도 입지 않고 도시에서 벗어날 수 있도록, 내가 당신의 제의를 수락했다고 칩시다. 카디페도 언니의 행복을 지켜주기 위해 명예에 손상이 가지 않는 적당한 선에서 그 연극에서 역할을 맡는다고 치지요. 그들이 약속을 지켜 날 풀어줄 거라고 어떻게 장담하십니까?"

"그 말을 할 줄 알았습니다!"

카는 흥분하며 말했다. 그러고는 갑자기 입을 다물었다. 손가락을 입술에 갖다 대고는 라지베르트에게, '조용히, 조심하시오!'라는 의미의 눈짓을 보냈다. 그는 재킷의 단추를 풀었다. 그리고 스웨터를 가리키며 녹음기의 작동을 멈추게 했다.

"내가 보증인이 되겠습니다. 먼저 당신을 풀어주게 하겠어요. 카디페도 당신이 풀려났다는 소식을 들은 후에 무대에 나갈 겁니다. 하지만 이 상황을 카디페가 받아들일 수 있도록 먼저 당신이 이 협상을 받아들인다는 내용의 편지를 써서 내게 주어야 합니다."

카는 이 모든 세부 사항을 그 순간 즉흥적으로 생각하고 있었다.

"당신이 원하는 조건으로, 당신이 원하는 장소로 데려다주게 하겠습니다. 길이 열릴 때까지 아무도 찾을 수 없는 곳에 숨어 있으시오. 이 문제에 대해서는 날 믿어도 좋습니다."

라지베르트는 테이블 위에 있는 종이들 중 하나를 그에게 건넸다.

"이곳에 카디페의 명예를 손상시키지 않을 것이며, 그녀가 머리칼을 드러내고 무대에 나가는 대가로 날 풀어줄 것이고, 내가 카르스에서 안전하게 빠져나가기 위해 당신 카가 중개인과 보증인이 되었다고 쓰십시오. 만약 약속을 지키지 않고 날 함정에 빠트린다면 보증인은 어떤 벌을 받는 게 좋겠습니까?"

"당신에게 무슨 일이 생기든 내게도 같은 일이 일어나는 걸로 합시다."

"그렇다면 그것도 거기다 쓰시지요."

카도 그에게 종이를 내밀었다.

"당신도 이 합의에 찬성하고, 카디페에게 이 합의 내용을 전할 것을 요구하며, 결정은 카디페가 내릴 것이라고 쓰시오. 카디페가 찬성한다면, 찬성한다는 내용을 쓴 후 서명을 할 것이오. 당신은 그녀가 히잡을 벗기 전 적당한 때에 풀려날 것입니다. 어디에서 어떻게 풀려날 것인지는, 내가 아니라 이러한 일에 당신이 더 믿을 수 있는 사람과 해결하시오. 이 문제에 대해 죽은 네집의 둘도 없는 친구인 파즐을 추천하고 싶군요."

"카디페에게 빠져 연애편지를 보낸 친구 말입니까?"

"그는 네집이었습니다. 신이 보낸 특별한 인간이었지요. 파즐도 그처럼 좋은 사람입니다."

"당신이 그렇게 말하니 그를 믿겠습니다."

라지베르트는 자기 앞에 놓인 종이에 글을 적어 내려가기 시작했다.

라지베르트가 먼저 글을 마무리했다. 카는 자신의 보증서를 다 쓴 후, 약간 조롱하는 듯한 시선으로 미소를 짓는 라지베르트의 모습을 보았지만 신경 쓰지 않았다. 일이 잘 해결되고, 이펙과 함께 이 도시에서 빠져나갈 수 있어서 기쁠 뿐이었다. 그들은 아무 말 없이 종이를 교환했다. 카가 준 종이를 라지베르트는 보지도 않고 접어서 호주머니에 넣었다. 카도 그렇게 했다. 그러고는 라지베르트가 보라는 듯 녹음기 재생 버튼을 누르고는 다시 작동시켰다.

잠시 정적이 흘렀다. 카는 녹음기를 끄기 전 자신이 마지막으로 했던 말을 기억해 냈다. 그리고 말을 이었다.

"하지만 쌍방이 서로 믿지 않는다면 그 어떤 합의도 이끌어낼 수 없습니다. 정부가 당신에게 한 약속을 지킬 거라는 것을 믿어야 합니다."

그들은 서로의 눈을 응시하며 미소 지었다. 세월이 흐른 후 이 순간을 생각할 때마다 카는 후회가 되었다. 자신에게 넘쳐났던 행복감으로 인해 라지베르트의 분노를 감지하지 못했던 것이다. 그는 만약 그때 그의 분노를 감지했더라면, 다음과 같은 질문을 하지 않았을 거라고 생각하곤 했다.

"카디페가 이 합의에 동의할까요?"

"그럴 거요."

라지베르트는 눈에서 분노를 뿜어내며 말했다.

그들은 잠시 말을 하지 않았다.

"나를 삶과 연결시키는 합의를 이끌어냈으니, 내게 당신의 행복에 대해 좀 더 말해 줘도 될 것 같군요."

"내 인생에서 누군가를 이렇게 사랑한 적은 없었소."

카는 자신이 한 말이 너무나 순진하고 바보 같다는 생각이 들었지만 말을 멈추지는 않았다.

"내 인생에 있어 이펙 이외에 다른 행복은 없습니다."

"행복이 뭔가요?"

"가난과 압제를 잊을 수 있는 다른 세상을 찾는 것이지요. 누군가를 품에 안고, 온 세계를 품고 있다는 사실을 아는 것……."

카는 말을 더 하려고 했지만 라지베르트가 갑자기 일어섰.

문득 '체스'라는 제목의 시가 카의 머리에 떠오르기 시작했다. 서 있는 라지베르트를 한 번 쳐다보고는, 호주머니에서 공책을 꺼내 빠르게 써 내려가기 시작했다. 행복, 권력, 지혜 그리고 탐욕에 관해 언급하는 시를 쓰고 있을 때, 라지베르트는 무슨 일인지 궁금하다는 듯 카의 어깨 너머로 보고 있었다. 카는 그 시선을 마음속으로 느꼈다. 이후에 그는 자신이 그 시선이 의미하는 것을 시에 적고 있음을 알게 되었다. 그는 시를 쓰는 자신의 손을 마치 다른 사람의 손인 것처럼 바라보았다. 라지베르트는 이를 알 수 없을 것이었다. 최소한 손을 움직이게 하는 다른 힘이 있다는 것을 그가 느껴주었으면 했다. 하지만 라지베르트는 침대 가에 앉아, 진짜 사형수처럼 얼굴을 찡그리며 담배를 피우고 있었다.

이후에 그가 자주 생각하게 되는, 이해할 수 없는 충동에 휩쓸려 카는 다시 그에게 마음을 열어보고 싶었다.

"몇 년 동안 시를 쓰지 못했소. 그런데 카르스에서 시로 가는 모든 길이 열렸지요. 그 이유는 이곳에서 느꼈던 신의 사랑 때문이라고 생각합니다."

"당신의 환상을 깨고 싶지는 않습니다. 하지만 당신의 사랑은 서양 소설에서 비롯하는 것입니다. 이곳에서 당신이 유럽인처럼 신을 믿는다면 웃음거리가 될 거요. 그러면 당신은 자신이 믿는 것도 믿지 않게 되겠지요. 당신은 이 나라에 속한 사람이 아닙니다. 그리고 더 이상 터키인도 아닌 것 같군요. 우선은 다른 사람들처럼 되어보십시오. 신은 그 후에 믿으시는 것이 좋겠군요."

카는 그가 자신을 좋아하지 않는다는 것을 알 수 있었다. 테이블에 있는 종이 몇 개를 챙긴 후, 카디페와 수나이를 한시라도 빨리 만나야 한다고 말하며 감방의 문을 두드렸다. 문이 열리자 라지베르트에게 돌아서서 카디페에게 전할 특별한 메시지가 있는지 물었다. 라지베르트는 미소를 지으며 말했다.

"조심하십시오. 아무도 당신을 죽이지 못하도록."

36

정말로 죽는 것은 아니지요, 그렇지요?

인생과 연극, 예술과 정치 사이의 거래

위층에 있던 국가 정보국 요원들이 가슴에 녹음기를 붙인 테이프를 자르고, 털들도 같이 뽑으며 붕대를 천천히 풀고 있을 때, 카는 본능적으로 그들의 냉소적이며 잘난 척하는 분위기에 동조하며 라지베르트를 비웃었다. 이는 아래층에서 라지베르트가 자신에게 취한 적대적인 태도에 대한 카의 반응이라고도 할 수 있었다.

군용트럭의 운전사에게 호텔로 가 자신을 기다리라고 말했다. 카는 두 명의 경호병과 함께 주둔지를 처음부터 끝까지 가로질렀다. 장교 숙소에서 내려다보이는 눈 덮인 넓은 공터의 포플러나무 밑에서는 사내아이들이 시끄럽게 눈싸움을 하고 있었다. 공터의 가장자리에서는, 카에게 초등학교 3학년 때 샀던 검은색과 빨간색이 섞인 코트를 연상시키는 코트를 입은 가냘픈 여자아이가, 약간 멀리 떨어진 곳에서 커다란 눈덩이를 굴리는 두 명의 아이들과 함께 눈사람을 만들고 있었다. 날씨는 화창했다. 극심한 폭풍은 지나갔고 처음으로 해가 떠 주위를 약간 따스하게 만들고 있었다.

호텔에 도착하자 금세 이펙을 찾을 수 있었다. 그녀는 부엌에 있었고, 한때 터키의 모든 여고생들이 입었던 작업복과 앞치마를 입고 있었다. 카는 행복한 마음으로 그녀를 바라보았다. 그녀를 껴안고 싶었지만 그녀는 혼자가 아니었다. 그녀에게 아침부터 지금까지 일어난 일을 요약해서 말해 주었다. 자신뿐만 아니라 카디페를 위해서도 일이 잘 되어가고 있다고 했다. 신문은 배포되었지만 살해당하는 것은 두렵지 않다고 말했다. 더 많은 말을 하려고 했는데 자히데가 부엌으로 들어와 호텔 문 앞에 있는 경호병들에 대해 언급했다. 이펙은 그들을 안으로 들여 차를 대접하라고 했다. 카와 그녀는 재빨리 위층 방에서 만나기로 약속을 했다.

카는 방으로 올라가자마자 코트를 걸고는 천장을 보고 누운 채 이펙을 기다리기 시작했다. 할 얘기가 많아 이펙이 지체하지 않고 올 것을 잘 알고 있었지만 곧 비관적인 생각에 빠지기 시작했다. 먼저 이펙이 아버지를 만나서, 오지 못하고 있다는 상상을 했다. 그 다음에는 그녀가 오고 싶어하지 않는다는 생각이 들기 시작했다. 독처럼 온 몸으로 퍼지는 그 통증을 다시 느꼈다. 사람들이 사랑의 아픔이라고 부르는 것이 만약 이것이라면, 여기에는 행복하게 만드는 것은 아무것도 없었다. 이펙에 대한 사랑이 깊어질수록 불신과 비관적인 위기감이 더욱더 빨리 시작될 뿐이었다. 사랑이라고 언급되는 것들은 이 불신감 이 배신감 그리고 실망을 겪는 두려움이라고 생각했다. 하지만 모든 사람들이 이것에 대해 패배감이나 비참함 같은 것이 아니라, 긍정적인, 더욱이 때때로 자랑스러움을 느끼는 어떤 것처럼 언급하는 것을 보면 자신의 상황은 약간 다른 것임에 틀림없었다. 과대망상은 최악의 경우였다. (이펙은 오지 않아, 당초부터 이펙은 오고 싶어하지 않았어, 이펙은 무슨 일을 꾸미거나 은밀한 목적을 위해 오는 거야. 모두들, 카디페, 이펙 그리고 투르굿 씨도 자기들끼리만 이야기를 하고, 그들 사이에서 나를 제외시켜야만 할 적으로 보고 있어.) 하지만 한편으로는 이 생각들이 모두 병적인 과대망상이라는 것도 알고 있었다. 그러니까 그는 과대망상인 것을 알면서도 과대망상에 몰입했던 것이다. 예를 들면, 그는 이펙에게 다른 애인이 있다는 상상을 했다. 배의 통증을 느끼며 고통스럽게 그 모습을 눈앞에 떠올리기도 했다. 하지만 다른 한편으로는 자신의 생각이 병적인 것임을 알고 있었다. 때로 그 고통이 멈추고 눈앞의 나쁜 장면들(가장 나쁜 경우는 이펙이 카를 만나는 것을 거부하는 장면이나 프랑크푸르트에 같이 가는 것을 포기하는 장면이었다.)이 모두 사라지도록 온 힘을 다해, 머릿속에 있는 사랑이 균형을 잃지 않는 가장 이성적인 면을 떠올렸고(물론 그녀는 날 사랑해, 사랑하지 않는다면 그렇게 황홀해할 리가 있겠어?) 불신감과 두려운 생각에서 벗어났다. 하지만 잠시 후 새로 떠올린 걱정으로 또다시 자신을 괴롭혔다.

복도에서 들려오는 발소리를 들었지만, 그건 이펙이 아니라 이펙이 오지 못할 거라는 말을 전하러 온 사람일 거라는 생각이 들었다. 문 앞에서 이펙을 보자 행복하고 적대적인 시선으로 그녀를 바라보았다. 정확히 12분을 기다렸고 기다림에 지쳐버렸던 것이다. 그러나 이펙이 화장을 하고 립스틱도 바른 것을 보고는 행복해졌다.

"아버지와 얘기했어. 독일에 가겠다고 말했어."

카는 머릿속의 비관적인 장면에 몰입해 있었다. 그래서 처음에는 실망감을 표현하기까지 했다. 그는 이펙이 하는 말에 집중하고 있지 않았다. 이펙은 그가 자신의 소식을 기쁘게 받아들이지 않는다는 의심이 들었다. 게다가 이 허탈감은 이펙이 뒤로 물러서는 원인이 되었다. 하지만 머릿속 다른 곳에서는 카가 자신을 아주 사랑하고 있다는 것을, 벌써부터 그가 엄마와 절대 떨어지지 않으려고 하는 다섯 살 아이처럼 자신에게 매달리고 있다는 것을 알고 있었다. 카가 자신을 독일로 데리고 가고 싶어하는 원인 중 하나는 그 자신이 행복하다고 느끼는 집이 프랑크푸르트에 있기 때문이기도 했다. 그러나 어쩌면 그보다도, 모든 사람의 시선에서 멀어져 이펙을 온전하고 안전하게 소유할 수 있다는 희망 때문이라는 것도 알고 있었다.

"자기 왜 그래?"

카는 이후 살아갈 세월 동안 사랑의 고통으로 몸부림칠 때마다, 이 때 이펙의 목소리에서 느껴지던 부드러움과 달콤함을 수천 번 떠올리게 될 것이었다. 그는 머릿속에 있는 모든 근심, 버림받을지도 모른다는 두려움, 눈앞에 떠올렸던 모든 끔찍한 장면들을 이펙에게 일일이 말했다.

"사랑의 고통에 대해 이렇게 두려워하는 걸 보니 어떤 여자가 네게 심한 고통을 주었나 보구나."

"너로 인해 겪게 될 고통이 벌써부터 날 두렵게 해."

"난 네가 고통을 겪게 하지 않을 거야. 널 사랑해, 너와 함께 독일에 갈 거야. 모든 게 다 잘 될 거야."

이펙은 온 힘으로 카를 껴안았다. 그러고는 카가 믿기 어려울 만큼 편안한 마음으로 사랑을 나누었다. 카는 그녀를 격렬하게 안는 것에, 온 힘으로 그녀를 껴안는 것에, 그녀의 가녀린 백색 피부에 희열을 느꼈다. 하지만 둘 다 이번의 관계가 어젯밤만큼 깊고 격렬하지 않다는 것을 눈치 채고 있었다.

카의 생각은 온통 중개 계획에 가 있었다. 인생에서 처음으로 행복해질 수 있는 기회였다. 조금만 현명하게 행동해 카르스에서 애인과 함께 몸 성히 나갈 수 있다면 이 행복이 지속될 거라고 믿고 있었다. 창밖을 바라보며 담배를 피우고 있으려니 새로운 시가 떠오를 것 같았다. 이펙이 사랑과 놀람이 섞인 시선으로 그를 바라보고 있을 때, 시가 머릿속에 빠르게 찾아왔고, 카는 그 속도로 시를 썼다. 「사랑」이라는 이 시를, 카는 이후 독일에서의 시 낭독회에서 여섯 번이나 읽은 바가 있다. 그 시를 들은 사람들은, 시에서 표면적으로 묘사하고 있는 것은 평안함과 외로움 혹은 신뢰와 두려움 사이에 존재하는 초조함, 어떤 여인에게 느끼는 특별한 감정이었지만(오로지 한 명만이 그 여인이 누구인지 내게 물었다.), 실은 카가 이해할 수 없었던 인생의 어두운 부분에 대해 말하고 있는 것 같다고 했다. 하지만 이후에 이 시에 대해 그가 적어놓은 것을 보면, 대부분은 이펙과의 추억, 그녀를 향한 그리움, 그녀의 옷이나 행동 같은 사소하고 부수적인 의미들에 대해 언급하고 있다. 내가 이펙을 처음 보았을 때 그녀에게 그렇게나 강한 인상을 받은 이유 중의 하나는, 그 노트들을 내가 몇 번이나 반복하여 읽었기 때문이다.

이펙은 서둘러 옷을 입고는 동생을 보내겠다고 말하며 방을 나갔다. 곧이어 카디페가 왔다. 카는 눈을 커다랗게 뜨고 초조해하는 카디페를 진정시키기 위해, 아무것도 걱정할 필요 없으며 라지베르트는 가혹 행위를 당하지 않는다고 말했다. 자신이 라지베르트를 설득하기 위해 안간힘을 썼으며, 그는 아주 용감한 사람이라고 믿는다고 말했다. 그리고는 미리 준비한 거짓말을 즉석에서 떠오른 영감으로 멋들어지게 확대하여 설명하기 시작했다. 먼저, 카디페가 이 합의 내용에 대해 수락하리라는 부분을 믿게 만드는 것이 가장 어려웠다고 했다. 라지베르트는 자신과 한 합의가 카디페에게는 무례한 짓이며, 그래서 먼저 카디페와 자신이 이야기를 나눌 필요가 있다고 했다고 말했다. 카디페가 의심스럽다는 의미로 눈썹을 치켜올리자, 이 거짓말에 심오함과 사실적인 인상을 주기 위해, 자신은 라지베르트의 이 말이 진심에서 우러나온 말이 아니라고 생각하고 있다고 말했다. 또한 라지베르트가 카디페의 명예를 위해서 자신과 오랫동안 대립해 왔으며, '마지못해 한다는' 식(그러니까 한 여자의 결정에 대해 그가 존중한다는)이었지만 결국 긍정적인 반응을 보였다고 덧붙였다. 카는 인생에서 유일한 진실이 행복이라는 것을 늦게나마 알게 된 이 바보 같은 카르스 시에서, 허튼 정치 싸움에 열중하는 이 불운한 사람들에게 희열을 느끼며 거짓말을 꾸며댈 수 있어서 흐뭇했다. 하지만 한편으로는 자신보다 더 용감하고 희생적이라고 생각되는 카디페가 이 거짓말에 속아 넘어가고, 결국 그녀가 불행해질 거라는 것을 예감했기 때문에 슬프기도 했다. 이러한 이유로 마지막으로 해 없는 거짓말을 하고는 이야기를 끝마쳤다. 라지베르트가 속삭이는 목소리로 카디페에게 안부를 전해 달라고 말했다고. 그녀에게 다시 한 번 합의의 세부 사항을 말해 주고는 의견을 물었다.

"히잡을 벗겠어요. 하지만 어떻게 벗을지는 내가 결정할 거예요."

카는 이 문제에 대해 전혀 언급하지 않는 것은 잘못이라고 느끼면서, 라지베르트는 카디페가 가발을 쓰거나 그와 비슷한 방법을 시도하는 것을 합리적으로 받아들인다고 말했다. 하지만 카디페가 화가 난 것을 보고는 입을 다물었다. 합의에 의하면 먼저 라지베르트를 풀어주고 안전한 곳에 몸을 숨긴 연후에, 카디페가 자신이 원하는 방식으로 히잡을 벗을 예정이었다. 카디페는 이러한 내용을 이해하고 즉시 종이에 적은 후 서명을 할 수 있었을까? 카는 주의 깊게 읽고 견본을 삼으라는 의미로, 라지베르트에게서 받은 종이를 카디페에게 내밀었다. 라지베르트의 친필을 보는 것만으로 카디페가 감격하는 것을 보고는 그의 마음속에 그녀를 향한 사랑의 감정이 스쳐 지나갔다. 카디페는 순간 카에게 보여주지 않으려고 하면서 종이의 냄새를 맡았다. 그녀는 주저하고 있었다. 이에 카는 그 종이는 라지베르트를 풀어달라고 수나이와 그 측근 군인들을 설득하기 위해 사용할 것이라고 말했다. 군대와 정부는 히잡 착용 문제 때문에 어쩌면 카디페에게 분노하고 있겠지만, 카르스의 모든 사람처럼 그들도 그녀의 용기와 정직을 믿을 것이었다. 카가 건네준 백지에 카디페가 흥분하여 글을 쓰기 시작하자 카는 그녀를 바라보았다. 카샵라르 거리에서 함께 걸으면서 별자리에 대해 대화를 나누던 그젯밤보다 더 나이가 들어 보였다.

카디페에게서 받은 종이를 호주머니에 넣은 후, 카는 수나이를 설득하면 그 다음 문제는 라지베르트가 풀려난 후 그가 안전하게 숨을 수 있는 곳을 모색하는 것이라고 했다. 카디페는 도와줄 준비가 되어 있었을까?

카디페는 엄숙한 표정으로 고개를 끄덕였다.

"걱정하지 마시오. 우린 모두 행복해질 겁니다."

"옳은 일을 한다고 항상 행복해지지는 않아요!"

"옳은 것은 우리를 행복하게 하지요."

카는 가까운 시일 내에 카디페가 프랑크푸르트를 방문해, 언니와 자신의 행복한 모습을 보게 될 것이라는 상상을 했다. 이펙은 카우프호프에서 카디페에게 멋진 코트를 사 줄 것이고, 함께 극장에 갈 것이다. 그리고 카이저 가에 있는 식당에서 소시지를 안주 삼아 맥주를 마실 것이다.

카디페가 나간 후 곧바로 카는 코트를 입고 아래층으로 내려가 군용트럭에 탔다. 두 명의 경호병은 그의 바로 뒷좌석에 앉아 있었다. 카는 혼자 걸어 다닌다면 공격을 받을 수도 있을 거라는 생각이 지나치게 소심한 생각인지에 대해 스스로에게 물어보았다. 트럭의 앞좌석에서 바라본 카르스 거리는 전혀 무섭지 않았다. 손에 장바구니를 들고 시장을 보러 가는 여자들을 보았다. 눈싸움을 하는 아이들, 미끄러지지 않기 위해 서로 붙들고 걷는 노인들을 보며, 카는 이펙과 함께 프랑크푸르트의 극장에서 손을 꼭 잡고 영화를 보는 상상을 했다.

수나이는 함께 반란을 일으킨 친구 오스만 누리 촐락과 함께 있었다. 카는 행복한 상상들이 부여한 낙관적인 마음으로 그들과 이야기를 나누었다. 모든 것이 준비되었고, 카디페는 연극에서 역할을 맡을 것이며 히잡도 벗을 것이고, 이에 대한 대가로 라지베르트가 풀려나기를 열망하고 있다고 말했다. 그는 수나이와 대령 사이에 같은 책을 읽으며 젊은 시절을 보낸 사람들이 공유하는 뭔가가 존재한다는 것을 느꼈다. 그는 조심스럽지만 자신감 있는 어조로 문제가 아주 민감하다는 점을 주지시켰다.

"전 먼저 카디페의 자존심을, 그 다음에는 라지베르트의 자존심을 어루만져 주었습니다."

그들에게서 받은 종이를 수나이에게 건네주었다. 수나이가 그 종이들을 읽을 때 카는 그가 아침부터 술을 마셨다는 것을 눈치 챘다. 수나이의 입에 얼굴을 갖다 대자 그것이 라크 냄새임을 알 수 있었다.

"이놈은 카디페가 무대에 나가 히잡을 벗기 전에 풀어달라고 하는군. 아주 영리한 놈이야."

"카디페도 같은 걸 원하고 있습니다. 무지 애를 썼지만, 여기까지가 최선이었습니다."

"정부를 대변하는 우리가 왜 그들을 믿어야 하지?"

대령 오스만 누리 출락이 말했다.

"그들도 정부에 대한 신뢰를 이미 잃었습니다. 불신이 계속 되는 한 아무것도 성사되지 못합니다."

"자신이 본보기로 교수형을 당할 수도 있다는 것을, 나중에 정부가 이를 술 취한 배우와 상심한 대령이 일으킨 쿠데타라고 우리에게 뒤집어씌울 수 있다는 것을 라지베르트는 의심하지 않던가?"

대령이 물었다.

"그는 죽음을 두려워하지 않는 것처럼 행동하고 있습니다. 그것도 아주 잘하고 있죠. 이러한 이유로 그의 진짜 생각이 무엇인지 알 수가 없습니다. 교수형을 당해 자신이 성인이나 우상이 되기를 원한다는 암시도 있긴 했습니다."

"먼저 라지베르트를 풀어줬다고 치고. 카디페가 약속을 지켜 무대에서 연기를 할 거라는 것을 어떻게 믿지?"

수나이가 물었다.

"한때 명예와 이념에 인생을 걸었던 투르굿 씨의 딸이기 때문에 카디페의 말을 라지베르트의 말보다 더 신뢰할 수 있습니다. 하지만 지금 그녀에게 라지베르트를 풀어줬다고 말한다면, 저녁에 무대에 나갈지 안 나갈지는 자신조차 모를 수 있습니다. 그녀는 열정이 있는 사람이어서 순간적인 결정을 내리기도 하니까요."

"그래서 자네의 제안은 뭔가?"

"저는 당신이 군사 쿠데타를 일으킨 이유가 단지 정치 때문만이 아니라 미와 예술을 위해서였다는 것을 압니다. 수나이 씨가 예술을 위해 정치를 했다는 것도 그의 인생을 통해 알 수 있지요. 단지 평범한 정치를 하고 싶은 거라면 라지베르트를 풀어주고 위험 속으로 뛰어들지 않아야 하겠지요. 하지만 카디페가 모든 카르스인들이 보는 앞에서 히잡을 벗는다면, 그것으로 예술뿐만 아니라 심오한 정치가 될 것임을 느끼고 계실 겁니다."

"그녀가 히잡을 벗는다면 우린 라지베르트를 풀어주겠네. 저녁에 공연될 연극에 이곳의 모든 사람들을 모을 거고."

오스만 누리 촐락이 말했다.

수나이는 옛 군대 친구를 안고는 뺨에 입을 맞추었다. 대령이 나간 후 수나이는, "이 모든 것을 아내에게도 말해 주었으면 하네!"라고 말하면서 카의 손을 잡고는 안에 있는 방으로 데리고 갔다. 전기 난로가 켜져 있는 춥고 휑한 방에서 푼다는 과장된 태도로 손에 든 텍스트를 읽고 있었다. 카와 수나이가 열린 문을 통해 자신을 바라보고 있다는 것을 알았지만 전혀 흐트러지지 않고 계속 읽어 내려갔다. 눈가에 바른 화장품, 두껍고 진한 립스틱, 커다란 가슴이 훤히 드러나는 노출 심한 의상과 과장된 제스처에 신경을 쓰느라, 카는 그녀가 읽는 것에는 전혀 집중할 수가 없었다.

"키드의 「스페인의 비극」에서 능욕을 당해 복수를 하는 여자의 비극적인 연설!"

수나이가 자랑스럽게 말했다.

"브레히트의 「세추안의 착한 여자」에서 영감을 받고, 거기에 나의 상상력을 동원해 개작을 했지. 푼다가 저녁에 이걸 읽으면, 카디페는 미처 벗을 용기를 내지 못했던 히잡 자락으로 눈물을 훔칠 걸세."

"그녀가 준비가 되면 곧 예행연습을 시작하지요."

푼다가 말했다.

그녀의 의욕적인 목소리는 카에게, 단지 연극에 대한 그녀의 사랑이 아니라, 한때 수나이에게서 아타튀르크의 역할을 뺏으려고 했던 사람들이 반복해서 말하던, 그녀가 레즈비언이라는 주장을 상기시

컸다. 수나이는 쿠데타를 일으킨 군인이라기보다는 자만에 찬 연출자의 분위기로, 카디페가 '역할을 맡는 문제'가 아직 완전히 해결되지 않았다고 말했다. 그때 방 안에 들어온 연락병이 《국경 도시 신문》의 세르다르 씨를 데리고 왔다고 말했다. 세르다르 씨를 보자 카는 몇 년 전 터키에서 살 때 느꼈던 어떤 충동에 휩싸여서, 순간 그의 얼굴에 주먹 한 방을 날리고 싶은 마음이 들었다. 하지만 그들은 미리 아주 정성스럽게 준비한 것이 확실한 라크와 치즈가 있는 술자리로 옮겨갔다. 그들은 다른 사람들의 운명을 지배하는 것을 자연스러운 일이라고 보는 권력자에게서 전염된 자신감과 편한 마음으로 술을 마시고 음식을 먹으며 세상사에 대해 이야기를 나누었다.

수나이의 요청으로 카는 조금 전 자신이 예술과 정치에 관해 언급했던 내용을 다시 말했다. 그의 말에 푼다 에세르가 무척 흥분을 하자, 세르다르 씨가 이 말들을 신문에 쓰기 위해 좀 적었으면 한다고 했다. 수나이는 거칠게 그를 나무랐다. 그러면서 먼저 카에 관해 신문에 쓴 거짓말들을 정정하라고 요구했다. 세르다르 씨도 하루 속히 카에 관한 안 좋은 인상을, 건망증 심한 카르스 독자들이 잊을 수 있는 아주 긍정적인 기사를 준비하여 1면에 싣겠다고 약속을 했다.

"하지만 1면에는 오늘밤 상연될 우리 연극에 관한 기사도 있어야 해요."

푼다 에세르가 말했다.

세르다르 씨는 물론, 원하는 대로 원하기 크기로 기사를 써서 신문에 싣겠다고 말했다. 하지만 자신은 고전과 현대 연극에 대해 지식이 없는 사람이니, 오늘밤 연극에서 어떤 일이 일어날지, 그러니까 수나이 씨가 직접 연극에 대한 기사를 쓴다면 내일 자 신문 1면에 오류가 생기는 일은 없을 거라고 말했다. 그는 이 일을 해오면서, 아직 사건이 발생하기도 전에 기사를 써냈고 그것이 그의 장점이라고 정중하게 환기시켰다. 신문을 기계에 넣고 인쇄하는 시간이 쿠데타로 인해 오후 4시로 바뀌었기 때문에 기사를 쓸 시간은 아직 4시간이 더 남아 있었다.

"오늘밤 일어날 사건을 설명하기 위해 당신을 그리 오래 기다리게 하지는 않겠소."

수나이가 말했다.

카는 그가 식탁에 앉자마자 라크 한 잔을 비웠다는 것을 알고 있었다. 카는 새로 따른 라크 한 잔을 급히 마시는 그의 눈에서 고통과 열정을 보았다.

"신문기자 양반, 받아쓰시게!"

수나이는 세르다르 씨를 위협하는 것처럼 바라보면서 이렇게 소리쳤다.

"1면 머리기사, '무대에서의 죽음.' (그는 생각하기 위해 잠시 멈췄다.) 부제는 (그는 또 잠시 멈췄다.) '유명한 연극배우 수나이 자임, 어젯밤 무대에서 연기하다가 총에 맞아 살해되다.' 그 밑에 다른 부제 하나 더."

그는 카의 감탄을 불러일으킬 만큼 집중하여 말하고 있었다. 카는 미소도 짓지 않고 완전히 존경하는 마음이 되어 수나이의 말을 들었으며, 신문기자가 이해하지 못한 부분에서는 도움을 주기도 했다.

수나이가 1면 머리기사와 함께 기사 전체를 완성하는 데는, 무엇을 말할지 망설이던 시간과 라크를 따르는 시간을 더해 1시간 정도 걸렸다. 몇 년이 지나 내가 카르스에 갔을 때 그 기사의 전문을 세르다르 씨에게서 건네받았다.

무대에서의 죽음
유명한 연극배우 수나이 자임 어젯밤
무대에서 연기를 하다가 총에 맞아 살해되다.

어젯밤 밀렛 극장에서 역사적인 연극이 공연되던 중 카디페는 계몽주의의 열정으로 히잡을 벗었다. 그리고 악역을 연기했던 수나이 자임에게 겨누고 있던 총을 발사했다. 텔레비전 생방송을 통해 사건을 보고 있던 카르스인들은 공포에 휩싸였다.

사흘 전 우리 도시에 와, 무대에서 현실로 실천을 한 반란과 창조적인 연극으로 카르스 전체에 계몽의 빛과 질서를 가져온 수나이 자임과 그의 연극단은 어젯밤에 있었던 두 번째 연극에서 카르스인들을 다시 한 번 놀라게 만들었다. 셰익스피어에게 영향을 주었지만 제대로 평가받지 못한 영국 작가 키드의 작품을 개작한 이 작품에서, 수나이 자임은 20년 동안 아나톨리아의 잊혀진 마을, 텅 빈 무대 그리고 찻집에서 공연을 하려고 했던 계몽수의 연극에 대한 사랑을 드디어 궁극적인 결말로 끝맺음했다. 프랑스와 영국 과격 혁명가들의 연극이라는 인상이 포함된 이 현대적이며 충격적인 드라마 속에서 히잡을 쓴 소녀들을 이끌어온 카디페는 급작스럽게도 무대에서 히잡을 벗었다. 그리고 경악으로 가득 찬 카르스인들의 시선을 받으며 손에 들고 있던 권총에 힘을 주었다. 그리고 악역을 연기했으며, 제대로 평가받지 못한 위대한 연극인인 수나이 자임을 향해 마치 빌리 더 키드처럼 총을 발사했다. 이틀 전 연극에 등장했던 총들이 진짜라는 것을 상기한 카르스인들은 수나이 자임이 진짜 총에 맞았다는 사실에 몸서리쳤다. 위대한 터키 연극인인 수나이 자임의 무대에서의 죽음은 관객들에게 있어 그의 인생 자체보다 더 충격적인 것이었다.

연극을 통해 인간의 관습과 종교적 압박으로부터의 해방이 어떤 것인가를 알게 된 카르스 관객들은, 몸에 총알이 박힌 상태에서 피투성이가 된 채 끝까지 연기를 한 수나이 자임이 진짜 죽어가고 있다는 것을 도저히 믿을 수 없었다. 하지만 수나이 자임이 죽기 전에 했던 마지막 말을, 그가 예술에 바친 헌신과 열정은 절대 잊지 못할 것임을 알게 되었다.

세르다르 씨는 수나이가 고쳐서 완성한 최종 기사를 식탁에 있는 사람들에게 한 번 더 읽어주었다.
"저는 당신의 명령을 따라 이 기사를 내일 자 신문에 그대로 싣겠습니다. 제가 비록 현실화되기도 전에 기사를 많이 써내긴 했지만, 이번만큼은 이 기사가 현실화되지 않기를 기도하겠습니다! 정말로 죽는 것은 아니지요, 그렇지요?"
"내가 하고자 하는 것은 진정한 예술을 종국에 이르게 하는 것이오. 전설이 되는 것이지. 하지만 어쨌든 내일 아침 눈이 녹고 길이 열리면 나의 죽음은 카르스인들에게는 조금도 중요하지 않게 될 거요."
순간 그의 눈이 아내의 눈과 마주쳤다. 그 부부가 얼마나 심오한 이해심으로 서로의 눈 속을 들여다봤던지 카는 질투심이 일었다. 자신도 이펙과 이와 같은 심오한 이해를 나누며 행복한 삶을 살 수 있을 것인가?
"신문기자 양반, 당신은 이제 가서서 신문을 발행할 준비를 하시지요. 나의 부하가 이 역사적인 판본에 실릴 내 사진의 필름을 당신에게 줄 거요."
세르다르 씨가 가자마자 수나이는, 카가 술을 지나치게 마셔서 그럴 거라고 생각했던, 조롱하는 듯한 말투를 그만두었다.
"라지베르트와 카디페가 제시한 조건들을 받아들이겠소."

눈썹을 치켜 뜬 푼다 에세르에게 그는, 카디페가 연극에서 히잡을 벗겠다는 약속을 했으며 그전에 라지베르트를 풀어줘야 한다는 조건을 붙였다고 설명해 주었다.

"카디페는 아주 용감한 여자군요. 예행연습에서 그녀와 호흡이 잘 맞을 것 같아요."

푼다 에세르가 말했다.

"당신도 카와 함께 그녀를 보러 가시오. 하지만 먼저 라지베르트를 풀어주고 어딘가에 숨겨야 하오. 그리고 그가 숨어 있는 곳을 아무도 모른다는 것을 카디페에게 알려줘야 하오. 이는 시간이 걸리는 문제요."

수나이가 말했다.

수나이는 푼다 에세르가 카디페와 즉시 예행연습에 들어가고 싶다는 말을 별로 심각하게 생각하지 않고, 라지베르트를 풀어줄 방법에 대해 카와 의견을 나누기 시작했다. 이 시점에서 카의 노트에 의하면, 카는 수나이의 진심을 어느 정도 믿었다는 것을 알 수 있다. 수나이에게는 라지베르트를 풀어준 후에 그를 미행하여 은신처를 알아내고, 카디페가 무대에서 히잡을 벗은 후에 다시 체포한다는 식의 계획은 없었다. 이는 사방에 장치된 도청기와 이중 스파이들을 이용해 상황을 파악하고 오스만 누리 촐락을 자신들의 편으로 끌어들이려는 국가 정보국 요원이, 사건에 대한 정보를 입수해 가면서 진행시킨 계획이었다. 국가 정보국은 수나이를 포함하여, 불만을 품고 있는 대령 및 그와 함께 행동하는 몇몇 장교 친구들로부터 반란을 인수받을 만한 군사력이 없었다. 하지만 사방에 있는 요원들을 통해 수나이의 '예술적인' 미치광이 짓을 저지하려고 애를 쓰고 있었다. 세르다르 씨는 술자리에서 쓴 기사를 신문에 배열하기 전에 국가 정보국 카르스 지국에 있는 친구들에게 무전기를 통해 읽어주었기 때문에, 국가 정보국은 수나이의 정신 상태에 당황하지 않을 수 없었고 그를 신뢰할 수 없는 사람이라고 판단했다. 수나이가 라지베르트를 풀어줄 의도에 대해 국가 정보국이 어느 정도까지 알고 있었는지는 마지막 순간까지 아무도 모르고 있었다.

하지만 나는 이 세부 사항들이 우리의 이야기의 결말에 아주 중요한 영향을 준다고는 생각하지 않는다. 이 때문에 라지베르트를 풀어줄 계획에 대한 것까지는 장황하게 설명하지 않겠다. 수나이와 카는 이 일을 시바스 출신 연락병과 파즐이 해결하는 것으로 결론을 지었다. 파즐의 주소를 국가 정보국에서 받은 후 10분이 지나자 수나이가 보낸 군용트럭이 파즐을 데리고 왔다. 그는 약간 두려워하는 것처럼 보였지만 이번에는 네집이 떠오르지 않았다. 파즐은 수나이의 연락병과 함께 중앙 수비대로 갈 때, 뒤를 따라오는 첩자들을 따돌리기 위해 양복점 후문을 통해 나갔다. 국가 정보국 요원들은 수나이가 허튼 짓을 할지도 모른다는 의심을 했음에도 불구하고 사방에 스파이들을 심어놓을 만큼의 준비는 되어 있지 않았다. 이후에 중앙 수비대의 감방에 있는 라지베르트를 데리고 나와, '속임수를 쓰지 말라.' 라는 수나이의 경고에 따라 그를 군용트럭에 태웠다. 시바스 출신 연락병의 군용트럭은 파즐이 이미 알려준 대로 카르스 개천 위에 있는 철교에 멈췄다. 라지베르트는 트럭에서 내려 시키는 대로, 진열장에 플라스틱 공들, 가루비누 상자 그리고 소시지 광고들을 진열해 놓은 구멍가게에 들어갔다. 그리고 곧이어 들어온 마차의 덮개 밑으로 들어가 숨는 데 성공했다. 마차가 라지베르트를 어디로 데리고 갔는지에 대해 아는 사람은 파즐밖에 없었다.

이 모든 일을 정하고 실행에 옮기는 데에는 1시간 반이 걸렸다. 3시반경에는 보리수나무와 밤나무들의 그림자가 희미하게 생겨났다. 텅 빈 카르스 거리에 밤의 첫 어둠이 유령처럼 내려앉을 때, 파즐은 카디페에게 라지베르트가 안전한 곳에 은신해 있다는 소식을 가져왔다. 파즐은 호텔의 뒤쪽으로 열리는 부엌 문 앞에서 다른 행성에서 온 사람을 보는 것처럼 카디페를 바라보았다.  하지만 카디페는 네집을 알아보지 못했던 것처럼 파즐도 알아보지 못했다. 소식을 들은 카디페는 기뻐서 어쩔 줄 몰라 했다. 그러고는 자신의 방으로 뛰어갔다. 이사이 이펙은 한 시간 동안 카의 방에 있다가 밖으로 나오고 있었다. 나는 나의 사랑하는 친구가 미래의 행복에 대한 기대로 부풀어 올라 행복했던 이 한 시간을 다음 장에서 다루겠다.

37

오늘밤의 유일한 대본은
카디페의 머리칼이다

마지막 연극을 위한 준비

나는, 카라는 인간이 나중에 다가올 고통이 두려워 행복을 멀리하려는 부류에 속한다는 것을 언급한 적이 있다. 이 때문에 우린, 그의 가장 강렬한 감정은 그가 행복을 경험하는 순간이 아니라, 행복이 사라져버릴 것이라는 생각에 사로잡혔을 때에 분출된다는 것을 알고 있다. 수나이가 마련한 술자리에서 일어나 두 명의 경호병과 함께 카르팔라스 호텔로 돌아갈 때 카는 여전히 모든 것이 잘 되어가고 있다고 믿었다. 이펙을 다시 볼 수 있다는 것 때문에 행복했다. 이 행복을 잃어버릴 것 같은 두려움도 강하게 꿈틀거리고 있었지만 말이다. 후에 내 친구가 목요일 날 호텔 방에서 3시경에 쓴 시에 관해 언급할 때, 그는 자신이 이런 두 가지 감정 상태에서 흔들리고 있었음을 밝힌 바가 있었다. 그러니 그가 말한 내용을 언급하고 넘어가는 것이 나의 의무라는 생각이 든다. 카에게 '개'라는 제목을 단 시를 쓰게 한 것은 양복점에서 돌아오는 길에 다시 한 번 본 검은색 개였다. 개를 보고 4분 후 방으로 들어가, 카는 행복에 대한 커다란 기대감과 상실감 사이에서 독약처럼 퍼지는 사랑의 고통을 느끼며 시를 썼다. 그 시에는 어린 시절에 개를 얼마나 무서워했는지에 대해, 여섯 살 때 마치카 공원에서 자신을 쫓아온 회색 개에 대해, 그 개를 돌아다니게 내버려둔 나쁜 동네 친구에 대한 인상들이 담겨져 있었다. 후에 카는, 개에 대한 두려움을 어린 시절의 행복했던 시간들에 대한 죗값처럼 여겼다. 하지만 천국과 지옥이 같은 곳에 존재한다는 모순도 그의 관심을 끌었다. 골목에서 하던 축구, 뽕 따던 일, 껌에서 나온 축구선수 사진을 모아 하던 내기 같은 어린 시절의 즐거움들이, 이를 또한 살아 있는 지옥으로 바꾸어놓은 개들 때문에 더욱더 매력적으로 느껴졌던 것이다.

이펙은 카가 호텔에 돌아온 것을 알고 칠팔 분 후에 그의 방으로 올라갔다. 이펙이 자기가 돌아온 것을 아는지 모르는지 카는 알 수가 없었고 그녀에게 기별을 할까 하고 생각하던 중이었기 때문에, 이 칠팔 분은 카에게 있어 납득할 수 있는 시간이었다. 처음으로 그녀가 일부러 늦게 왔다거나 그녀가 자신을 떠나기로 결정했을지도 모른다는 식으로 생각할 틈 없이 이펙을 만날 수 있었기 때문에 카는 더욱더 행복해졌다. 게다가 이펙의 얼굴에는 쉽사리 사라질 것 같지 않은 행복한 표정이 어려 있었다. 카는 그녀에게 모든 것이 순조롭게 진행되고 있다고 말했다. 그녀도 카에게 그렇게 말했다. 이펙이 라지베르트에 대해 묻자 카는 그를 곧 풀어줄 거라는 말도 해주었다. 이것도 다른 모든 것처럼 이펙을 기쁘게 했다. 그들은 다른 사람이 상심하고 불행하고 나쁜 일들을 겪는다면, 이것이 자신들의 행복에 해를 끼칠 거라며 이기적으로 두려워하는 행복에 겨운 연인처럼,

모든 것이 잘될 거라는 믿음에서 떨어지지 않았다. 게다가 그들의 행복에 그늘을 드리우지 않기 위해, 그동안 겪은 그 많은 고통과 흘린 피도 즉시 잊을 준비가 되어 있었다. 그들은 여러 번 껴안고 안달하며 키스를 했다. 하지만 침대로 쓰러져 사랑을 나누지는 않았다. 카는 이스탄불에서 이펙의 독일 비자를 받는 데에는 하루면 족할 터이고, 영사관에 아는 사람도 있다고 말했다. 비자를 받기 위해 급히 결혼할 필요는 없으며, 프랑크푸르트에서 원하는 방식으로 결혼할 수 있을 거라고 말했다. 카디페와 투르굿 씨도 이곳에서의 일을 마무리 짓고 프랑크푸르트를 방문할 수 있을 것이며, 그들이 그곳에서 어떤 호텔에 머물 수 있을 것인지에 대해서도 언급했다. 카의 상상은 계속해서 진행되었다. 그는 행복에 대한 허기를 제어할 수 없어, 생각하기조차 부끄러웠던 일련의 세부 사항들마저도 줄줄이 얘기했다. 그러자 이펙은 정치적 복수심 때문에 누군가 카에게 폭탄을 던질 수도 있으니 카가 바깥에 나가지 않았으면 한다는 아버지의 말을 그에게 전했다. 이리하여 그들은 도시에서 나가는 첫 교통편으로 함께 떠나자고 약속하면서, 서로 손을 잡고 창밖의 눈 덮인 산길을 바라보았다.

이펙은 짐을 싸고 있다고 했다. 카는 처음에 그녀에게 아무것도 가져가지 말라고 했다. 하지만 이펙에게는 그녀가 어린 시절부터 죽 지니고 있었고, 떨어져 있으면 뭔가 허전함을 느낄 물건들이 많이 있었다. 그녀는 눈 덮인 거리를 바라보며(시의 영감의 원천인 개가 보였다 사라지곤 했다.) 자신이 포기할 수 없는 물건들 몇 가지를 나열했다. 이스탄불에 살 때 어머니가 딸들에게 사주었던, 카디페가 자신의 것을 잃어버렸기 때문에 이펙의 눈에 더 중요하게 보였던 장난감 손목시계. 한때 독일에서 지냈던 돌아가신 삼촌이 가져온, 몸에 달라붙기 때문에 카르스에서는 도저히 입을 수 없었던 푸른색 앙고라 스웨터. 어머니가 그녀의 혼수품으로 준비했던 은실로 수를 놓은 식탁보. 그것은 처음 사용하던 날 무흐타르가 잼을 떨어뜨려 다시는 깔 수 없었다. 목적 없이 모으기 시작했지만 나중에는 자신을 보호해 주는 부적 같은 것으로 여기게 되었기 때문에 포기할 수 없는 17개의 작은 술병과 향수병. 아버지와 어머니의 품에 안겨 찍은 (카가 그 순간 아주 보고 싶어했던) 어린 시절 사진들. 이스탄불에서 함께 샀지만 등이 너무 팼다고 해서 무흐타르가 집에서 입는 것만을 허락한 검은색 이브닝드레스. 드레스의 팬 부위를 감싸 무흐타르를 설득할 수 있을 것 같아 샀던 가장자리에 손뜨개 장식이 있는 비단 숄. 카르스의 진흙탕 때문에 아까워서 신지 못한 가죽 신발들. 그리고 마침 하고 있었기 때문에 꺼내 보여줄 수 있었던 커다란 옥으로 장식된 목걸이.

그날 이후 4년이 지나, 카르스 시장이 주관한 저녁 식사에서 이펙이 내 바로 맞은편에 앉았을 때, 목에 하고 있던 검은 새틴 장식 끈에 커다란 옥이 날려 있었다고 말한다고 해도, 내가 주제를 벗어났다고 생각하지 마시길 바란다. 정반대로 우린 이 주제의 심장부를 향해 지금 들어가고 있는 것이다. 이펙은 그때까지도 나나 내 친구를 통해 이 이야기를 따라가고 있는 당신들이 상상할 수 없을 만큼 너무나 아름다웠다. 그녀를 본 것은 그때가 처음이었다. 어떤 질투와 놀라움이 내 마음을 휘어 감았다. 혼란스러웠다. 사랑하는 친구의 사라진 시집의 여기저기에 흩어져 있던 이야기가 순간 내 눈앞에, 심오한 열정으로 반짝이는 이야기로 변해 나타났다. 당신들의 손에 있는 이 책을 쓰려는 결정을 그 충격적인 순간에 내렸던 것임에 틀림없다. 하지만 그 순간 내 영혼은 이 결정을 내렸다는 것을 몰랐고, 이펙의 믿을 수 없는 아름다움에 휩쓸려 어딘가로 끌려가고 있었다. 너무나 아름다운 여성 앞에서 느끼는 영혼을 휘감는 그 속수무책의 감정, 녹아서 사라져버리고 싶은 마음 그리고 비현실적인 감정이 내 온 몸을 에워싸고 있었다. 식탁에 있던 많은 사람들, 자신들의 도시를 방문한 소설가와 한두 마디 말을 나누거나 이걸 핑계로 자신들끼리 잡담을 하고 싶어하는 카르스인들 모두가 가장을 하고 있었다. 모든 그 알맹이 없는 대화들의 유일한 진짜 주제는 이펙의 아름다움이었고, 나와 스스로에게 이것을 감추기 위해 잡담을 하고 있을 뿐이었다. 한편으로는 사랑으로 변할지도 모른다고 두려워했던 끔찍한 질투심이 내 마음을 갉아먹고 있었다. 그리고 아주 짧은 순간이었지만 나도 이렇게 아름다운 여자를 마음에 품고 죽은 내 친구 카처럼 그러한 사랑을 경험해 보고 싶었다! 카가 인생의 마지막을 허비했다고 남몰래 믿었던 마음도 한순간, '카처럼 심오한 영혼을 가진 사람만이 이러한 여자의 사랑을 얻을 수 있어!' 라는 생각으로 바뀌었다. 이펙을 꾀어 이스탄불로 데리고 갈 수 있을까? 우리가 결혼할 수 있을 거라고 말해야지. 모든 것이 엉망이 될 때까지 나의 숨겨둔 애인이 될 수도 있을 것이다. 하지만 난 그녀와 함께 죽고 싶었다! 그녀의 이마는 넓고 단호했다. 크고 촉촉한 눈. 멜린다의 것과 똑같이 닮은, 바라보기에도 아까운 우아한 입술. 나에 대해 어떻게 생각할까? 나에 대해 카와 얘기를 나눈 적이 있을까? 아직 한 잔도 마시지 않았는데 난 얼이 빠지고 말았다. 약간 떨어진 곳에 앉은 카디페의 사나운 눈길이 날 향하고 있는 것을 보았다. 다시 본래 이야기로 돌아가야만 할 것 같다.

창문 앞에 서 있을 때, 카는 옥 목걸이를 건네받아 이펙의 목에 걸고는 그녀에게 키스를 했다. 그는 독일에서 아주 행복할 거라는 말을 아무 생각 없이 반복하고 있었다. 이펙은 파즐이 급히 마당 문으로 들어오고 있는 것을 보았다. 잠시 기다린 후 아래층으로 내려갔다. 그리고 부엌에서 여동생과 마주쳤다. 카디페는 라지베르트가 풀려났다는 희소식을 전해 주었을 것이다. 두 자매는 방으로 들어갔다. 그녀들끼리 무슨 이야기를 나누고 무엇을 했는지 나는 모른다. 카는 위층 방에서 새로운 시들과 이제는 믿을 수 있게 된 행복감으로 사로잡혀 있었기 때문에, 처음으로, 두 자매의 움직임에 대해 생각하지 않을 수 있었다.

훗날 나는 기상청의 기록을 통해 그 즈음 날씨가 꽤 풀렸었다는 사실을 알게 되었다. 해는 하루 종일 떠올라 처마와 나뭇가지에 매달려 있는 얼음을 녹였다. 날이 어두워지기도 전에, 그날 밤 길이 열릴 것이고 연극인의 쿠데타는 끝이 날 거라는 소문이 도시에 퍼졌다. 몇 년이 지나 사건의 세부 사항들을 잊지 않은 사람들의 말에 의하면, 같은 시각 국경 카르스 텔레비전은 밀렛 극장에서 새 연극에 카르스인들을 초대하기 시작했다. 이틀 전에 있었던 유혈의 기억 때문에 그들은 이번에는 그 어떤 과격 행위도 없을 것이라고 선전해야 했다. 보안 요원들이 극장 안에 대기하고 있을 것이며, 입장료도 받지 않을 것이라는 보도가 이어졌다. 인기 있는 젊은 아나운서인 하칸 외즈게는 가족 단위로 이 교훈적인 연극을 보러 가는 것이 좋겠다고 말했다. 하지만 이는 도시에서의 공포를 증가시키고, 거리가 이른 시간에 한산해지는 결과를 낳았을 뿐이었다. 사람들은 밀렛 극장에서 또다시 충돌과 유혈 사태가 일어날 거라고 느꼈다. 무슨 일이 일어나든지 현장에 가 사건을 목격하고 싶어하는 정신 나간 사람들(실업자에다 할 일 없는 청년들, 폭력적이고 지루한 좌익주의자들, 사람이 죽을 때면 무슨 일이 있더라도 구경하고 싶어하는 틀니를 낀 열정적인 노인들, 텔레비전에서 많이 본 수나이를 존경하는 공화주의자들로 구성된 이 관중들을 우습게보지 말아야 한다는 것도 언급해 두고 싶다.) 이외에는 대부분 방송을 통해 보겠다는 생각을 할 뿐이었다. 이 시각에 수나이와 대령 오스만 누리 촐락은 다시 만났다. 밀렛 극장이 공연 때 관객이 없어 한산할 수도 있다는 것을 느끼고는 신학고등학교 학생들을 모아 군용트럭으로 데리고 오라고 했다. 그리고 고등학교, 교사 숙소 그리고 정부 기관에서, 일정한 수의 학생과 공무원들은 정장을 하고 의무적으로 참석하라는 명령을 내렸다.

그러는 와중에 누군가는 양복점의 작고 먼지 앉은 방에서 천 조각들, 포장 종이들 그리고 빈 종이상자들 위에 곯아떨어진 수나이의 모습을 보았다고 한다. 하지만 이는 술 때문이 아니었다. 수나이는 부드러운 침대가 몸을 나약하게 만들 거라고 믿었기 때문에 아주 중요한 연극 공연 전에는, 딱딱하고 거친 바닥에 몸을 던져 잠을 자는 것을 습관으로 하고 있었던 것이다. 잠들기 전에 연극의 엔딩 장면을 아직 결정하지 못했던 터라 아내와 목소리를 높여 이야기를 나누었고, 그 후 예행연습을 시작하라고 그녀를 군용트럭에 태워 카디페에게 보낸 터였다.

푼다 에세르는 카르팔라스 호텔로 들어가자마자, 온 세상을 마치 자신의 집으로 여기는 여주인 같은 목소리로 곧장 두 자매의 방으로 갔다. 활기 찬 목소리와 격의 없는 친밀감으로 곧바로 여자들만의 대화로 이끌어갔으니, 그녀가 무대 밖에서 더욱더 향상되는 연기 재능을 가지고 있다, 라고 해석할 수도 있을 것이다. 그녀의 가슴과 눈은 물론 이페의 투명한 아름다움을 주시하고 있었지만 그녀의 머리는 오늘밤 무대에서의 카디페의 역할을 신경 쓰고 있었다. 나는 이 역할의 중요성이 그녀의 남편이 그녀에게 부여한 가치에서 나왔다고 생각한다. 왜냐하면 20년 동안 아나톨리아의 억압받고 능욕당하는 여성들의 역할을 했던 푼다 에세르에게 무대에서의 유일한 목표는 따로 있었다. 희생양이 된 듯한 자세로 남성들의 성욕에 호소하는 것! 결혼, 이혼, 히잡을 벗거나 혹은 쓰는 것은, 그녀를 억압받는 매력적인 인물로 만들 수 있는 평범한 도구였다. 그러므로 그녀가 자신이 연기한 배역에서 풍기는 아타튀르크주의와 계몽주의의 분위기를 전적으로 이해했다고 할 수는 없을 것이다. 하지만 남성 작가들도 실은 이 틀에 박힌 역할을 하는 여성 주인공들의 에로티시즘과 사회적인 의무 문제에 대해 그녀보다 더 심오하고 섬세한 의견을 가지고 있는 것은 아니었다. 푼다 에세르는 남성 작가들이 이 역할들을 위해 드물게 창조한 감성을 본능적으로 무대 밖의 삶에서 아주 효과적으로 실행하고 있었다. 방에 들어간 지 얼마 되지 않아 카디페에게 아름다운 머리칼을 드러내놓고 저녁에 있을 연극 예행연습을 하자고 제의했다. 카디페가 별로 저항하지 않고 히잡을 벗자 그녀는 먼저 환호성을 질렀다. 그러고는 그녀의 머리카락이 아주 반짝이며 생동감이 놀고, 도저히 눈길을 뗄 수 없다고 말했다. 카디페를 거울 앞에 앉히고는 인조 상아로 된 빗으로 오랫동안 머리를 빗겨주면서 연극에서 진짜 중요한 문제는 단어들이 아니고 모습이라고 밝혔다.

"머리칼이 말을 하게 놔둬요, 남자들이 미치도록!"

그녀는 카디페의 머리칼에 입맞춤을 하며 꽤나 혼란스러워하는 그녀를 안심시켰다. 그녀는 그 입맞춤이 카디페 내부에 있는 악의 씨앗을 움직이게 만든 것을 볼 정도로 영리했고, 이 게임에 이펙을 끌어들일 정도로 경험이 많았다. 가방에서 휴대용 코냑을 꺼내 자히데가 가지고 온 찻잔에 따르기 시작했다. 카디페가 저지하려 나서자, "오늘밤에 히잡도 벗을 거면서 뭘 그래요?"라며 그녀를 선동했다. 카디페가 울기 시작하자 그녀의 볼, 목, 손에 억지로 작은 입맞춤을 했다. 그런 후 두 자매를 즐겁게 해주기 위해, "수나이의 알려지지 않는 걸작!"이라고 말한 「순진한 여승무원의 항변」을 읽었다. 하지만 이는 두 자매를 즐겁게 하기보다는 슬프게 만들었다. 카디페가 "대본 연습을 하고 싶어요."라고 말하자, 오늘밤의 유일한 대본은 카르스의 모든 남자들을 경탄케 만들 카디페의 길고 아름다운 머리칼의 반짝임이 될 거라고 말했다. 더 중요하게는 여자들이 질투와 사랑으로 카디페의 머리카락을 만지고 싶어할 거라고 했다. 그녀는 이펙과 자신의 찻잔에 아주 조금씩 코냑을 따르고 있었다. 그러면서 이펙의 얼굴에서는 행복을 읽을 수 있고, 카디페의 눈길에서는 용기와 열정이 보인다고 말했다. 두 자매 중 누가 더 아름다운지에 대해서는 알 수가 없다고 했다. 푼다 에세르의 이 쾌활함은 투르굿 씨가 사색이 된 얼굴로 방으로 들어올 때까지 지속되었다.

"텔레비전에서 조금 전에 히잡 쓴 여자들의 지도자 격인 카디페가 오늘밤에 있을 공연에서 히잡을 벗을 거라는 발표를 하더구나. 이 말이 맞느냐?"

투르굿 씨가 말했다.

"일단 텔레비전을 한번 봐요."

이펙이 말했다.

"저를 소개하겠습니다 어르신. 저는 유명한 연극인이자 새로운 정부 인사인 수나이 자임의 아내인 푼다 에세르입니다. 이렇게 뛰어난 따님들을 키운 어르신이 대단한 분이라고 생각합니다. 카디페의 용감한 선택에 대해서도 전혀 두려워하실 필요가 없다고 말씀드리고 싶습니다."

"이 도시의 광신도들이 내 딸을 절대 용서하지 않을 거요."

모두 함께 텔레비전을 보기 위해 식당으로 갔다. 푼다 에세르는 투르굿 씨의 손을 잡고 도시를 통치하고 있는 남편을 대신해 모든 일이 잘될 거라고 그에게 약속을 했다. 식당에서의 소음을 들은 카가 바로 아래층으로 내려왔다. 그리고 라지베르트가 풀려났다는 소식을 행복감에 가득 찬 카디페에게서 들었다. 그녀는 카가 묻기도 전에, 그에게 아침에 했던 약속을 지킬 것이며, 푼다 에세르와 저녁에 있을 연극을 위해 연습을 할 거라고 말했다. 푼다 에세르가 딸이 무대에 나가는 것을 막지 말라고 투르굿 씨를 달콤하게 설득하고 있을 때, 식당에 있던 사람들은 텔레비전을 보며 함께 이야기를 나누었다. 카는 그 10여 분을, 자신의 인생에서 가장 행복했던 순간들 중의 하나로 여기며 몇 번이나 기억을 할 것이었다. 카는 행복해질 것을 의심하지 않고 낙관적으로 믿었다. 자신이 떠들썩하고 즐거운 가족의 일부가 된 듯 상상하고 있었다. 아직 오후 4시도 되기 전이었다. 오래되고 짙은 색 벽지가 발린 높은 천장이 있는 식당은 어린 시절의 추억처럼 편안했다. 카는 이펙의 눈을 계속 들여다보며 미소를 지었다.

부엌으로 열린 문을 통해 들어오는 파즐을 보자, 카는 그를 부엌에 몰아세우고 그가 그 즐거운 분위기를 망치기 전에 정보를 캐내려고 했다. 하지만 파즐은 카에게 끌려가지 않았다. 그는 텔레비전에서 나오는 장면을 넋을 잃은 듯 쳐다보면서 부엌 문 사이에 섰다. 그리고 식당 안의 즐거운 분위기를 반은 놀라움에 차서, 반은 위협하는 시선으로 바라보았다. 카가 잠시 후 그를 부엌으로 끌고 갔을 때 이펙도 그들을 보고는 뒤를 따라왔다.

파즐은 희열을 느끼는 게 확실한 훼방꾼 같은 태도로 말했다.

"라지베르트가 선생님과 한 번 더 이야기를 나누고 싶어합니다. 어떤 문제에 대해 생각을 바꿨다고 하더군요."

"어떤 문제에 대해서 말인가?"

"그건 직접 말하겠답니다. 모시고 갈 마차가 10분 후에 마당으로 올 거예요."

파즐은 이렇게 말한 후 부엌에서 마당으로 나갔다.

카의 심장은 빠르게 뛰기 시작했다. 호텔 밖으로 나가고 싶지 않았기 때문만이 아니라, 겁쟁이 같은 자신의 마음을 두려워하고 있었다.

"절대 가지 마."

이펙은 카의 생각을 표현하듯 이렇게 말했다.

"이제 그들도 마차에 대한 걸 다 알고 있어. 나쁜 일이 생길 거야."

"아니, 난 갈 거야."

마음은 그렇지 않았으면서 그는 왜 가겠다고 했을까? 선생님이 내준 문제에 대한 답을 모르면서도 손을 들고, 진짜 사고 싶던 스웨터가 아니라 같은 돈으로 내면서도 더 나쁜 물건을 산 적이 그의 인생에는 꽤 있었다. 어쩌면 호기심으로, 어쩌면 행복에 대한 두려움 때문이었는지도 모른다. 상황을 카디페에게 말하지 않고 함께 방으로 올라갈 때, 카는 이펙이 무언가, 그러니까 아주 기발한 말을 해서 자신을 포기하게 만들어 마음 편히 호텔에서 머물고 싶었다. 하지만 방에서 함께 창밖을 내다볼 때, 이펙은 같은 생각 같은 단어를 반복했을 뿐이다. '가지 마, 오늘은 호텔에서 나가지 마, 우리 행복을 위험 속에 던지지 마.'

카는 상상에 파묻힌 희생양처럼 그녀의 말을 들으며 창밖을 바라보았다. 마차가 마당으로 들어오자, 심장이 덜컥 내려앉았다. 이펙에게 키스도 하지 않았다. 하지만 그녀를 안고 작별인사를 하면서 방에서 나갔다. 로비에서 신문을 읽고 있던 두 명의 '경호병'에게 들키지 않고 부엌을 지나, 혐오해 마지않던 마차 위의 방수 덮개 밑으로 들어가 누웠다.

이 시점에서, 독자들은 카의 마차 여행이 그의 모든 인생을 돌이킬 수 없게 바꾸어놓을 것이고, 라지베르트의 부름을 수락한 것이 그에게 있어 어떤 전환점이 될 수 있도록 내가 계획하고 있다고 생각하지 말기 바란다. 나는 이런 생각을 가지고 있지 않다. 카의 앞에는 카르스에서 일어난 일들을 반대로 돌릴 수 있는, 그리고 '행복'이라는 것을 찾을 더 많은 기회가 나타날 것이다. 하지만 카는 사건들이 피할 수 없는 마지막 단계에 이른 후, 그곳에서 일어난 일을 몇 년 동안 후회하면서 혼자 평가했을 때, 만약 이펙이 카의 방 창문 앞에서 적당한 말을 할 수 있었더라면 라지베르트에게 가는 것을 포기했을 거라고 수백 번 생각했었다. 이펙이 무슨 말을 했어야 하는지에 대해서는 그 자신도 몰랐지만.

마차에 숨어 있는 카를 운명에 따르는 사람처럼 받아들이는 것이 타당할 것이다. 그는 그곳에 있는 것을 후회했다. 자신에게도, 세상에게도 화가 났다. 추웠다. 아플까봐 두려웠다. 그리고 라지베르트에게서는 그 어떤 좋은 일도 기대하지 않았다. 처음에 마차를 탔을 때처럼 거리와 사람들의 소리에 귀를 활짝 열었다. 하지만 마차가 자신을 카르스의 어디로 데리고 가는지에 대해서는 전혀 관심이 없었다.

마차가 멈추고 마부가 그를 꼭꼭 찌르자 방수 덮개 밑에서 나왔다. 자신이 어디에 있는지 전혀 알지 못한 채, 오래되고 낡아서 색이 바랜 형편없는 건물 안으로 들어갔다. 좁고 구불구불한 계단을 통해 이층으로 올라가니(앞에 신발들이 줄지어 놓인 문 사이로 반짝이는 아이들의 눈을 보았다는 것을 그는 즐거운 순간으로 기억할 터였다.) 열린 문이 나왔다. 그는 안으로 들어갔으며 그곳에서 한데와 마주쳤다.

"나 자신의 모습을 절대 포기하지 않기로 마음먹었어요."

한데가 말했다.

"중요한 건 당신이 행복해지는 거요."

"이곳에서 하고 싶은 것을 하는 게 날 행복하게 해요. 이젠 꿈속에서 내가 다른 사람이 되었다고 해도 두렵지 않아요."

"여기에 있는 것이 위험하지 않나요?"

"위험해요. 하지만 사람은 위험에 처했을 때만이 삶에 집중할 수 있어요. 저는 신을 믿지 않는 것에, 히잡을 벗는 것에 집중할 수 없다는 것을 알게 되었어요. 지금 라지베르트 씨와 이곳에서 이념을 공유할 수 있어서 아주 행복해요. 당신은 이곳에서 시를 쓰실 수 있으신가요?"

처음 이곳에 왔을 때 그녀와 만나 이야기를 나누었던 식탁이 기억에서 얼마나 멀리 있었던지, 카는 순간 모든 것을 잊은 사람처럼 그녀를 바라보았다. 한데는 라지베르트와 자신과의 친밀감을 얼마만큼 강조하고 싶었던 것일까? 그녀는 바로 옆에 있는 방문을 열었다. 카는 안으로 들어갔다. 라지베르트는 흑백텔레비전을 보고 있었다.

"당신이 올 거라고 믿었습니다."

라지베르트는 만족스러운 듯 말했다.

"내가 왜 이곳에 왔는지 모르겠군요."

"마음속의 불안감 때문이겠지요."

라지베르트는 모든 것을 알고 있다는 투로 말했다.

그들을 서로를 혐오하며 바라보았다. 라지베르트는 만족스러워하는 모습이 확연했고, 카는 후회하고 있음이 역력했다. 한데는 방에서 나가 문을 닫았다.

"카디페에게 오늘밤 있을 그 끔찍한 연극 무대에 나가지 말라고 말해 주십시오."

"파즐을 통해서 전할 수 있었을 텐데요?"

라지베르트의 얼굴을 보니 그는 파즐이 누구인지 알지 못하고 있었다.

"나를 여기로 보낸 신학고등학교 학생 말입니다."

"아, 그 친구. 카디페는 그의 말을 심각하게 받아들이지 않을 겁니다. 당신 이외에 그 누구도 중요하게 여기지 않으니까요. 카디페는 내가 이 문제에 대해 얼마나 확고한지를 당신에게서 들어야만 합니다. 그래야 받아들일 테니까요. 어쩌면 히잡을 벗지 말아야 한다고 스스로 결정을 내렸는지도 모르지요. 최소한 혐오스런 텔레비전 광고를 봤다면 말입니다."

"내가 호텔에서 나올 때 카디페는 벌써 예행연습을 시작하고 있던걸요."

카는 희열을 감추지 않고 말했다.

"내가 그것에 반대하고 있다고 그녀에게 전하십시오! 카디페가 히잡을 벗는 결정을 내린 것은 자신의 자유 의지가 아니라 내 목숨을 구하기 위한 처사였습니다. 그녀는 정치범을 인질로 삼은 정부와 거래를 했지요. 하지만 이제 그 약속을 실행에 옮길 의무는 없습니다."

"그녀에게 전해 주겠소. 하지만 그녀가 어떻게 할지는 모르겠군요."

"카디페가 자신의 의지에 따른다면, 당신은 거기에 아무 책임이 없다고 말하고 싶은 거군요. 그렇지요?"

카는 아무 말도 하지 않았다.

"카디페가 무대에 나가 히잡을 벗는다면 그건 당신 책임이기도 합니다. 이 거래를 한 사람은 당신이니까."

카르스에 온 이후 카는 처음으로 자신의 양심에 비추어 마음의 평안을 느꼈다. 악인은 결국 악인처럼 말을 했고, 이는 더 이상 그를 혼란스럽게 만들지 않았다. 라지베르트를 진정시키기 위해, "당신을 인질로 삼은 것은 사실이오!"라고 말했다. 그리고 그의 화를 돋우기 전에, 그곳에서 나가기 위해 어떻게 행동해야 할지를 구상했다.

"이 편지를 그녀에게 전해 주시오. 어쩌면 카디페가 구두 메시지를 믿지 않을지도 모르니."

라지베르트는 카에게 봉투 하나를 내밀었다.

"방법을 찾아 어느 날 프랑크푸르트로 되돌아간다면, 많은 사람이 많은 위험을 감수하고 서명한 그 성명문을 반드시 한스 한센에게 전하십시오."

"그러지요."

카는 라지베르트의 시선에서 뭔가 불만족스러운 모습을 보았다. 아침에 사형을 당할 죄수처럼 감방에 있을 때가 더 평화스러워 보였다. 목숨을 구했지만, 그에게는 이제 분노하는 것 이외에는 아무것도 할 수 없음을 아는 불행이 예정되어 있었다. 카는 라지베르트도 이 불행을 감지하고 있다는 것을 서서히 알게 되었다.

"당신이 어디에 살든지, 여기든 아니면 당신이 사랑하는 유럽에서든지, 당신은 그들을 모방하며 비굴하게 살아가게 될 것입니다."

"난 행복하기만 하면 됩니다."

"자, 가시오. 가!"

라지베르트는 소리를 질렀다.

"명심하십시오. 행복한 것만으로 만족하는 사람은 절대 행복할 수 없습니다."

38

절대 네 마음을
아프게 하려는 의도는 없었어

강요된 방문

카는 라지베르트에게서 멀어진 것이 기뻤다. 하지만 동시에 그와 자신을 연결하는 저주스런 끈이 있다는 것을 느꼈다. 그건 단순한 두려움이니 증오 이상의 끈이었다. 카는 방에서 나가자마자, 후회스럽게도 자기가 라지베르트를 그리워하리라는 것을 알게 되었다. 좋은 의도와 사려 깊은 태도로 자신에게 다가온 한데를 순진하고 단순하게 치부하려 했지만, 이러한 자만심은 얼마 지속되지 않았다. 한데는 눈을 크게 뜨고 카디페에게 안부를 전해 달라고 했다. 오늘밤 텔레비전에서 (그렇다, 극장이 아니라 텔레비전이라고 말했다.) 히잡을 벗든 그렇지 않든 자신의 마음은 항상 그녀와 함께 있다는 것을 알아주었으면 한다고 말했다. 카에게는 아파트 문에서 나간 후 사복 경찰의 주의를 끌지 않기 위해 어떤 길로 가야 하는지도 알려주었다.

카는 공포에 쌓인 조급한 마음으로 그 집에서 나왔다. 한 층 아래로 내려갔는데, 시가 떠올랐다. 그는 신발들이 줄지어 놓인 현관문 앞에 있는 첫 번째 계단에 앉았다. 호주머니에서 노트를 꺼내 시를 쓰기 시작했다.

이것은 카가 카르스에서 쓰기 시작한 열여덟 번째 시였다. 이 시가, 그가 인생에서 사랑과 증오라는 감정을 가졌던 사람들에 대한 암시였음을, 그가 혼자 끼적거린 글이 없었다면 아무도 이해할 수 없었을 것이다. 이스탄불에 있는 쉬쉬리 테라키 중학교 동창 중에 아주 부유한 건축회사의 아들이 있었다. 그 아이는 발칸 마술대회의 챔피언이었으며 아주 버릇이 없었다. 하지만 카를 사로잡을 만큼 독립적인 아이였다. 또 다른 아이는 카의 어머니의 고등학교 동창인 러시아인 여자의 아들이었다. 그 아이는 아버지가 없었으며 형제도 없이 자랐고, 고등학교 때 마약을 하기 시작했다. 그는 아무것도 바라지 않고, 모든 것을 아는 하얀 얼굴의 비밀스런 아이였다. 카가 투즈라에서 군복무를 할 때는, 옆 연대의 정렬에서 나와 카에게 나쁜 짓(예를 들면 카의 모자를 벗겨 감추는)을 하던 잘 생기고 조용하며 모든 일에 초연한 친구도 있었다. 카는 자신이 이 모든 사람들에게 비밀스런 사랑과 증오의 감정으로 연결되어 있다는 것을, 이 두 감정을 합쳐서 만들어낸 '비밀'이라는 제목을 통해 표현하려 했다. 그러나 머릿속의 혼란을 잠재우려고 애썼음에도 불구하고, 시는 더 심오한 문제를 드러내고 있었다. 이들의 영혼과 목소리들이 어느새 자신의 안에 들어와 있었던 것이다.

아파트에서 나왔을 때 카는 자신이 카르스 어디에 있는지 알 수가 없었다. 하지만 잠시 후 비탈길을 내려오자 할릿파샤 대로가 나오는 것을 보고는 본능적으로 뒤돌아 라지베르트가 숨어 있는 곳을 쳐다보았다.

호텔로 돌아올 때 곁에 경호병이 없었기 때문에 불안했다. 시청 건물 앞에서 자신에게 차량 한 대가 다가왔다. 문이 열리자 그는 멈춰 섰다.

"카 씨, 두려워하지 마시오. 우린 경찰청에서 나왔습니다. 당신을 호텔로 모셔다 드리겠습니다."

카는 경찰의 보호 없이 호텔로 돌아가는 것이 안전한지, 아니면 도시 한가운데서 경찰 차에 타는 모습이 남의 눈에 띄는 것이 안전한지를 계산하고 있었다. 그때 자동차의 다른 문이 열렸다. 순간 어딘가에서 본 적이 있는 것 같은 몸집이 큰 어떤 남자(이스탄불에 사는 먼 친척 아저씨. 그렇다, 마흐뭇 아저씨였다.)가 조금 전의 정중한 태도와는 전혀 어울리지 않는 완력으로 카를 자동차 안으로 끌어당겼다. 자동차가 출발하자 그들은 카의 머리를 두 번 주먹으로 쳤다. 아니면 차에 탈 때 머리를 부딪쳤나? 그는 아주 두려웠다. 자동차 안은 이상하게 어두웠다. 마흐뭇 아저씨가 아닌, 앞에 앉은 사람 중 하나가 아주 심한 욕설을 퍼붓고 있었다. 어렸을 때, 샤이르 니갸르 골목에 한 남자가 살았었다. 자신의 정원으로 공이 들어오면 그는 아이들에게 이렇게 심한 욕설을 했었다.

카는 입을 다물었다. 자신이 아이가 된 듯한 기분이었다. 자동차도 (그제야 기억이 났다. 카르스에 있는 사복 경찰의 차량처럼 르노 자동차가 아니라, 멋지고 넓은 셰브롤레 56이었다.) 불만스런 아이에게 벌을 주려는 듯, 카르스의 어두운 거리 속을 돌아다니다 어떤 마당으로 들어갔다. 그들은 카에게 "앞을 봐."라고 했다. 그의 팔을 잡고 계단 두 개를 올라갔다. 위에 도착했을 때 카는 운전사를 포함한 이 세 사람이 이슬람주의자가 아니라는 것을 (그들이 이런 차를 어디서 구할 것인가?) 확신했다. 그들은 국가 정보국 사람들도 아니었다. 왜냐하면 그들은, 최소한 일부는 수나이와 협력을 하고 있었기 때문이다. 문이 열리고 다시 닫혔다. 카는 아타튀르크 대로가 내다보이는 창 앞에 서게 되었다. 천장이 높은 오래된 아르메니아풍 집이었다. 방에는 텔레비전이 켜져 있었다. 더러운 접시들, 오렌지들 그리고 신문으로 꽉 찬 테이블 하나, 전기 고문용이라고 알고 있는 자석 발전기, 무전기 한두 대, 권총들, 꽃병들, 거울들. 자신이 특수작전팀의 손아귀에 걸려들었다고 생각하자 두려웠다. 하지만 방 끝에 있는 Z. 데미르콜과 눈이 마주치자 마음이 놓였다. 살인자일지라도 아는 얼굴이었기 때문이다.

Z. 데미르콜는 좋은 경찰 역할을 맡고 있었다. 그는 카를 이곳에 그런 식으로 데려온 것에 대해 유감을 표명했다. 카는 건장한 마흔 뭇 아저씨가 나쁜 경찰이라고 추측했기 때문에 Z. 데미르콜과 그의 물음에 귀를 기울였다.

"수나이가 뭘 하려는 거지?"

키드의 「스페인의 비극」을 비롯해 그가 아는 모든 것을 다 말했다.

"그 미친놈이 왜 라지베르트를 풀어줬어?"

카디페가 연극 무대에서 히잡을 벗게 만들기 위해서였다고 카는 말했다. 그리고 영감이 떠오른 순간에 아는 척하며 체스 용어를 사용했다. 이건 어쩌면 감탄 부호가 필요한 지나치게 용감한 '희생'이었다. 하지만 정치적 이슬람주의자들의 사기를 저하시키는 공격이기도 했다!

"그 처녀가 약속을 지킬 거라는 걸 어떻게 장담하지?"

카는 카디페가 무대에 나가겠다고 동의했지만, 이에 대해 그 누구도 확신을 할 수 없다고 말했다.

"라지베르트가 새로 숨어 있는 곳은 어디야?"

Z. 데미르콜이 물었다.

카는 자기도 모른다고 했다.

그는 왜 경호병이 없었으며, 어디에서 오는 길이냐고 물었다.

"저녁 산책을 하고 돌아가는 길이었습니다."

더 이상 대답하지 않자, 예상했던 것처럼 Z. 데미르콜은 조용히 방을 나갔다. 마흐뭇 아저씨는 적의에 찬 눈초리로 노려보며 그에게로 다가왔다. 그도 차의 앞좌석에 앉아 운전을 하던 사람처럼 입에 담을 수 없을 정도의 욕설을 알고 있었다. 그는 마치 아이들이 짠지 단지도 모르고 먹을 때마다 아무 생각 없이 마구 뿌리는 케첩처럼 말 끝마다 욕설을 퍼부으면서 카도 익히 알고 있는 정치적 해결 방안, 국가의 이익 문제를 언급하면서 카를 위협했다.

"이란에서 돈을 받고 살인을 일삼는 이슬람주의 테러리스트가 있는 장소를 도대체 왜 숨기는 거지? 그가 정권을 잡으면, 너같이 마음 약한 유럽 자유주의자들을 어떻게 할지 알고 있잖아, 그렇지?"

카는 알고 있다고 말했다. 하지만 마흐뭇 아저씨는 이란에서 이슬람 율법학자들이 권력을 잡은 후, 진에 자신들에게 협조했던 민주주의자들과 공산주의자들을 어떻게 태워 죽였는지를 침을 튀겨가며 설명했다. 엉덩이 사이에 다이너마이트를 끼워서 날려버렸고, 창녀들과 동성애자들을 총살시켰고, 종교 서적 이외의 모든 책들은 금지시켰고, 카처럼 점잖 빼는 지식인들의 머리를 빡빡 밀어놓고, 그 후에는 시답잖은 시집들을 가지고서는…… 그는 이 부분에서 다시 외설적인 말들을 쏟아 부은 후 지루하다는 표정을 지으며, 카에게 라지베르트가 숨어 있는 곳과 이 밤에 어디에서 돌아오는 길인지를 물었다. 카가 같은 대답을 하자 마흐뭇 아저씨는 다시 지루하다는 표정으로 카의 손목에 수갑을 채웠다.

"본때를 보여주지."

그는 열의 없이 분노도 없이 카의 얼굴에 주먹을 날리고, 따귀를 갈겼다. 구타가 시작되었다.

나는 그가 이후에 적은 글에서 이 구타에 대해 카가 별로 언짢아하지 않았다는 것을 보여주는 다섯 가지의 중요한 이유를 찾았다. 여기에 내가 그것들을 정직하게 쓰는 것에 대해, 바라건대 나의 독자들이 화를 내지 않았으면 한다.

1. 카의 머릿속에 있는 행복의 개념에 의하면, 자신에게 일어날 수 있는 좋은 일과 나쁜 일의 총량은 같았다. 지금 맞고 있는 매는 이펙과 프랑크푸르트에 갈 수 있다는 의미였다.

2. 통치 계급 특유의 직관에 따라, 그는 특수작전팀의 심문자들이 자신을 카르스에 있는 부랑자들이나 죄인들과는 구별하고 있음을 느낄 수 있었다. 그는 흔적이나 분노를 남길 정도의 더 많은 구타와 고문을 당하지는 않을 거라고 생각했다.

3. 지금 맞는 매는 이펙이 자신에게 더 많은 연민을 느끼게 해줄 거라고 생각했다.

4. 이틀 전 화요일 저녁 무렵 경찰청에서 그는 피투성이가 된 무흐타르의 얼굴을 보았다. 그는 육체의 고통이 비참한 조국의 현실에 대한 죄의식을 정화시킬 수 있을 거라고 생각했었다. 바보처럼 그런 상상을 하고 있었다.

5. 구타를 당하고 심문을 받으면서도, 숨어 있는 장소를 말하지 않는 진짜 정치범이라는 자긍심이 그의 마음을 채우고 있었다.

이 마지막 이유는 20년 전이었다면 카를 더욱더 만족스럽게 했을 것이다. 하지만 지금은 옛일이 되어버렸고, 자신의 상황은 우스울 뿐이었다. 코에서 흘러내리는 피도 입가의 짠맛과 함께 어린 시절을 상기시켰다. 마지막으로 언제 코피가 났었지? 마흐뭇 아저씨와 동료들은 반쯤 어두운 방구석에 있는 자신을 잊고 텔레비전 앞에 모여 있었다. 카는 어렸을 때 창문이 닫히면서 코가 끼었던 기억, 코로 공이 날아온 일, 군대 시절 난투를 벌일 때 코에 주먹이 날아왔던 사건 등을 생각했다. 날이 어두워지자 Z. 데미르콜과 동료들은 텔레비전 주위에 모여 연속극 「마리안나」를 보았다. 카는 그곳에서 코피를 흘리며, 구타와 모욕을 당하고 아이처럼 잊혀진 존재가 되었다는 데 만족했다. 한때 자기 몸을 수색해 라지베르트의 편지를 발견하면 어쩌지, 하고 당황하기도 했지만. 오랫동안 조용히 죄의식을 느끼며, 투르굿 씨와 딸들도 그 연속극을 보고 있을 거라고 생각하며, 카는 그들과 함께 연속극을 시청했다.

중간 광고 시간에 Z. 데미르콜이 의자에서 일어나 테이블 위에 있는 자석 발전기를 집어 들고는 카에게 보여주면서 그것이 어디에 쓰이는지 아느냐고 물었다. 카가 내답을 하지 않자 그 용도를 말해 주고는 몽둥이로 아이를 위협하는 아버지처럼 잠시 입을 다물었다.

"내가 마리안나를 왜 좋아하는지 아나?"

연속극이 다시 시작하자 Z. 데미르콜이 물었다.

"그녀는 자신이 뭘 원하는지 알거든. 너 같은 지식인들은 자신이 뭘 원하는지 모르기 때문에 날 짜증나게 만들지. 그들은 민주주의자라고 말하면서 이슬람 원리주의자들과 협력을 하거든. 인권이 중요하다며 살인자 테러리스트들과의 협상을 주관하지. 유럽을 존경한다고 말하면서 서양의 적인 이슬람주의자들에게 아부를 하는가 하면, 페미니즘을 주장하면서 여자들에게 히잡을 쓰게 만드는 남자들을 지지하지. 자신의 사고와 양심에 따라 행동하지도 않으면서, 유럽인이 어떻게 행동하든지 '그들처럼 해야지.' 라고 생각해. 유럽인도 되지 못하면서! 유럽인이 어떻게 하는지 알아? 당신들의 그 멍청한 성명서를 한스 한센이 신문에 싣는다면, 유럽인들이 이를 진지하게 받아들여 카르스에 대표단을 보낼 거라고 생각하겠지? 우리나라를 정치적 이슬람주의자들의 손에 넘기지 않았다고 하여 그 대표단은 먼저 군대에 감사를 하겠지. 하지만 그놈들은 유럽으로 돌아가는 즉시 카르스에는 민주주의가 없다고 불평을 할 거야. 당신들은 군대에 대해 불평을 하면서도, 이슬람주의자들이 당신들을 토막내어 죽이지 않았으면 하는 마음에서 군대를 지지하기도 해. 너는 이러한 것들을 모두 알고 있지. 그러니 네게 고문을 하지는 않겠어."

이제 '좋은 경찰'의 순서가 온 것이다. 카는 잠시 후 풀려나 투르굿 씨와 딸들에게 돌아가 연속극의 끝 부분을 함께 볼 수 있을 거라고 생각했다.

"하지만 널 호텔에 있는 애인에게 보내기 전에, 네가 거래를 했고 비호하고 있는 그 살인자 테러리스트에 대해 명심하라는 의미로 한두 가지를 말해 두겠다. 먼저 이 사무실에 있었다는 사실을 잊어버리도록 해. 우리도 한 시간 내에 여기에서 철수할 테니까 말야. 우리의 새 본부는 이슬람 신학고등학교 기숙사의 맨 위층에 있다. 거기에서 기다리지. 라지베르트가 어디에 숨어 있는지, 조금 전에 어디에서 '저녁 산책'을 했는지 기억이 나면 우리와 그 정보를 나누고 싶어할 수도 있으니까. 수나이가 아직 제정신이었을 때 네게 말했을 거야. 너의 그 잘생긴 군청색 눈의 영웅은 우리의 예언자를 비방한 멍청한 텔레비전 아나운서를 잔인하게 죽였고, 네 눈으로 본 교육원장의 사살 또한 그가 조작했다는 걸 말야. 하지만 국가 정보국의 도청 전문가들이 세세하게 기록을 하고 있고, 어쩌면 네가 마음의 상처를 받지 말았으면 해서 아직까지 네게 말하지 않은 것이 하나 있지. 난 이걸 네게 알면 좋을 거라고 생각해."

우리는 지금, 카가 이후의 4년 동안, 마치 영화의 필름을 뒤로 감는 영사 기술자처럼 인생을 뒤로 돌려, 그 이후의 상황이 다른 식으로 전개되었다면 좋았을 거라고 생각했던 시점에 도달해 있다.

"네가 프랑크푸르트에 함께 가 행복을 꿈꾸는 이펙은 한때 라지베르트의 정부였어."

Z. 데미르콜은 부드러운 목소리로 말했다.

"여기 앞에 있는 파일에 의하면 그들의 관계는 지금으로부터 4년 전에 시작되었지. 그 당시 이펙은, 이틀 전 시장 후보 직에서 자발적으로 물러난 무흐타르와 결혼한 상태였지. 그 아둔한 옛 좌익주의자 시인은, 미안하군, 경탄해 마지않던 라지베르트가 카르스에 있는 청년 이슬람주의자들을 조직화해 줄 거라는 기대감에 빠져 그를 자기 집에서 머물게 했지. 자신이 전자제품 가게에서 전기난로를 팔 때 집에서 아내와 은밀한 관계를 맺고 있다는 것을 가련하게도 전혀 눈치 채지 못하면서 말이야."

'이건 미리 계획된 말들이다. 그는 거짓말을 하고 있어.'

카는 생각했다.

"이 밀애를 맨 처음 눈치 채게 된 건, 물론 국가 정보국 도청 전문가 다음으로 말야, 카디페였어. 남편과 사이가 좋지 않았던 이펙은 대학에 다닐 동생이 온다는 핑계로 그와 떨어져 새 집에서 살게 되었지. 라지베르트는 그래도 가끔 '청년 이슬람주의자들을 조직하기' 위해 이 도시에 왔고, 여전히 그를 선망하는 무흐타르 집에서 머물렀지. 카디페가 학교에 가면 눈에 뵈는 게 없는 이 연인들은 그녀가 새로 이사한 집에서 만나곤 했었지. 이 관계는 투르굿 씨가 이 도시로 오고, 아버지와 두 딸이 카르팔라스 호텔에 정착할 때까지 지속되었지. 그 후 언니의 자리를 히잡 착용 여성들의 대열에 동참하게 된 카디페가 대신하게 되었지. 이사이 우리의 군청색 눈동자 카사노바 씨께서 이 두 자매 사이에서 양다리를 걸쳤던 기간도 있었어. 이와 관련된 증거도 우리 손에 있고."

카는 모든 자제력을 사용하여 글썽이는 눈을 Z. 데미르콜의 눈과 마주치지 않도록 했다. 자신이 앉아 있던 자리에서 처음부터 끝까지 보인다는 것을 그제서야 알게 된, 눈 덮인 아타튀르크 대로의 슬픈 듯 깜박거리는 가로등에 시선을 고정시켰다.

"네가 마음이 약하기 때문에 그러는 거 알아. 하지만 그 살인마를 숨기는 것이 얼마나 잘못된 일인지를 깨달아야지."

Z. 데미르콜은 모든 특수작전팀 요원들이 그러하듯이 나쁜 짓을 할수록 언변이 더 좋아지고 있었다.

"절대 네 마음을 아프게 하려는 의도는 없었어. 하지만 여기에서 나간 후 어쩌면 넌 내가 말한 이 모든 것들이 최근 40년 동안 카르스를 도청기로 도배한 도청 팀들의 노력의 결과로 얻은 정보가 아니라, 내가 꾸며낸 허튼 소리라고 생각할 수도 있겠지. 어쩌면 이펙은 프랑크푸르트에서의 행복한 날들을 더럽히지 않기 위해 모든 것이 거짓말이라며 널 억지로 믿게 만들 거야. 넌 마음이 약하지. 네 심장이 견딜 수 없을지도 몰라. 하지만 내가 말한 것들이 사실이라는 것을 의심하지 않도록, 우리 정부가 그 많은 비용을 들여 녹음하고 이후에 비서들에게 타이핑을 치게 한 그들의 사랑의 대화들을, 허락한다면 조금 읽어주지.

예를 들면 이펙은 '내 사랑, 내 사랑, 당신 없이 지낸 날들은 사는 것이 아니었어요.' 라고 말했어. 4년 전, 8월 16일 어느 더운 여름날이었지. 이건 어쩌면 그들이 처음으로 헤어져 있었을 때일 거야. 두 달 후, 라지베르트가 '이슬람과 여성의 사적 영역' 이라는 제목 하에 연설을 하기 위해 이 도시에 왔을 때, 그는 그녀에게 구멍가게, 찻집 등에서 하루에 정확히 여덟 번 전화를 했고 그들이 서로 얼마나 사랑하고 있는지를 말했지. 두 달 후 그와 함께 도망칠 생각을 하다가 결정을 내리지 못하고 있던 이펙은 그에게 '모든 사람의 인생에는 오로지 단 한 명의 애인이 있는데, 자신의 애인은 그' 라고 말하고 있지. 이스탄불에 있는 그의 부인 메르주카를 질투하느라, 아버지가 집에 있을 때는 사랑을 나눌 수 없다고 라지베르트에게 말하기도 했어. 그리고 마지막으로 최근 이틀 동안 그는 그녀에게 세 번 더 전화를 했군! 어쩌면 오늘 했을 수도 있지. 그들이 무슨 이야기를 나누었는지 이펙에게 물어보지 그래. 미안하군, 이 정도면 충분할 것 같아. 제발 울지 마. 내 동료들이 수갑을 풀어줄 거야. 얼굴을 씻어. 원한다면 호텔까지 데려다주지."

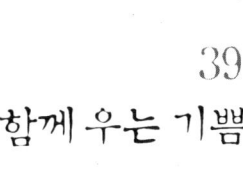

39

함께 우는 기쁨

카와 이펙, 호텔에서 만나다

카는 걷고 싶었다. 코에서 입술과 턱으로 흐르는 피와 얼굴 전체를 물로 충분히 씻었다. 자신이 원해서 온 사람처럼 아파트에 있던 산적들과 살인자들에게 좋은 의도로 "안녕히 계십시오."라고 말한 후 밖으로 나왔다. 아타튀르크 대로의 희미한 가로등 불빛 아래서 술에 취한 사람처럼 비틀거리며 걷기 시작했다. 아무 생각 없이 할릿파샤 대로로 접어들어 잡화상점에서 다시 펩피노 디 카프리의 노래 「로베르타」를 듣고는 엉엉 울기 시작했다. 사흘 전에 에르주룸발 카르스행 버스에서 옆 좌석에 앉았던 마르고 잘생긴 남자를 만난 것이 바로 그때였다. 카는 그만 잠이 들어 머리를 그의 가슴에 파묻는 사태가 발생했었다. 카르스 전체가 여전히 「마리안나」를 시청하는 동안 카는 할릿파샤 대로에서 먼저 변호사 무자페르 씨를 만났다. 그 후에 들어선 캬즘 카라베키르 대로에서는 교주 사데띤 집회소에 처음 갔을 때 보았던 버스회사 사장과 그의 늙은 친구와 부딪혔다. 자신의 눈에서 여전히 눈물이 흐르고 있다는 것을 이 사람들의 시선에서 알 수 있었다. 며칠 동안 이 거리들을 왕래할 때 지나쳤던 얼음 낀 진열장, 사람들로 꽉 차 있던 찻집, 한때 찬란했던 도시의 영광을 상기시키는 사진관, 깜박이는 가로등, 동그란 치즈들을 진열해 놓은 구멍가게 진열장, 캬즘 카라베키르 대로와 카라다으 대로의 모퉁이에 있는 사복 경찰들을 이제는 보지 않아도 알 수 있었다.

호텔에 들어가기 전 두 명의 경호병을 보았다. 그는 아무 문제도 없다고 말하면서 그들을 진정시켰다. 누구의 눈에도 띄지 않도록 애를 쓰며 방으로 올라갔다. 침대로 몸을 던지자마자 눈물이 흐르기 시작했다. 꽤 오랜 시간이 흐르자 울음이 멈췄다. 도시의 소리를 들으며 1, 2분 동안 누워 있었다. 어린 시절에 경험하는, 끝날 것 같지 않은 기다림처럼 길게 느껴지는 시간이었다. 누군가 방문을 두드렸다. 이펙이었다. 종업원 아이를 통해 카가 좀 이상하다는 말을 들은 후 즉시 올라왔던 것이다. 불을 켜고 카의 얼굴을 본 그녀는 경악을 하며 입을 다물었다. 오랜 정적의 시간이 흘렀다.

"라지베르트와 너와의 관계를 알게 되었어."

카는 속삭였다.

"그 사람이 얘기한 거야?"

카는 불을 껐다. 그리고 다시 속삭이며 말했다.

"Z. 데미르콜과 동료들이 날 납치했어. 4년 동안 너희 둘의 전화 통화를 도청하고 있었다더군."

그는 다시 침대로 몸을 던졌다.

"죽고 싶어."

그러고는 울기 시작했다.

그의 머리를 쓰다듬는 이펙의 손이 그를 더욱더 울게 만들었다. 그의 마음속에는 어떤 상실감과 함께 어차피 절대 행복할 수 없을 거라는 결론을 내리는 사람의 편안함도 있었다. 이펙도 침대에 누워 그를 안았다. 한동안 함께 울었다. 이는 그들을 더욱더 가깝게 만들었다.

이펙은 어두운 방에서 카의 질문에 대답해 주었다. 모든 것이 무흐타르의 잘못이라고 했다. 라지베르트를 카르스로 불러 자신들의 집에 머물게 했을 뿐만 아니라, 아내가 아름다운 여자라는 것을 자신이 선망하는 정치적 이슬람주의자가 동의해 주었으면 했던 것이다. 게다가 그 당시 무흐타르는 이펙에게 아주 못되게 굴었고, 아이가 없다는 것을 그녀의 잘못으로 돌리고 있었다. 카도 아는 것처럼 말솜씨가 좋은 라지베르트에게는 불행한 여자가 위로를 받고 혼을 빼앗길 많은 매력들이 있었다. 관계가 시작되자 이펙은 나쁜 상황에 빠지지 않으려고 안간힘을 썼다! 먼저 자신이 사랑하고 상처받기를 바라지 않았던 무흐타르가 그 상황을 눈치 채지 못하도록. 나중에는 갈수록 타오르는 사랑에서 벗어나기 위해. 처음에 라지베르트에게 매력을 느낀 것은 무흐타르와 비교해 그가 우월하다는 점 때문이었다. 전혀 모르는 정치 문제에 관해 무흐타르가 이치에 맞지 않게 말을 하면 그가 부끄러웠다. 그는 라지베르트가 없는 자리에서 끊임없이 그를 칭찬했으며, 그가 더 자주 카르스에 와야 한다고 말하곤 했다. 라지베르트에게 더 잘 해주고, 더 진심으로 대하라며 이펙을 꾸짖기도 했다. 카디페와 다른 집에서 살기 시작한 이후에도 무흐타르는 그 상황을 눈치 채지 못했다. 만약 Z. 데미르콜 같은 사람들이 아직 그에게 아무것도 말해 주지 않았다면 앞으로도 절대 눈치 채지 못할 것이라고 했다. 하지만 눈치 빠른 카디페는 그녀가 카르스에 온 첫날부터 모든 것을 알았다. 그리고 오로지 라지베르트와 가까워지기 위해 히잡을 쓴 소녀들에게 다가갔다. 이펙은 어린 시절부터 너무나 잘 알고 있던 카디페가 질투심 때문에 라지베르트에게 관심을 갖는다는 것을 느꼈다. 라지베르트도 그 관심에 대해 호감을 갖는 것을 보고는 그에 대한 마음이 식어버렸다. 이펙은 라지베르트가 카디페에게 관심을 가지면 그에게서 벗어날 수 있을 거라고 생각했으며, 아버지가 카르스에 온 이후로는 그에게서 멀어지는 데 성공했다. 카는 어쩌면, 라지베르트와 이펙 사이의 관계를 과거의 잘못으로 치부하는 이 이야기를 믿을 수도 있었을 것이다. 하지만 이펙은 무심결에 흥분해서는, "라지베르트는 실은 카디페가 아니라 날 사랑해."라고 말했다. 카는 절대 듣고 싶지 않았던 이 말을 들은 후 이펙에게 지금은 그 '추잡한' 놈에 대해 어떻게 생각하느냐고 물었다. 그녀는 이제는 그 문제에 대해 말하고 싶지 않으며, 모든 것이 과거지사이고, 카와 독일에 가고 싶다고 말했다. 카는 라지베르트가 최근에 이펙과 전화 통화를 했다는 말을 기억해 냈다. 이펙은 그런 일은 없었으며, 라지베르트 역시 자신이 전화를 한다면 은신처가 노출될 거라는 생각은 할 수 있을 정도로 정치적 경험이 있는 사람이라고 말했다. 그때 카는 말했다.

"우린 절대 행복할 수 없을 거야!"

"아니야, 우린 프랑크푸르트에 갈 테고 거기서 행복할 거야."

이펙은 카를 껴안으며 말했다.

이펙에 따르면 그 순간 카는 그 말을 믿었고, 이내 다시 울기 시작했다.

이펙은 그를 꼭 껴안고는 함께 울었다. 훗날 카는 서로 안고 우는 것은, 패배감과 새로운 인생 사이에 있는 이 불확실한 지역에서 함께 배회하는 것은, 사람에게 고통만큼이나 희열 또한 준다는 것을 그때 어쩌면 처음으로 알게 되었다고 쓸 것이다. 서로 안고 울 수 있었기 때문에 그녀를 더욱더 사랑하게 되었다. 온 힘으로 이펙을 안고 울면서도, 머리 한구석으로는 이후에 해야 할 일을 생각했다. 6시가 가까워지고 있었다. 《국경 도시 신문》의 내일 자 기사는 완성되었다. 사르카므시 거리에서는 제설차들이 길을 뚫기 위해 맹렬하게 일하고 있었다. 푼다 에세르가 그녀의 매력을 동원해 군용트럭에 태워 밀렛 극장으로 데리고 간 카디페는 그곳에서 이미 수나이와 예행연습을 시작하고 있었다.

   카는 라지베르트가 카디페에게 메시지를 보냈다는 것을 30분 후에야 겨우 이펙에게 말할 수 있었다. 이 시간까지 그들은 서로 껴안고 울고 있었다. 카가 시도했던 잠자리는 두려움, 우유부단함 그리고 질투 때문에 도중에 끝나게 되었다. 카는 이사이 이펙에게 라지베르트를 마지막으로 본 것이 언제였는지 물었다. 그녀가 매일 몰래 라지베르트와 통화를 하고, 만나고, 매일 그와 사랑을 나눈다는 상상에 사로잡혀, 반복하여 묻기 시작했던 것이다. 이러한 질문과 주장에 대해 이펙은 처음에는 자신을 믿지 않는다는 이유로 화를 내며 대답했다. 하지만 이후에는 그의 말이 합리적이지 않고 감정적인 영향이 있다는 것을 감안하여, 그에게 더 다정하게 대했다. 카는 한편으로는 그녀가 자신에게 다정하게 대하는 것에 희열을 느끼고 있었고, 다른 한편으로는 자신의 주장들과 질문들로 이펙을 고통스럽게 했다는 것이 좋았다고 기억했다. 인생의 마지막 4년 동안 많은 시간을 후회와 자책으로 보낸 카는, 말로써 남을 괴롭히는 습관을 누군가가 그에게 느끼는 사랑의 힘을 측정하는 한 방법으로 평생 사용했다는 것을 스스로에게 고백했다. 이펙에게 라지베르트를 더 사랑하느냐고, 실은 라지베르트를 원하지 않느냐고 강박적으로 물으면서도, 카는 실상은 이펙이 할 대답보다는 그녀가 자신을 얼마나 더 견뎌낼 수 있는지를 궁금해했다.

"내가 그와 관계를 가졌기 때문에 날 벌하는 거지?"

이펙이 말했다.

"넌 그를 잊기 위해 날 원하고 있어!"

카가 말했다. 이펙의 얼굴은 두렵게도 이 말이 사실이라는 것을 말하고 있었다. 카는 이번에는 울지 않았다. 어쩌면 너무나 많이 울었기 때문에 힘이 생겼을 수도 있었다.

"라지베르트가 은신처에서 카디페에게 메시지를 보냈어. 카디페보고 약속을 파기하고 무대에 나가지 말라는군. 히잡도 벗지 않기를 바라고 있어. 아주 완고해."

"그 말을 카디페에게 전하지 않기로 해."

"왜?"

"그러면 수나이가 우릴 끝까지 보호해 줄 거야. 그리고 카디페에게도 좋을 거야. 난 내 동생이 라지베르트와 멀어지길 바라."

"그게 아니겠지. 넌 그들 사이를 갈라놓고 싶은 거겠지."

질투 때문에 이펙이 자신을 더더욱 낮게 평가하고 있음을 눈으로 보고 있었지만, 그래도 자신을 제어할 수가 없었다.

"그와의 계산은 아주 오래전에 끝났어."

카는 이펙의 말에서 풍기는 거친 분위기로 봐서 그 말이 진심이 아니라고 생각했다. 하지만 자신을 제어하고는 이 생각을 이펙에게 말하지 않기로 했다. 하지만 잠시 후 창밖을 보며 이를 말하고 있는 자신을 발견했다. 질투와 분노를 통제할 수 없는 자신을 보는 것이 카를 더욱더 슬프게 만들었다. 울 수도 있었지만 이펙의 대답이 기다려졌다.

"그래, 한때 그를 사랑했었어. 하지만 지금은 대부분 잊었어. 난 너와 프랑크푸르트에 가고 싶어."

"그를 얼마나 많이 사랑했는데?"

"아주 많이."

이펙은 단호하게 말하고는 입을 다물었다.

"아주 많이 어떻게?"

침착함을 잃은 카는, 이펙이 사실을 말할 것인가, 카를 위로할 것인가, 그의 마음속에 있는 사랑의 고통을 나눌 것인가, 아니면 카의 마음을 아프게 할 것인가를 두고 갈팡질팡했다.

"이 세상 누구보다도 더."

이펙은 눈길을 피하며 말했다.

"어쩌면 네 남편 무흐타르 이외에 다른 남자를 몰랐기 때문일 수도 있어."

이 말을 한 것이 후회가 됐다. 단지 그녀의 마음을 아프게 할 것이기 때문이 아니라, 이펙이 모진 대답을 할 것임을 느꼈기 때문이다.

"어쩌면 내가 터키 여자이기 때문에 남자들과 친할 기회가 많이 없었기 때문일 수도 있어. 넌 아마 유럽에서 자유로운 여자들과 많이 만났을 거야. 네게 그녀들에 대해 한 마디도 묻지 않겠어. 하지만 그녀들이 너에게 가르쳐주지 않았니? 그녀들이 과거에 만났던 애인들을 인정하라고 말야."

"난 터키 남자야."

"그 말은 대부분 나쁜 것에 대한 구실이나 변명으로 사용되지."

"그래서 난 프랑크푸르트로 돌아갈 거야."

자신이 하는 말을 믿지도 않으면서 카는 이렇게 말했다.

"나도 너와 함께 갈 거야. 그리고 우린 거기서 행복해질 거야."

"넌 그를 잊기 위해 프랑크푸르트에 가길 원하는 거야."

"함께 프랑크푸르트에 간다면 얼마 지나지 않아 널 사랑할 거라고 느껴. 난 너 같지 않아. 이틀 만에 누구를 사랑할 수는 없어. 인내하며, 터키 남자의 질투로 내 가슴에 상처를 입히지 않는다면 널 깊이 사랑할 거야."

"지금은 날 사랑하지 않잖아. 여전히 라지베르트를 사랑하고 있잖아. 그를 그렇게나 특별하게 여기는 이유가 뭐야?"

"그렇게 물어봐 줘서 기뻐. 하지만 나의 대답에 네가 어떤 반응을 보일지 두려워."

"두려워하지 마."

카는 자신이 하는 말을 믿지도 않으면서 말했다.

"널 많이 사랑해."

카가 말했다.

"나도 내가 할 말을 들은 후에 여전히 날 사랑해 줄 남자와 살고 싶어."

이펙은 잠시 입을 다물었다. 그러고는 카에게서 눈을 돌려 눈 덮인 거리를 바라보았다.

"라지베르트는 아주 자비롭고 사려 깊고 관대하지."

그녀는 따스한 목소리로 말했다.

"그는 그 누구도 고통을 당하는 것을 원하지 않아. 한번은 어미가 죽은 강아지 새끼가 불쌍하다며 밤새 눈물을 흘렸어. 날 믿어, 그는 아주 특별해."

"그는 살인자야."

카는 절망하며 말했다.

"내가 아는 것의 10분의 1정도만이라도 그를 아는 사람이라면 그 말이 얼마나 엉뚱한 생각이라는 것을 알고 웃을 거야. 그는 어린아이 같은 사람이야. 아이처럼 놀이와 상상을 좋아하고 흉내를 잘 내지.『왕의 서』,『마스나비』에 나오는 이야기를 해주곤 했어. 그의 속에서는 다양한 사람이 있어. 의지가 강하고, 영리하며, 단호하고, 아주 강한 사람이야. 그리고 재미있기도 해…… 아, 미안해, 제발 울지 마. 이제 그만 울어."

카는 잠시 울음을 멈췄다. 그리고 이제는 프랑크푸르트에 함께 가는 것을 믿지 않는다고 말했다. 가끔 카의 흐느낌이 멈출 때마다 방에는 길고 이상한 정적이 흘렀다. 카는 침대에 누워 창에 등을 돌리고는 아이처럼 웅크렸다. 잠시 후 이펙도 그의 곁에 누워 뒤에서 그를 안았다.

카는 그녀에게 "날 혼자 내버려둬."라고 말하고 싶었다. 하지만 "더 꼭 안아줘."라고 속삭였다.

눈물로 젖은 베개가 뺨에 닿는 느낌이 카의 마음에 들었다. 이펙이 자신을 안고 있다는 것을 느끼는 것도 좋았다. 그는 잠이 들고 말았다.

그들이 잠에서 깨어났을 때는 7시였다. 문득 둘 다 자신들이 행복해질 수 있다는 것을 느꼈다. 서로의 얼굴을 쳐다볼 수 없었지만, 화해하기 위한 구실을 찾고 있었다.

"신경 쓰지 마, 알았지? 잊어버려."

이펙이 말했다.

카는 순간 이 말이 절망의 신호인지, 아니면 과거를 잊을 거라는 믿음의 신호인지 알 수가 없었다. 이펙이 나가려 한다고 생각했다. 프랑크푸르트로 이펙 없이 돌아간다면 과거의 불행한 일상생활마저도 시작할 수 없으리라는 걸 카는 잘 알고 있었다.

"가지 마, 조금 더 앉아 있어."

카는 조급하게 말했다. 불안감을 주는 이상한 정적이 흐른 후 그들은 서로를 껴안았다.

"아, 아, 앞으로 우린 어떻게 될까?"

"모든 것이 잘될 거야. 날 믿어."

이펙이 말했다.

카는 아이처럼 이펙의 말을 믿고 싶었다. 그러면 자신의 머릿속을 채우고 있는 악몽에서 벗어날 수 있을 것만 같았다.

"같이 가자. 프랑크푸르트에 가져갈 물건들을 보여줄게."

이펙이 말했다.

방에서 나가자 카는 한결 기분이 나아졌다. 계단을 내려갈 때 잡았던 이펙의 손을 투르굿 씨의 거처로 들어가기 전에 놓았다. 로비를 지나갈 때 그곳에 있던 사람들이 그 둘을 '커플'처럼 바라보는 것을 느끼자 카는 자랑스러웠다. 그들은 곧장 이펙의 방으로 갔다. 이펙은 카르스에서는 입지 못했던 몸에 꽉 끼는 푸른색 스웨터를 서랍에서 꺼내 들었다. 그리고 나프탈렌을 털어낸 후, 거울 앞으로 다가가 몸에 대보았다.

"입어봐."

카가 말했다.

이펙은 입고 있던 헐렁한 양모 스웨터를 벗었다. 블라우스 위에 몸에 꽉 끼는 스웨터를 입은 그녀의 아름다움에 카는 다시금 감탄했다.

"죽을 때까지 날 사랑할 거야?"

카가 말했다.

"응."

"무흐타르가 집에서만 입게 했던 벨벳 드레스를 입어봐."

이펙은 옷장을 열고는 검은 벨벳 드레스를 옷걸이에서 꺼냈다.

"날 그런 눈으로 보는 게 맘에 들어."

거울 속에서 카와 눈이 마주치자 이펙은 이렇게 말했다.

카는 그녀의 길고 아름다운 등을, 머리칼 숱이 적은 민감한 목덜미를, 그리고 조금 밑에 있는 등뼈의 그늘을, 흥분과 질투심에 가득 차 바라보았다. 포즈를 취하기 위해 손으로 머리칼을 잡고 올리자 어깨 아래가 보조개처럼 움푹 들어갔다. 카의 마음속엔 행복감과 괴로움이 공존했다.

"오, 그 옷은 뭐냐!"

이렇게 말하며 투르굿 씨가 방으로 들어왔다.

"파티에 갈 준비를 하는 게냐?"

하지만 즐거운 표정은 아니었다. 카는 이것을 아버지의 질투심이라고 해석하고는 기분이 좋아졌다.

"카디페가 간 후에 텔레비전에 나오는 발표들이 더 공격적으로 변했단다. 카디페가 그 연극에 출연하는 것은 아주 잘못된 일이야."

"아버지, 카디페가 히잡 벗는 것에 왜 반대하세요?"

그들은 함께 텔레비전이 있는 거실로 갔다. 잠시 후 화면에 나타난 아나운서는 저녁 생방송 프로그램에서, 우리의 사회적 정신적 삶을 비관적으로 만든 비극을 끝낼 거라고 선언했다. 카르스인들은 현대적인 삶을 향하게 될 것이고, 남녀평등을 방해하는 종교적 편견으로부터 해방될 거라고 했다. 무대에서 삶과 연극이 하나가 되는 마술적인 역사의 순간을 한 번 더 경험할 것이라고 말했다. 그리고 카르스인들은 무료로 입장할 수 있는 이번 연극 공연은 안전할 것이며, 경찰청과 계엄 사령부가 이미 모든 안전 조치를 취했다고 덧붙였다.

예전 인터뷰라는 것이 확실한 화면에 경찰서 부서장 카슴 씨가 나타났다. 쿠데타가 일어났던 밤에 헝클어졌던 머리는 말끔히 정돈돼 있었다. 깨끗하게 다림질 된 셔츠를 입고 있었고, 넥타이도 매고 있었다. 그는 주저하지 말고 오늘밤의 위대한 예술 공연에 참석하라고 말했다. 벌써부터 많은 신학고등학교 학생이 경찰청을 방문해서, 문명국가와 유럽에서 그러하듯이, 질서 있고 예의바르고 온건하게 행동하겠다는 약속을 했다고 말했다. '이번에는' 그 어떤 과격 행위나 거친 행동을 허락하지 않겠으며, 수천 년의 문화유산을 자랑하는 카르스인들은 적절한 연극 관람 태도를 숙지하고 있을 거라며 화면에서 사라졌다.

그 뒤를 이어 같은 아나운서가 나와 오늘밤 공연될 비극 작품에 대해 언급했다. 그는 주연인 수나이 자임이 이 연극을 위해 오랫동안 준비해 왔다고 말했다. 나폴레옹, 로베스피에르, 레닌의 역할을 했을 당시의 포스터들, 그의 흑백 사진들(푼다 에세르는 한때 얼마나 날씬했던가!), 그 부부가 한 가방에 넣고 들고 다녔을 거라고 생각되는, 연극에 관련된 추억들(오래된 티켓들, 프로그램들, 아타튀르크 역할에 수나이가 거론되던 시절의 신문 기사들, 아나톨리아 순회공연 당시의 가련한 모습들)이 화면에 나타났다. 이 선전용 프로그램은 국영 텔레비전에서 보여주는 예술 다큐멘터리를 연상시키는 지루한 면이 있었다. 하지만 최근에 찍은 것으로 보이는 수나이의 멋진 사진들은 철의 장막으로 둘러쳐진 나라의 대통령들이나 아프리카와 중동의 독재자 같은 허름하지만 단호한 분위기를 자아내고 있었다. 카르스 사람들은 아침부터 저녁까지 텔레비전에서 나오고 있는 수나이가 자신들의 도시에 평온을 가져다주었다고 벌써부터 믿고 있었다. 자신들을 그의 국민처럼 느끼고, 마술적으로 자신들의 미래에 믿음을 갖기 시작했다. 80년 전, 오스만 제국과 러시아 군대가 도시에서 물러난 후 아르메니아인들과 터키인들이 서로 반목을 일삼던 시기가 있었다. 그 당시 국기가 가끔씩 화면에서 눈에 띄기 시작했다. 어디서 그것을 찾았을까? 좀이 슬어 구멍이 숭숭 난 그 얼룩진 국기가 화면에 나타나자 투르굿 씨는 아주 불안해졌다.

"저 남자는 미쳤어. 우리 모두를 재앙으로 이끌고 가고 있어. 카디페는 절대 무대에 나가면 안 돼!"

"예, 나가면 안 돼요. 하지만 이것을 아버지의 생각이라고 하면, 아버지도 알잖아요, 카디페는 더 고집을 피우며 오기로 히잡을 벗을 거예요."

"그러면 우린 어떻게 해야 하지?"

"카가 당장 극장으로 가서, 무대에 나가지 말라고 카디페를 설득해야 해요."

이펙은 카를 보며 기대에 차 말했다.

오랫동안 텔레비전이 아니라 이펙을 바라보고 있던 카는 그녀의 생각의 변화가 무엇의 결과인지를 이해하지 못하고 당황했다.

"히잡을 벗고 싶으면, 사건이 진정된 후 집에서 벗으라고 말해 주게나."

투르굿 씨가 카에게 말했다.

"수나이는 오늘 저녁에 있는 연극에서 필히 또 선동을 할 거야. 푼다 에세르에게 속아 카디페를 그 미친 사람들에게 맡긴 것이 아주 후회스럽네."

"아버지 걱정 마세요. 카가 카디페를 설득할 거예요."

"카디페에게 다가갈 수 있는 사람은 자네뿐이야. 수나이는 자네를 신임하고 있으니까. 그런데 자네 코가 왜 그런가?"

"빙판 길에서 넘어졌습니다."

카는 죄책감을 느끼며 이렇게 대답했다.

"이마도 다쳤군. 거기도 멍이 들었네, 그려."

"하루 종일 걸어 다녔대요."

이펙이 말했다.

"수나이가 눈치 채지 않게 한쪽으로 데리고 가게. 이게 나와 이펙의 생각이라고 카디페에게 말해선 안 돼. 카디페도 자네가 이런 생각을 전달했다는 것을 입 밖에 내지 않도록 조심시키게. 수나이와는 언쟁을 하지 않도록 하고, 핑계를 대게 해. 몸이 안 좋다고 하는 게 가장 좋겠군. '히잡은 내일 집에서 벗을 거예요.'라고 말하며 약속을 하면 되겠지. 카디페에게 우리 모두가 그 애를 사랑한다고 전해주게."

투르굿 씨의 눈에 금세 눈물이 글썽였다.

"아버지, 카와 단둘이 얘기하고 싶은 게 있어요."

이펙은 카를 식탁으로 데리고 갔다. 그들은 자히데가 저녁을 위해 식탁보만 깔아놓은 식탁의 가장자리에 앉았다.

"카디페에게는 라지베르트가 곤경에 처했기 때문이라고 하는 게 좋을 거 같아."

"먼저 네 생각이 바뀐 이유를 말해 봐."

"아, 의심할 것은 아무것도 없어. 날 믿어. 단지 아버지가 한 말이 맞다고 생각하는 것뿐이야. 카디페를 오늘밤의 재앙에서 보호하는 것이 지금 내게는 무엇보다도 중요해."

"아니야."

카가 조심스레 말했다.

"분명히 다른 이유가 있어."

"두려워할 것 없어. 카디페가 히잡을 벗고 싶다면 나중에 집에서도 벗을 수 있어."

"카디페가 오늘밤 히잡을 벗지 않는다면 집에서도, 네 아버지 옆에서도, 절대 벗지 않아. 너도 알고 있잖아."

카가 조심스레 말했다.

"내 동생이 먼저 몸 성히 집에 돌아오는 것이 더 중요해."

"두려워. 네가 나에게 뭔가를 숨기는 것이."

"그런 거 없어. 널 사랑해. 날 원한다면 즉시 너와 함께 프랑크푸르트로 갈 거야. 내가 널 얼마나 간절히 사랑하는지 알게 되면, 오늘을 잊고 날 편한 마음으로 사랑하게 될 거야."

그녀는 자신의 손을 카의 축축하고 따스한 손 위로 올려놓았다. 카는 식기 장식장의 거울에 비친 이펙의 아름다움을 보았다. 어깨끈이 달린 벨벳 드레스 속에서 매력적인 등이 아찔하게 드러나 있었다. 그녀의 커다란 눈이 자신의 눈과 이렇게나 가깝게 있다는 것을 믿을 수가 없었다.

"나쁜 일이 일어날 게 확실해."

카가 말했다.

"왜?"

"너무 행복하기 때문이야. 전혀 기대하지 않았던 만큼. 카르스에서 열여덟 편의 시를 썼어. 한 편을 더 쓴다면 저절로 시집 한 권이 될 거야. 네가 나와 함께 독일로 갈 거라는 것도 믿어. 그리고 우리 앞에 더 큰 행복이 있다는 것도 느껴. 이렇게 많은 행복은 내게 과분해. 꼭 무슨 나쁜 일이 일어날 것만 같아."

"어떤 나쁜 일?"

"내가 카디페를 설득하기 위해 여기서 나가자마자, 네가 라지베르트와 만나는 일."

"아, 정말 말도 안 돼. 그가 어디에 있는지도 몰라 난."
"그가 숨어 있는 곳을 말하지 않았기 때문에 난 구타를 당했어."
"아무에게도 절대 얘기하지 마."

이펙은 눈살을 찌푸리며 말했다.

"그리고 너의 두려움이 말도 안 된다는 것을 알게 될 거야."
"어떻게 된 건가? 카디페에게 가지 않을 건가?"

투르굿 씨가 멀리서 말했다.

"1시간 15분 후에 연극이 시작되네. 길도 곧 열릴 거라는군."
"난 극장에 가고 싶지 않아. 여기서 나가고 싶지 않아."

카가 속삭이며 말했다.

"카디페를 불행하게 남겨두고 우리만 도망칠 수는 없어. 내 말을 믿어."

이펙이 말했다.

"그러면 우리도 불행해질 거야. 최소한 극장에 가서 그애를 설득하려는 노력은 해봐. 그러면 우리 마음이 편해질 거야."
"1시간 전에 파즐이 라지베르트의 소식을 전해 주러 왔을 때는, 나보고 밖에 나가지 말라고 했잖아."
"네가 극장에 가도 내가 나가지 않을 거라는 걸 어떻게 하면 믿겠어?"

이펙이 말했다.

카는 미소 지었다.

"내 방으로 올라가 문을 잠그겠어. 30분 동안. 열쇠는 내가 가지고 있을게."
"알았어."

이펙은 흔쾌히 승낙했다. 그러고는 일어났다.

"아버지, 저 30분 정도 제 방에 가 있을게요. 걱정 마세요, 카도 지금 카디페와 얘기하러 극장에 가요. 자리에서 일어나지 마세요. 위층에 급한 일이 있어서 올라갈게요."

"정말 고맙네."

투르굿 씨는 이렇게 말했지만 조급해하고 있었다.

이펙은 카의 손을 잡았다. 로비를 지날 때도 그 손을 놓지 않고 계단을 함께 올라갔다.

"자빗이 우릴 보았어. 어떻게 생각했을까?"

카가 말했다.

"신경 쓰지 마."

이펙은 즐겁게 말했다. 위층에서 카에게서 받은 열쇠로 방문을 열고 안으로 들어갔다. 방 안에 지난밤 나누었던 사랑의 냄새가 희미하게 남아 있었다.

"여기서 널 기다릴게. 조심해. 수나이와 논쟁하지 마."

"카디페에게 그녀가 무대에 안 나갔으면 한다는 것이 투르굿 씨와 우리의 바람이라고 할까, 아니면 라지베르트의 바람이라고 말할까?"

"라지베르트."

"왜?"

카가 물었다.

"카디페는 라지베르트를 사랑하니까. 넌 내 동생을 위험에서 보호하기 위해 그곳에 가는 거야. 라지베르트에 대한 질투는 잊어."

"잊을 수 있다면."

"우린 독일에서 아주 행복할 거야."

이펙이 말했다. 팔로 카의 목을 안았다.

"어떤 극장에 갈지 말해 봐."

"영화 박물관에 토요일 밤 늦은 시간에 더빙하지 않은 미국 예술 영화를 상영하는 극장이 있어. 그곳에 가자. 가기 전에 역 근처에 있는 식당에서 되네르와 단 피클을 먹자. 영화를 본 후에는 집에서 텔레비전 채널을 돌리며 재미있게 지내는 거야. 그리고 사랑을 나누자. 내가 받는 망명자 수당과 이번에 출판할 시집 낭독회에서 받은 돈이면 충분하니까 우린 서로를 사랑하는 것 외에 다른 할 일이 없을 거야."

이펙은 그에게 시집의 제목을 물었다. 카는 대답했다

"멋져. 자, 빨리 가. 아니면 아버지가 걱정을 하고는 당신이 길을 나설 거야."

카는 코트를 입고는 이펙을 껴안았다.

"이젠 두렵지 않아."

카는 거짓말을 했다.

"하지만 만약 무슨 일이 생기면 도시에서 출발하는 첫 기차에서 널 기다릴게."

"내가 이 방에서 나갈 수만 있다면."

이펙은 웃으며 말했다.

"내가 모퉁이에서 사라질 때까지 창문에서 날 봐, 알겠어?"

"응."

"널 다시는 못 볼 것 같아 두려워."

카는 문을 닫으며 이렇게 말했다.

그는 밖에서 문을 잠그고 열쇠를 코트 주머니에 넣었다.

길거리로 나섰다. 이펙이 창문에서 자신을 쉽게 볼 수 있도록 자신을 보호하는 두 명의 경호병을 몇 걸음 앞으로 보냈다. 이펙이 카르팔라스 호텔 203호실의 창에서 꼼짝 않고 자신을 바라보고 있었다. 검은색 벨벳 드레스를 입은 이펙의 모습. 작은 테이블 램프가 추위 때문에 소름이 돋은 그녀의 벌꿀 색 어깨에 오렌지 빛을 드리우고 있었다. 이는 앞으로 남은 4년의 인생에서 그녀와 나누었던 행복과 관련해, 카가 다시는 잊지 못할 이미지였다. 카는 그 후로 다시는 이펙을 보지 못했다.

40

이중 스파이 짓은
쉬운 일이 아니군요

도중에 끝낸 장(章)

 카가 밀렛 극장으로 걸어갈 때 길거리는 비어 있었다. 한두 군데 식당을 제외하고는 모든 가게의 셔터가 내려져 있었다. 찻집의 마지막 손님들은 담배와 차로 보냈던 긴 하루를 끝내고 자리에서 일어나는 순간까지 텔레비전에서 눈을 떼지 못했다. 카는 밀렛 극장 앞에서 불빛이 깜박거리는 세 대의 경찰 차량과, 비탈길을 지나 보리수나무 아래 서 있는 탱크 한 대의 그림자를 보았다. 날씨가 풀려 처마에 매달려 있던 얼음이 녹아 인도로 물이 떨어지고 있었다. 카는 아타튀르크 대로를 가로지르는 생방송 케이블 밑을 지나 극장 건물로 들어갔다. 그는 호주머니에 들어 있는 열쇠를 손 안에 꼭 쥐었다.
 홀의 가장자리에 질서 있게 줄지어 선 경찰들과 군인들은, 빈 홀에 메아리치는 무대 위 예행연습 소리를 듣고 있었다. 카는 좌석들 중 하나에 앉았다. 풍부한 성량의 수나이가 또박또박 말하는 단어들, 히잡을 쓴 카디페의 주저하는 하는 듯한 가냘픈 대답 소리 그리고 무대 장식(나무 한 그루, 거울이 달린 화장대)을 설치하면서 가끔 예행연습에 간섭하는 (더 진심으로 말해야지, 카디페!) 푼다 에세르의 목소리를 들었다.

푼다 에세르와 카디페가 자기들끼리 예행연습을 할 때, 카의 담뱃불을 본 수나이가 다가와 그의 옆에 앉았다.

"내 인생에서 가장 행복한 시간일세, 지금이."

수나이가 말했다. 입에서 라크 냄새가 났다. 하지만 술에 취하지는 않았다.

"예행연습을 아무리 많이 하더라도, 모든 것은 무대에서 그 순간 무엇을 느꼈는가에 달렸지. 카디페는 즉흥연기에 재능이 있단 말이야."

"카디페의 아버지가 그녀에게 보낸 메시지가 있습니다. 액막이용 구슬도 가져왔고요."

"자네가 한때 경호병을 따돌리고 사라졌다는 걸 알고 있네. 눈이 녹고 있다는군. 철도도 곧 운행될 걸세. 하지만 그전에 우리는 연극을 무대에 올릴 걸세."

수나이가 말했다.

"그런데, 라지베르트는 잘 숨어 있나?"

수나이는 미소를 지으며 물었다.

"모릅니다."

수나이는 카디페를 보내겠다고 말하고 무대로 돌아갔다. 동시에 무대 조명이 켜졌다. 카는 무대에 있는 세 사람 사이에 강한 친밀감이 있다는 것을 느꼈다. 카디페는 여전히 히잡을 쓰고 있었지만 이 친밀한 무대 세계에 그녀가 빠르게 동참하고 있다는 것이 카를 두렵게 만들었다. 히잡을 벗어버리고, 몸을 감추는 처녀들이 입는 그 끔찍한 코트가 아니라, 언니처럼 다리가 약간 드러나는 긴 치마를 입는다면 카디페에게 더 친근감을 느낄 거라고 생각했다. 하지만 카디페가 무대에서 내려와 자기 옆에 앉자, 순간 라지베르트가 왜 이펙을 포기하고 그녀를 사랑하게 되었는지를 알게 되었다.

"카디페, 라지베르트와 만났소. 그는 풀려났어요. 지금은 숨어 있어요. 당신이 오늘밤 무대에 나가 히잡을 벗지 않기를 바라고 있습니다. 여기 편지가 있어요."

카가 수나이의 주의를 끌지 않기 위해 시험 시간에 커닝을 하는 것처럼 손 안에 쥐고 내민 편지를 카디페는 만천하에 공개하듯이 펼치고는 읽었다. 두 번을 읽더니 미소를 지었다.

"아버지도 같은 생각입니다. 히잡을 벗기로 결정한 것은 맞는 일입니다. 하지만 오늘밤 분노한 신학고등학교 학생들 앞에서 단행하는 것은 무모한 짓이에요. 오늘밤 여기 있을 필요는 없습니다. 아프다고 말해요."

"핑계를 댈 필요는 없어요. 수나이는 내가 원하면 집에 돌아가도 된다고 했으니까."

카는 카디페의 얼굴에서 보았던 분노와 실망감이, 마지막 순간에 학예회 무대에 나가지 못하게 된 여학생의 것보다 훨씬 더 깊다는 것을 알았다.

"남을 생각이오, 카디페?"

"난 여기 남아 연극을 할 거예요."

"아버지가 가슴 아파하실 텐데요?"

"아버지가 내게 보낸 액막이용 구슬을 주세요."

"단둘이 얘기할 핑계가 없어서 구슬 이야기를 한 거요."

"이중 스파이 짓은 쉬운 일이 아니군요."

카는 카디페의 얼굴에서 또 한 번 실망한 표정을 보았다. 하지만 곧 그녀의 생각이 아주 다른 곳에 가 있다는 것을 가슴 아프게 느낄 수 있었다. 그녀의 어깨를 끌어당겨 안고 싶었지만 아무것도 할 수가 없었다.

"언니가 내게 라지베르트와의 과거를 말해 주었소."

카디페는 조용히 담배를 꺼내 천천히 물고 불을 붙였다.

"당신이 준 담배와 라이터를 그에게 줬소."

카는 어눌한 분위기로 말했다.

"라지베르트를 사랑하기 때문이오? 그를 그렇게까지 사랑하게 만든 게 뭐지?"

카는 자신이 쓸데없는 말을 했다는 것을, 말을 할수록 자신이 나락으로 빠지는 것을 알았기 때문에 입을 다물었다.

푼다 에세르가 무대에서 카디페를 향해 그녀의 차례가 왔다고 말했다.

카디페는 글썽이는 눈으로 카를 바라보며 일어섰다. 마지막 순간에 그들은 서로를 껴안았다. 카는 한동안 카디페의 존재와 냄새를 느끼며 무대에서의 연극을 구경했다. 하지만 그의 관심은 거기에 없었다. 아무것도 이해할 수가 없었다. 그의 마음속에는 자신감과 이성을 매우 혼란스럽게 하는 결핍, 질투 그리고 후회가 있었다. 고통의 이유는 짐작할 수 있었지만, 어떻게 그렇게나 치명적인지는 이해할 수가 없었다.

이펙과 함께 프랑크푸르트에서 보낼 날들이(물론 그녀와 프랑크푸르트에 가는 것에 성공한다면) 가혹하고 비통한 고통으로 산산조각이 날 것을 느끼며 담배 한 대를 피웠다. 정신이 혼란스러웠다. 이틀 전에 네집과 만났던 화장실로 가 같은 칸으로 들어갔다. 높은 곳에 있는 창문을 열고 담배를 피우며 어두운 하늘을 바라보았다.

새로운 시가 오고 있었다. 카는 처음에는 이것을 믿을 수가 없었지만, 위로 혹은 희망으로 받아들이며 시를 초록색 노트에 적어 내려갔다. 하지만 비통한 감정은 여전히 사라지지 않았다. 그는 밀렛 극장에서 나왔다.

눈이 덮인 인도를 걸었다. 차가운 공기가 마음을 진정시켜주는 듯했다. 두 명의 경호병은 그의 곁에 있었다. 그의 정신은 더욱더 혼란스러워졌다. 이 대목에서 나는 우리의 이야기가 더 잘 이해될 수 있도록 이 장을 끝내고 새로운 장으로 넘어가야 할 것 같다. 하지만 그렇다고 해서 카가 이 장에서 설명해야 할 다른 것들을 게을리했다는 의미는 아니다. 단지 앞서 카가 노트에 써 내려간 '세상이 끝나는 곳'이라는 제목의 마지막 시가 그의 시집 『눈』에서 어떤 위치를 차지하는지 알고 싶을 뿐이다.

41
모든 사람에게는 눈송이가 있다

사라진 초록색 노트

「세상이 끝나는 곳」은 카르스에서 카에게 온 열아홉 번째이자 마지막 시였다. 우리는 카가 열여덟 편의(완성하지 못한 것들도 있지만) 시를, 시가 떠오르자마자, 항상 가지고 다녔던 초록색 노트에 썼다는 것을 알고 있다. 쿠데타가 일어나던 날 밤, 무대에서 읽었던 시만 유일하게 그 노트에 적어놓지 않았다. 카는 이후 프랑크푸르트에서 이페에게 썼지만 한 개도 부치지 않았던 편지들 중 두 편에서, '신이 없는 곳'이라는 제목을 부여한 이 시를 도저히 기억하지 못한다는 것을, 시집을 완성하기 위해 이 시를 꼭 찾아야 한다는 것을, 이러한 이유로 그녀가 '국경 도시 카르스 텔레비전' 에 있는 비디오 자료 보관실에 가서 한번 봐주면 아주 행복하겠다는 내용을 썼었다. 내가 프랑크푸르트에서 머물렀던 호텔 방에서 읽은 이 편지의 분위기로 봐서, 카는 불안해하고 있던 것 같다. 왜냐하면 카는, 이페이 비디오와 시를 핑계로 카가 자신에게 연애편지를 썼다고 생각할 수도 있다는 상상을 했을 것이기 때문이다.

같은 날 밤 멜린다 비디오테이프를 들고 호텔 방으로 돌아왔을 때, 약간 술에 취한 상태에서 되는 대로 펼쳤던 어떤 노트에서 보았던 눈송이 그림을 이 소설의 제29장 끝에 넣었다. 이후에 노트에 적힌 글들을 읽을수록 카가 카르스에서 자신에게 온 시들을 눈송이 위에 있는 19개의 지점에 배치함으로써 무엇을 하고 싶었는지 약간은 이해할 수 있을 것도 같았다.

카는 그가 이후에 읽었던 책들에서 6개의 축이 있는 눈송이가 하늘에서 결정(結晶)을 이룬 후 땅에 내려 그 형태를 잃고 사라지기까지는 8분 내지 10분이 걸린다는 것을 알게 되었다. 모든 눈송이가 바람, 냉기, 구름의 고도 같은 요소들 이외에도 이해할 수 없는 많은 비밀스런 이유로 형태를 갖춘다는 것을 알게 되자, 카는 눈송이와 사람 사이에 어떤 관계가 있다는 것을 느꼈다. 그는 '나는 카'라는 제목의 시를, 눈송이를 생각하며 카르스 도서관에서 썼다. 이후에 『눈』이라는 시집의 중심부에도 같은 눈송이가 존재하고 있다고 생각했다.

같은 논리를 적용하여, '천국'이나 '체스', '초콜릿 상자' 같은 제목의 시들도 상상의 눈송이 위에 자리가 있다는 것을 보여주고 있다. 그는 눈의 결정을 그린 책들을 참고 삼아 자신의 눈송이를 그리고는, 카르스에서 자신에게 온 시들 모두를 이 눈송이에 배치했다. 이렇게 해서 새 시집의 구조만큼이나 그 자신을 카이게 만든 모든 것을 하나의 눈송이 위에 나타내게 된 것이다.

모든 인간에게는 자신의 인생의 내적인 지도인 이러한 눈송이가 있어야 한다. 카는 시들 위에 배치한 기억, 상상 그리고 이성 축들을 베이컨이 인간 지식을 분류한 계보에서 따왔고, 육각형 눈송이 축들

위에 있는 지점들이 어떤 의미인지는 카르스에서 썼던 시를 해독하면서 장황하게 설명했다.

이 때문에 카르스에서 썼던 시에 관해 프랑크푸르트에서 적었던 노트 세 권 분량의 글의 대부분은 눈송이의 의미만큼이나 카 자신의 인생의 의미에 대한 해독이라고도 볼 수가 있겠다. 예를 들면, '총에 맞아 죽다'라는 제목의 시가 눈송이 위에서 차지하고 있는 위치를 설명하면서 그는 먼저 시에서 다루고 있는 두려움에 대해 언급하고 있다. 그는 이 시와 두려움이 왜 상상 축과 가까운 곳에 배치되어야만 하는지를 설명하고, 왜 기억 축의 바로 위에 있는 '세상이 끝나는 곳'이란 제목의 시와 가까운 곳에 있는지를 해독하면서, 많은 비밀스런 것들이 시의 재료가 되었다고 믿고 있었다. 카에 의하면 모든 사람의 인생 뒤에는 이러한 지도와 눈송이가 있었다. 멀리서 보기에 서로 닮은 사람들이 사실은 얼마나 다르고 이상하고 이해할 수 없는지는, 자신의 눈 결정체를 해독하면 모두 증명할 수 있을 것이라고 했다.

카의 시집과 자신의 눈송이 구조에 대해 그가 쓴 그 많은 글(「초콜릿 상자」가 상상 축에 자리 잡고 있는 것의 의미는 무엇인가? 「모든 인류와 별들」이 카의 별의 형태를 어떻게 만들었나? 등등)에 대해서 이 소설에 필요한 것 이상은 말하지 않겠다. 카는 젊었을 때, 자신들을 지나치게 중요시 여기고 자신들이 쓴 모든 허튼 것들이 장차 문학적 연구 대상이 될 거라고 믿으며 노년을 보내다가, 아무도 보지 않는 잊혀진 동상처럼 변해 버린 시인들을 조롱하곤 했었다.

모더니즘의 신화에 빠져 이해하기 어려운 시들을 쓰는 시인들을 오랫동안 비하하다가, 인생의 마지막 4년에 자신이 쓴 시를 자신이 논평한다는 것에 대해 약간의 변명이 있기는 하다. 그가 쓴 것들을 주의 깊게 읽어보면 이해할 수 있듯이, 카르스에서 자신에게 온 시들을 카는 전적으로 자신이 썼다고 느끼지 않았다. 이 시들이 자신 바깥의 어떤 곳에서 '왔다는 것'을, 자신은 단지 그것들을 쓰기 위한 도구라고 믿고 있었다. 카는 자신의 이 '수동적인' 상태를 바꾸고, 자신이 쓴 시들의 의미와 은밀한 균형을 풀기 위해 필기를 했다는 것을 몇 군데에서 언급하고 있다. 카가 자신의 시를 논평하는 두 번째 변명은 여기에 있다. 카는 오로지 카르스에서 쓴 시들의 의미를 해독함으로써, 시집의 부족한 점과 쓰다 만 시행, 그리고 쓰기 전에 잊어버린 「신이 없는 곳」을 완성할 수가 있었을 것이다. 프랑크푸르트로 돌아온 후 카에게는 시가 '오지 않았기' 때문이다.

  4년이 끝날 때쯤 카가 자신에게 온 시들의 논리를 해석하고 시집을 완성했다는 것을 그가 쓴 글들과 편지에서 알 수가 있다. 이 때문에 그의 아파트에서 가지고 온 온갖 종이와 노트들을 펼쳐놓고 술을 마시며 뒤적일 때, 나는 흥분하지 않을 수 없었다. 카의 시들이 여기 어딘가에 있을 것만 같았다. 그러다 아침 무렵, 그의 낡은 파자마, 멜린다 비디오테이프, 넥타이, 책, 라이터(카디페가 라지베르트에게 보냈지만 카가 그에게 주지 않은 라이터였다.) 사이에서 악몽과 그리움으로 가득 찬 꿈과 환상을 보면서 잠들고 말았다. (꿈속에서 카는 나에게 '늙었구나'라고 말했다. 난 두려웠다.)

  잠에서 깬 것은 정오쯤이었다. 눈으로 질퍽한 프랑크푸르트의 길거리에서 타르쿳 웰춘의 도움 없이 카에 관한 정보를 모으면서 하루의 남은 시간을 보냈다. 카가 카르스에 오기 전 8년 동안 관계를 가졌던 두 명의 여성들도 나와의 만남을 흔쾌히 허락했다. (나는 카의 일대기를 쓰고 있다고 말했다.) 카의 첫 번째 애인인 날란은 카의 마지막 시집은커녕 카가 시를 썼다는 것도 모르고 있었다. 그녀는 기혼이었고, 남편과 함께 두 군데의 되네르 식당과 여행사를 경영하고 있었다. 단둘이 이야기를 하게 되자, 그녀는 카가 까다롭고 다혈질이며 지나치게 예민한 사람이었다고 말한 후에 약간의 눈물을 보였다. (그녀는 카보다는 좌익주의의 이상을 위해 그녀 자신의 젊음을 희생했다는 것에 슬퍼하고 있었다.)

미혼인 두 번째 애인 힐데가르트도 추측했던 대로 카가 썼던 마지막 시에 대해서도, 『눈』이라는 시집에 대해서도 모르고 있었다. 나는 그녀에게 카를 터키에서의 실상보다 더 유명한 시인으로 소개하면서 죄책감을 느꼈고, 그녀는 나에게 연극배우나 애인 같은 분위기로, 카를 만난 후에는 여름휴가 때 터키에 가는 것을 포기했다고 말했다. 카는 문제가 많고 영리하며 외로운 사람이었으며, 그가 여성에게서 기대하고 있는 모성애는 그의 까다로운 성격 때문에 절대 찾을 수 없는 것이었다면서, 그러한 여성을 찾는다 하더라도 놓쳤을 것이라고 말했다. 그는 사랑하는 것은 쉽지만, 사귀는 것은 힘든 타입이었다고 말했다. 카는 그녀에게, 나에 관해서는 전혀 언급하지 않았다. (이 질문을 내가 왜 그녀에게 했으며, 여기에서 왜 언급하는지 모르겠다.) 1시간 30분 걸린 대화에서 내가 알아채지 못한 것이 있었다. 그녀는 손목이 가늘고 손가락이 길었다. 헤어지려고 악수를 할 때, 그녀가 오른손 검지에 첫 마디가 없다는 것을 알려주었다. 그러고는 화가 나면 카가 그 손가락을 조롱했다고 미소 지으며 덧붙였다.

시집을 완성한 후에 카는, 노트에 손으로 쓴 시들을 타이핑해 복사하기 전에, 이전의 시집을 낼 때도 그러했듯이 낭독 순회 여행을 떠났다. 카젤, 브라운슈바이크, 하노버, 요하네스부르크, 브레멘, 함부르크. 나도 날 초대한 시민회관 관계자 그리고 타르쿳 웰춘의 도움으로 위의 도시들에서 급히 '문학의 밤'을 주관할 수 있었다. 카가 어떤 시에서 설명했던 것처럼 나도 시간 엄수, 청결 그리고 편의 시설에 감탄했던 독일 기차의 창가에 앉았다. 창 너머로 보이는 들판, 절벽 밑에서 졸고 있는 작은 교회가 있는 사랑스런 마을이 눈에 들어왔다. 작은 기차역에서는 등에 가방을 메고 형형색색의 비옷을 입은 아이들을 슬프게 바라보았다. 담배를 물고 역으로 나를 마중 나온 협회 소속 두 청년에게, 7주 전 카가 그곳에 왔을 때 했던 것과 똑같은 행사를 하고 싶다고 말했다. 마치 카가 그랬듯이 작고 싼 호텔에 체크인을 한 후, 나를 초대한 사람들과 터키 식당에 모여 앉아 이야기를 나누었다. 정치 이야기가 오갔고, 터키인들이 문화에 관심을 갖지 않는다며 안타까워했다. 시금치가 들어간 뵈렉*과 되네르를 먹은 후 춥고 텅 빈 도시의 거리를 걸었다. 나 자신이 마치 이펙을 잊기 위해 고통스럽게 거리를 걷는 카인 듯했다. 저녁에는 '문학' 모임에 나갔다. 정치, 문학 혹은 터키인에 대해 관심을 갖고 있는 15~20명이 참석했는데, 나는 최근 발표한 소설 본문을 열의 없이 한두 페이지 읽은 후, 갑자기 주제를 시로 옮아갔다. 얼마 전 프랑크푸르트에서 살해된 위대한 시인 카의 절친한 친구라고 밝히면서, "혹시 그가 최근에 여기에서 읽었던 마지막 시들을 기억하고 계시는 분이 있습니까?"라고 물었다.

모임에 참석한 대부분의 사람들은 카가 낭독했던 시의 밤에 오지 않았다. 왔던 사람들의 목적도 시가 아니라 정치적 문제들에 있었다. 우연히 들른 사람도 있었고, 그들이 기억하는 것은 그의 시가 아니라 그가 입고 있던 회색 코트와 창백한 안색, 부스스한 머리, 신경질적인 행동이었다. 짧은 시간 안에 내 친구에 관해 가장 관심을 끌

---

* 밀가루 반죽을 얇게 민 후 그 안에 치즈 등을 층층이 넣어 요리한 터키 고유의 음식.

었던 부분은 그의 인생이나 시가 아니라 죽음이었다. 그들은 카가 이슬람주의자들, 터키 비밀 요원들, 아르메니아인들, 독일 헤드스킨들, 쿠르드인들 혹은 터키 민족주의자들에 의해 살해당했다고 했다. 그래도 개중에 카를 정말로 관심 있게 본 영리하고 예민한 사람들이 항상 있었다. 그러나 문학을 사랑하는 이 주의 깊은 사람들에게서도 카가 새로운 시집을 완성했고, '꿈의 거리', '개', '초콜릿 상자', 그리고 '사랑'이라는 제목의 시를 읽었으며, 이 시들이 정말로 아주 이상했다는 것 이외에는 별로 유용한 정보를 얻지 못했다. 카는 그 시들을 카르스에서 썼다고 몇몇 지역에서 밝혔으며, 고향을 그리워하는 참석자들에게 암시를 하듯 해석했었다. 낭독의 시간이 끝난 후 카에게 (그리고 나중에는 나에게) 다가온 아이 한 명이 있는 구릿빛 피부의 과부(아이가 하나 있었다.)는, 카가 「신이 없는 곳」이라는 시에 대해 언급했던 것을 기억하고 있었다. 그녀의 말에 의하면 아마도 카는 반응을 불러일으키지 않으려고, 이 긴 시에서 단지 4행으로 된 한 연만 읽었었다. 내가 그 내용을 기억하느냐고 끈질기게 물었지만 이 주의 깊은 시 애호가는 '아주 끔찍한 풍경'이라는 단어 이외에는 다른 것을 기억하지 못했다. 함부르크의 모임에서 앞줄에 앉았던 이 여성은 카가 초록색 노트를 보며 그의 시를 읽었다고 확신하고 있었다.

나는 밤에 함부르크에서 카가 탔던 기차를 타고 프랑크푸르트로 돌아왔다. 기차역에서 나와서 카처럼 카이저 가를 걸었다. 그리고 성인용품 가게에서 시간을 보냈다. (이번 주에는 새로 나온 멜린다의 비디오테이프는 없었다.) 내 친구가 총에 맞은 곳에 이르자 멈춰 섰다. 이제 인정하지 않을 수 없었다. 카가 그곳에 쓰러진 후 살인자는 카의 초록색 노트를 가지고 도망간 것이 틀림없었다. 일주일간의 독일 여행에서 매일 밤 카가 그 시들에 관해 적었던 메모와 카르스에 관한 추억들을 읽었었다. 지금 나의 유일한 위안거리는 책에 있는 긴 시들 중 한 편이 카르스에 있는 텔레비전 스튜디오의 비디오 자료 보관실에서 나를 기다리고 있다고 상상하는 것이었다.

이스탄불로 돌아온 후, 한동안 매일 밤 국영 텔레비전 방송의 마감뉴스에서 카르스의 날씨가 어떤지를 들었다. 그 도시 사람들이 날 어떻게 맞이할지 상상했다. 카가 했던 것과 비슷한, 하루하고 반나절이 걸리는 버스 여행을 한 후 저녁 무렵 카르스에 도착했다. 손에 가방을 들고 두려워하며 카르팔라스 호텔에 방을 잡고 (비밀스런 딸들도 아버지도 보이지 않았다.) 카가 4년 전에 걸었던 눈 덮인 거리를 오랫동안 걸었다는 것을 (4년 동안 예실유르트 식당은 허름한 맥주 집으로 변해 있었다.) 말하는 것이, 이 책의 독자들로 하여금 내가 그의 사후(死後)의 그림자가 되려고 한다는 인상을 주지 않길 바란다. 카가 가끔 내게 암시했던 것처럼, 나는 시뿐만 아니라 시에서 말하는 슬픔도 충분히 이해하지 못한다. 이렇듯 우리 사이에는 벽이 존재하고 있었고, 이 벽은 우리뿐만 아니라, 그가 노트에 적은 슬픈 카르스와 내가 본 가난한 카르스를 구분하고 있었다. 하지만 나는 지금 우리 둘을 닮게 만들고, 우리 사이를 연결하는 사람에 대해 언급해야 할 것 같다.

그날 밤 시장이 나를 위해 베푼 식사 자리에서 이펙을 처음 보았다. 그때 느꼈던 아찔함이 라크 때문이길, 그녀를 사랑하게 될 가능성은 망상일 뿐이며, 그날 밤 카에게 느끼기 시작했던 질투심도 쓸데없는 것임을 맘 편히 믿을 수 있기를 난 얼마나 바랐던가! 카가 설명했던 것보다 조금 더 시적인 진눈깨비가 한밤중 카르팔라스 호텔의 나의 창문 앞에서 진흙탕의 인도로 내릴 때, 이펙이 그렇게나 아름답다는 것을 내 친구가 적은 글에서 왜 기억해 내지 못했는지를 나 자신에게 몇 번이나 물었다. 본능적으로, 그리고 그 즈음 내 마음속에서 자주 스쳐 지나갔던 표현에 의하면 '정확히 카처럼,' 내가 노트를 꺼내 썼던 것들은 여러분이 읽고 있는 책의 도입부가 될 수 있다. 카에 대해 그리고 그가 이펙에게 느꼈던 사랑에 대해 나의 이야기처럼 언급하려고 했던 것을 기억하고 있다. 나의 뿌연 뇌리 한구석은, 내가 어떤 책 혹은 글의 내부 문제에 몰입하는 것은, 사랑을 회피하려는 습관적인 방법이었다는 것을 떠올리고 있었다. 일반적인 견해와는 반대로, 원한다면, 사랑은 회피할 수도 있다.

하지만 이를 위해서는 당신을 사로잡는 여성으로부터, 게다가 당신을 그 사랑으로 이끌고 가는 제3자의 환영에서 벗어나야만 한다. 하지만 난 다음 날 오후 이펙과 예니 하얏 제과점에서 만나 카에 관한 이야기를 하기로 이미 약속을 해버린 후였다.

혹은 카에 관해 이야기하고 싶다고 내가 그녀에게 말을 했다고 생각한다. 우리 이외에 아무도 앉아 있지 않은 제과점에서 흑백텔레비전이 보스포루스 다리 앞에서 껴안는 연인을 보여주고 있을 때, 이펙은 나에게 카에 대해 언급하는 것은 쉬운 일이 아니라고 말했다. 그녀 마음속의 고통과 실망감을 인내하며 들을 수 있는 사람에게만 털어놓을 수 있다고 했다. 그리고 그 사람이 카의 시를 위해 이 먼 카르스까지 올 정도로 친한 친구라는 것이 그녀의 마음을 편하게 해주고 있었다. 왜냐하면 그녀가 카에게 부당하게 대하지 않았다는 것에 대해 내가 납득을 한다면, 마음의 불편에서 조금이나마 벗어날 수 있을 것이었기 때문이다. 내가 이해해 주지 못한다면 자신이 슬플 거라는 것도 경고하듯 말했다. 그녀는 쿠데타가 일어난 날 아침에 카에게 아침 식사를 줄 때 입고 있던 밤색 긴 치마를 입고 있었고, 스웨터 위에는 유행이 지난 넓은 벨트를 (카가 시에 대해 언급한 글에서 읽었기 때문에 나는 이것들을 즉시 기억해 냈다.) 매고 있었다. 얼굴에는 멜린다를 떠올리게 하는 분노가 섞인 슬픈 표정이 어려 있었다. 나는 그녀의 말을 주의 깊게, 오랫동안 들었다.

42

난 가방을 쌀 거야

이펙의 관점에서

카가 밀렛 극장으로 가기에 앞서, 두 명의 경호병 사이에서 잠시 멈춰 마지막으로 자기를 보았을 때 이펙은 그를 사랑하게 되리라 낙관적으로 믿었다. 그것은 이펙에게 있어 그를 정말로 사랑하거나 사랑에 빠지는 것보다 더 긍정적인 감정이기 때문에, 자신이 새로운 인생과 오랫동안 지속될 행복의 문턱에 서 있다고 느끼고 있었다.

이 때문에, 카가 떠난 후 처음 20분 동안은 아무런 걱정이 없었다. 질투심 많은 애인 때문에 방에 갇혀 있다는 것이 불안하다기보다는 오히려 기뻤다. 그녀는 가방을 생각하고 있었다. 한시라도 빨리 가방을 싸고 싶었다. 평생 떨어지고 싶지 않은 물건들을 꾸리며 시간을 보낸다면 아버지와 동생을 맘 편히 두고 갈 수 있을 것 같았다. 그녀는 가능한 한 빨리 카와 함께 카르스를 안전하게 떠나고 싶었다.

떠난 지 30분이 지나도 카가 돌아오지 않자, 이펙은 담배 한 대를 피웠다. 모든 것이 잘될 거라고 믿게 만든 자신이 바보처럼 느껴졌다. 방 안에 갇혀 있었기 때문에 더욱더 이런 생각이 들었고, 자신과 카에게 화가 났다. 접수계 담당인 자빗이 호텔에서 나와 어딘가로 뛰어가는 것을 보고는 순간 창문을 열고 그를 부르고 싶었다. 하지만 그 결정을 내리는 동안 자빗은 그녀의 시야에서 멀어지고 말았다. 이펙은 카가 곧 돌아올 거라고 생각하며 기다렸다.

카가 간 후 45분이 지나자 이펙은 얼어붙은 창문을 힘겹게 열었다. 그리고 인도를 지나가고 있는 어떤 청년(밀렛 극장에 동원되지 않은 어수룩한 신학고등학교 학생)에게 자신이 203호실에 갇혀 있으니, 호텔 아래층 입구에 상황을 좀 말해 달라고 부탁했다. 청년은 그녀의 말을 의심했지만 호텔 안으로 들어갔다. 잠시 후 방에 있던 전화벨이 울렸다.

"거기에서 뭐하는 게냐? 갇혀 있었다면 왜 전화하지 않았어?"

투르굿 씨였다.

잠시 후 아버지가 보조 열쇠로 문을 열었다. 이펙은 투르굿 씨에게 자신도 카와 함께 밀렛 극장에 가고 싶었지만, 카가 그녀를 위험에 빠트리지 않기 위해 방에 가둬놓았다고 말했다. 그리고 도시 전체의 전화가 불통이었기 때문에 호텔의 전화도 되지 않을 거라고 생각했다고 말했다.

"이제 도시 전체에서 전화가 된단다."

투르굿 씨가 말했다.

"카가 간 지 오래됐어요. 궁금해요. 극장에 가서 카디페와 카에게 무슨 일이 있는지 봐야겠어요."

상황이 다급했지만, 투르굿 씨가 호텔에서 나가는 데는 시간이 걸렸다. 처음에는 장갑을 찾지 못했고, 나중에는 넥타이를 매지 않는다면 수나이가 오해할 수도 있다며 시간을 지체했다. 가는 길에 힘이 부친다고 말하기도 하고, 자신의 충고를 더 주의 깊게 들으라는 의미로 이펙에게 천천히 걸으라고 말했다.

"수나이와 절대 논쟁하지 마라. 그가 지금 특별한 힘을 가지고 있는 과격 혁명가라는 걸 잊어선 안 돼."

극장 입구에는 호기심 많은 사람들, 버스로 동원된 학생들, 오랫동안 이러한 군중을 기다려왔던 장사꾼들 그리고 경찰들과 군인들이 북적대고 있었다. 투르굿 씨는 젊은 시절 참여했던 정치 모임에서 느꼈던 흥분을 떠올렸다. 그는 딸의 팔을 더욱더 꽉 잡았다. 그리고 자신을 이 사건의 일부로 만들 논쟁의 기회나 시발점이 될 움직임을 찾으며 희망과 두려움에 휩싸여 주위를 둘러보았다. 군중들 대부분이 낯선 사람들이라는 것을 깨닫자, 서로 밀면서 입구를 막고 있는 젊은이들 중 한 명을 거칠게 떠밀었다. 그리고 자신이 한 행동에 대해 바로 수치심을 느꼈다.

객석은 아직 다 차지 않았다. 하지만 이펙은 잠시 후 극장이 아수라장이 될 것임을, 알고 있는 모든 사람들이 꿈속에서처럼 그곳에 모일 것임을 느꼈다. 이펙은 카디페와 카가 보이지 않자 불안해졌다. 어떤 대위 한 명이 그들을 가장자리로 끌어당겼다.

"주인공 역을 하는 카디페 일드즈의 아버지 되는 사람이오."

투르굿 씨가 불평하는 듯한 목소리로 나섰다.

"그 애와 속히 만나야 합니다."

투르굿 씨는 고등학교 학예회에서 주인공 역할을 할 딸을 마지막 순간에 저지하고 나서는 아버지처럼 행동했다. 대위도 아버지에게 동의하는 교사처럼 당황스러워했다. 그들은 벽에 아타튀르크와 수나이의 사진이 걸려 있는 어떤 방으로 안내되었다. 이펙은 방 안으로 혼자 들어오는 카디페의 모습을 보면서, 그녀가 무슨 일이 있더라도 오늘밤 무대에 나갈 것임을 직감했다.

이펙은 카에 대해 물었다. 카디페는 그가 자신과 이야기를 나눈 후 호텔로 돌아갔다고 말했다. 이펙은 길에서 그와 만나지 못했다고 말했다. 하지만 이 문제는 더 이상 거론되지 않았다. 왜냐하면 투르굿 씨가 눈물을 글썽이며, 무대에 나가지 말라고 카디페에게 애원하기 시작했기 때문이다.

"일이 이렇게까지 된 마당에 무대에 나가지 않는 것은 무대에 나가는 것보다 더 위험해요, 아빠."

카디페가 말했다.

"네가 머리칼을 드러내면 신학고등학교 학생들이 분노할 거다. 원한을 품을지도 모른다. 카디페, 알고 있지?"

"아빠, 사실을 말하자면, 그런 시절을 보내시고 아빠가 제게 '히잡을 벗지 마라.'고 하는 것은 아이러니처럼 들려요."

"얘야, 이 문제는 장난이 아니다. 그 사람들에게 몸이 아프다고 말해라."

"하지만 전 아프지 않은걸요."

투르굿 씨는 눈물을 보였다. 이펙은, 아버지가 어떤 문제의 감상적인 면을 찾아 그것에 집중할 때 항상 눈물을 흘린다는 것을 알고 있었다. 하지만 한편으로는 아버지 자신도 자신이 흘리는 눈물을 믿지 않는 것 같았다. 아버지의 고통이 너무나 피상적이고 준비된 것처럼 느껴졌기 때문에, 이펙은 아버지가 오히려 정반대의 이유로 눈물을 흘릴지도 모른다고 의심했다. 아버지를 좋은 사람과 사랑스런 사람으로 만드는 이 특징은 지금 두 자매가 정말로 이야기하고 싶은 문제와 비교해 보면 부끄러울 정도로 '하찮게' 보였다.

"카는 언제 나갔어?"

이펙이 속삭이듯 물었다.

"벌써 호텔에 도착했어야 하는데."

카디페도 조심스럽게 말했다.

그녀들은 두려워하며 서로의 눈 속을 쳐다보았다.

이펙은 내게, 그 순간 둘 다 카가 아니라 라지베르트를 생각하고 있었다는 것을, 서로의 눈빛을 보며 이를 알고는 두려워했었다고 말했다. 그리고 자신들의 아버지에 대해서는 손톱만큼도 신경 쓰지 않았다고 말했다. 나는 이펙이 내게 이 고백을 해준 것을 친근함의 표현으로 해석하고, 나의 이야기의 끝을 이제는 부득이하게도 그녀의 관점에서 보게 되리라는 것을 느끼고 있었다.

두 자매 사이에 잠시 정적이 흘렀다.

"라지베르트도 네가 무대에 나가는 것을 원하지 않아. 카가 전해 줬지?"

이펙이 말했다.

카디페는 '아버지가 듣고 있어.' 라는 시선으로 언니를 바라보았다. 둘은 아버지를 힐끗 쳐다보았다. 투르굿 씨가 눈물을 흘리면서도 두 딸의 속삭임을 주의 깊게 듣고 있었고, 라지베르트라는 단어도 들었다는 것을 알았다.

"아버지, 저희 둘이서 할 얘기가 있는데요."

"너희 둘은 항상 나보다 영리하니까."

투르굿 씨는 이렇게 말하고는 방에서 나갔다. 하지만 문을 닫지는 않았다.

"카디페, 너 심사숙고한 거야?"

"응. 많이 생각했어."

"알아, 그랬겠지. 하지만 그를 다시는 못 볼 수도 있어."

"그렇지 않아. 하지만 난 지금 그에게 화가 많이 나 있어."

카디페가 조심스레 말했다.

이펙은 카디페와 라지베르트 사이에 있었던 다툼과 논쟁에 대해 생각했다. 그리고 그 둘 사이에 감정의 기복으로 가득 찬 길고 비밀스런 역사가 있다는 것을 고통스럽게 떠올렸다. 몇 년 동안이었을까? 그건 확실히 알 수가 없었다. 라지베르트가 자신과 카디페를 동시에 만났던 시기가 어느 정도 되는지는 다시는 스스로에게 묻고 싶지 않았다. 이펙은, 카와 독일에 가면 라지베르트를 잊게 될 것이라고 생각하며, 순간 사랑의 감정으로 그를 생각했다.

카디페도 자매 사이에서 형성된 그 특별한 느낌의 순간에서 언니가 무엇을 생각하는지 알 수 있었다.

"카는 라지베르트를 아주 많이 질투하고 있어. 그는 언니를 아주 사랑해."

"다시 만난 지 며칠 되지도 않았는데 날 사랑할 수 있다니. 처음에는 믿지 않았어. 하지만 지금은 믿어."

"언니, 그와 함께 독일에 가."

"집으로 돌아가자마자 가방을 쌀 거야. 그런데 내가 카와 함께 독일에서 행복해질 수 있을 거라고 정말로 믿니?"

"믿어. 하지만 이제 과거지사는 카에게 말하지 마. 이미 많은 것을 알고 있고, 더 많은 것을 추측하고 있어."

이펙은 자신보다 인생을 많이 아는 것 같은, 카디페의 우월감을 자아내는 분위기를 혐오했다.

"넌 마치 연극이 끝나면 집에 돌아오지 않을 것처럼 말하고 있구나."

이펙이 말했다.

"물론 집으로 돌아갈 거야. 하지만 언니가 당장 독일에 갈 거라고 생각하고 있었어."

"카가 어디에 갔을 거라고 생각하니?"

서로의 눈을 보면서 이펙은 자신들의 머리를 스쳐 지나가는 생각이 두려웠다.

"이제 가야 해. 분장을 해야 하거든."

"네가 히잡을 벗는 깃보다, 보라색 코트에서 벗어날 일이 더 기뻐."

카디페는 이불보처럼 발목까지 내려오는 낡은 코트자락 양쪽을 잡고 춤을 추는 듯한 행동으로 들어올렸다. 이 행동이 열린 문 사이에서 딸들을 바라보고 있던 투르굿 씨를 미소 짓게 한 것을 보고 두 자매는 서로 안고 입맞춤을 했다.

투르굿 씨는 카디페가 무대에 나가는 것을 벌써 받아들인 것 같았다. 이번에는 눈물도 흘리지 않고 충고도 하지 않았다. 딸을 안고는 입을 맞추었다. 그러고는 사람들로 꽉 찬 극장 홀에서 한시라도 빨리 나가고 싶어했다.

복잡한 극장 문에서 그리고 돌아오는 길에서 이펙은 카를 만날지도 모른다는 생각에 눈을 크게 떴다. 어쩌면 그의 모습을 본 사람이 있을지도 몰랐다. 하지만 그녀의 주의를 끄는 것은 아무것도 없었다. 이후에 그녀는 나에게, "카가 어떤 문제에 대해서든 비관적인 생각을 하는 사람이었다면, 저는 아마도 똑같은 엉뚱한 이유들로 그가 떠난 후 45분 동안 아주 낙관적이었어요."라고 말했다.

투르굿 씨가 곧장 텔레비전 앞으로 가 이제 계속해서 생방송으로 방송될 거라고 발표한 연극을 기다리고 있을 때, 이펙은 독일에 가지고 갈 가방을 싸기 시작했다. 카가 어디에 있는지를 생각하기보다는 독일에서 얼마나 행복할지를 상상하려고 하면서 옷장에서 옷과 물건들을 고르고 있었다. '독일에 더 좋은 것들'이 있을지도 모르지만, 어쩌면 독일에서 파는 물건에 익숙해지지 못할 거라고 생각하며 다른 가방에 스타킹과 속옷들도 쑤셔 넣었다. 그러다 순간 본능적으로 창문을 바라보았다. 카를 데려가기 위해 몇 번 왔던 군용 트럭이 호텔로 다가오고 있었다.

그녀는 밑으로 내려갔다. 아버지도 호텔 문 앞에 나와 있었다. 말끔히 면도를 한 매부리코의 사복 경찰은 '투르굿 일드즈'라고 말했다. 그러고는 투르굿 씨의 손에 봉인된 봉투를 쥐어주었다.

투르굿 씨가 새파랗게 질린 얼굴과 떨리는 손으로 봉투를 열자 그 안에서 열쇠 하나가 나왔다. 읽기 시작한 편지가 딸 이펙에게 온 것임을 알자 끝까지 읽고서 이펙에게 건네주었다.

이펙은 4년 후, 이 편지를 내게 주었다. 자신을 변호하고 싶어했고, 내가 카에 대해 쓸 때 사실을 반영하기를 원했기 때문이다.

　　목요일, 8시.
　　투르굿 씨, 이 열쇠로 이펙을 제 방에서 꺼내고, 이 편지를 그녀에게 전해 주시기를 부탁드립니다. 실례를 범했습니다. 존경을 다하여.

　　사랑하는 이펙, 카디페를 설득하지 못했어. 군인들은 날 보호하기 위해 여기 기차역으로 데리고 왔어. 에르주룸으로 가는 길이 열렸다더군. 날 9시 30분에 출발할 첫 기차에 태워 여기에서 떠나 보낼 거래. 내 짐을 싸서 준비해 주고, 너도 가방을 싸서 이곳으로 와야 해. 군용트럭이 9시 15분에 널 데리러 갈 거야. 길거리에 절대 나가지 마. 와줘. 널 많이 사랑해. 우린 행복할 거야.

매부리코의 남자는 9시 이후에 다시 오겠다고 말하며 갔다.

"갈 거냐?"

"그에게 무슨 일이 있는지 궁금해요."

"군인들이 그를 보호하고 있어. 넌 우릴 두고 갈 거냐?"

"그와 행복해질 수 있을 거라고 믿어요. 카디페도 그렇게 말했어요."

행복의 증거가 거기에 있기라도 한 것처럼, 그녀는 손에 든 편지를 다시 읽은 후 울기 시작했다. 하지만 자신이 왜 눈물을 흘리는지 정확히 이해할 수는 없었다.

"어쩌면 아버지와 동생을 두고 가는 게 힘들었기 때문일 수도 있어요."

그녀는 몇 년이 흐른 후 내게 이렇게 말했다. 이펙이 그 순간 느꼈던 모든 감정에 내가 세세하게 관심을 가졌던 것은 그녀의 이야기를 듣고 싶었기 때문일 것이다. 그녀는 잠시 후, "어쩌면 제 머릿속에 있던 다른 것을 두려워했을 수도 있지요."라고 말했다.

이펙의 눈물이 그친 후 그녀는 아버지와 함께 방으로 가 가방에 넣을 물건들을 마지막으로 한 번 더 점검했다. 그러고는 카의 방으로 가 그의 모든 물건들을 커다란 체리 색 손가방에 넣었다. 이번에는 둘 다 희망을 가지고 미래에 대해 언급했다. 이펙이 떠난 후 카디페가 학교를 졸업하면, 투르굿 씨도 카디페와 함께 이펙을 만나러 프랑크푸르트를 방문할 것이라는 얘기 등이 오갔다.

가방을 다 싸고 둘 다 밑으로 내려갔다. 그러고는 카디페를 보기 위해 텔레비전 앞으로 갔다.

"연극이 짧아야, 네가 기차에 타기 전에 모든 일이 아무 탈 없이 끝나는 것을 볼 수 있을 텐데."

투르굿 씨가 말했다.

그들은 이외에 다른 말은 하지 않고 텔레비전 앞에 앉았다. 그러고는 연속극을 볼 때처럼 서로 꽉 붙어 있었다. 하지만 이펙은 텔레비전에 집중할 수가 없었다. 생방송으로 나오는 연극이 시작되고 25분 동안 보았던 것 중에서, 몇 년이 지나 그녀의 기억에 남은 유일한 것은 카디페가 히잡을 쓴 채 새빨갛고 긴 옷을 입고 무대에 나와, '아버지가 원하신다면!' 하고 외친 것뿐이었다. 그 순간 그녀가 무엇을 생각했는지를 내가 진심으로 궁금해하고 있다는 것을 알았기 때문에, "물론 제 생각은 다른 곳에 가 있었어요."라고 말했다. 그곳이 어디인지를 몇 번이나 묻자 그녀는 카와 함께 할 기차 여행에 대해 언급했다. 그리고 두려워했다는 것에 대해. 하지만 왜 두려워했는지 자신에게도 정확히 말할 수 없었고, 몇 년이 흐른 후에 내게도 정확히 말하지 않았다. 그녀의 이성의 창문들은 활짝 열려 있었고, 앞에 있는 텔레비전 화면 이외에 다른 모든 것을 깊이 인지하고 있었다. 오랜 여행에서 돌아왔을 때 집, 물건, 방을 아주 생소하게, 작게, 다르게, 낡게 생각하는 여행가처럼, 주위에 있는 물건, 작은 테이블, 주름진 커튼의 모습을 놀라운 듯 바라보았다. 그날 밤 이후로 자신이 자신의 인생이 아주 생소한 곳으로 가는 것을 허락했다는 것을, 마치 이방인처럼 자신의 집을 보고 있다는 것을 이해하게 되었다고 내게 말했다. 이는, 내게 예니 하얏 제과점에서 조심스럽게 설명했던 것처럼, 이펙이 그날 밤 카와 함께 떠나려 했었다는 확실한 증거였다.

누군가 호텔 문을 두드리자 이펙은 뛰어가 열었다. 그녀를 기차역으로 데리고 갈 군용트럭이 일찍 도착했던 것이다. 그녀는 두려워하면서 문 앞에 서 있는 경찰에게 곧 오겠다고 말한 후 뛰어가 아버지

곁에 앉았다. 그러고는 힘껏 그를 껴안았다.

"차가 왔냐? 가방을 다 준비했다면 아직 시간이 있는데."

투르굿 씨가 말했다.

이펙은 화면에 나오는 수나이를 한동안 멍하게 바라보았다. 그러다 자리에 앉아 있지 못하고 안으로 뛰어갔다. 창가에 놓아두었던 지퍼가 달린 작은 바느질 가방과 슬리퍼를 짐 가방에 넣은 후 침대가에 걸터앉았다. 잠시 눈물이 흘렀다.

이후에 내게 설명한 바에 의하면, 아버지 곁으로 되돌아왔을 때는 카와 함께 카르스를 떠날 결정을 확실하게 내렸었다. 의심과 망설임의 독을 싹 제거해 버렸기 때문에 마음이 편한 상태였다. 그리고 그 도시에서의 마지막 시간을 아버지와 함께 텔레비전을 보면서 보내기를 원했다.

접수계 담당인 자빗이 문 앞에 누가 와 있다고 말했을 때 이펙은 전혀 당황하지 않았다. 투르굿 씨는 딸에게 냉장고에서 콜라 한 병을 가지고 오라면서, 나누어 마시게 유리컵 두 개를 꺼내라고 말했다.

이펙은 부엌문에서 보았던 파즐의 얼굴을 절대 잊지 못할 거라고 내게 말했다. 그의 눈빛은 재앙을 말하고 있었다. 동시에 이펙은, 파즐이 그녀를 가족 중 한 명으로, 아주 가까운 사람으로 여기고 있다는 느낌을 받았다.

"그들이 라지베르트와 한데를 죽였어요."

파즐이 말했다. 이펙은 자히데가 건네준 컵에 든 물의 절반을 마셨다.

"카디페를 설득할 수 있는 것은 라지베르트뿐이었는데."

파즐이 울고 있을 때 이펙은 꼼짝 않고 그를 지켜봤다. 파즐은 마음의 소리를 듣고 그곳으로 갔다고 말했다. 라지베르트와 한데가 숨어 있다는 제보를 받고 군인들이 습격했다면서, 누군가의 제보가 없었다면 많은 군인들이 그런 식으로 공격할 수는 없었을 거라고 말했다. 자신의 뒤를 밟았을 리는 없다고 했다. 왜냐하면 파즐이 그곳에 도착했을 때에는 이미 모든 것이 다 끝나 있었기 때문이다. 파즐은 이웃집 아이들과 함께 군용 탐조등 아래서 라지베르트의 시체를 보았다고 말했다.

"저 여기 좀 있어도 되나요? 다른 곳에 가고 싶지 않아요."

파즐이 말했다.

이펙은 그에게 컵 하나를 건넸다. 다른 서랍, 관계가 없는 찬장을 열고 닫으며 병따개가 어디 있는지 뒤졌다. 라지베르트를 처음 만났을 때, 그날 자신이 입었던 꽃무늬 블라우스를 가방에 넣은 것을 기억해 냈다. 파즐을 안으로 들여, 카가 화요일 밤 술에 취한 후 모두의 시선 아래서 시를 쓰기 위해 앉았던 부엌 문 옆의 의자에 앉혔다. 그리고 몸속에 독처럼 퍼지는 고통이 잠시 멈추도록 환자처럼 휴식을 취했다. 파즐이 멀리서 조용히 화면에 나오는 카디페를 바라보고 있을 때, 이펙은 먼저 그에게, 그리고 나중에는 아버지에게 콜라 한 잔씩을 건네줬다. 그녀는 자신이 하는 모든 이 일들을 마치 카메라처럼 바깥에서 보고 있었다.

그녀는 방으로 가, 어둠 속에서 잠시 서 있었다.

그리고 위로 올라가 카의 가방을 들고 내려와 밖으로 나갔다. 밖은 추웠다. 문 앞에서 기다리고 있는 군용트럭 안의 경찰에게 도시를 떠나지 않을 거라고 말했다.

"당신을 모셔 가려고 왔는데요."

"생각을 바꿨어요. 전 가지 않을 거예요. 고마워요. 이 가방을 카 씨에게 전해 주세요."

호텔 안에서, 아버지 곁에 앉은 직후 그곳을 떠나는 군용트럭 소리를 들었다.

"보냈어요. 전 안 가요."

투르굿 씨는 그녀를 안았다. 그들은 화면에 나오는 연극을 별로 이해하지도 못하면서 한동안 더 바라보았다. 제1막이 끝날 무렵 이펙은 말했다.

"카디페에게 가요, 아버지. 해줄 말이 있어요."

43
여자들은 자존심을 지키기 위해 자살한다

최후의 막(幕)

수나이는 영감과 다른 많은 영향들을 받아 쓴 토머스 키드의 연극 「스페인의 비극」의 제목을 마지막 순간에 「카르스의 비극」으로 바꾸었다. 이 새 제목은 텔레비전에서 계속해서 광고한 연극의 시작 시간 30분을 남겨놓고 겨우 발표되었다. 일부는 군대의 통제 하에 버스로 데려온 사람들이고, 일부는 텔레비전 광고나 군대의 철저한 보안통제를 믿고 온 사람들, 혹은 어떤 희생을 치르더라도 일어날 일들을 자신들의 눈으로 보고 싶어하는 (왜냐하면 '생방송'이 실은 녹화 테이프에서 방송되고 있고, 그 테이프는 미국에서 온 것이라는 소문이 도시에 퍼졌기 때문이다.) 호기심 많은 사람들, 그리고 대부분 어쩔 수 없이 온 공무원들(이들은 이번에는 가족을 동반하지 않았다.)로 구성된 많은 관객들은 이 새 제목에 대해 알지도 못하고 있었다. 알게 되었다 하더라도 도시의 모든 사람들처럼, 누구도 별로 이해하지 못하고 관람했던 '연극'과 이 제목을 관련짓는 것은 어차피 어려웠다.
 첫 공연 그리고 공연이 있은 후 4년이 지나 내가 국경 카르스 텔레비전의 비디오 자료 보관소에서 꺼내어 시청했던 「카르스의 비극」의 전반부의 내용을 요약하는 것은 어렵다. '시대에 뒤쳐지고, 가난하고, 미개한' 어떤 마을에서 행해지는 피의 복수가 연극의 내용이었다. 하지만 사람들이 왜 서로를 죽이기 시작했는지, 서로 공유하지 못하는 것이 무엇인지는 전혀 설명하지 않고 있었다. 살인자들도, 파리처럼 죽는 사람들도 이 문제에 대해 전혀 의문을 제기하거나 묻지 않았다. 오로지 수나이만이 마을 사람들이 피의 복수 같은 미개한 것에 몰입하는 것에 분노하고 있었다. 그는 이 문제에 대해 아내와 논쟁을 하며, 두 번째 여성 등장인물인 젊은 여자(카디페)에게서 이해를 구하고 있었다. 수나이는 연극에서 부유한 지식인 권력자의 역할을 하고 있었다. 하지만 가난한 마을 사람들과 춤도 추고, 농담도 주도 받고, 박학다식하게 인생의 의미에 대해 토론을 했다. 그리고 일종의 연극 속의 연극 같은 분위기로 그들에게 셰익스피어, 빅토르 위고 그리고 브레히트 작품의 장면을 연기해 보였다. 게다가 연극의 여기저기에 마을의 교통, 식탁 매너, 터키인들과 무슬림들만의 고유한 특성, 프랑스 혁명의 영광, 예방 접종, 콘돔 그리고 라크의 이점, 부유한 창녀의 밸리 댄스, 샴푸와 화장품은 단지 물에 색을 첨가한 것뿐이라는 등의 문제에 대한 교훈적인 짧은 이야기들을 무질서하게 펼쳐 보이고 있었다.
 자주 거칠고 엉뚱한 즉흥연기가 나와 혼란스러운 이 연극을 그래도 볼 만하게 만들고, 카르스인들을 무대에 집중하게 만든 유일한 것은 수나이의 열정적인 연기력이었다. 그는 연극이 늘어진다 싶으면 자신의 연극 인생의 가장 훌륭한 순간들 중에서 떠오른 제스처를 취하며 갑자기 화를 냈고, 나라와 국민을 이 상태에 빠지게 한 사람들을 맹렬히 비난했다. 비극적인 모습으로 발을 절며 무대 한 쪽에서 다른 쪽으로 걸으면서 젊은 시절을 추억했고, 몽테뉴가 우정에 대해 썼던 것들 혹은 아타튀르크가 실은 얼마나 외로웠는지에 대해 설명을 했다. 얼굴은 땀으로 범벅이 되어 있었다. 연극과 역사에 관심이 많고, 이틀 전에 있었던 연극에서도 감탄하며 그를 바라보았던 교사 누리에 부인은, 몇 년이 흐른 후 내게, 수나이의 입에서 풍기는 라크 냄새를 자신이 앉아 있는 앞줄에서 아주 잘 맡을 수 있었다고 말했다. 그녀에 의하면 그가 땀을 흘리는 이유는 그 위대한 예술가가 술에 취했기 때문이 아니라, 너무나 흥분했기 때문이라고 했다. 그를 가까이에서 보기 위해 온갖 위험을 감수할 정도로 팬인 카르스의 중년 공무원들, 과부들, 텔레비전에 나오는 그의 모습을 벌써 수백 번 본 아타튀르크주의자들, 모험과 권력에 관심 있는 남자들은, 그에게서 나오는 빛이 앞줄로 퍼졌고, 오랫동안 그의 눈 속을 바라보는 것이 불가능했다고 말했다.

군용트럭에 태워져 강제로 밀렛 극장에 온 신학고등학교 학생들 중 메슷(무신론자들이 신자들과 같은 묘지에 묻히는 것을 반대했던 네집과 파즐의 친구였던 학생)도 몇 년이 지난 후 나에게 수나이에게서 어떤 마력을 느꼈다고 말했다. 어쩌면 그는 4년간 에르주룸에서 무장투쟁을 했던 작은 이슬람 단체에서 활동하다가 커다란 실망을 느끼고, 카르스로 돌아와 어떤 찻집에서 일하기 시작했기 때문에 나에게 이러한 고백을 할 수 있었을 것이다. 그에 의하면, 신학고등학교 학생들이 수나이에게 얽매이게 된 것에는 설명하기 힘든 어떤 것이 있었다. 어쩌면 그것은 그들이 원하는 절대 권력을 수나이가 가지고 있었기 때문일 수도 있다. 아니면 학생들의 활동에 대해 여러

가지 금지 사항을 내려, 그들이 반란을 시도하는 것 같은 무모한 위험에서 벗어나게 했기 때문일 수도 있다. 그에 의하면 수나이가 그렇게 막강한 힘의 소유자임에도 불구하고 무대에 나가 많은 관객 앞에서 진심을 다해 자신을 표출하는 것이 젊은이들에게 감동을 주었다고 했다.

몇 년이 흐른 후 국경 도시 카르스 텔레비전에서 그날 밤 연극의 녹화 비디오를 보고 있을 때, 아버지와 아들, 힘 있는 자와 죄를 지은 자 사이의 그 긴장감이 잊혀지고, 모두들 깊은 정적 속에서 두려운 추억들과 상상 속에 빠진 것을 볼 수 있었다. 민족주의가 지나치게 팽배한 나라에서 살고 있는 사람들만이 이해할 수 있는 '우리'라는 마력적인 그 단일체 감정의 존재를 나 역시 느꼈다. 수나이로 인해 마치 극장 내부에 '이방인'이 한 명도 없는 것 같았고, 모두들 공동의 이야기로 서로에게 절망적으로 매이게 되었다.

이러한 감정을, 카르스인들이 도저히 무대에서의 존재에 대해 익숙해지지 않았던 카디페가 망치고 있었다. 생방송 카메라도 이를 인식했던지 흥분이 넘치는 순간에는 수나이에게 초점을 맞추고 카디페는 전혀 화면 안에 넣지 않았다. 카르스 관객들은 소극에 나오는 하녀처럼 주연들에게 봉사를 할 때만 그녀를 겨우 볼 수 있었다. 하지만 아침부터 텔레비전에서 카디페가 저녁에 있을 연극 무대에서 히잡을 벗을 거라는 광고를 보았기 때문에, 관객들은 그녀가 무엇을 할지 매우 궁금해하고 있었다. 카디페가 군대의 압력으로 히잡을 벗는 것이라는 둥, 무대에 나오지 않을 것이라는 둥, 혹은 이와 비슷한 소문들이 퍼졌었다. 히잡을 착용한 처녀들의 투쟁에 대한 이야기는 들었지만 그녀의 이름은 전혀 듣지 못했던 사람들조차 반나절 안에 카디페를 알게 되었다. 이 때문에 연극 초반부에서의 눈에 띄지 않는 역할과 빨갛고 긴 옷을 입었지만 머리를 감추고 무대에 등장하는 모습이 관객들에게는 실망을 안겨주게 되었다.

카디페에게서 처음으로 무엇인가를 기대하게 된 것은, 연극이 시작되고 20분이 지나 수나이와 그녀 사이에 대화가 시작되었을 때였다. 그들이 단둘이 무대에 남겨졌을 때, 수나이는 그녀에게 "확고한 결정인지"를 물었고, 이어서 "다른 사람들에게 화가 나 자살을 하는 것은 받아들이지 않겠다."라고 말했다.

카디페는 "남자들은 도시의 행복을 위한답시고 서로를 동물처럼 죽이면서, 내가 자살을 하는 것에 누가 간섭한단 말이에요?"라고 말한 후, 무대에 들어온 푼다 에세르에게서 도망치듯 퇴장했다.

4년이 지난 후 나는 카르스에서 그날 밤 일어난 일에 대해, 대화를 할 수 있었던 모든 사람들로부터 정보를 수집했다. 손에 시계를 들고 사건이 일어난 시간 순서대로 일일이 따지다 보니, 카디페가 이 말을 했던 장면에서 라지베르트가 그녀의 모습을 마지막으로 보았을 거라고 유추해 냈다. 왜냐하면 내게 습격에 대해 말해 주었던 이웃 사람들 그리고 여전히 카르스에서 근무하고 있는 경찰들의 말에 의하면, 현관문을 두드렸을 때, 라지베르트와 한데는 텔레비전을 보고 있었기 때문이다. 공식적인 발표에 의하면 라지베르트는 경찰과 군인을 보자 달려가 무기를 가져왔고, 발포하기 시작했다. 이웃 사람들과 얼마 지나지 않아 그를 전설적인 인물로 추대한 청년 이슬람주의자들 중 몇 명이 설명한 바에 의하면, 그는 "발포하지 마시오!"라고 고함을 치며 한데를 구하려고 했다. 하지만 그 집에 갑자기 쳐들어온 Z. 데미르콜의 지휘 하의 특수팀은 1분도 안 돼, 라지베르트와 한데뿐만 아니라, 집 전체를 벌집으로 만들었다고 한다. 이렇게 커다란 소음이 발생했음에도 불구하고 이웃집에 사는 몇몇 호기심 많은 아이들 외에는 아무도 그 사건에 관심을 갖지 않았다. 이는 단지 카르스인들이 밤마다 일어나는 이러한 유의 습격에 익숙해졌기 때문이 아니라, 그때 도시에 사는 그 누구도 밀렛 극장에서 내보내는 생방송 이외에 다른 것에는 관심을 가질 여력이 없었기 때문이기도 하다. 모든 거리는 텅텅 비었고, 모든 가게의 덧문은 내려져 있었고, 몇 군데를 제외하고는 모든 찻집도 닫혀 있었다.

도시의 모든 눈이 자신을 보고 있다는 것은 수나이에게 커다란 자신감과 힘을 주었다. 카디페는 무대에서 오로지 수나이가 허락하는 만큼의 자리만 차지할 수 있다는 것을 느꼈기 때문에 그에게 더 많이 가까이 갔고, 자신이 하고 싶어하는 것을 하기 위해서는 수나이가 말을 하지 않는 순간에 기회를 잡아야 한다는 것을 느꼈다. 이후에 그녀는 언니와는 반대로, 나와 그날에 대해 말하는 것을 회피했기 때문에 그녀가 무슨 생각을 했는지를 알 수는 없다. 자살과 히잡을 벗는 문제에 대한 카디페의 확고한 의지를 연극이 시작된 지 40분이 지난 후에 파악하게 된 카르스인들은 서서히 그녀에게 감탄하기 시작했다. 카디페가 부각되기 시작한 것과 동시에, 연극은 수나이와 푼다 에세르의 반은 교훈적이고 반은 희극적인 분노에서 보다 진지한 드라마로 변하기 시작했다. 관객들은 카디페가 남자들의 압력에 지쳤기 때문에 모든 것을 할 준비가 되어 있는 용감한 인물을 재현하고 있다고 느꼈다. '히잡을 쓴 처녀 카디페' 라는 정체성이 완전히 잊혀졌음에도 불구하고, 카르스인들은 그날 밤 무대에서 재현한 새로운 인물을 가슴으로 받아들였다. 후에 이야기를 나누었던, 몇 년 동안이나 카디페에게 동정심을 느낀 많은 사람들이 그렇게 말했다. 이제 카디페가 무대에 나오면 깊은 정적이 흘렀고, 집에서 가족들과 텔레비전을 보는 사람들은 그녀가 대사를 한 직후에는, "뭐라고 말했어?

뭐라고 말했어?"라고 호기심을 표명했다.

　이러한 정적이 흐르던 때에, 나흘이 지나 도시에서 처음으로 기차의 기적 소리가 들렸다. 카는 군인들이 강제로 태운 어떤 객차 속에 있었다. 되돌아온 군용트럭에서 이펙을 보지 못하고, 단지 가방만을 건네받아야 했던 나의 사랑하는 친구는 자신을 호위하는 군인들에게 그녀와 만나게 해달라고 애원했다. 그러나 허락을 받지 못하자 한 번만 더 군용트럭을 호텔로 보내달라고 그들을 설득하는 데 성공했다. 트럭이 다시 텅 빈 상태로 되돌아오자 장교들에게 기차가 5분만 더 늦게 출발하게 해달라고 애원했다. 그래도 이펙은 보이지 않았고, 출발을 알리는 기적 소리가 들려오자 카는 울기 시작했다. 기차가 움직였다. 그는 여전히 글썽이는 눈으로, 플랫폼에 서 있는 군중들을 살폈다. 캬즘베키르 동상이 바라다 보이는 다른 문을 통해 손에 가방을 든 키 큰 여자가 자신을 향해 걸어오고 있지 않을까 하고.

　속도를 내고 있던 기차가 한 번 더 기적을 울렸다. 그 시각 이펙과 투르굿 씨는 카르팔라스 호텔을 떠나 밀렛 극장을 향해 걸어가고 있었다.

　"기차가 떠나는구나."

　투르굿 씨가 말했다.

　"예. 길이 곧 열릴 테고, 시장과 연대장도 도시로 돌아올 거예요."

　이펙은 이 엉뚱한 쿠데타도 이렇게 해서 끝이 날 것이고, 모든 것이 정상으로 돌아갈 것이라는 내용의 말을 했다. 하지만 그다지 중요한 내용이었다기보다는, 입을 다물고 있으면 아버지가 자신이 카를 생각하고 있다고 여길 것이었기 때문에 한 말일 뿐이었다. 자신의 머릿속에 카는 그리고 라지베르트의 죽음은 얼마 만큼 있었는지 그녀 자신도 정확히 모르고 있었다. 그녀의 마음속에는 놓쳐버린 행복의 기회보다 더 강한 고통, 카를 향한 강렬한 분노가 있었다. 자신이 느끼는 분노의 이유는 거의 확실했다. 4년 후 카르스에서 이 이유에 대해 나와 열의 없이 논쟁을 하고 있을 때, 그녀는 질문과 의심 때문에 마음이 불편해했고, 그날 밤 이후로 카를 다시 사랑하는 것은 거의 불가능하다는 것을 알게 되었다고 말했다. 카를 싣고 가는 기차가 기적을 울리며 카르스를 떠날 때 이펙은 가슴이 조금 아프기도 했다. 그리고 약간은 놀란 심정이었다. 하지만 그녀의 진짜 고민은 지금 그 아픔을 카디페와 나누는 것이었다.

투르굿 씨는 딸이 조용히 있자 그녀가 불안해하고 있음을 느끼게 되었다.

"모든 사람이 떠나버린 도시 같구나."

"유령 도시."

이펙은 무엇인가를 계속 말해야 한다는 생각 때문에 이렇게 대꾸했다.

세 대의 군용트럭이 일렬로 모퉁이를 돌아 그들 앞을 지나갔다.

투르굿 씨는 길이 열렸다고 말했다. 부녀는 시간을 보내기 위해 그들 앞을 지나 어둠 속으로 사라지는 차량 행렬의 빛을 바라보았다. 이후 알게 된 바에 의하면, 그 차량들 중 중간에 있던 지프차 속에 라지베르트와 한데의 시체가 있었다.

투르굿 씨는 맨 마지막으로 지나간 지프차의 비뚤어진 헤드라이트 빛을 통해 《국경 도시 신문》의 진열장에 내일 자 신문이 걸려 있는 것을 보았다. "무대에서의 죽음. 유명한 연극배우 수나이 자임, 어젯밤 무대에서 연기를 하다가 총에 맞아 살해되다."

기사를 두 번 읽은 후에, 그들은 빠르게 밀렛 극장으로 걸어갔다.

극장 출입구 앞에는 경찰 차량이 그리고 아래쪽으로는 여전히 탱크의 그림자가 있었다.

그들은 안으로 들어갈 때 몸수색을 당했다. 투르굿 씨는 자신이 '여주인공의 아버지'라고 말했다. 제2막이 시작된 후였다. 그들은 맨 뒷줄에서 빈 좌석을 찾아 앉았다.

이 막에는 수나이가 수년 동안 연구해서 발전시킨 농담들, 즐거운 장면들이 여전히 있었다. 푼다 에세르는 자신이 한 연기를 조롱하는 듯한 분위기로 밸리 댄스를 추기도 했다. 하지만 연극의 분위기는 이미 꽤 진지해져 있었고, 극장은 정적 속에 파묻혀 있었다. 이제 카디페와 수나이는 자주 둘만 남아 있었다.

"그래도 내게 왜 자살을 하는지 해명해 줘야 하오."

수나이가 말했다.

"누구도 그걸 정확히 알 수는 없어요."

카디페가 말했다.

"그게 무슨 말이오?"

"왜 자살을 하는지 정확히 안다면, 그리고 그 이유를 솔직히 말할 수 있다면, 자살을 하지 않을 거예요."

카디페가 말했다.

"그래도 이렇게 많은 사람들이 당신을 보고 있고 궁금해하고 있소. 최소한 지금 머리에 떠오르는 게 있다면 말해 주시오."

"여자들은 무엇인가를 얻을 희망으로 자살을 해요. 남자들의 경우는 그 반대로 희망이 없을 때 자살을 하지요."

"그 말은 맞소."

수나이는 이 말을 한 후 호주머니에서 크륵칼레 권총을 꺼냈다. 모든 극장은 권총의 반짝임에 집중했다.

"내가 완전히 패배했다는 걸 알게 되면 이것으로 날 쏴주겠소?"

"전 교도소에서 인생을 마치고 싶지 않아요."

"하지만 어쨌든 나중에 자살할 생각이었잖소? 자살을 하면 어차피 지옥에 갈 건데, 이 세상과 저 세상에서 받을 벌을 두려워해선 안 되지 않소?"

"여자는 바로 그 때문에 자살을 하지요. 그러니까 온갖 종류의 벌에서 도망치기 위해."

"내가 패배했다고 생각되는 순간 바로 이런 여자의 손에서 최후를 맞고 싶다!"

수나이는 관객을 행해 과장된 분위기로 말했다. 그러고는 잠시 말을 멈췄다. 그러고는 아타튀르크의 호색가적인 기질과 관련된 이야기를 하기 시작했다. 관객들이 지루해하기 시작했다는 것을 바로 그때 눈치 챘기 때문이다.

제2막이 끝났을 때 투르굿 씨와 이펙은 분장실로 가 카디페를 만났다. 한때 모스크바, 상트페테르부르크에서 온 곡예사, 몰리에르 연극을 했던 아르메니아인 배우들, 러시아 순회공연을 갔던 밸리 댄서들과 음악가들이 분장을 하던 넓은 방은 지금 얼음장처럼 추웠다.

"언니가 떠났을 거라고 생각했는데."

카디페가 이펙에게 말했다.

"네가 자랑스럽구나, 너무 멋졌다!"

투르굿 씨는 이렇게 말하며 카디페를 껴안았다.

"그가 '날 쏴.'라며 네 손에 권총을 주었다면, 내가 일어서서 연극을 중단시키고, '카디페, 절대 쏘지 마.'라고 고함을 지르려고 했단다."

"왜요?"

"총알이 장전되어 있을 수도 있으니까."

그리고 투르굿 씨는 내일 자 신문에서 읽은 기사에 대해 카디페에게 말해 주었다.

"세르다르가 현실화될 거라는 희망으로 미리 썼던 기사들을 두려워하는 건 아니다. 그가 쓴 기사들의 대부분은 거짓으로 판명되니까. 하지만 세르다르가 그런 대담한 기사를 수나이의 허락 없이 쓰지는 않았을 거다. 수나이가 그 기사를 쓰게 했던 게 확실해. 이건 단순한 기사가 아닐 수도 있단다. 어쩌면 무대에서 네가 자기를 죽이도록 하고 싶어할 수도 있지. 얘야, 총알이 장전되어 있지 않다는 확신이 없으면 절대 그에게 총을 쏘지 마라! 그리고 그 사람 때문에 절대 히잡을 벗지 마라. 이펙은 가지 않는다. 우리는 이 도시에서 더 살거니, 이슬람주의자들을 쓸데없이 자극해 화나게 하지 말거라."

"언니는 왜 떠나는 걸 포기했어?"

"나와 너, 우리 가족을 더 사랑하기 때문이지."

투르굿 씨는 카디페의 손을 잡으며 이렇게 말했다.

"아버지, 카디페와 제가 잠시 따로 얘기를 나눌 수 있을까요?"

이펙이 말했다. 이 말을 하자마자 이펙은 카디페의 얼굴에 두려움이 드리워지는 걸 보았다. 투르굿 씨가 높은 천장과 먼지투성이의 방의 다른 쪽에서 안으로 들어오는 수나이와 푼다 에세르에게 다가가고 있을 때, 이펙은 온 힘을 다해 카디페를 껴안았다. 이 행동이 동생에게 공포심을 불러일으켰다. 카디페의 손을 잡고 커튼으로 나누어진 다른 구역으로 끌고 갔다. 푼다 에세르가 코냑 병을 들고 나가면서, "카디페, 너 아주 잘하더구나. 그럼 편히 얘기들 나눠라."라고 말했다.

이펙은 갈수록 절망적인 표정이 되어가는 카디페를 의자에 앉혔다. 이펙은 여동생과 눈을 맞춰 나쁜 소식이 있다는 듯한 시선으로 바라보았다.
"한데와 라지베르트가 습격을 당해 죽었어."
카디페의 눈길이 잠시 내면 속으로 침잠했다.
"그들이 같은 집에 있었대? 누가 말해 줬어?"
하지만 이펙의 얼굴에서 단호한 표정을 보자 입을 다물었다.
"신학고등학교 학생인 파즐이 말해 줬어. 난 그의 말을 믿었어. 왜냐하면 자기 눈으로 봤다고 했으니까."
벌써부터 얼굴이 창백해진 카디페가 이 소식을 받아들이라는 의도로 잠시 기다린 후 계속해서 말했다.
"카는 라지베르트가 숨어 있는 곳을 알고 있었어. 널 마지막으로 본 후 호텔로 돌아오지 않았어. 난 카가 라지베르트와 한데가 숨어 있던 곳을 특수작전팀에게 말했다고 생각해. 이 때문에 그와 함께 독일로 가지 않았어."
"언니가 어떻게 알아? 다른 사람이 고발했을 수도 있잖아?"
"그럴 수도 있지. 나도 그 생각을 해봤어. 하지만 카가 고발했다는 것을 가슴 깊이 느끼고 있기 때문에, 그가 고발하지 않았다는 생각을 도저히 할 수가 없었어. 그를 사랑하지 못할 거야. 그래서 독일에 가지 않은 거야."
카디페는 이펙의 말을 들을 힘이 더 이상 남아 있지 않았다. 이펙은 동생이 라지베르트의 죽음을 전적으로 받아들였다는 것을 알 수 있었다.
카디페는 손을 얼굴에 묻고 울기 시작했다. 이펙은 그녀를 껴안고 같이 울었다. 하지만 이펙은 자신이 우는 이유가 카디페와 다르다는 것을 알고 있었다. 둘 다 라지베르트를 사랑하고 있다는 것을, 서로

치열하게 경쟁을 하며 부끄러웠을 때도 이렇게 한두 번 운 적이 있었다. 이펙은 지금 모든 싸움이 끝났다는 것을 느끼고 있었다. 그녀는 카르스를 떠나지 않을 것이다. 문득 자신이 갑자기 늙었다는 생각이 들었다. 화해하고 평화롭게 늙어가는 것, 세상에서 아무것도 원하지 않을 만큼 현명해지는 것. 이제 그럴 수 있을 것 같았다.

지금은 흐느껴 울고 있는 카디페가 더 걱정이 됐다. 동생은 지금 자신보다 더 깊고 치명적인 고통을 겪고 있었다. 자신이 동생의 처지가 아니라는 것에 대해 감사하는 마음이, 혹은 복수심이 스쳐 지나갔다. 하지만 곧 이러한 감정을 느끼는 자신이 부끄러워졌다. 밀렛 극장을 경영하는 사람들은, 영화 휴식 시간에 사이다와 병아리콩 판매가 올라간다는 생각에 관객들에게 항상 같은 음악 테이프를 틀어줬다. 젊은 시절 이스탄불에서 들었던 「나에게 가까이, 가까이 와 줘」라는 노래였다. 둘 다 영어를 잘하고 싶었지만 그러지 못했던 시절에 들은 노래였다. 여동생은 음악을 듣자 더더욱 흐느꼈다. 커튼 사이로 아버지와 수나이 씨가 반쯤 어두운 방의 한 쪽에서 대화에 열중해 있었다. 손에 작은 코냑 병을 들고 그들에게 다가가는 푼다 에세르가 잔에 술을 채웠다.

"카디페 양, 저는 대령 오스만 누리 출락입니다."

거칠게 커튼을 들추며 중년의 군인이 다가왔다. 그리고 영화에서나 나옴직한 행동으로 땅까지 허리를 굽히며 인사를 했다.

"숙녀 분의 슬픔을 제가 어떻게 하면 누그러뜨릴 수 있을까요? 무대에 나가고 싶지 않으시면 당신에게 희소식을 전해 주지요. 길이 열렸으며, 곧 병력이 도시로 들어올 겁니다."

오스만 누리 출락은 이후 군사 재판에서 이것을, 허튼 반란자들에게서 도시를 구하기 위해 자신이 노력했다는 증거로 이용할 터였다.

"전 괜찮습니다. 감사합니다."

카디페가 말했다.

이펙은 카디페의 행동에서 그녀가 벌써 푼다 에세르의 가장하는 분위기의 영향을 받았다는 것을 느꼈다. 한편으로는 동생이 정신을 가다듬기 위해 보이고 있는 노력에 감탄하기도 했다. 카디페는 어렵사리 일어서 물 한 잔을 마셨다. 그러고는 넓은 분장실에서 유령처럼 거닐었다.

제3막이 시작될 때, 이펙은 아버지가 카디페를 만나지 못하게 하려고 했지만 투르굿 씨는 결국 카디페에게 다가갔다.

"얘야, 두려워하지 마라."

투르굿 씨는 수나이와 그 동료들을 바라보며 말했다.

"그들은 현대화된 사람들이다."

제3막의 처음에 푼다 에세르는 능욕당한 여성의 노래를 불렀다. 이는 군데군데 연극을 지나치게 '지적'이고 이해할 수 없는 것이라고 생각했던 관객의 시선을 끄는 역할을 했다. 푼다 에세르는 항상 그러했듯이, 한편으로 눈물을 흘리며 남자 관객들을 저주하면서 다른 한편으로는 자신이 겪은 일에 대해 자랑을 섞어가며 설명했다. 노래 두 곡과 아이들이나 웃을 것 같은 작은 광고 패러디(아이가즈 프로판 가스가 방귀로 만들어졌다는 내용이었다.) 이후 무대가 어두워졌다. 그러고는 이틀 전에 있었던 연극의 끝머리에 무대에 무기를 들고 나왔던 군인들을 떠올리는 두 명의 군인이 나타났다. 그들은 무대 중앙에 교수대 기둥을 가지고 와 세웠다. 극장 전체에 긴장감이 가득 찬 정적이 흘렀다. 눈에 띄게 발을 저는 수나이와 카디페가 교수대 기둥 밑으로 걸어갔다.

"사건이 이렇게 빨리 진행될 거라고는 전혀 생각해 보지 못했소."

수나이가 말했다.

"그건 하고 싶었던 것을 성공하지 못한 것에 대한 자백인가요, 아니면 이젠 나이가 들어 멋들어지게 죽기 위한 핑계를 찾고 있는 건가요?"

카디페가 물었다.

이펙은 카디페가 자신의 역할을 하기 위해 안간힘을 쓰고 있다는 것을 느꼈다.

"카디페 양, 당신은 정말 똑똑하군요."

"그게 당신을 두렵게 하나요?"

카디페는 긴장되고 화가 난 분위기로 말했다.

"그렇소!"

수나이가 도발적으로 말했다.

"당신은 저의 영리함 때문이 아니라, 제가 인격을 가졌기 때문에 두려워하는 거예요. 왜냐하면 우리 도시의 남자들은 여자들의 지적 능력이 아니라, 그녀들이 독립적인 인간이 되는 것을 두려워하니까요."

"정반대요. 난 당신네 여성들이 유럽인들처럼 독립적인 인간이 되라고 이 반란을 단행했소. 그러한 이유로 난 지금 당신이 히잡을 벗었으면 하오."

"전 히잡을 벗을 거예요. 하지만 당신의 강요나 유럽인들을 모방하기 위해서가 아니라는 것을 증명하기 위해 그 후에는 목을 맬 거예요."

"하지만 한 개인처럼 행동해 자살을 한다면, 유럽인들은 당신에게 박수갈채를 보낼 테지요. 카디페 양, 그렇지 않소? 아시아 호텔에서의 비밀 모임에서 독일 신문에 성명을 발표하기 위해 당신이 아주 의욕적으로 행동했다는 것을 알고 있소. 히잡을 쓴 처녀들뿐만 아니라, 자살하는 소녀들도 당신이 조직했다고 알려져 있던데?"

"히잡 투쟁 과정에서 자살을 한 소녀는 테스리메 한 명밖에 없어요."

"그리고 지금 당신은 그 두 번째가 되는 것이고……."

"아니오, 전 자살을 하기 전에 히잡을 벗을 거예요."

"많이 생각한 거요?"

"예, 아주 많이 생각했어요."

"그렇다면 이것도 생각했겠군. 자살을 한 사람들은 지옥에 가오. 어차피 지옥에 갈 거라고 생각한다면 날 맘 편히 죽일 수 있을 거요."

"아니요. 자살을 하면 지옥에 갈 거라는 생각은 하지 않아요. 단지 민족, 종교 그리고 여자의 적을 없앤다는 생각으로 당신을 죽일 거예요."

"카디페, 당신은 용감하고 솔직하군. 하지만 우리 종교는 자살을 금하고 있소."

"성스런 코란의 니사장은 '자살하지 말라.'라고 명령하고 있지요. 하지만 그렇다고 해서 전능하신 신이 자살하는 모든 여자들을 용서하지 않을 것이고, 그녀들을 지옥으로 보낼 것이라는 뜻은 아니지요."

"그러니까 목적에 따라 코란을 왜곡하는 방법을 찾은 거군."

"더욱이 그 정반대가 맞는 거지요. 카르스에 사는 여자들은 자신들이 원하는 대로 히잡을 쓸 수 없기 때문에 자살을 하지요. 숭고한 신은 공정하시고 그녀들이 겪는 고통을 보고 계세요. 제 가슴에는 신에 대한 사랑이 있어요. 하지만, 이 카르스 시에는 제가 설 자리가 없어요. 그러니 나도 그녀들처럼 자살을 할 거예요."

"그 말이 추운 겨울에 눈을 헤치고 이곳에 와 설교를 하는 종교인들을 화나게 할 거라는 것을 알고 있지요, 카디페 양? 하지만 코란은······.”

“저는 무신론자나, 두려워서 신을 믿는 척하는 사람들과는 우리 종교에 대해 논쟁하고 싶지 않아요. 그리고 이제 이 게임을 끝내는 게 어때요?”

“당신 말이 맞소. 나도 당신의 영적인 삶에 간섭하고 싶어서가 아니라, 지옥에 대한 두려움 때문에 나를 맘 편히 쏘지 못할 거라는 생각해서 그 문제를 거론한 거요.”

“염려하지 마세요. 맘 편히 당신을 죽일 테니까요.”

“좋소.”

수나이는 기분이 상한 분위기로 말했다.

“그렇다면 나도 25년 연극 생활을 하면서 얻은 가장 중요한 결론을 말해 주지. 우리 관객들은 그 어떤 작품에서도 이보다 긴 대화를 참아내진 못하오. 원한다면 더 이상 길게 끌지 말고 행동에 옮기는 게 어떻소?”

“좋아요.”

수나이는 아까 보여주었던 크륵칼레 권총을 꺼내 카디페와 관객들에게 보여주었다.

“먼저 히잡을 벗으시오. 그러면 당신에게 이 권총을 건네주겠소. 그리고 날 쏘시오. 처음으로 생방송에서 이런 일이 일어나니 이것의 의미를 관객과 시청자들에게 한 번 더······.”

“더 이상 길게 말하지 마시죠. 자살을 하는 처녀가 왜 자살을 하는지에 대해 말하는 남자들의 말에 질렸으니까요.”

“맞소.”

수나이는 손에 들고 있던 무기를 만지작거리며 말했다.

"그래도 두 가지는 말하고 싶소. 신문 기사를 읽고 가십에 넘어간 사람들 그리고 생방송으로 우리를 보고 있는 카르스인들이 두려워하지 말라는 의미에서 하는 말이오. 보시오 카디페 양, 이건 권총의 탄창이오. 보는 것처럼 비어 있소."

그는 탄창을 꺼내 카디페에게 보여주고는 제자리에 넣었다.

"빈 것을 보았지요?"

그는 노련한 마술사처럼 말했다.

"네."

"그래도 다시 한 번 확인합시다."

수나이는 탄창을 다시 꺼냈다. 모자와 토끼를 보여주는 마술사처럼 관객들에게 다시 한 번 보여주고는 제자리에 끼웠다.

"마지막으로 나 자신을 변론하고 싶소. 당신은 조금 전 날 맘 편히 쏠 것이라고 말했소. 내가 군사 쿠데타를 일으키고, 서양인들과 닮지 않았다는 이유로 사람들에게 총을 발포하는 사람이기 때문에 분명 날 혐오할 것이오. 하지만 내가 이런 일을 한 것은 우리 민족을 위한 것이었음을 알아주었으면 하오."

"알겠어요. 지금 히잡을 벗겠어요. 모두 절 봐 주시기 바랍니다."

순간 그녀의 얼굴에 고통이 어렸다. 그러고는 아주 간결하게, 쓰고 있던 히잡을 벗었다.

극장 안은 쥐 죽은 듯이 고요했다. 전혀 기대하지 못한 반응인 듯 수나이는 멍하니 카디페를 쳐다봤다. 둘 다 이후에 할 말을 모르는 배우처럼 관객들을 향해 몸을 돌렸다.

카르스의 모든 사람들은 한동안 감탄스럽게 카디페의 길고 아름다운 갈색 머리카락을 바라보았다. 카메라맨은 모든 용기를 모아 처음으로 카디페에게 카메라 렌즈의 초점을 맞춰 가까이 들어갔다. 카디페의 얼굴에 군중 앞에서 옷을 벗은 여자의 수치심이 나타났다. 그녀가 고통스러워하고 있었다.

"권총을 주세요."

카디페는 조급하게 말했다.

"여기 있소."

수나이는 총신을 잡고 권총을 카디페에게 내밀었다.

"방아쇠 여기를 당기시오."

카디페가 권총을 받자 수나이의 얼굴에 미소가 떠올랐다. 모든 카르스인들은 그 대화가 더 지속될 거라고 생각했다. 어쩌면 수나이도 이러한 믿음으로 말했을 것이다.

"머리카락이 아주 아름답소, 카디페 양. 다른 남자들이 그걸 볼 거라는 생각에 질투심을 느낄 것 같소."

순간, 한 발의 총성이 들렸다. 모든 사람들은 그 소리보다는 수나이가 정말로 총에 맞은 듯 비틀거리며 바닥으로 넘어지는 것에 놀랐다.

"모두 것이 얼마나 바보 같은 짓인가! 그들은 현대 예술을 이해하지 못해, 현대화되지 못할 거야!"

관객들이 수나이에게서 긴 죽음의 독백을 기다리던 차에 카디페는 권총을 더 가까이 대며 네 발을 더 쐈다. 매번 수나이의 몸은 떨리면서 곤추섰다. 마치 몸이 더욱더 무거워진 듯 바닥에 쓰러졌다. 이 네 발은 아주 빨리 발포되었다.

그에게서 죽는 연기보다는, 죽음에 관한 의미 있는 긴 연설을 기대했던 관객들은 네 번째 총알이 발사된 후 수나이의 얼굴이 피투성이가 되는 것을 보고는 희망을 버렸다. 연극에서 대본만큼이나 사건과 효과의 사실성에 중요성을 부여하는 누리예 부인이 자리에서 일어났다. 수나이에게 박수를 보내려고 하다가 피범벅이 된 그의 얼굴을 보고는 두려워, 다시 자리에 앉았다.

"제가 아마도 그를 죽인 것 같아요."

카디페는 관객을 향해 말했다.

"잘했어!"

뒷줄에 앉은 신학고등학교 학생들 중 한 명이 이렇게 소리쳤다.

보안 병력은 무대에서의 살인에 너무나 몰입해 있었기 때문에 그 학생이 있던 위치도 몰랐을 뿐만 아니라 뒤따라가지도 않았다. 이틀 동안 수나이를 텔레비전에서 보면서, 무슨 희생을 치르더라도 그를 가까이서 보기 위해 맨 앞자리에 앉았던 교사 누리예 부인이 울기 시작하자, 단지 극장에 있던 사람들뿐만 아니라 모든 카르스인들이 무대에서의 사건이 사실 그 자체임을 눈치 챘다.

괴상하고 우스꽝스러운 모양새로 서로를 향해 뛰어간 두 명의 군인이 무대의 커튼을 당겼다.

44

아무도 카를 좋아하지 않는다, 여기 이곳에서는

4년 후 카르스에서

    커튼이 닫힌 직후 Z. 데미르콜과 그의 동료들은 카디페를 체포했다. 그리고 '그녀의 안전을 위해' 그녀를 큐축 캬즘베이 대로로 통하는 뒷문으로 납치해 가 군용트럭에 태웠다. 그녀는 라지베르트를 마지막 날 가뒀던 중앙 수비대에 있는 오래된 대피소로 옮겨졌다. 몇 시간 후에 카르스로 오는 모든 길이 완전히 열리자, 도시의 이 작은 '군사 쿠데타'를 진압하기 위해 행동을 개시한 군대 병력은 그 어떤 저항에도 부딪히지 않고 카르스로 입성했다. 사건 발생 당시 직무를 유기한 주지사 보좌관, 사단장 그리고 다른 공무원들은 즉시 해직되었다. '반란자들'과 공모한 일련의 군인들과 국가 정보국 관리들도, 국가와 민족을 위한 일이었다는 식의 이의 제기에도 불구하고 체포되었다. 투르굿 씨와 이펙은 카디페를 사흘이 지나서야 면회할 수 있었다. 투르굿 씨는 사건이 났을 때 수나이가 정말로 죽었다는 것을 알고는 비통해했지만, 그래도 카디페에게는 불똥이 튀기지 않을 거라는 희망으로 바로 그날 밤 딸을 데리고 집으로 돌아오려는 시도를 했지만 성공하지 못했다. 그리하여 자정이 훨씬 지나 큰딸의 부축을 받으며 텅 빈 거리를 걸어 집으로 돌아왔다. 그가 울고 있을 때, 이펙은 가방을 열고 안에 들어 있던 물건들을 꺼내 서랍에 다시 넣었다.

무대에서 일어난 모든 일을 구경하고 있던 카르스인들 대부분은, 사건이 일어난 그 다음 날 아침 《국경 도시 신문》을 읽고, 수나이가 잠깐 동안의 고통 후 죽었다는 것을 알게 되었다. 밀렛 극장을 메운 군중들은 커튼이 닫힌 후 의심을 하면서 조용히 흩어졌고, 텔레비전은 최근 사흘 동안 일어난 일에 대해 다시는 다루지 않았다. 계엄령 시기부터 국가 혹은 특수팀들이 거리에서 '테러리스트들'을 뒤쫓고 습격을 단행하며 공고를 하는 것에 익숙해졌던 카르스인들은, 얼마 지나지 않아 그 사흘을 특별한 시기로 여기는 것을 그만두었다. 다음 날 아침부터 참모 본부는 조사에 착수했고, 수상실 감찰 위원회가 행동을 개시했다. 모든 카르스인들도 '연극 반란'을 정치적 측면이 아니라, 무대와 예술 차원에서 논쟁하기 시작했다. 모든 사람이 보는 앞에서 권총에 빈 탄창을 끼웠는데, 카디페는 어떻게 수나이 자임을 쏴 죽일 수 있었던 것일까?

생활이 정상으로 돌아간 후에 카르스에서의 '연극 반란'을 조사하기 위해 앙카라에서 파견한 소령 조사관의 자세한 보고서는, 내 책의 여러 곳에서 그러했듯이, 날랜 손재주가 아니라 마술처럼 보이는 이 문제에 대해 내게 도움이 되었다. 그날 밤 이후 카디페는 그 사건에 대해 입을 다물었다. 자신을 면회 온 언니와 아버지에게도, 검찰에게도, 법정에서 자신을 변호해 줄 변호사에게도. 해서 소령 조사관은 사실을 밝히기 위해, 마치 내가 4년 후에 할 것처럼, 많은 사람들과 이야기를 나누었다. (더 정확한 표현을 빌리자면 진술을 받았다.) 이렇게 해서 모든 가능성과 소문들을 검토했던 것이다.

소령 조사관은, 카디페가 수나이 자임을, 수나이 자신의 허락 없이, 고의로, 기꺼이 죽였다는 식의 관점을 반박하기 위해, 먼저 그녀가 눈 깜짝할 사이에 호주머니에서 꺼낸 다른 권총으로 혹은 권총에 탄창을 장착하고 발사했다는 식의 소문은 사실과 맞지 않다고 주장했다. 게다가 총에 맞은 수나이의 얼굴에서 놀란 표정이 드러났다 할지라도, 이후에 실시된 경찰 조사들, 카디페의 몸에서 나온 소지품들과 그날 밤의 비디오 녹화 장면을 보면 사건 당시에 단 한 자루의 권총과 탄창이 사용되었다는 것을 알 수가 있었다. 카디페와 동시에 수나이에게 다른 누군가가 다른 각도에서 총을 쐈다는 식의 카르스인들이 아주 좋아한 관점도, 앙카라에서 보내온 탄도 보고서에서, 시체해부 결과 배우의 몸속에 있던 총알들이 카디페의 손에 들려 있던 크륵칼레 권총에서 나왔다는 것이 확인되어 근거가 없어졌다. 카르스인들 대부분이 카디페를 영웅인 동시에 희생자로 전설화시킨 원인이 된 마지막 말(제가 아마도 그를 죽인 것 같아요!)을, 조사관 소령은 그녀가 계획적으로 살인을 저지르지 않았다는 증거로 보았다. 이 부분에서 이후에 재판을 할 검찰에게 방향을 제시하는 분위기로, 계획적인 살인 그리고 나쁜 의도 등의 법적, 철학적 개념을 세세하게 언급했다. 연극을 할 때 이전에 그녀에게 외우게 하거나 다양하게 연습시켰던 말들은, 실은 카디페의 말이 아니고 모든 사건의 계획자이자 고인이 된 배우 수나이 자임의 것이라고 설명했다. 탄창이 비어 있다는 것을 두 번이나 말한 후에 권총에 장착한 수나이 자임은 카디페와 모든 카르스인들을 속였던 것이다. 3년 후 일찍 은퇴하게 된 소령 조사관을 앙카라에 있던 그의 집을 방문해 만나 적이 있었다. 내가 책장에 있는 애거서 크리스티의 작품들을 가리키자 내게 특히 그 책들의 제목을 아주 좋아한다고 말한 그의 표현에 의하면 그러니까 '탄창에는 총알이 장전되어 있었다!' 였다. 사흘 동안 서구주의와 아타튀르크주의를 핑계 대며 수나이 자임과 그의 동료들이 단행했던 잔인한 폭력이 (사망자의 수는 수나이를 포함하여 29명이었다.) 카르스인들을 얼마나 두렵게 했는지에 대해서는, 빈 잔이 차 있다고 해도 믿을 준비가 되어 있었다. 이러한 점에서 단지 카디페뿐만 아니라, 수나이가 자신의 죽음을 미리 알렸음에도 불구하고 그가 무대에서 자신을 죽이게 만들고, 이를 연극이라는 핑계로 즐겁게 구경하던 카르스인들도 이 사건의 일부였던 것이다. 소령은 보고서에서, 카디페가 라지베르트의 복수를 위해 수나이를 죽였다는 식의 또 다른 소문에 대해서는, 총알이 없다고 생각하고 권총을 건네받은 사람에게 다른 핑계로 죄를 씌울 수는 없다고 했다. 그리고 영리한 행동으로 수나이를 죽였지만 자신은 자살을 하지 않은 카디페에 대해, 그녀를 칭찬하는 이슬람주의자들과 그녀를 비난하는 세속주의자들이 있는데, 예술과 현실을 혼동해서는 안 될 것이라고 밝혔다. 카디페가 자살을 핑계로 수나이 자임을 속여 그를 죽인 후 자살을 포기했다는 식의 관점은, 무대에 있는 교수대 기둥이 마분지였다는 것을 수나이와 카디페 둘 다 알고 있었다는 것이 증명되면서 근거가 사라졌다.

참모 본부에서 보낸 부지런한 소령 조사관의 세세한 보고서를 군대 검찰관과 판사들도 존경을 표하며 높이 평가했다. 이렇게 해서 카디페는 정치적인 이유로 사람을 죽인 것이 아니라, 부주의 때문에 죽음의 원인을 제공했다는 이유로 3년형을 받았다. 그리고 스무 달 교도소 생활을 한 후 출소했다. 대령 오스만 누리 촐락은 터키 형법

313조와 464조에 제시된, 사람을 죽이기 위한 무장집단 결성 및 살인자가 불분명한 살인 관련법에 의거하여 중죄 판결이 내려졌고, 여섯 달 후 특별사면 법에 의해 석방되었다. 대령에게 그 사건에 대해 그 누구에게도 말하지 말라고 위협을 가했음에도 불구하고, 이후 장교클럽에서 옛 군대 시절 친구들과 만나 거나하게 술을 마셨던 밤마다, 자신은 아타튀르크를 사랑하는 모든 군인들의 마음속에 내재되고 있는 것을 실행하려고 '최소한' 용기를 내 시도는 했다고 말했다. 그러고는 지나치게 무례를 범하지 않는 한도 내에서, 친구들이 이슬람주의자들을 두려워할 뿐만 아니라 태만한 겁쟁이라고 비난했다.

사건에 연루된 다른 장교들, 사병들 그리고 공무원들은, 이들이 명령 체계와 애국심 때문에 가담했다고 항의를 했음에도 불구하고, 무장집단 결성과 살인, 국가 소유 재단을 허가 없이 사용했다는 것 등의 다양한 죄목으로 형벌을 받은 후 같은 특별사면 법이 적용되어 석방되었다. 이들 중, 이후에 이슬람주의자가 될 젊고 거만한 준위가 교도소에서 나온 후 이슬람 성향의 신문 《맹세》에 연재했던 회고담은("나도 한때 과격 혁명가였다.") 군대를 모욕했다는 이유로 게재 정지되었다. 골키퍼 우랄이 반란 직후 지역 국가 정보국을 위해 일했다는 사실도 드러났다. 극단의 다른 단원들은 '단순한 예술인'이었다는 점을 법원도 받아들였다. 푼다 에세르는 남편이 살해된 날 밤 정신 발작을 일으켜 모든 사람들을 공격했고, 모든 사람에 대해 아무에게나 가서 불평하고 고발을 했기 때문에 앙카라에 있는 군인병원 정신과에서 넉 달 동안 입원 생활을 했다. 퇴원한 후 몇 년이 지나, 유명한 어린이 연속극에서 마녀 목소리를 연기해 나라 전체에 이름을 알리던 시기에도, 무대에서 사망한 남편이 질투와 비방 때문에 아타튀르크 역할을 하지 못했다는 것에 대해 여전히 유감스러워하고 있었다. 그녀는 나에게, 자신의 유일한 위안거리는 최근 아타튀르크 동상의 모델로 남편의 서 있는 모습을 사용하는 것이라고 말했다. 소령 조사관이 보고서에서 그 반란 사건에 카가 연루되어 있다고 밝혔기 때문에 군대 판사는, 당연히, 그를 목격자로서 재판에 소환했다. 하지만 그가 참석하지 않았기 때문에 첫 두 번의 공판 이후 그의 진술을 듣기 위해 체포 영장이 발부되었다.

투르굿 씨와 이펙은 카르스에서 복역하고 있는 카디페에게 매주 토요일 면회를 갔다. 날씨가 좋은 봄과 여름날에는 너그러운 교도관의 허락으로 교도소의 넓은 마당에 있는 커다란 뽕나무 밑에서 하얀 식탁보를 깔 수 있었다. 그들은 자히데가 만들어준 고추 돌마*를 먹었다. 다른 죄수들에게 미트볼을 대접하기도 했다. 삶은 계란의 껍데기를 벗겨 먹기 전에 투르굿 씨가 수리해 온 휴대용 필립스 카세트 플레이어에서 쇼팽의 서곡을 들었다. 투르굿 씨는 딸이 자신의 복역을 수치로 받아들이지 않도록, 교도소를 모든 명예로운 국민이 가야 할 기숙사라도 되는 듯, 가끔 신문기자 세르다르 같은 지인들도 그곳으로 데리고 갔다. 면회 시간에 그들과 함께 온 파즐에게 카디페는 다음에 또 보고 싶다고 말했다. 석방이 되고 두 달이 지나 카디페는 자기보다 네 살 연하인 이 청년과 결혼했다.

결혼한 후 6개월 동안 그들은 파즐이 접수계에서 일하게 된 카르팔라스 호텔의 한 방에서 살았다. 내가 카르스에 갔을 때는 아기와 함께 따로 이사를 나온 후였다. 카디페는 매일 아침 6개월이 된 아기 외메르잔과 함께 카르팔라스 호텔로 갔고, 이펙과 자히데가 이 아기를 돌봤다. 투르굿 씨가 아기와 놀아줄 때면 자신은 호텔 일을 조금

---

* 고추 속에 쌀, 고기, 야채 등속을 다져 넣어 만든 음식.

거들었다. 파즐은 장인으로부터 독립하기 위해 아이든 사진관에서도 일한다고 했다. 그는 또한 국경 카르스 텔레비전에서 '직위는 프로그램 제작 보조이지만 실은 심부름'을 한다고 말했다.

시장이 날 위해 주최했던 식사 자리가 있던 다음 날 정오 무렵, 후루시 아이테킨 대로에 있는 파즐의 새집에서 그와 만났다. 내가 성과 카르스 개천에 천천히 내리는 커다란 눈송이를 바라보고 있을 때, 파즐이 좋은 의도로 카르스에 온 이유를 물었다. 어젯밤 머리를 아찔하게 했던 이펙에 관해서 언급하는 것 같아 당황하지 않을 수 없었다. 나는 그에게 카가 카르스에서 쓴 시들을 언급했고, 어쩌면 내가 이 시들에 관한 책을 쓸 수 있을 거라고 과장을 하며 설명했다.

"시들이 사라졌는데 그것들에 대해 어떻게 책을 쓸 수 있지요?"

파즐은 우호적으로 물었다.

"나도 모르겠습니다. 텔레비전 방송국의 자료 보관소에 시 한 편이 있을 겁니다."

"밤에 찾아서 꺼내 보지요. 아침 내내 카르스 시내 전체를 돌아다닌 걸로 알고 있는데, 어쩌면 우리들에 관해 소설을 쓸 생각도 하시겠군요."

"난 카가 시에서 언급했던 곳에 갔던 거요."

나는 초조해하면서 말했다.

"하지만 당신의 얼굴을 보면 알 수 있어요. 우리가 얼마나 가난하고, 당신의 소설을 읽는 독자들과 비교해 우리가 얼마나 다른지를 설명하고 싶어하시는 것 같군요. 하지만 절 그런 소설에 등장시키지 말았으면 합니다."

"왜죠?"

"당신은 절 모르시잖아요! 나를 알게 되고 날 있는 그대로 서술한다고 하더라도 당신의 서구 독자들은 나의 빈곤을 동정하기 바빠 내 삶을 볼 수가 없을 겁니다. 예를 들면 제가 이슬람주의 공상과학 소설을 쓴다는 게 그들을 웃게 만들 수 있겠지요. 사람들이 무시하고 비웃고 동정하는 사람이 되는 게 싫습니다."

"알겠습니다."

"기분이 상하신 거 알아요. 제가 한 말에 대해 기분 나빠하지 마십시오. 당신은 좋은 사람이에요. 하지만 당신 친구도 좋은 사람이었어요. 어쩌면 우리를 사랑하고 싶었겠지요. 하지만 결국에는 가장 커다란 나쁜 짓을 저질렀죠."

파즐은 라지베르트가 살해되었기 때문에 카디페와 결혼할 수 있었다. 이 때문에 지금 카가 라지베르트를 고발했다는 주장에 대해 자신과는 상관없는 나쁜 짓처럼 언급할 수 있는 그가 정직해 보이지 않았다. 하지만 난 입을 다물었다.

"그 주장이 사실이라고 어떻게 확신할 수 있습니까?"

"그건 카르스 전체가 아는 일이거든요."

파즐은 부드럽고, 거의 동정하는 듯한 목소리로, 카도 나도 전혀 비난하지 않고 말했다.

그의 눈 속에 있는 네집을 보았다. 나는 그가 내게 보여주고 싶어 했던 공상과학 소설을 볼 준비가 되어 있다고 말했다. 하지만 그는 자신이 쓴 것을 내게 주지는 않을 것이며, 내가 읽을 때 내 곁에 있고 싶다고 밝혔다. 우리는 그가 밤에 카디페와 식사를 하며 텔레비전을 보는 테이블에 앉았다. 그리고 네집이 4년 전에 처음 구상했고 파즐의 손으로 완성된 공상과학 소설의 첫 50페이지를 조용히 함께 읽었다.

"어때요, 괜찮아요? 지루하다면 읽는 걸 그만두지요."

파즐은 단지 한 번 미안하다는 듯한 표정을 지으며 말했다.

"아니, 괜찮습니다."

나는 이렇게 말하며 기꺼이 읽어 내려갔다.

이후에 눈이 덮인 캬즘 카라베키르 대로를 함께 걸으면서 소설이 아주 괜찮다는 말을 한 번 더 진심으로 말했다.

"어쩌면 날 기쁘게 하려고 그렇게 말씀하시는 거지요?"

행복해하며 파즐이 말했다.

"당신은 제게 좋은 일을 해주셨어요. 저도 당신에게 보답을 하고 싶습니다. 소설을 쓰고 싶으시다면 저에 대해서 언급하셔도 좋습니다. 당신의 독자들에게 내가 직접 말을 한다는 조건으로요."

"무슨 말을 하고 싶은 거지요?"

"모르겠어요. 하지만 당신이 카르스에 머무르는 동안 내가 그 말을 찾을 수 있다면, 그때 말해 드리지요."

저녁 무렵 국경 카르스 텔레비전에서 만나기로 약속을 하고 우리는 헤어졌다. 파즐이 아이든 사진관으로 뛰어 들어가는 모습을 뒤에서 봤다. 그에게 내재되어 있는 네집을 내가 어느 정도 보았을까? 그는 카에게 말했던 대로 여전히 자신 속에서 네집을 느끼고 있는 걸까? 우리는 마음속에서 다른 사람들의 목소리를 얼마만큼 들을 수 있을까?

아침에 카르스 골목들을 샅샅이 돌아다녔다. 카가 이야기를 나누었던 사람들과 대화를 나누고, 그가 갔던 같은 찻집에 가 앉아 있을 때 나 자신이 마치 카처럼 느껴졌다. 이른 아침에 그가 「모든 인류와 별들」을 썼던 탈리히리 카르데쉬 찻집에 앉자, 내 사랑하는 친구처럼 나도 이 세상에서의 나의 자리를 상상했었다. 카르팔라스 호텔의 접수계에 있는 자빗은 내가 열쇠를 '카와 똑같이' 황급히 받는다고 말했다. 어느 뒷골목에서 걷고 있을 때, "이스탄불에서 온 작가가 당신입니까?"라고 물으며 날 안으로 불러들인 구멍가게 주인은, 내게

4년 전 자기 딸 테스리메의 자살과 관련해 신문에 나온 기사들 모두가 틀린 것이라고 써주기를 바랐다. 그는 카와 그랬던 것처럼 나와 이야기를 나눴으며, 내게도 코카콜라를 대접했다. 이런 것들의 어디까지가 우연이고, 어디까지가 내가 상상한 것들일까? 바이타르하네 거리를 걷고 있다는 것을 알게 되자, 나는 교주 사데띤의 집회소 창문을 바라보았다. 카가 집회소에 왔을 때 무엇을 느꼈는지를 이해하기 위해 무흐타르가 그의 시에서 묘사했던 가파른 계단을 올라갔다.

 무흐타르가 그에게 주었던 시들을 프랑크푸르트에서 발견한 종이들 사이에서 내가 찾은 것으로 봐서 카는 이 시들을 파히르에게 보내지 않았다. 무흐타르는 우리가 만난 지 채 5분도 지나지 않아 카가 '정말로 신사 같은 사람' 이었다고 말했다. 그리고 그가 카르스에 있을 때 자신이 쓴 시들을 아주 마음에 들어했고, 이스탄불에 있는 거만한 출판업자에게 호평을 하면서 보냈다고 말했다. 무흐타르는 자신이 하는 일에 만족하고 있었다. 돌아올 선거에서 새로 창당된 이슬람주의 정당 대표로(옛 복지당은 폐쇄되었다.) 시장에 선출될 거라는 희망을 품고 있었다. 사교적이고 원만한 성격의 무흐타르 덕택에 경찰청(맨 아래층에 내려가는 것은 허락되지 않았다.)과, 카가 네집의 시체에 입맞춤을 했던 사회보험병원에 들어갈 수 있었다. 무흐타르는 전자제품 창고로 변해 버린 밀렛 극장의 방들을 나에게 보여줄 때 100년도 더 된 건물의 철거에 자신도 '약간' 책임이 있다는 것을 인정했다. 하지만 "어차피 터키인들이 아니라 아르메니아인들 건물이었으니까요."라며 나를 위로하려고 했다. 그는 내게, 카가 이펙과 카르스에 대한 그리움으로 기억했던 모든 곳들, 눈이 쌓인 과일가게, 캬즘 카라베키르 대로에 줄지어 서 있는 철물상들을 일일이 다 보여주었다. 그리고 나를 할릿파샤 상가에 있는 야권 정치인사인, 변호사 무자페르 씨에게 소개시켜주고는 갈 길을 갔다. 전 시장이었던 무자페르 씨는 예전에 카에게 그랬던 것처럼 내게 카르스 역사를 설명해 주었다. 상가의 어둡고 우울한 복도를 걷고 있을 때, 동물애호가 단체의 문에 서 있는 부유한 유제품 가게 주인이 '오르한 씨'라고 부르며 날 안으로 들였다. 그는 놀랄 만한 기억력으로 4년 전 교육원장이 총에 맞던 때에 카가 어떻게 이곳으로 들어왔으며, 투계장 어디쯤에 앉아 생각에 잠겨 있었는지 말해 주었다.

이펙을 보기 전에는, 카가 그녀를 사랑하게 된 순간의 세세한 묘사를 읽는 것이 별로 즐겁지 않았다. 예니 하얏 제과점으로 가기 전, 나는 긴장감을 털어버리고, 날 사랑으로 이끄는 두려움에서 벗어나기 위해 예실유르트 맥주 집으로 들어가 라크 한 잔을 마셨다. 하지만 제과점에서 이펙의 맞은편에 앉자마자, 나의 경계심이 날 더욱더 무방비 상태로 만들었다. 빈속에 마신 라크는 내 긴장을 풀어주기보다는 내 머릿속을 혼란스럽게 했다. 그녀는 커다란 눈 그리고 내가 좋아하는 갸름한 얼굴의 소유자였다. 그녀의 아름다움은 상상을 초월했다. 나를 혼란시키는 것이, 내가 세부적인 것까지 모두 알고 있는, 그녀와 카의 관계가 다시금 나를 절망시켰다. 나는 별 볼일 없는 인간이었다. 카가 있는 그대로 꾸밈없이 살 수 있었던 진정한 시인인 데 반해, 나는 매일 아침 매일 밤 정해진 시간에 서기관처럼 일하는 단순한 영혼을 가진 소설가였다. 어쩌면 이러한 이유로 나는 그녀에게, 카가 프랑크푸르트에서 정해진 일상이 있었고, 매일 아침 같은 시간에 일어나, 같은 거리를 지나, 같은 도서관의, 같은 테이블에 앉아 작업을 했다는 것을 호의적인 색채로 이야기했을 것이다.

"전 그와 함께 프랑크푸르트로 갈 결심을 했었어요."

그녀는 그 당시 자신의 결심을 증명하기 위해, 가방을 준비했었다는 식의 아주 세세한 부분들까지 이야기했다.

"하지만 지금은 카가 얼마나 멋진 사람이었는지를 기억하는 게 힘들어요. 당신들의 우정에 존경을 표하기 때문에 당신이 쓸 책에 도움도 주고 싶었는데 말이지요."

"카는 당신 때문에 카르스에서 멋진 책을 썼습니다."

나는 그녀를 선동하고 싶었다.

"그 사흘의 매 순간을 기억하고 노트에 썼지요. 단지 도시에서 떠나기 바로 직전의 시간에 대한 것만 없습니다."

그녀는 솔직하게 아무것도 숨기지 않고, 자신의 비밀스런 부분들까지 힘겹게 드러내며 카가 카르스에서 떠나기 전의 마지막 시간들에 대해 자세히 말해 주었다. 나는 감동하지 않을 수 없었다.

"확실한 증거는 없었습니다. 그런데 프랑크푸르트에 가는 것을 포기했다는 말씀이신가요?"

나는 그녀를 비난하지 않으려고 애를 쓰면서 말했다.

"마음으로, 그것이 사실이라는 것을 알 수 있었어요."

"마음에 대해 처음 언급하시는군요."

나는 마치 사과라도 하는 듯 그녀에게 말했다. 그러고는 그녀에게 보내지 못했지만, 내 책을 완성하기 위해 읽을 수밖에 없었던 그의 편지의 내용을 말해 주었다. 카는 그녀를 생각하느라 잠을 이루지 못했기 때문에 독일에서의 첫 1년 동안 수면제를 복용했다. 인사불성이 될 때까지 술을 마셨고, 프랑크푸르트의 거리를 헤맸다. 먼 곳에서 여자가 보일 때마다 그것이 이펙이라고 생각했다. 그녀와 보냈던 행복한 순간들을 슬로 모션으로 찍은 영화를 보는 듯 눈앞에 떠올렸다. 단 5분만이라도 그녀를 잊을 수 있다면 그것 때문에 행복해했으며, 죽을 때까지 다른 여자들과는 관계를 갖지 않았다. 그는 이펙을 잃은 후 자신을 '인간이 아니라 유령처럼' 여겼다. 얘기를 듣던 그녀의 얼굴에 연민의 감정이 떠올랐다. 그녀는 '제발 그만해요!' 라는 눈길로 나를 보며, 마치 비밀스런 문제와 부딪혔을 때처럼 눈썹을 치켜 올렸다. 나는 그녀에게 이 모든 것을 말하는 것이, 내 친구가 아니라 나를 받아달라는 의미로 말하고 있음을, 두렵지만 알게 되었다.

"당신 친구는 어쩌면 날 아주 사랑했을 수도 있어요. 하지만 카르스에 한 번 더 올 만큼은 아니었어요."

"그에게 체포 영장이 발부됐었습니다."

"그건 중요한 게 아니었어요. 법정에 가 진술을 하면 됐고, 아무 문제도 없었을 거예요. 오해하지 마세요. 그가 오지 않은 것은 잘한 일이에요. 하지만 라지베르트는 몇 년 동안 그에 대해 '사살 명령'이 떨어져 있음에도 불구하고, 절 보기 위해 몇 번이나 비밀리에 카르스에 왔어요."

'라지베르트'라는 말을 할 때, 그녀의 눈에 어떤 반짝임이, 얼굴에 진정한 슬픔이 나타나는 것을 보자 나는 가슴이 아파왔다.

"하지만 당신 친구가 두려워한 것은 재판이 아니었어요."

그녀는 날 위로하려는 듯 말했다.

"내가 그의 진짜 죄가 뭐라는 것을 알고 있고, 이 때문에 기차역에 가지 않았다는 것을 알고 있었죠."

"당신은 그가 그 '범죄'를 저질렀다는 것을 한 번도 증명하지 못했습니다."

"그 사람 때문에 당신이 죄책감을 느낀다는 거 이해해요."

그녀는 아주 영리하게, 우리의 대화가 끝났다는 것을 보여주기 위해 담배와 라이터를 가방에 넣으며 말했다. 난, 영리하게, 라고 말했다. 왜냐하면, 이 말을 하자마자 내가 카가 아닌 라지베르트를 질투하고 있음을 그녀가 알았다는 것을, 패배감과 함께 느끼게 되었기 때문이다. 하지만 나중에는, 이펙은 이를 암시하지 않았고, 단지 내가 지나치게 죄책감에 빠져 있었다는 결론을 내렸다. 그녀는 일어섰다. 키는 꽤 큰 편이었다. 그녀의 모든 것은 아름다웠다. 코트를 입었다.

나는 혼란스러웠다.

"오늘밤 다시 만날 거지요, 그렇지요?"

나는 황급히 말했다. 전혀 할 필요가 없는 말이었다.

"물론이지요. 아버지가 당신을 기다리세요."

이렇게 말하며 그녀는 자신만의 고유한 멋진 걸음걸이로 가버렸다.

나는 스스로에게 그녀가 카를 '죄인'으로 믿고 있는 것이 날 슬프게 한다고 말했다. 하지만 난 자신을 속이고 있었다. 내가 진짜 원하는 것은, '살해당한 사랑하는 친구'라는 말로 카에 대해 좋은 언급을 하며, 천천히 그의 약점들과 강박관념 그리고 '그의 죄'를 밝혀내는 것, 이렇게 해서 그의 숭고한 기억들에 맞서 같은 배를 타고 함께 첫 여행을 떠나는 것이었다. 이곳에 온 첫날 밤 상상했던, 이펙을 데리고 이스탄불로 가는 꿈은 이제 아주 멀리 있었다. 이제 내가 원하는 것은 내 친구가 '무죄'라는 것을 증명하는 것이었다. 이것이 내가 죽은 두 사람 중 카가 아니라, 라지베르트를 질투하고 있다는 의미일까? 그렇다면 그 의미는 어느 정도일까?

날이 어두워질 때 눈 덮인 거리에서 걷는 것이 날 더욱더 슬프게 했다. 국경 카르스 텔레비전은 카라다으 대로에 있는 주유소 맞은편 새 건물로 이사했다. 카르스인들이 발전의 표시라고 보았던 3층짜리 이 시멘트 건물 사무실의 복도는 더럽고 질척거렸으며, 어둡고 오래된 분위기가 지나치게 많이 배어 있었다.

2층에 있는 스튜디오에서 나를 기쁘게 맞이한 파즐이 방송국에서 일하는 8명의 사람들에게 우호적으로 일일이 나를 소개시켜준 후에, "동료들이 오늘밤 뉴스를 위해 당신과 짧은 인터뷰를 하고 싶어합니다."라고 말했다. 나는 이것이 카르스에서의 내 일을 수월하게 해줄 수도 있다고 생각했다. 나를 5분 정도 인터뷰한 청소년 프로그램 아나운서인 하칸 외즈게가, (어쩌면 파즐이 이를 그에게 말했기 때문일 것이다.) "카르스를 배경으로 하는 소설을 쓰신다면서요!"라고 말해 버리자 나는 어물쩍거리며 무엇인가를 중얼거렸다. 아나운서와 나는 카에 관해 한 마디도 언급하지 않았다.

파즐과 나는 국장 사무실로 들어가, 벽에 있는 선반에 법률상 숨겨놓은 비디오테이프들 위에 써 있는 날짜들에서 밀렛 극장에서 녹화한 첫 두 개의 테이프를 찾아 꺼냈다. 작고 통풍이 안 되는 방에 놓여 있는 오래된 텔레비전 앞에 앉아 차를 마시며 먼저 카디페가 무대에 나왔던 「카르스의 비극」을 보았다. 수나이 자임과 푼다 에세르가 출연한 '비판적인 소품'과 4년 전에 사랑 받았던 광고들에 대한 패러디를 보며 감탄했다. 카디페가 히잡을 벗고 아름다운 머리칼을 보여준 후 수나이를 쐈던 장면은, 되감으며 몇 번이나 주의 깊게 보았다. 수나이의 죽음은 정말로 연극의 일부처럼 보였다. 탄창이 비어 있는지 장전되어 있는지는 앞줄에 앉은 사람들 이외에는 아무도 볼 수 없었다.

다른 테이프를 보고 있을 때, 「조국 혹은 히잡」에 나오는 많은 장면들, 패러디, 골키퍼 우랄의 모험들, 사랑스런 푼다 에세르의 밸리 댄스는 극단이 모든 연극에서 반복했던 유희라는 것을 처음으로 알게 되었다. 극장 홀에서의 고함 소리, 구호들과 웅웅거리는 소리는 이 오래된 녹화 테이프에 있는 소리들을 거의 이해할 수 없게 만들었다. 하지만 그래도 테이프를 몇 번이나 되감고 들으면서, 카가 읽었던 그리고 나중에 '신이 없는 곳'이라는 제목이 붙은 시의 대부분을 가지고 있던 노트에 받아 적을 수 있었다. 파즐이 물었다. "카 씨가 시를 읽을 때 네집은 왜 일어섰을까요? 무슨 말을 하고 싶었을까요?" 나는 내가 받아 적은 시를 그에게 건네주었다.

군인들이 관객에게 발포하는 장면은 두 번 반복해서 시청했다.

"당신은 카르스를 많이 돌아다니셨지요. 제가 보여드리고 싶은 장소가 생각났습니다."

그는 약간은 부끄러워하며 약간은 비밀스런 분위기로, 어쩌면 내가 내 책에 네집을 등장시킬 수도 있기 때문에, 그가 인생에서의 마지막 기간들을 보낸, 지금은 폐교가 된 신학고등학교 기숙사를 보여주고 싶다고 말했다.

가지 아흐멧 무흐타르 대로에서 눈을 맞으며 걸을 때, 이마에 동그란 점이 있는 검은색 개를 보았다. 나는 카가 그 개에 대한 시를 썼다는 것을 알고 있었다. 해서 구멍가게에서 빵과 삶은 계란을 사서, 동그랗게 끝이 말린 꼬리를 행복하게 흔드는 개에게 주었다.

개가 우릴 계속 따라오는 것을 본 파즐은, "이 기차역에 항상 있는 개예요."라고 말했다.

"어쩌면 저와 함께 오시지 않을 수도 있다고 해서 말하지 않았는데, 그 기숙사는 비어 있습니다. 쿠데타가 일어나던 밤 이후에 테러와 퇴보주의의 온상이라는 이유로 폐쇄되었지요. 그때 이후로는 안에 아무도 없어요. 그래서 방송국에서 이 손전등을 가져왔습니다."

손전등을 켜서 우리를 따라오고 있는 검은 개의 슬픈 눈에 비추자 꼬리를 흔들었다. 한때는 아르메니아인의 대저택, 이후에는 러시아 영사가 개와 함께 살았던 영사관 건물이었던 오래된 기숙사의 정원

문은 잠겨 있었다. 파즐은 내 손을 잡고 낮은 담을 훌쩍 넘었다.
"우린 밤마다 여기를 통해 외출을 하곤 했어요."
이렇게 말하며, 파즐은 커다란 깨진 유리창 안으로 노련하게 들어갔다. 손전등으로 주위를 밝힌 후 나를 안으로 끌어당겼다.
"겁먹지 마세요. 새 이외에는 아무도 없어요."
먼지와 얼음 때문에 빛이 통과하지 못하는 창들, 어떤 창문들은 나무판자로 덮여 있어 건물 안은 칠흑처럼 어두웠다. 하지만 파즐은 이전에도 이곳에 왔다는 것을 나타내는 편안한 분위기로 계단을 오르며, 극장에서 일하는 좌석 안내인처럼 손전등을 뒤로 향하게 하여 나의 앞길을 밝혀주고 있었다. 사방은 먼지와 곰팡이 냄새로 가득 차 있었다. 우리는 4년 전 쿠데타가 일어났던 밤에 부서진 문을 지나갔다. 벽에 있는 총알 자국들을 보았다. 위층의 높은 천장 구석과 난로 연통의 구부러진 부분에 집을 지은 비둘기들의 당황하는 날갯짓 소리를 들으며, 텅 빈 녹슨 철제 침대 사이를 걸었다.
"이건 제 침대고, 이건 네집 거였어요."
파즐은 2층 철제 침대를 가리켰다.
"우리의 속삭임 때문에 친구들이 깰까봐, 때로 한 침대에 누워 하늘을 바라보며 이야기를 하곤 했지요."
위에 있는 깨진 창 사이로, 가로등 빛 아래 천천히 내리는 커다란 눈송이들이 보였다. 나는 그 모습을 경외감을 갖고 주의 깊게 감상했다.
"이건 네집의 침대에서 보이는 풍경이에요."
잠시 후 파즐은 아래에 있는 좁은 통로를 가리키며 말했다. 정원 바로 바깥에 지라트 은행 건물의 컴컴한 벽이 보였고, 그 옆 높은 아파트의 창문 없는 뒷벽 사이에, 골목이라고도 할 수 없는 폭 2미터 정도의 통로가 보였다. 은행의 1층에서 흘러나온 보라색 형광 빛이 진흙땅에 비춰지고 있었다. 그 통로가 길이 아니라는 의미로 중간쯤에 빨간색 글씨로 적힌 '출입금지'라는 표지판이 놓여 있었다. 파즐이 네집으로부터 받은 영감으로 '이 세상의 끝'이라고 말했던 그 골목 끝에 잎사귀가 없는 어두운 나무 한 그루가 서 있었다. 우리가 그 나무를 보던 순간 타오르듯 새빨갛게 변했다.

"아이든 사진관의 빨간색 간판 전구는 7년 동안 고장 난 상태 그대로 있어요."

파즐이 속삭였다.

"저 빨간 등은 가끔 꺼졌다 켜졌다 하지요. 네집의 침대에서 보면 항상 저 보리수나무가 불타오르는 것처럼 보여요. 네집은 가끔 상상을 하며 그 장면을 아침까지 바라보곤 했지요. 자신이 본 것에 '이 세상'이라는 이름을 지었지요. 불면의 밤이 지나 아침이 오면 가끔 제게 '밤새 이 세상을 구경했어!'라고 말하곤 했어요. 그러니까 네집은 당신 친구 카 씨에게 말했고 그는 자신의 시에 그 내용을 썼군요. 비디오를 볼 때 이를 알았기 때문에 당신을 이곳으로 데리고 온 겁니다. 하지만 당신 친구 분이 시에 '신이 없는 곳'이라고 쓴 것은 네집을 모욕하는 거예요."

"고인이 된 네집은 자신이 본 광경을 카에게 '신이 없는 곳'이라고 말했다더군요. 그건 확실합니다."

"전 네집이 무신론자로 죽었다는 걸 믿지 않습니다."

파즐이 조심스럽게 말했다.

"그가 자신에 관해 회의를 하고 있었던 건 사실이지만."

"이제는 당신의 내부에서 네집의 소리를 듣지 않나요? 그 이야기 속에서의 남자처럼 자신이 서서히 무신론자가 되어가는 두려움을 느끼지는 않나요?"

그가 카에게 4년 전에 말했던 자신의 회의에 관해 내가 알고 있다는 것이 파즐의 기분을 상하게 만든 것 같았다.

"전 이제 결혼한 사람입니다. 아이도 있고요. 그 문제에 대해 옛날처럼 관심 갖고 있지 않습니다."

그는 나를 서양에서 온, 자신을 무신론으로 이끌려고 하는 사람처럼 대했다. 나는 이 이야기를 한 것이 바로 후회가 됐다.

"나중에 얘기하지요."

그는 부드러운 목소리로 말했다.

"장인어른이 저녁 식사에 우릴 기다리고 있어요. 늦지 않는 게 좋겠지요, 그렇지요?"

그러면서도 그는 아래로 내려가기 전에 한때 러시아 영사의 사무실이었던 넓은 방의 구석에 있는 책상, 깨진 라크 잔 그리고 의자를 보여주었다.

"Z. 데미르콜과 특수작전팀은 길이 열린 후에 이곳에서 며칠 더 머물면서 민족주의자들과 이슬람주의자들을 죽이는 일을 계속했어요."

그 순간까지 잊고 있었던 이 세부 사항이 날 두렵게 했다. 나는 카의 카르스에서의 마지막 시간을 생각하고 싶지 않았다.

정원 문에서 우리를 기다리고 있던 검은 개는 호텔까지 우리 뒤를 따라왔다.

"기분이 안 좋아 보이는데, 왜 그러시죠?"

파즐이 물었다.

"저녁 먹기 전에 내 방으로 와줄 수 있나요? 줄 것이 있습니다."

자빗에게서 열쇠를 받을 때 투르굿 씨 거처의 열린 문을 통해, 그 안의 밝은 분위기와 준비된 식탁을 보았다. 손님들의 대화를 들었고 이펙이 거기에 있다는 것을 느꼈다. 내 가방에는 카가 카르스에서 복사한, 네집이 4년 전 카디페에게 썼던 연애편지가 들어 있었다. 나는 방에서 그것들을 파즐에게 주었다. 나는 아주 나중에야, 내가 이 편지를 그에게 준 것이, 그도 죽은 친구의 유령으로 나만큼 불편하기를 원했기 때문이었음을 알았다.

파즐이 침대 가에 앉아 편지를 읽고 있을 때, 나는 가방에서 카의 노트 중 한 권을 꺼내 프랑크푸르트에서 처음 보았던 눈의 결정체 그림을 보았다. 이렇게 해서 머리 한구석으로 알고 있었던 것을 다시 한 번 눈으로 본 셈이 되었다. 카는 '신이 없는 곳' 이라는 시를 기억의 축에 배치해 놓고 있었다. 이는 그가 Z. 데미르콜이 사용한 폐쇄된 기숙사에 갔다는 것을, 네집의 창문에서 바라본, 네집의 '풍경' 의 진짜 자료를 카르스를 떠나기 전에 발견했다는 것을 의미한다. 기억의 축 주위에 배치한 시들에서 카는 단지 카르스 혹은 어린 시절에 경험한 자신의 추억들을 설명하고 있었다. 내 친구는 밀렛 극장에서 카디페를 설득하지 못하자, 이펙이 호텔 방에 감금되어 있을 시각에, 라지베르트의 은신처를 말하기 위해 Z. 데미르콜이 자신을 기다리고 있던 기숙사로 갔던 것이다. 이는 카르스 전체가 알고 있는 사실이었다.

당시 파즐의 붉으락푸르락 하는 표정보다 내 얼굴이 더 좋아 보이지는 않았을 것이다. 아래층에서 손님들의 희미한 대화 소리가, 거리에서는 슬픈 카르스 시의 한숨 소리가 들려오고 있었다. 파즐도 나도, 우리보다 더 열정적이고 더 혼란스럽고 더 진정했던, 거부할 수 없는 존재와 우리들의 기억 사이에서, 조용히 몰입하고 있었다.

나는 창을 통해 밖에서 내리는 눈을 바라보았다. 그리고는 파즐에게 이제 저녁 식사를 하러 가야 한다고 말했다. 먼저 파즐이 마치 죄를 지은 것처럼 살금살금 방을 나갔다. 나는 침대에 드러누워 4년 전 카가 밀렛 극장의 문에서 기숙사로 걸어갈 때 무엇을 생각했는지, Z. 데미르콜과 이야기를 할 때 어떻게 눈길을 피했는지, 자신도 모르는 주소를 가르쳐주기 위해 그 일당들과 함께 어떻게 차에 타, 어떻게 '바로 저기요.' 라고 하며 한데와 라지베르트가 숨어 있는 건물을 가리켜주었는지를 가슴 아프게 상상했다. 가슴 아프게라고? 내 시인 친구의 몰락에 대해 나 '서기관 작가' 가 몰래, 아주 몰래 희열을 느끼고 있는 것 같아 나 자신에게 화를 내며 이 문제들을 생각하지 않으려고 했다.

 아래층에 내려가 투르굿 씨의 초대에 응했을 때 이펙의 아름다움은 날 더더욱 혼란스럽게 만들었다. 책과 회고록 읽기를 좋아하는 전화국장 레자이 씨, 신문기자 세르다르 씨, 투르굿 씨 모두 친절했다. 내가 술에 취할 이 긴 밤에 대해 언급하고 지나가고 싶다. 내 맞은편에 앉아 있던 이펙을 볼 때마다 나의 내부에서 무엇인가가 무너지고 있었다. 뉴스에서는 나의 인터뷰 내용이 나오고 있었다. 나는 나의 신경질적인 손동작들이 부끄러웠다. 나는 카르스에서 항상 가지고 다녔던 작은 녹음기에, 카르스 역사, 카르스에서의 신문업, 4년 전 쿠데타가 일어났던 밤에 관한 내용 등에 대해 집주인과 손님들과 나누었던 대화들을, 자신이 하는 일을 신뢰하지 않는 신문기자처럼 녹음했다. 자히데가 만든 병아리콩 수프를 먹으면서 나 자신이 40년대를 배경으로 씌어진 농촌 소설의 일부처럼 느껴졌다! 교도소 생활이 카디페를 성숙시키고, 침착하게 만들었다는 생각이 들었다. 아무도 카에 관해, 그의 죽음에 대해서조차 언급하지 않았다. 이는 내 가슴을 더욱더 아프게 했다. 카디페와 이펙이 잠시 방 안에서 자고 있는 아기를 보러 갔다. 나도 그녀들을 따라가고 싶었지만, '다른 예술가들처럼 술을 많이 마신다.'라고 알려진 여러분의 작가는 서 있을 수 없을 정도로 취해 있었다.

그럼에도 불구하고 그날 밤에 대해 아주 잘 기억하고 있는 것이 있다. 아주 늦은 시간에 나는 이펙에게 카가 머물렀던 203호실을 보고 싶다고 말했다. 모두들 입을 다물고 우리를 쳐다봤다.

"그래요, 가시지요."

이펙이 말했다.

그녀는 접수계에서 열쇠를 받았다. 나는 그녀를 뒤를 따라 올라갔다. 방문이 열렸다. 커튼, 창문, 눈, 잠, 비누 그리고 희미한 먼지 냄새. 추위. 이펙이 의심을 갖고 호의적으로 날 바라보고 있을 때, 내 친구가 일생에서 가장 행복한 시간을 그녀와 사랑을 나누며 보냈던 침대 가에 앉았다. 여기서 죽을까? 이펙에게 사랑 고백을 할까? 창밖을 볼까? 모두들 식탁에서 우리를 기다리고 있었다. 이펙을 즐겁게 하는 엉뚱한 한두 가지 말을 해 그녀를 미소 짓게 하는 데 성공했다. 순간 그녀가 내게 달콤하게 미소를 짓자, 나는 미리 준비했다고 하면서, 내 머릿속에 또렷이 기억하고 있는 그 부끄러운 말을 해버렸다.

"사랑이외에그어떤것도당신을행복하게하지는못한다…… 당신이 쓴소설도당신이본도시도…… 난아주외롭다…… 이곳에서이도시에서당신곁에서죽을때까지살고싶어라고한다면당신은내말을믿겠소?

"오르한 씨, 저는 무흐타르를 사랑하고 싶었어요. 잘 되지 않았어요. 라지베르트를 아주 사랑했어요. 그것도 안 됐어요. 카를 사랑할 수 있을 거라고 믿었어요. 안 됐지요. 아이가 있었으면 하고 간절히 바랐었지요, 이것도 안 됐어요. 이후로 누군가를 사랑할 수 있을 거라는 생각은 하지 않아요. 이제는 단지 조카 외메르잔을 돌보고 싶어요. 당신이 어차피 진지하게 말한 것은 아니지만 그래도 고마워요."

나는 그녀가 '당신의 친구'라고 하지 않고 처음으로 '카'라고 한 것에 대해 고맙다고 말했다.

"내일 정오 무렵 다시 예니 하얏 제과점에서 만날 수 있을까요? 단지 카에 대한 얘기를 나누기 위해서 말입니다."

그녀는 유감스럽지만 바쁘다고 했다. 하지만 호텔의 호의적인 여주인으로서 나를 실망시키지 않기 위해, 내일 모두와 함께 기차역으로 와서 날 배웅하겠다고 약속했다.

나는 그녀에게 고맙다고 말했다. 식탁으로 돌아갈 힘이 남아 있지 않다고 고백했다. (내가 울까봐 그게 두렵기도 했다.) 그러고는 침대에 누워 바로 곯아떨어지고 말았다.

아침에 그 누구의 눈에도 띄지 않고 거리로 나와 먼저 무흐타르 씨, 그 후에는 세르다르 씨 그리고 파즐과 하루 종일 카르스를 돌아다녔다. 어젯밤 뉴스에 내가 나왔기 때문에 카르스인들은 내 이야기의 끝을 위해 필요한 많은 세부 사항들을 손쉽게 수집할 수 있게 도와주었다. 무흐타르는 하루에 75부가 팔리는 정치적 이슬람주의 신문인 《창》의 사장과, 회의에 약간 늦게 도착한 은퇴한 약사를 만나게 해주었다. 그는 그 신문의 주필이었다. 그들에게서 카르스에서의 이슬람주의 활동은 반민주주의라는 압력의 결과 퇴보했으며, 그리고 어차피 신학고등학교도 옛날처럼 선호되지 않는다는 것을 듣게 되었다. 잠시 후 나는 이 늙은 약사가 네집에게 이상한 형태로 입을 맞추었기 때문에, 네집과 파즐이 그를 죽이려는 계획을 세웠었다는 것을 기억해 냈다. 수나이 자임에게 손님들을 고발한 쉔 카르스 호텔의 주인도 같은 신문에 글을 쓰고 있었다. 지나간 사건에 대해 언급하기 시작하자 그는 내게 거의 잊고 있었던 어떤 세부 사항을 다시 상기시켜주었다. 4년 전에 교육원장을 죽인 사람은 다행히 카르스인이 아니었다. 토캇 출신으로 찻집에서 일하던 그 사람의 정체는 살인 현장에서 녹음한 테이프 이외에도, 같은 무기로 다른 살인을 저질러 체포되는 바람에 밝혀지게 되었다. 같은 무기였다는 것은 앙카라에서 실시된 탄도 실험에서 밝혀졌다. 라지베르트가 자신을 카르스로 초대했다고 자백한 그 남자는 재판에서 정신이상자라는 판결을 받고 3년 동안 바크르쾨이 정신병원에 있다가 퇴원했다. 이후에 이스탄불에 정착해 쉔 토캇 찻집을 열고, 《맹세》에 히잡 착용 소녀들의 권리를 주장하는 칼럼을 쓰는 칼럼니스트가 되었다. 4년 전 카디페가 히잡을 벗는 것으로 히잡 착용 소녀들의 투쟁은 약간 주춤했다가 다시 시작되는 듯했으나, 그 투쟁과 관련된 학생들이 퇴학을 당하거나, 다른 도시에 있는 대학으로 갔기 때문에 카르스에서의 이 투쟁은 이제 이스탄불에서처럼 그렇게 강력하지 않았다. 한데의 가족은 나와 만나기를 거부했다. 목소리가 굵은 소방수는, 쿠데타 이후 불렀던 민요가 아주 사랑을 받았기 때문에 일주일에 한 번 방영되는 「우리의 국경 도시 민요들」이라는 프로그램의 스타가 되어 있었다. 그의 친한 친구이자, 교주 사데띤의 추종자들 중의 한 명인 음악을 사랑하는 카르스 병원 문지기는, 매주 화요일에 녹화를 하고 금요일 밤에 방영하는 프로그램에서 사즈를 연주하며 소방수에게 반주를 해주고 있었다. 신문기자 세르다르 씨는 쿠데타가 일어났던 밤에 무대에 나갔던 소년을 내게 소개시켜주었다. 그날 밤 이후로 그의 아버지가 학예회에서조차 무대에 나가는 것을 금지했다는 '안경 낀' 소년은 이제 어른이 되어 있었고 여전히 신문을 배포하고 있었다. 그 덕분에 이스탄불에서 발행되는 신문들을 읽는 카르스의 사회주의자들이 무엇을 하는지 알게 되었다. 그들은 여전히 이슬람주의자와 쿠르드 민족주의자들이 정부와 목숨을 걸고 총격전을 벌이는 것을 진심으로 존경하고, 아무도 읽지 않는 성명서를 쓰며, 과거의 영웅적인 행동과 희생을 찬양하는 것 이외의 영향력 있는 일을 하지 못하고 있었다. 나와 이야기를 나눈 모든 사람들은 실업, 빈곤, 부패 그리고 살인에서 우리 모두를 구할 영웅과 희생적인 사람을 기다리고 있었다. 내가 약간 알려진 소설가이기 때문에 도시 전체는 나를 어느 날 올 거라고 상상하는 그 위대한 사람의 척도로 평가하고 있었다. 그들은 이스탄불에 살면서 익숙해진 나의 많은 결점들, 얼빠진 모습, 산만함, 내 일과 소설에만 몰두해 있는 점, 급한 성미가 맘에 들지 않는다는 것을 암시했다. 비르릭 찻집에 앉아 그의 모든 인생사를 들었던 재단사 마루프의 집에 가 조카들과 만나 술을 마셔야 했으며, 청년 아타튀르크주의자들이 수요일 밤에 개최하는 회의에 참석하기 위해 도시에서 이틀 더 머물러야 했고, 내게 친근하게 권한 모든 담배들을 피워야 했고, 대접한 모든 차를 마셔야 했다. (난 이 대부분을 했다.) 파즐의 아버지의 와르토 출신의 군대 친구는 내게 4년 동안 더 많은 쿠르드 민족주의자들이 살해되거나 수감되었다고 말했다. 이제 아무도 게릴라 투쟁에 가담하지 않는다. 아시아 호텔에서 있었던 회의에 참석했던 젊은 쿠르드인들 중 그 누구도 이제 이 도시에 없었다. 도박을 좋아하는 사랑스런 자히데의 조카는 일요일 저녁 무렵 벌어지는 혼잡한 닭싸움에 나를 데리고 갔다. 그곳에서 찻잔에 담아 대접하는 라크 두 잔을 기분 좋게 마셨다.

밤이 깊어가고 있었다. 그 누구의 눈에도 띄지 않게 호텔에서 나가고 싶었다. 그리하여 기차 시간보다 훨씬 빠르게 눈 속에서 혼자, 불행한 여행객처럼 천천히 걸으며 내 방으로 들어가 짐을 쌌다. 부엌문을 통해 나갈 때 여전히 매일 밤 자히데가 수프를 대접하는 첩자 사펫과 만났다. 은퇴를 했으며, 내가 어젯밤 텔레비전에 나갔기 때문에 나를 알고 있었다. 그는 내게 해줄 말이 있다고 했다. 비르륵 찻집에 가 앉았을 때, 그는 은퇴를 했지만 여전히 정부를 위해 사건이 있을 때 일을 한다고 말했다. 카르스에 있는 첩자는 절대 은퇴를 할 수 없었다. 그는 내가 도시에 있는 국가 정보국의 무엇을 캐기 위해 이곳에 왔는지를 (과거 아르메니아 학살 문제, 쿠르드족 반란, 이슬람주의자들, 정당들?) 궁금해하고 있었다. 내가 그에게 정보를 준다면 자신이 몇 푼을 벌 수 있다고, 미소를 지으며 정직하게 말했다.

나는 약간 주저하면서 카에 대해 언급했다. 4년 전 한때 그가 내 친구의 일거수일투족을 감시했다는 것을 상기시켜주었다.

"그는 사람과 개들을 좋아하는 친구였지요. 하지만 항상 독일만 생각하고 있었어요. 그리고 아주 내성적이었고. 아무도 그를 좋아하지 않아요, 이제 여기에서는."

우린 오랫동안 침묵했다. 어쩌면 그가 아는 것이 있을 거라고 생각하며, 주저하면서 라지베르트에 대해 물었다. 그리고 마치 내가 카를 위해 여기에 온 것처럼, 1년 전에 사람들이 그에 대해 묻기 위해 이스탄불에서 카르스에 왔다는 것을 알게 되었다! 사펫은 정부의 적(敵)인 이 젊은 이슬람주의자들이 라지베르트의 무덤을 찾기 위해 아주 애를 썼다는 것을 말해 주었다. 아마도 그의 무덤이 순례지가 되지 않도록 그의 시체를 비행기에 실어 바다로 던졌을 것이기 때문에 아무 소득 없이 돌아갔다고 했다. 우리 테이블에 앉았던 파즐도 같은 소문을 들었다고 말했다. 그 후 그 젊은 이슬람주의자들은 라지베르트가 한때 '순례' 했던 독일로 도망가, 베를린에서 급성장하는 급진 이슬람주의자 그룹을 만들었다. 그리고 그들이 독일에서 발행하는 《순례》라는 잡지 창간호에 라지베르트를 죽음으로 몰고 간 자들에게 복수를 하겠다는 글을 실었다고 했다. 파즐은 이 모든 것을 자신의 신학고등학교 동창에게서 들었다고 말했다. 우리는 그들이 카를 죽였을 수도 있다고 추측했다. 나는 문득 내 친구의 『눈』이라는 시집의 유일한 수기(手技)는 베를린에 있는 라지베르트주의자, 순례주의자들 중 누군가의 손에 있다는 상상을 하며 밖에서 내리는 눈을 바라보았다.

이때 우리 테이블에 앉은 어떤 경찰은 자신에 관한 모든 소문은 사실이 아니라고 말했다. "내 눈동자는 회색이 아니오!"라고 말했다. 그는 테스리메가 회색 눈을 좋아하지 않는다는 사실을 모르고 있었다. 그는 고인이 된 테스리메를 진심으로 사랑했고, 그녀가 자살을 하지 않았더라면 그녀와 결혼했을 것이라고 했다. 그때 난 사펫이 4년 전에 도서관에서 파즐의 학생증을 압수해 갔다는 것을 기억해 냈다. 카가 그의 노트에 썼던 이 사건들을 그들은 벌써 잊고 있었다.

파즐과 내가 눈이 내리는 거리로 나오자 이 두 경찰은 우정인지, 직업적인 호기심인지 알 수 없었던 어떤 동기로 우리와 함께 걸으며, 인생, 삶의 허망함, 사랑의 고통 그리고 늙음에 대해 불평을 했다. 둘 다 모자조차 쓰지 않고 있었다. 눈송이들이 하얗고 듬성듬성 나 있는 머리 위에 녹지 않고 그대로 쌓이고 있었다. 4년 동안에 도시가 더 가난해졌고, 사람들이 떠났느냐는 나의 질문에 대해 파즐은, 최근에 사람들은 텔레비전을 많이 보며, 실업자들은 찻집에 가느니 집에 앉아 위성 안테나를 통해 세상의 모든 영화들을 공짜로 보고 있다는 말을 해주었다. 모두들 돈을 모아 창가에 냄비 크기의 하얀 위성 안테나를 한 개씩 달아놓고 있었다. 그것은 4년 동안에 이 도시에 더해진 유일하게 새로운 것이었다.

우리는 예니 하얏 제과점에서 교육원장의 죽음의 원인이 된 호두

크루아상 하나를 저녁 끼니용으로 먹었다. 우리가 기차역으로 걸어가는 것을 알게 된 경찰들은 돌아갔다. 우리는 닫힌 덧문, 빈 찻집, 아무도 살지 않는 아르메니아인 집들, 얼음이 언 밝은 진열장들 앞과 가지들이 눈에 덮인 밤나무와 포플러나무들 밑을 지나, 네온 불빛이 간간이 밝혀주는 슬픈 거리에서 우리의 발소리를 들으며 걸었다. 경찰들이 우리를 따라오지 않았기 때문에 우리는 샛길로 들어갔다. 그칠 것처럼 보이던 눈이 다시 많이 내리기 시작했다. 거리에는 아무도 없고, 카르스를 떠난다는 아픔을 가슴 깊이 느꼈기 때문에, 마치 파즐을 텅 빈 도시에 홀로 남겨두고 가는 것 같은 죄책감이 들었다. 먼 곳에 있는 마른 가지와 가지들에 매달려 있는 얼음들이 서로 엉켜 있는 보리수나무가 만든 투명한 커튼 속에서 참새 한 마리가 푸드덕 날아올랐다. 그러고는 천천히 내리는 커다란 눈송이들 사이에서 우리 위를 지나갔다. 방금 내린 부드러운 눈이 덮은 텅 빈 거리가 얼마나 고요했던지 우리의 발소리와 지칠수록 커져만 가는 숨소리 외에는 아무것도 들리지 않았다. 양쪽에 집과 가게들이 늘어서 있는 골목에서 이 정적은 마치 꿈속에 있는 듯한 착각을 불러 일으켰다.

나는 잠시 골목 중간에서 멈췄다. 그러고는 허공 어딘가에서 본 눈송이 하나를 땅에 떨어질 때까지 놓치지 않고 유심히 바라보았다. 동시에 파즐은 누르올 찻집의 입구에서, 약간 높은 곳에 걸려 있었기 때문에 4년 동안 같은 곳에 있을 수 있었던 빛바랜 포스터를 가리켰다.

    인간은 신의 걸작이다
    그리고
    자살은 신에 대한 모독이다

"이 찻집에 경찰들이 오기 때문에 아무도 감히 포스터에 손을 댈 수 없었어요."

"자신이 걸작이라고 생각합니까?"

나는 파즐에게 물었다.

"아니오. 네집만이 유일한 신의 걸작이었어요. 신이 그의 목숨을 가져간 후에, 저는 제 마음속에 있던 무신론에 대한 두려움에서도, 신을 더욱더 사랑하는 것에서도 멀어졌어요. 신이 절 용서해 주셨으면 해요."

공중에 매달려 있는 것 같은 눈송이들 사이를 걸어, 아무 말 없이 기차역으로 갔다. 내 소설 『흑서(黑書)』에서 언급했던 초기 공화국 건물인 아름다운 석조 역사는 무너지고 대신에 추한 시멘트 건물이 세워져 있었다. 무흐타르와 검은 개가 우리를 기다리고 있었다. 기차가 출발하기 10분 전에 신문기자 세르다르 씨도 왔다. 그는 카에 대한 기사가 실린 오래된 신문 판본을 주면서, 내게 내 책에서 카르스와 그들의 고통에 대해 서술할 때, 이 도시와 이곳 사람들에 대해 나쁘게 언급하지 말아달라고 부탁했다. 세르다르 씨가 선물을 꺼내는 것을 본 무흐타르 씨도 비닐봉지 속에 든 레몬 화장수 한 병, 동그랗고 작은 카르스 산 치즈, 그리고 자비를 들여 에르주룸에서 출판한 자필 사인된 첫 시집을 죄나 지은 듯 내 손에 쥐어주었다. 나는 나의 사랑하는 친구가 그의 시에서 언급한 검은 개에게 주기 위해 샌드위치 하나와 기차표를 샀다. 말려 올라간 꼬리를 친근하게 흔드는 개에게 샌드위치를 먹이고 있을 때, 투르굿 씨와 카디페가 뛰어서 왔다. 내가 떠났다는 얘기를 방금 자히데에게서 들었다고 했다. 우리는 기차표, 길, 눈에 대해 짧게 언급했다. 투르굿 씨는 교도소에 수감되어 있을 때 번역한 투르게네프의 소설 『첫사랑』의 신판을 부끄러워하며 내게 건네주었다. 나는 카디페의 품에 안겨 있는 외메르잔을 쓰다듬었다. 멋진 이스탄불 히잡으로 감싸여 있는 카디페의 머리로 눈송이들이 떨어지고 있었다. 그의 아내의 아름다운 눈 속을 더 이상 바라보는 것이 두려워 나는 파즐에게 몸을 돌려, 어느 날 내가 카르스를 배경으로 하는 소설을 쓴다면 독자들에게 무슨 말을 하고 싶은지 물었다.

"아무것도 없습니다."

그는 단호하게 말했다.

내가 실망하는 것을 보고 그는 마음이 약해졌다.

"머릿속에 뭔가가 있긴 하지만 당신이 좋아할 것 같지 않군요. 카르스를 배경으로 하는 소설에 절 넣으신다면, 저는 독자들에게 당신이 저에 대해 그리고 우리들에 대해 말하는 것들을 절대 믿지 말라는 말을 하고 싶어요. 그 누구도 멀리서 우리를 이해할 수는 없습니다."

"어차피 아무도 자신들이 소설에서 읽은 것을 모두 다 믿지는 않아요."

"아니에요, 믿을 거예요."

그는 흥분하며 말했다.

"자신들이 우리보다 영리하고, 우리보다 우위에 있고, 우리보다 인간적이라고 느끼기 위해서는 우리를 웃기고 사랑스럽다고 생각해야 하지요. 있는 그대로의 우리 모습을 이해하고, 우리에게 애정을 가질 수 있다고 믿고 싶어할 거예요. 하지만 제가 방금 한 말을 책에 넣으신다면 그들 머리에 의혹이 남아 있게 되겠죠."

나는 그의 말을 내 소설에 넣기로 약속을 했다.

내가 역의 출입구를 보고 있다는 것을 본 카디페는 순간 내게 다가왔다.

"당신에게 뤼야라는 이름의 예쁜 딸이 있다고 들었어요. 언니는 올 수가 없었어요. 하지만 당신 딸애에게 안부를 전해 달라고 하더군요. 저도 도중하차한 저의 연극 이력에서 남은 이 기념품을 가지고 왔어요."

그녀는 수나이 자임과 자신이 밀렛 극장의 무대에서 찍은 작은 사진을 내게 주었다.

역원이 호루라기를 불었다. 아마도 나 이외에는 기차에 타는 사람이 없는 것 같았다. 나는 모든 사람들과 일일이 포옹을 나눴다. 파즐은 마지막 순간에 비디오테이프 복사본과 네집의 만년필이 든 비닐 봉투를 내 손에 쥐어주었다.

나는 손에 많은 선물 꾸러미를 들고, 출발하는 기차에 어렵사리 몸을 실을 수 있었다. 모두들 플랫폼에 서서 내게 손을 흔들고 있었다. 나도 창문으로 몸을 내밀고 그들에게 손을 흔들었다. 검은색 개가 분홍빛 나는 혀를 밖으로 내밀고, 내가 탄 객차 옆에서 플랫폼 끝까지 뛰어왔다는 것을 뒤늦게 알게 되었다. 그리고 갈수록 굵게 내리는 커다란 눈송이들 사이로 그들 모두는 사라졌다.

나는 자리에 앉았다. 눈송이들 사이로 변두리 마을 끝의 집들이 보였다. 그곳에서 반짝이는 오렌지색 불빛, 텔레비전을 보는 허름한 방들, 눈으로 덮인 지붕의 낮은 굴뚝에서 나오는 가늘고 떨리는 연기를 보며, 나는 울기 시작했다.

1999년 4월 쓰기 시작해
2001년 1월 끝마치다

격동의 터키 현대사를 무대로 써 내려간 혁명과 사랑의 시

옮긴이의 말

　독자들이 좋은 소설을 고르는 기준은 무엇일까? 독자들이 소설로부터 충족되기를 바라는 가장 원초적인 기대 심리는 무엇일까? 무엇보다도 그것은 '읽는 즐거움'일 것이다. 소설이 주는 '읽는 즐거움'은 상투적이거나 진부하지 않은 독창적이고 창의적인 내러티브, 탄탄한 논리적 바탕 위에 뿌리 내린 에피소드의 전개, 지적인 추리력의 충족, 막힘없는 상상력의 유도, 긴장감의 적절한 유지, 공허하지 않은 상상력, 유려한 문체 등의 여하에 따라 증대될 것이다.
　'읽는 즐거움'을 제공하는 좋은 소설은 역량 있는 작가의 손에서 태어난다. 그런 작가는 천부적 재능 외에도 탁월한 지적 수준, 통찰력, 감수성, 그리고 상상력을 겸비해야 한다. 자신만의 고유한 색채, 즉 독특한 문체와 표현 방식도 가져야 하며 남다른 근면성 또한 요구된다. 오르한 파묵은 이러한 자질을 두루 갖춘, 우리 시대의 손꼽힐

만한 작가이다. 특히 오르한 파묵이 가장 최근에 발표한 『눈』은 현재까지 나온 그의 소설들 중에서도 빠른 사건 전개와 시적인 문체로 독자들에게 소설 읽는 즐거움을 듬뿍 선사하고 있는 작품이다. 또한 오르한 파묵의 이전 소설들 모두가 이스탄불을 배경으로 하고 있는 반면, 오로지 『눈』만이 아르메니아와 국경을 맞대고 있는 터키 동북부의 도시 카르스를 배경으로 펼쳐지고 있다는 점은 특기할 만하다.

소설 『눈』은 폭설로 길이 차단된 터키의 외딴 국경 도시 카르스에서 일어나는, 현대화를 지향하는 케말주의자들과 보수적인 이슬람 근본주의자들 간의 충돌, 사흘 만에 막을 내린 국지적인 쿠데타를 커다란 줄기 삼아 전개되고 있다. 오르한 파묵은 이 작품에서 신과 인간 간의 관계라는 근본적인 문제를 고집스럽게 파고드는 동시에, 중년 남녀의 이루어질 수 없는 사랑 이야기를 눈물겹도록 아름다운 설경을 무대로 독자들 앞에 펼쳐 보인다.

이 소설의 주인공인 시인 카(Ka)는 정치적 사건에 연루되어 독일로 12년간 망명을 떠났다가 어머니의 부음을 받고 터키로 돌아와, 우연히 카르스(Kars)라는 도시로 여행을 떠나게 된다. 그곳에서 그가 자신의 삶을 온전히 바꾸어놓은 격랑에 휩쓸리는 과정을, 카의 친구이자 소설의 화자인 오르한 파묵이 카와 주고받은 대화, 서신, 그리고 카의 시집과 비망록을 통해 재구성해 낸다. 눈으로 뒤덮인 도시, 그리고 폭설로 인해 외부와 차단된 상황이 그 배경이며, 그 안에서 여러 주체들이 대립하며 갈등하는 양상이 전개된다. 하얀 눈과 그 눈이 가리고 있는 가난하고 쇠락한 도시를 무대로 카르스 현지인과 대도시 이스탄불의 부르주아, 이슬람 교리에 충실하려는 여학생들과 교칙을 유지하려는 학교, 종교인과 무신론자, 이슬람 근본주의자와 세속주의자, 경찰과 테러리스트, 군부와 언론, 쿠데타 세력과 민중, 모순투성이인 인간과 신, 사랑에 빠진 남과 여 등등의 등장인물들이 빚는 불화와 반목이 소설의 긴장감을 높인다.

오르한 파묵이 전작들에서부터 끊임없이 천착해온 주제인 동·서양 갈등의 문제는 『눈』에서도 역시 중요한 모티브가 된다. 여기서는 서양의 신과 동양의 신이 구별되고, 이들 각각을 추구하는 서양인들과 터키인들이 나뉜다. 같은 터키인들도 이슬람주의자와 세속주의자로 갈려 이들 간의 갈등과 대립이 주요한 사건이 된다.

이 소설에서 '신'의 문제는 노골적으로 드러나지 않는다. 파묵의 문장은 직설적인 담론, 집요한 탐색, 집중적인 터치를 슬그머니 비껴간다. 그러나 주인공이 눈의 신비로움으로부터 신을 재발견하는 과정이나, 무신론자인 무흐타르가 '신'에 회귀하는 과정과 그 밖의 에피소드에서 독자는 신의 존재, 신과 인간의 관계에 대한 성찰과 모색이 『눈』의 저변에 깔려 있음을 알 수 있다.

또한 이 작품에서 간과할 수 없는 중요한 특성은 테러로 얼룩진 이 시대에 테러 집단은 어떻게 형성되고 투쟁하는가, 또한 그들이 기반 삼는 이념과 논리는 어떤 성격을 갖는가에 대해, 소설적인 방식으로 독자의 이해를 돕고 있다는 점이다.

소설 『눈』은 다양한 인종들로 구성되어 있는 카르스 사람들, 카르스 역사, 문화 그리고 거리 곳곳을 생생하게 묘사하고 있다. 실업자들로 들끓는 찻집, 원인을 알 수 없는 여성들의 자살, 눈싸움을 하는 아이들, 선거 포스터들로 가득 찬 거리. 이러한 일상 가운데 끊임없이 내리는 눈은 총성과 대포 소리마저 묻어버리고 만다. 하지만 이처럼 공포스러운 분위기 속에서도 카는 행복하기만 하다. 4년 동안

한 줄도 쓰지 못했던 시가 '저절로' 그에게 왔기 때문이다. 열아홉 편의 시. 이슬람주의에 맞서 단행된 혁명과, 오랫동안 시를 쓸 수 없었던 과거의 좌익주의자 우리의 주인공 카가 이 유혈의 혁명기에 경험하게 되는 이루어질 수 없는 사랑은 처절하기까지 하다.

  소설의 배경이 된 카르스 시가 터키를 대표한다고 볼 수는 없을 터이나, 이슬람교 문제, 쿠르드족 문제, 동·서양 갈등 등 총체적 터키 역사 및 문화적 측면에서 볼 때 이는 터키 현대사를 축소해 놓은 것에 다름 아니라 할 수 있다.

  역자는 번역이 막바지에 이르렀을 무렵 겨울에 카르스를 방문했다. 소설에서 묘사된 그 신비로운 분위기의 도시를 내 눈으로 보지 않고는 배길 수 없었기 때문이다. 나도 주인공 카처럼 버스로 카르스로 들어가고 싶었지만 사정이 여의치 않아 항공편을 이용했다. 비행기에서 내려다 본 카르스는 한 마디로 설국 그 자체였다. 소설 『눈』에서 묘사된 눈 덮인 카르스가 그대로 내 눈앞에 펼쳐져 있다는 데 흥분을 감출 수 없었다.

  나는 소설 『눈』을 따라, 한 때 카가 걸었고, 후에 오르한 파묵이 걸었던 길을 그대로 답습했다. 타이어 바퀴를 달고 굴러가는, 짐을 잔뜩 실은 마차, 길거리에서 장작을 파는 사람들, 양 떼를 몰고 와 길에서 흥정을 하고 파는 목동들, 빵이 담긴 비닐 봉투를 들고는 종종걸음으로 가는 중년 남자, 성으로 올라가는 언덕에 즐비하게 서 있는 무허가 집들…….

  소설에서 묘사되고 있는 위풍당당한 카르스 성 입구에 도달해 표지판을 자세히 읽었다. 1153년에 증축되었다가 1386년 몽고 침략 때 파괴된 후, 1589년 술탄 무라트 2세의 명령으로 재건. 허벅지까지 올라오는 눈 때문에 거의 기다시피 해서 성을 둘러본 후 성의 가장 높은 곳으로 올라갈 수 있었다. 그곳에서 카르스 시내를 내려다보며 위대한 작가의 면모를 새삼 실감할 수 있었다. 오르한 파묵은 『눈』에서 터키 동부에서 흔히 볼 수 있는 평범한 도시를 너무나 신비롭고 장엄하게 묘사해 놓았던 것이다. 오르한 파묵이 포착하고자 했던 것이 바로 이 분위기였구나, 라는 생각이 들었다. 자살, 쿠데타, 이루어질 수 없는 사랑. 소설 속의 이 비범한 설정에 이런 암울하고 우울한 분위기가 없었더라면, 그리고 끊임없이 내리는 눈이 아니었더라면 소설의 매력은 다소 감소되었을 것이다.

 도시 곳곳에는 역사적 건물들이 진을 치고 있었지만 방치된 채 폐허가 되어가고 있었다. 사람들의 표정은 침울함 그 자체였고, 무엇보다도 빈곤에 허덕이고 있었다. 필자가 머물렀던 호텔 또한 이전에 학생 기숙사로 사용된 건물이었다는 설명을 듣고는 소설 속 장면이 떠올라 흠칫했다. 이 모든 상황들이 소설『눈』을 연상시키기에 충분했던 것이다. 이런 오지의 국경 도시에 검은 머리의 동양 여자가 흘러 들어온 것이 신기했던지, 호텔 지배인은 계속 차를 권하며 신경써 주었다. 그리고 저녁 식사도 대접받았다. 그는 터키의 유명한 작가 오르한 파묵이 이 호텔에서 머물며 소설『눈』을 집필했다며 자랑을 늘어놓았다. 오르한 파묵이 내게 이 호텔을 소개해 주었으니, 그 사실을 이미 아는 터였지만 능청스레 놀란 표정을 지어 보였다. 난 카르스에서『눈』의 한국어 번역자라는 사실을 숨기고 그곳 사람들과 차를 마시며 대화를 나누었다. 소설 속 스파이처럼.

 나는 그곳을 떠나는 비행기 속에서 "내가 오르한 파묵처럼 카르스를 깊게 느끼지 못한 이유는 소설 속에서처럼 눈이 펑펑 내리지 않아서야."라고 자위할 수밖에 없었다. 오르한 파묵의 소설 한 권이 종교처럼 나에게 카르스로 자발적인 순례 여행을 떠나게 했고, 성지 순례를 마치고 난 순례자가 신에 대한 굳센 신앙심을 안고 오듯, 카르스를 떠나는 비행기 속에서 그에 대한 경외심은 커져만 갔다. 고백하건데, 소설의 마지막 마침표가 있는 곳에서는 나도 오르한 파묵을 따라 눈물짓고 말았다. 처음부터 끝까지 흑백 필름으로 찍은, 그러나 흰색이 압도적인 영화의 엔드 크레딧이 올라가고 있었다.

    이번 소설을 번역하면서도 오르한 파묵과 의견 교환을 하며 많은 도움을 받았다. 후속 작품 집필과 해외 방문 일정으로 바쁘고 귀찮았을 텐데도 내게 기꺼이 시간을 할애해 주셨다. 고마울 따름이다. 또한 항상 격려와 조언을 아끼시지 않는 한국외대 터키어과 교수님들께도 이 지면을 통해 감사의 인사를 보낸다.
    마지막으로 이 졸역을 읽어주실 독자들에게 부탁이 한 가지 있다. 이 지면에서 필자가 카르스와 카르스인들의 초라하고 우울한 모습을 우리말로 그려낸 것을 알면, 그들이 오르한 파묵에게 그랬던 것처럼, 내게도 서운하다고 화를 낼지 모르겠다. 독자 여러분들께서는 혹여 어느 날 우연히 카르스에 발길이 닿더라도, "당신들의 이런 비참한 모습을 한국인 아무개가 쓴 것을 읽고 이미 알고 있었어요."라고 그곳 사람들에게 일러바치지 않아 주었으면 한다. 그저 그들의 순박한 마음에 상처를 입히고 싶지 않은 필자의 마음을 헤아려 주시길 간곡히 부탁드린다.

이난아

카의 시가 등장하는 장(章)

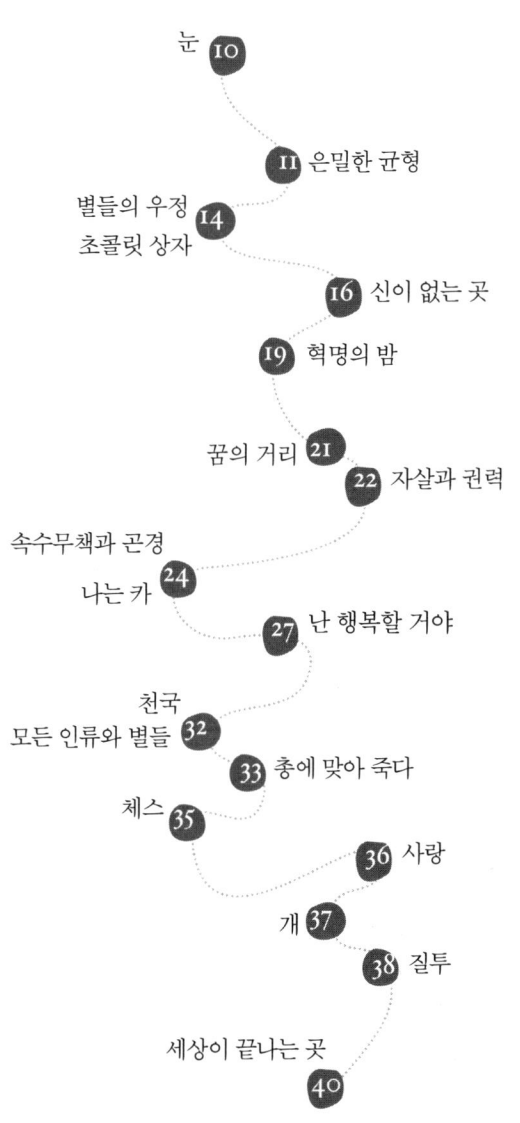

옮긴이 • 이난아

한국외대 터키어과를 졸업하고 터키 국립 이스탄불 대학(석사)과 앙카라 대학(박사)에서 터키 문학을 전공했다. 앙카라 대학 한국어문학과에서 5년간 외국인 교수로 강의했으며, 현재 한국외대 강사로 있다. 옮긴 책으로 오르한 파묵의 『이스탄불』, 『검은 책』, 『내 이름은 빨강』, 『눈』, 『새로운 인생』, 『하얀 성』을 비롯해 『살모사의 눈부심』, 『위험한 동화』, 『감정의 모험』, 『당나귀는 당나귀답게』, 『제이넵의 비밀편지』, 『생사불명 야샤르』, 『튤슈를 사랑한다는 것은』, 『바닐라 향기가 나는 편지』 등이 있다. 『한국 단편소설집』, 『이청준 수상 전집』을 터키어로 번역, 소개했다. 엮은 책으로 『세계 민담 전집-터키편』이 있으며, 지은 책으로 『터키 문학의 이해』, 『오르한 파묵과 그의 작품 세계』(터키 출간), 『한국어-터키어, 터키어-한국어 회화』(터키 출간) 등이 있다.

1판 1쇄 펴냄 • 2005년 5월 23일
1판 7쇄 펴냄 • 2020년 5월 25일

지은이 • 오르한 파묵
옮긴이 • 이난아
펴낸이 • 박근섭, 박상준
펴낸곳 • (주) 민음사

출판등록 • 1966. 5. 19. (제16-490호)
서울특별시 강남구 도산대로1길 62(신사동)
강남출판문화센터 5층(우편번호 06027)
대표전화 02-515-2000 • 팩시밀리 02-515-2007
www.minumsa.com

한국어 판 ⓒ (주) 민음사, 2005. Printed in Seoul, Korea

ISBN 978-89-374-8067-6 (04890)
ISBN 978-89-374-8065-2 (전2권)

• 잘못 만들어진 책은 구입처에서 교환해 드립니다.

이 책에 쓰인 본문 종이 e-Light(이라이트)는 국내 기술로 개발된 최신 종이로, 기존에 쓰이던 모조지나 서적지보다 더욱 가볍고 안전하며 눈의 피로를 덜게끔 한 단계 품질을 높인 고급지입니다.